经典传家

经典回到生活　阅读从心开始

经典传家

『经典传家』丛书遴选了清代《四库全书》的精华，而且每一种书在注释、译文、解读等方面做了大量的、扎实的工作。

——傅璇琮

国学就是中国人的学问。『经典传家』是一套非常适合大众阅读的国学经典丛书。国学的传承和发展迫切需要好的大众读本。

——毛佩琦

《四库全书》浩如烟海，真正的必读经典就这百余部。

——任德山

国学是相互通融的，切忌断章或是割裂。今人只有从《周易》等原始经典入手，才能真正找到进入国学的门径。

——刘君祖

经典传家系列丛书

图解
诗品·词品

钟嵘 杨慎 著

崇贤书院 释译

黄山书社

《诗品·词品》阅读指南

诗词品评经典深刻

《诗品》与《词品》都是品评诗词的经典之作，作者以十分精到深刻的语言评论历代诗词名家的作品。

注音提高阅读质量

对生僻字、古今异读字等都反复进行随文注音，务求令读者能够享受流畅阅读的乐趣。

注　释

- 解释难懂字词及典故。
- 详尽细致，启发思路。
- 拓展知识量，帮助理解原文。

译　文

- 优美的语言翻译，解释原文。
- 准确、细致，完全遵循作者原意。
- 还原文意，帮助理解。

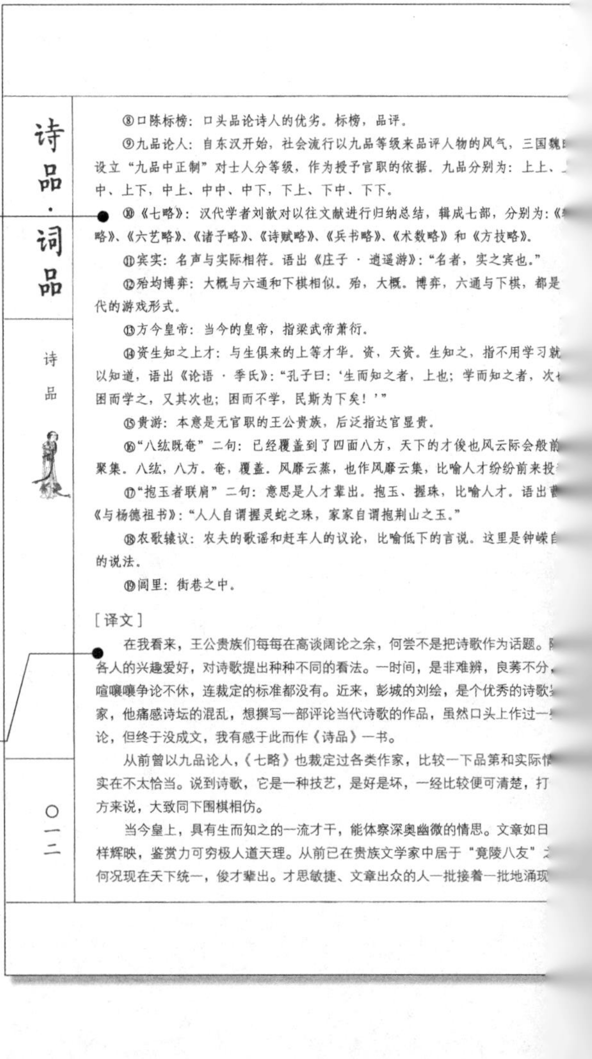

诗品·词品

诗品

⑧口陈标榜：口头品论诗人的优劣。标榜，品评。

⑨九品论人：自东汉开始，社会流行以九品等级来品评人物的风气，三国魏
设立“九品中正制”对士人分等级，作为授予官职的依据。九品分别为：上上、
中、上下，中上、中中、中下，下上、下中、下下。

⑩《七略》：汉代学者刘歆对以往文献进行归纳总结，辑成七部，分别为：《
略》、《六艺略》、《诸子略》、《诗赋略》、《兵书略》、《术数略》和《方技略》。

⑪宾实：名声与实际相符。语出《庄子·逍遥游》：“名者，实之宾也。”

⑫殆均博弈：大概与六通和下棋相似。殆，大概。博弈，六通与下棋，都是
代的游戏形式。

⑬方今皇帝：当今的皇帝，指梁武帝萧衍。

⑭资生知之上才：与生俱来的上等才华。资，天资。生知之，指不用学习就
以知道，语出《论语·季氏》：“孔子曰：‘生而知之者，上也；学而知之者，次
困而学之，又其次也；困而不学，民斯为下矣！’”

⑮贵游：本意是无官职的王公贵族，后泛指达官显贵。

⑯“八纮既奄”二句：已经覆盖到了四面八方，天下的才俊也风云际会般前
聚集。八纮，八方。奄，覆盖。风靡云蒸，也作风靡云集，比喻人才纷纷前来投

⑰“抱玉者联肩”二句：意思是人才辈出。抱玉、握珠，比喻人才。语出
《与杨德祖书》：“人人自谓握灵蛇之珠，家家自谓抱荆山之玉。”

⑱农歌辕议：农夫的歌谣和赶车人的议论，比喻低下的言说。这里是钟嵘
的说法。

⑲闾里：街巷之中。

[译文]

在我看来，王公贵族们每每在高谈阔论之余，何尝不是把诗歌作为话题。
各人的兴趣爱好，对诗歌提出种种不同的看法。一时间，是非难辨，良莠不分，
喧嚷嚷争论不休，连裁定的标准都没有。近来，彭城的刘绘，是个优秀的诗歌
家，他痛感诗坛的混乱，想撰写一部评论当代诗歌的作品，虽然口头上作过一
论，但终于没成文，我有感于此而作《诗品》一书。

从前曾以九品论人，《七略》也裁定过各类作家，比较一下品第和实际
实在不太恰当。说到诗歌，它是一种技艺，是好是坏，一经比较便可清楚，打
方来说，大致同下围棋相仿。

当今皇上，具有生而知之的一流才干，能体察深奥幽微的情思。文章如日
样辉映，鉴赏力可穷极人道天理。从前已在贵族文学家中居于“竟陵八友”
何况现在天下统一，俊才辈出。才思敏捷、文章出众的人一批接着一批地涌现

〇一二

《诗品·词品》阅读指南

图文并茂展现意境

书中配有大量精美的古代版画，并配以优美精到的图说，以展现诗词意境，令读者深入品味诗词。

注释译文解读原文

对原文中的典故、字词进行详尽细致的注释，为难以理解的原文配以准确详细的译文，帮助读者理解原文，品读诗词。

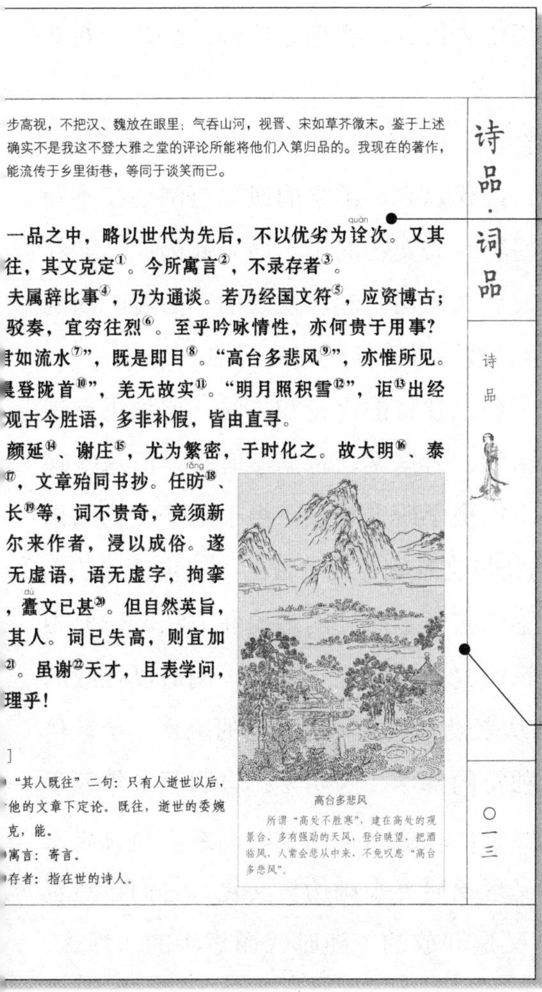

步高视，不把汉、魏放在眼里；气吞山河，视晋、宋如草芥微末。鉴于上述确实不是我这不登大雅之堂的评论所能将他们入第归品的。我现在的著作，能流传于乡里街巷，等同于谈笑而已。

一品之中，略以世代为先后，不以优劣为诠（quán）次。又其往，其文克定①。今所寓言②，不录存者③。

夫属辞比事④，乃为通谈。若乃经国文符⑤，应资博古；驳奏，宜穷往烈⑥。至乎吟咏情性，亦何贵于用事？

如流水⑦"，既是即目⑧。"高台多悲风⑨"，亦惟所见。登陇首⑩"，羌无故实⑪。"明月照积雪⑫"，讵⑬出经观古今胜语，多非补假，皆由直寻。

颜延⑭、谢庄⑮，尤为繁密，于时化之。故大明⑯、泰⑰，文章殆同书抄。任昉（fǎng）⑱、长⑲等，词不贵奇，竞须新尔来作者，浸以成俗。遂无虚语，语无虚字，拘挛，蠹（dù）文已甚⑳。但自然英旨，其人。词已失高，则宜加㉑。虽谢㉒天才，且表学问，理乎！

]

"其人既往"二句：只有人逝世以后，他的文章下定论。既往，逝世的委婉

克，能。

寓言：寄言。

存者：指在世的诗人。

高台多悲风

所谓"高处不胜寒"，建在高处的观景台，多有强劲的天风，登台眺望，把酒临风，人常会悲从中来，不免叹息"高台多悲风"。

诗品·词品

诗品

○一三

注音

- 将生僻字、古今异读字一一标注读音。
- 扫清阅读障碍。
- 帮助读者提高阅读质量。

古代版画

- 精选珍贵的古代版画。
- 图说精到雅致。
- 延伸文意，拓宽读者思路。

总序

国学是什么？简单说，就是中国人之所以成为中国人的学问。因此，国学不仅包括数千年积累流传下来的经典，比如“四书五经”、《老子》《庄子》《孙子》《史记》《汉书》、唐诗、宋词，也包含研究中国人思维方式、生活方式、行为方式乃至娱乐方式的各种学问。广言之，国学研究的对象不仅包括文献，也包括实物；不仅包括物质文化遗产，也包括非物质文化遗产，如我国各民族的建筑、服饰、饮食、音乐、绘画、医药、戏曲等等。

国学是不断丰富、不断发展的学问。上面说的从“四书五经”到唐诗、宋词就是一个不断丰富发展的过程。近代以来，国学的研究范围还在不断地扩大，比如敦煌学、甲骨学，是随着有关文物的出土而兴起的；比如红学，是随着文学理论和学术风气的发展变化而兴起和发展的。随着时间的推移和学术的进步，必将有更多的学问被纳入国学研究的范围。

数千年来，中国人做学问形成了自己独特的理论和方法，比如思想理论、史学理论、文学理论，以及训诂学、考据学、音韵学等等。但这些理论和方法并不是一成不变的。比如，在史学研究领域，由于地下文物的出土，王国维等人提出了以地下文物与传世文献相补充互证的“二重证据法”。近代以来，西风劲吹。国人主动借鉴西方学术研究的理论和方法，研究中国学问。王国维借鉴尼采的哲学理论研究中国的文学戏剧，胡适以杜威的实验主义研究中国的“国故”。国学从来没有拒绝外国学问的融合，佛教传入中国后，经过改造，形成了中国独特的佛学、因明学；自明朝末年西学传入中国后，中国的天文学、数学等就已经融入了西学的因素。马克思主义传入中国后，不少人用马克思主义理论研究中国历史文化，它们自然也成为了国学的一部分。因此，国学又是开放的、随时代而进步的。那么，当今我们研究、振兴国学，不允许也不应该倒退，不允许也不应该僵化。

然而，国学又是与西学明显区分的。国学是西学的对应物，是与西学完全不同的学术体系。在近代，西学挟坚船利炮强势进入中国之后，中国人还视自我，对于中国固有之学问的称呼出现了中学、国故学、国粹、国学这样的名称。面对“帝国主义”的强大，中国人自愧不如，一方面拼命地学习、引进西学，另一方面拼命地贬低、抛弃国学。虽然也有一些人，如张之洞为保护中华文化之根本，提出“中学为体，西学为用”，如胡适，提出“整理国故”，以“再造文明”“建立民族自信心”，但其声音终被时代所淹没。国学一再被严重曲解和轻视，造成了中国历史文化的大断裂。也许，这一历史过程是必然的。但回顾过去，中国在走向独立富强的过程中，国学所付出的代价实在太大、太惨重了。

新中国成立后，饱受屈辱的中国人从此站立了起来，民族自信心大大加强，但没有能够及时认识到国学在新时代的重要性，甚至仅存的一点点国学遗产也进一步成为被抛弃的对象。改革开放三十年之后，走向富强的国人终于幡然醒悟，保护和振兴国学逐渐成为全民的共识。一个强大的自立于世界民族之林的国家，必然要有与之相匹配的伟大的民族文化。中国人，从领导者、学术界到普通百姓，都在重新发现国学的现代价值。同时，在走向全球化的进程中，东西方各国也把目光投向了中国。中国学问，中国的一切都在被重新评价。中国不仅为了自身的建设和发展需要从传统文化中汲取智慧，而且也面临着以优秀的中华文化向全人类贡献智慧的责任和挑战。

那么，这套经典传家丛书的编纂就是可喜的，编纂者的初衷和努力就是可敬的。希望这套丛书能发挥点滴作用，如同涓涓细水与千百万有志者的努力一道汇成大潮，去迎接中华民族的伟大复兴！

是为序。

毛佩琦

二〇一五年五月

前言

《诗品》是南朝梁的钟嵘所写的一部品评诗歌的文学批评著作。在当时，诗风衰落，“庸音杂体，人各为容”，诗坛混乱，诗歌的品读赏析没有一定的标准，钟嵘有感于此，才写作了《诗品》。在这部《诗品》中，作者钟嵘分别品评了两汉到梁代的共计一百二十二位诗人，将他们分为上、中、下三品，并传神地概括了各个诗人的艺术风格，令读者可以迅速了解各诗人的特色。《诗品》首创的品评诗歌的方法影响了后世很多诗评人和诗作者，是我国诗评类作品的开山之作。

而《词品》则是明代文学家杨慎的一部品评词作的著作。全书包括《词品》六卷、《词品拾遗》和《词品补》，从词的起源和用韵、意境等方面对作者之前词人的词作进行品读、赏析。《词品》中还记述了宋、元、明三代词人的逸事和佚篇断句，为后人考证、研习古代辞章提供了大量的参考材料。

我们将《诗品》和《词品》合编为一本，希望读者能够从中了解我国古代品评诗词的方法，并在随同诗词评者品读赏析诗词的过程中，加深对古代诗词的理解，从中获得或多或少的感悟。

当然，无论《诗品》还是《词品》的作品都是古人，他们的作品中难免会有一些现代人难懂的生僻字词，而他们信手拈来的诸多典故，也是我们这些现代人难以理解的。正因如此，我们在编辑这本《诗品·词品》时，为原文设置了一些栏目：

首先，我们在原文中，将生僻字、古今异音字反复进行了随文注音，为读者扫清了阅读障碍，务令读者在酣畅淋漓的阅读中，享受到阅读带来的乐趣；其次，我们为文中出现的生僻字词，不太常见的典故等都进行了详尽细致的注释，这些注释涉及面广，知识量大，令读者在完全理解作者文意的同时，扩大知识面，拓展思路；最后，我们对原文谨慎地进行翻译，为原文配以准确细致的译文，力求在读者面前还原作者原意，令读者在阅读时可以与作者进行深刻的心灵交流。

并且，我们在书中插入了大量的古代版画，这些版画古朴雅致，简练却精美。为了令读者更加深刻地理解古版画的意境，我们为这些古版画配以精到深刻的图说，读者打开本书时会感觉古风扑面，在画意的陪伴下理解当时古雅的诗情，一定会在这畅怀惬意的阅读中有所感悟。

编于清代的《四库全书提要》给予《诗品》如斯评价："所品古今五言诗，自汉、魏以来一百有三人，论其优劣，分为上、中、下三品。每品之首，各冠以序。皆妙达文理，可与《文心雕龙》并称。"明代的文学家周逊如是评价《词品》的作者杨慎："翁为当代词宗，平日游艺之作，若《长短句》，若《填词选格》，若《词林万选》，若《百琲明珠》，与今《词品》，可谓妙绝古今矣。"这些赞誉都是他人加于《诗品》和《词品》的，读者在阅读这本《诗品·词品》时是否会认同这些说法，我们不得而知，但我们可以肯定的是，读者在读过本书后，一定会有所收获。

阅读是我们与古代先贤沟通的方式，读过此书，您会更加深切地理解诗词所描写的意境，以及古人蕴含在诗词中的情怀。

崇賢書院

目录

詩品

詞品

卷　二

卷　四

卷六

词品拾遗

词品补

诗品

序

序[1]曰：气之动物[2]，物之感人，故摇荡性情，形诸舞咏[3]。照烛三才[4]，晖丽万有[5]。灵祇[6]待之以致飨[7]，幽微藉之以昭告[8]。动天地，感鬼神，莫近于诗。

[注释]

①序：《诗品》原序共分三部分，分别列于上、中、下三卷的卷首。因三段序文与三卷具体内容并没有相应联系，而且三段之间文脉相连，读起来有一气呵成之感，故历来都将三段连贯成篇，置于“卷上”之前。开篇至“均之于谈笑耳”为原“卷上”序；“一品之中”至“请寄知者尔”为原“卷中”序；“昔曹、刘殆文章之圣”至篇末为原“卷下”序。

②气之动物：气候的变化使万物萌动。气，气候。

③“摇荡性情”二句：性情被震动激发，而表现在跳舞歌咏上。摇荡，震动、感动。形，表现。诸，兼语词，相当于“之于”。

④照烛三才：照耀着天、地、人。照烛，照耀。三才，古人对天、地、人的统称。

⑤晖丽万有：辉映万物。万有，万物。

⑥灵祇：泛指神灵。灵，精灵。祇，地神。

⑦致飨：以酒食灯舞祭祀鬼神。

⑧幽微藉之以昭告：幽隐细微的鬼神凭借它来揭示清楚。幽微，幽隐细微之物，借指鬼神。藉，凭借。昭告，明白地揭示。

[译文]

序文说：节气变化，萌动万物，万物的盛衰，又触发人的情感，因此情感的激荡表现为舞蹈歌咏。要照亮天、地、人三才，使宇宙间万物发出绚丽的光彩。天地神灵因它而享用祭品，幽深微妙的事物借它阐发明白。使天地、鬼神感动，没有比诗歌更有效的了。

昔《南风》[1]之词，《卿云》[2]之颂，厥义敻(xiòng)矣[3]。夏歌曰：“郁陶乎予心[4]。”楚词曰：“名余曰正则[5]。”虽诗体未全，

然是五言之滥觞[6]也。

[注释]

①《南风》：古代歌曲，传说为虞舜所作。

②《卿云》：古代歌曲，是传说中舜将帝位禅让给禹时，由百官演唱的。

③厥义夐矣：它们太过久远了。厥，第三人称代词。夐，久远。

④郁陶乎予心：语出《五子之歌》。郁陶，忧郁积聚。夏歌，即《五子之歌》。

⑤名余曰正则：语出屈原《离骚》："名余曰正则兮，字余曰灵均。"

⑥滥觞：原意是指江河水源处水很少，仅仅能浮起酒杯，后用以比喻发端、源头。觞，古代酒器。

[译文]

从前的《南风》词、《卿云》颂，时间太久远了。《夏歌》说："郁陶乎予心。"《离骚》说："名余曰正则。"虽然作为五言诗，诗体还不完整，但总算是五言诗的开端吧。

逮[1]汉李陵[2]，始著五言之目[3]矣。"古诗"眇邈[4]，人世难详。推其文体，固是炎汉[5]之制，非衰周之倡[6]也。

自王、扬、枚、马之徒，辞赋竞爽，而吟咏靡闻[7]。从李都尉[8]迄(qì)班婕妤[9]，有妇人焉，一人而已。诗人之风，顿已阙丧[10]。东京[11]二百载中，唯有班固《咏史》，质木无文[12]。

[注释]

①逮：到了。

②李陵（？—前74）：字少卿，陇西成纪（今甘肃秦安）人。西汉将领，李广之孙。曾率军与匈奴作战，战败后迫于无奈投降匈奴，因此事被汉武帝夷三族，遂与汉朝断绝关系。有《与苏武诗三首》，被认为是最早的五言诗，但也有观点认为系伪作。

③目：篇目。

④"古诗"眇邈："古诗"都年代久远。古诗，指从东汉末年开始流传的一些不具名的五言诗。眇邈，久远。

⑤炎汉：即汉朝，秦汉时用五行相生相克表示朝代更迭，汉朝对应于"火德"，因此称"炎汉"。

⑥衰周之倡：指东周末期的诗歌。倡，通“唱”，这里指诗歌。

⑦“自王、扬、枚、马之徒”三句：自从王褒、扬雄、枚乘、司马相如等人开始，世人只是在辞赋方面争奇斗胜，但吟咏的诗歌却未曾听说过。竞爽，竞争。吟咏，这里代指诗歌。

⑧李都尉：指李陵，汉武帝时任骑都尉。

⑨班婕妤：西汉女诗人、辞赋家（生卒年不详），汉成帝妃，名不可考，因封“婕妤”而世称“班婕妤”，为史学家班彪姑母，班固、班超、班昭祖姑。今存其《自悼赋》《捣素赋》及五言诗《怨歌行》。

⑩顿已阙丧：骤然中断。顿，骤然。阙丧，同“缺丧”，即丧失。

⑪东京：即东汉。汉时称洛阳为“东京”，东汉都洛阳，因用“东京”代指东汉。

⑫质木无文：质朴、木讷而没有文采。

［译文］

到了西汉的李陵时，开始有了完整的五言诗体。“古诗”距今遥远，它的作者和写作年代，难以详知。推敲它的文体风格，应当是汉代的作品，不是东周末年的诗歌。

自从王褒、扬雄、枚乘和司马相如等人以来，在辞赋创作上争强斗胜，而诗歌写作却从未听说。从李陵到班婕妤，将近一百年间，女诗人只有班婕妤一个。写诗的风气骤然中断了。东汉二百年中，只有班固一首《咏史》诗，质朴木讷，毫无文采。

降及建安①，曹公父子②，笃好斯文。平原兄弟③，郁为文栋④。刘桢、王粲，为其羽翼⑤。次有攀龙托凤，自致于属车⑥者，盖以百计。彬彬⑦之盛，大备于时矣。

尔后陵迟⑧衰微，迄于有晋。太康⑨中，三张、二陆、两潘、一左⑩，勃尔⑪俱兴，踵武⑫前王，风流未沫，亦文章之中兴也。

［注释］

①建安：汉献帝年号，196年至219年使用。

②曹公父子：此处特指曹操和曹丕。

③平原兄弟：指曹植和其弟白马王曹彪。曹植曾封平原侯，故称“平原兄弟”。

④郁为文栋：文采显著，因此成为文坛领袖。郁，茂盛，这里是有文采的意思。文栋，文章栋梁之意。

⑤羽翼：指辅佐之人。

⑥属车者：侍从之人。属车，侍从乘坐的副车。

⑦彬彬：指富有文采的篇章。

⑧陵迟：渐渐。

⑨太康：晋武帝年号，280 年至 289 年使用。

⑩三张、二陆、两潘、一左：三张，指张载、张协、张亢兄弟。二陆，指陆机、陆云兄弟。两潘，指潘岳、潘尼叔侄。一左，指左思。

⑪勃尔：勃然，猝然。

⑫踵武：踏着前人的脚步走。武，足迹。

陆云

陆云，字士龙，晋代政治家、诗人。其自幼有才思，诗文注重藻饰，旨意深雅，在当时颇负盛名，他与其兄陆机合称“二陆”。

[译文]

到了建安时期，曹操父子，特别爱好文学；曹彪、曹植兄弟，成了文坛栋梁；刘桢、王粲，在诗歌创作上是曹氏兄弟的羽翼。还有追随曹公父子把自己置于从属地位的诗人，大约将近百人。文质彬彬，人才济济，充盈着整个时代。

此后，诗歌逐渐衰落，一直到西晋。太康时期，有张载、张协、张亢、陆机、陆云、潘岳、潘尼和左思勃然兴起，继承曹公父子和建安七子的文学传统，使建安时期的流风余韵延绵不息，也是五言诗的中兴时期。

永嘉①时，贵黄、老②，稍尚虚谈。于时篇什，理过其辞，淡乎寡味。爰及江左，微波尚传③：孙绰、许询、桓、庾④诸公诗，皆平典⑤似《道德论》。建安风力⑥尽矣。

先是郭景纯⑦用俊上之才，创变其体。刘越石⑧仗清刚之气，赞成厥美⑨。然彼众我寡，未能动俗。逮义熙⑩中，谢益寿⑪斐然继作。

元嘉中，有谢灵运才高词盛，富艳[12]难踪，固已含跨刘、郭，凌轹[13]潘、左。故知陈思[14]为建安之杰，公幹、仲宣[15]为辅；陆机为太康之英，安仁、景阳[16]为辅；谢客[17]为元嘉之雄，颜延年[18]为辅。斯皆五言之冠冕，文辞之命世[19]也！

［注释］

①永嘉：晋怀帝年号，307 年至 312 年使用。

②黄、老：黄帝和老子。战国时，道家学派假托黄帝和老子为道家始祖，遂以“黄老”代指道家。

③“爰及江左”二句：于是在迁都建康后，用道家玄言写诗的余波还在。爰，于是。江左，即江南，东晋建都建康（今江苏南京），故以江左代指东晋。

④桓、庾：指桓温和庾亮。桓温（312—373），字元子，谯国龙亢（今安徽怀远）人，东晋权臣，晋废帝时官拜大司马，曾三次率军北伐，后有篡晋自立之心，未成病死。其子桓玄建立伪“荆楚”政权后追其为宣武皇帝。庾亮（289—340），字元规，颍川鄢陵（今河南鄢陵）人，东晋外戚，曾任江、豫、荆三州刺史。

⑤平典：平淡呆板。

⑥建安风力：又称“建安风骨”，指建安文学慷慨悲凉的基调与社会现实相统一的风格。风力，指文学的感染力。

⑦郭景纯：郭璞（276—324），字景纯，代表作为《游仙诗》。

⑧刘越石：刘琨（271—318），字越石，西晋将领，文学家。

⑨赞成厥美：支持他的美好行为。赞，赞助、支持。厥，代词，这里指郭璞。

⑩义熙：晋安帝年号，405 年至 418 年使用。

⑪谢益寿：谢混（？—412），字叔源，小字益寿。东晋文学家，谢安之孙，号称“风华江左第一”。

⑫富艳：富贵艳丽。

⑬凌轹：同“凌厉”，压倒。

⑭陈思：即曹植，生前封陈王，卒谥“思”，后世称“陈思王”。

⑮公幹、仲宣：指刘桢和王粲。刘桢字公幹，王粲字仲宣。

⑯安仁、景阳：指潘岳和张协。潘岳字安仁，张协字景阳。

⑰谢客：即谢灵运，小字客儿。

⑱颜延年：即颜延之（384—456），字延年，南朝宋诗人，时与谢灵运并称“颜谢”。

⑲命世：闻名于世。

［译文］

永嘉年间，以黄、老道家之说为贵，崇尚谈玄。这一时期的诗篇，谈玄说理多而文采风韵少，诗歌平淡得毫无滋味。到了东晋，玄言诗的余风尚存：孙绰、许询、桓温、庾亮等人的诗，都平正典实，质木无文，像《道德论》一般，建安风骨已经荡然无存了。

在此以前，郭景纯以他挺拔出众之诗才，拨乱反正，转变诗体；刘越石依仗清新刚健的诗风推波助澜促成这一美事。但是寡不敌众，没有能够改变一代玄言诗风。到了义熙年间，谢益寿以他文采斐然的作品继承前人。

元嘉中，谢灵运诗才高妙，创作丰富，他的诗歌富丽华美，无人能与之比肩，的确已经超越刘越石、郭景纯，压倒潘岳、左思。由此可知，曹植是建安时期的豪杰，刘桢、王粲为其左右；陆机为太康时期的英豪，潘岳、张协为其左右；谢灵运是元嘉时期的雄杰，颜延年是他的辅佐。这些诗人都是五言诗的领袖人物，以诗歌名显于世的啊！

夫四言，文约意广。取效《风》《骚》，便可多得。每苦文繁而意少，故世罕习焉。五言居文辞之要，是众作之有滋味者也，故云合于流俗。岂不以指事造形，穷情写物，最为详切者邪！

故《诗》有三义焉：一曰兴，二曰比，三曰赋。文已尽而意有余，兴也。因物喻志，比也。直书其事，寓言写物，赋也。宏[1]斯三义，酌而用之，干之以风力，润之以丹彩，使味之者无极，闻之者动心，是诗之至也。若专用比兴，则患在意深，意深则辞踬(zhì)[2]。若专用赋体，则患在意浮[3]，意浮则文散。嬉成流移[4]，文无止泊[5]，有芜漫之累矣。

［注释］

①宏：广大。

②踬：不顺利、不畅通。

③浮：轻浮。

④流移：流动偏移。

⑤止泊：停止、停顿。

［译文］

四言诗，文字简约而含义深广。若能效法《诗经》和屈原的《离骚》，便可多有所得。然而往往苦于文字繁杂而内容单薄，因此世间很少有人学写四言诗。五言诗是诗歌中最重要的体裁，是各种诗体中最有滋味的一种，因此说它迎合社会上一般人的趣味。在依事造形、穷情写物方面，难道还有比五言诗更加详尽切要的体裁吗！

所以说《诗经》的表现手法有三种：第一种叫兴，第二种叫比，第三种叫赋。文章已尽而含义深远，就是兴；借形象描写来寄托思想的，就是比；直接描写事实，写物而寓意于言，就是赋。发挥这三种表现手法的长处，根据写作意图因地制宜采用这三种手法，以风骨为主干，以文采来润饰，使读者趣味无穷，使听者心动神摇，是诗歌的最高境界。如果专门用比和兴两种手法，其弊端在于意思深奥难明，深奥难明则往往文字艰涩。如果一味采用赋体，其弊端在于意思直露浅显，直露浅显则往往文字散漫，油滑浮泛，文章失去控制，这样就显出枝蔓芜杂的毛病来了。

若乃春风春鸟，秋月秋蝉，夏云暑雨，冬月祁[1]寒，斯四候[2]之感诸诗者也。嘉会[3]寄诗以亲，离群托诗以怨。至于楚臣[4]去境，汉妾[5]辞宫。或骨横朔野[6]，或魂逐飞蓬[7]，或负戈外戍，杀气雄边。寒客衣单，孀闺泪尽。或士有解佩出朝[8]，一去忘返；女有扬蛾入宠，再盼倾国[9]。凡斯种种，感荡心灵，非陈诗何以展其义？非长歌何以骋其情？故曰：《诗》可以群，可以怨[10]。使穷贱易安，幽居靡闷者，莫尚于诗矣。

故词人作者，罔[11]不爱好。今之士俗，斯风炽[12]矣。才能胜衣，甫就小学[13]，必甘心而驰骛[14]焉。于是庸音杂体，人各为容。至使膏腴子弟，耻文不逮[15]，终朝点缀，分夜呻吟，独观谓为警策，众睹终沦平钝。

次有轻薄之徒，笑曹、刘[16]为古拙，谓鲍照羲皇上人，谢朓今古独步[17]。而师鲍照，终不及“日中市朝满[18]”。学谢朓，劣得“黄鸟度青枝[19]”。徒自弃于高明，无涉于文流矣。

春风春鸟

春风抚万物，春鸟乱鸣，春花娇艳，春水潺潺，常被诗人写进诗中。诗人感于四时变化而赋诗，很多佳诗妙句都是由此而来的。

［注释］

①祁：大。

②四候：四季。

③嘉会：盛会。

④楚臣：指屈原。

⑤汉妾：指王昭君。

⑥朔野：朔方的郊野，指荒野。朔，朔方，古代地名，在今陕西北部与内蒙古交界一带。

⑦魂逐飞蓬：灵魂飘零，追逐被风吹飞的蓬草。

⑧解佩出朝：放弃官职，离开朝廷。佩，挂在腰间用来系官印的绶带，代指官职。

⑨“女有扬蛾入宠”二句：此典出自汉武帝李夫人事。李夫人是汉武帝宠妃，本是宫廷乐官李延年之妹，李延年在汉武帝前歌：“北方有佳人，绝世而独立。一顾倾人城，再顾倾人国。宁不知倾城与倾国，佳人难再得。”李夫人由此入宫。

⑩“《诗》可以群”二句：语出《论语·阳货》：“子曰：‘小子何莫学夫《诗》？《诗》可以兴，可以观，可以群，可以怨。’”

倾国李夫人

李夫人之兄曾歌："北方有佳人，绝世而独立，一顾倾人城，再顾倾人国，宁不知倾城与倾国，佳人难再得。"后来，汉武帝见到李夫人，赞为国色，对其十分宠爱。

⑪罔：无、没有。

⑫炽：热烈。

⑬甫就小学：一开始入学。甫，开始。就，就读。小学，儿童之学。

⑭驰骛：奔驰，追逐。

⑮"至使膏腴子弟"二句：以至于使富家子弟，以不会作诗为耻。膏腴子弟，又称"膏粱子弟"，富家子弟的代称。逮，达到。

⑯曹、刘：指曹植和刘桢。

⑰"谓鲍照羲皇上人"二句：认为鲍照是诗人中的上古伟人，谢朓的诗更能独步古今。鲍照（415—470），字明远，南朝宋诗人，与谢灵运和颜延之并称"元嘉三大家"。羲皇上人，伏羲氏以前的人，此处借指前代伟人。谢朓（464—499），字玄晖，南朝宋诗人，以山水诗著称。

⑱日中市朝满：语出鲍照《代结客少年场行》。

⑲黄鸟度青枝：语出南朝齐虞炎《玉阶怨》："紫藤拂花树，黄鸟度青枝。"此处当为钟嵘之误。

［译文］

至于春风春鸟，秋月秋蝉，夏云暑雨，隆冬严寒，这四个季节是会触发诗人情感的。宾主欢宴以诗唱和来表达情谊，离群远去借诗抒情来寄托怨愁。至于屈原被放逐，昭君离开汉宫，还有骨横塞外，魂逐转蓬，还有执戟守边，威震关山；塞客衾寒，寡妻泪干；还有士人挂冠隐退，去而不返；美女受宠入宫，倾国倾城。诸如这种种悲欢离合，感动和激荡着诗人的心灵，不陈献诗歌怎么能展现他们的思想？不高歌怎么能畅达他们的感情？所以孔子说："《诗》可以群，可以怨。"使人安贫而乐道，孤寂而不烦闷，没有比诗更好的了。

所以词作者，没有不爱好诗歌的。当今的雅士文人，作诗之风尤盛。尚在孩提，刚穿成人的衣服，刚开始启蒙，就跃跃欲试，乐于此道了。于是平庸之作，杂乱无章之体，纷至沓来，自以为好。甚至使得那些富家子弟，生怕诗写不好，整天修改润色，反复吟诵直至深夜。自己独自观看认为是佳句佳作，在众人看来仍是浅陋之作。

更有一些轻浮放荡之徒，嗤笑曹植、刘桢的诗古朴拙劣，推崇鲍照作品像伏羲以上时代的人，谢朓独绝今古。但他们学鲍照，还赶不上“日中市朝满”这样的诗句；学谢朓，仅学得“黄鸟度青枝”那样拙劣的诗句。只好说他们自弃于高明，无缘进入文学家的行列了。

观王公搢绅[1]之士，每博论[2]之余，何尝不以诗为口实。随其嗜欲，商榷不同。淄渑并泛[3]，朱紫相夺[4]，喧议竞起，准的[5]无依。近彭城刘士章[6]，俊赏之士[7]，疾其淆乱，欲为当世诗品。口陈标榜[8]，其文未遂，感而作焉。

昔九品论人[9]，《七略》裁士[10]，较以宾实[11]，诚多未值。至于诗之为技，较尔可知，以类推之，殆均博弈[12]。

方今皇帝[13]，资生知之上才[14]，体沉郁之幽思。文丽日月，赏究天人。昔在贵游[15]，已为称首。况八纮（hóng）既奄，风靡云蒸[16]。抱玉者联肩，握珠者踵武[17]。以瞰汉、魏而不顾，吞晋、宋于胸中。谅非农歌辕议[18]，敢致流别。嵘之今录，庶周旋于闾里[19]，均之于谈笑耳。

［注释］

①搢绅：笏板插在腰带间，是古代官员的打扮，引申为官员。搢绅，腰带。

②博论：高谈阔论。

③淄渑并泛：淄水和渑水混成一流。淄渑，指淄水和渑水，都在今山东省境内。旧说认为二水原本味道相异，混到一块便难以辨认。

④朱紫相夺：红色和紫色相互侵夺。古人认为，朱为正色，紫为间色，正邪有别，但是两色相近，易于混淆。语出《论语 · 阳货》：“恶紫之夺朱也，恶郑声之乱雅乐也，恶利口之覆邦家者。”

⑤准的：标准。

⑥彭城刘士章：刘绘（485—502），字士章，彭城（今江苏徐州）人，南朝齐时任著作郎。

⑦俊赏之士：精于鉴赏、善于品鉴的人。

⑧口陈标榜：口头品论诗人的优劣。标榜，品评。

⑨九品论人：自东汉开始，社会流行以九品等级来品评人物的风气，三国魏时设立“九品中正制”对士人分等级，作为授予官职的依据。九品分别为：上上、上中、上下，中上、中中、中下，下上、下中、下下。

⑩《七略》：汉代学者刘歆对以往文献进行归纳总结，辑成七部，分别为：《辑略》《六艺略》《诸子略》《诗赋略》《兵书略》《术数略》和《方技略》。

⑪宾实：名声与实际相符。语出《庄子 · 逍遥游》：“名者，实之宾也。”

⑫殆均博弈：大概与局戏和围棋相似。殆，大概。博弈，局戏与围棋，都是古代的游戏形式。

⑬方今皇帝：当今的皇帝，指梁武帝萧衍。

⑭资生知之上才：与生俱来的上等才华。资，天资。生知之，指不用学习就可以知道，语出《论语 · 季氏》：“孔子曰：‘生而知之者，上也；学而知之者，次也；困而学之，又其次也；困而不学，民斯为下矣！’”

⑮贵游：本意是无官职的王公贵族，后泛指达官显贵。

⑯“八纮既奄”二句：已经覆盖到了四面八方，天下的才俊也风云际会般前来聚集。八纮，八方。奄，覆盖。风靡云蒸，也作“风靡云集”，比喻人才纷纷前来投奔。

⑰“抱玉者联肩”二句：意思是人才辈出。抱玉、握珠，比喻人才。语出曹植《与杨德祖书》：“人人自谓握灵蛇之珠，家家自谓抱荆山之玉。”

⑱农歌辕议：农夫的歌谣和赶车人的议论，比喻低下的言说。这里是钟嵘自谦的说法。

⑲闾里：街巷之中。

［译文］

在我看来，王公贵族们每每在高谈阔论之余，何尝不是把诗歌作为话题。随着各人的兴趣爱好，对诗歌提出种种不同的看法。一时间，是非难辨，良莠不分，喧喧嚷嚷争论不休，连裁定的标准都没有。近来，彭城的刘绘，是个优秀的诗歌鉴赏家，他痛感诗坛的混乱，想撰写一部评论当代诗歌的作品，虽然口头上作过一些评论，但最终没成文，我有感于此而作《诗品》一书。

从前曾以九品论人，《七略》也裁定过各类作家，比较一下品第和实际情况，实在不太恰当。说到诗歌，它是一种技艺，是好是坏，一经比较便可清楚，打个比方来说，大致同下围棋相仿。

当今皇上，具有生而知之的一流才干，能体察深奥幽微的情思。文章如日月一样辉映，鉴赏力可穷极人道天理。从前已在贵族文学家中居于“竟陵八友”之首。何况现在天下统一，俊才辈出。才思敏捷、文章出众的人一批接着一批地涌现。早已是阔步高视，不把汉、魏放在眼里；气吞山河，视晋、宋如草芥微末。鉴于上述盛况，确实不是我这不登大雅之堂的评论所能将他们入第归品的。我现在的著作，大概只能流传于乡里街巷，等同于谈笑而已。

一品之中，略以世代为先后，不以优劣为诠(quán)次。又其人既往，其文克定①。今所寓言②，不录存者③。

夫属辞比事④，乃为通谈。若乃经国文符⑤，应资博古；撰德驳奏，宜穷往烈⑥。至乎吟咏情性，亦何贵于用事？“思君如流水⑦”，既是即目⑧。“高台多悲风⑨”，亦惟所见。“清晨登陇首⑩”，羌无故实⑪。“明月照积雪⑫”，讵⑬出经史？观古今胜语，多非补假，皆由直寻。

颜延⑭、谢庄⑮，尤为繁密，于时化之。故大明⑯、泰始中⑰，文章殆同书抄。任昉(fǎng)⑱、王元长⑲等，词不贵奇，竞须新事。尔来作者，浸以成俗。遂乃句无虚语，语无虚字，拘挛补衲，蠹(dù)文已甚⑳。但自然英旨，罕值其人。词已失高，则宜加事义㉑。虽谢㉒天才，且表学问，亦一理乎！

高台多悲风

所谓“高处不胜寒”，建在高处的观景台，多有强劲的天风，登台眺望，把酒临风，人常会悲从中来，不免叹息“高台多悲风”。

［注释］

①“其人既往”二句：只有人逝世以后，才能对他的文章下定论。既往，逝世的委婉说法。克，能。

②寓言：寄言。

③存者：指在世的诗人。

④属辞比事：写文章和用典故，

⑤经国文符：指陈述国政方针的文书。

⑥“撰德驳奏”二句：撰德和驳奏这两种文书，应该尽量引用古人事迹。撰德，臣子向皇帝陈述德行的公文。驳奏，臣子向皇帝上呈的驳议文书。穷，穷尽。往烈，以往的功绩。

⑦思君如流水：语出徐幹《室思》诗：“思君如流水，何有穷已时。”

⑧即目：目之所及。

⑨高台多悲风：语出曹植《杂诗》：“高台多悲风，朝日照北林。”

⑩清晨登陇首：语出张华佚诗残篇：“清晨登陇首，坎壈行山路。”

⑪羌无故实：岂能没有典故。羌，发语词，表示反问语气。故实，典故。

⑫明月照积雪：语出谢灵运《岁暮》诗：“明月照积雪，朔风劲且哀。”

⑬讵：岂，怎么。

⑭颜延：即颜延之（384—456），当时习惯称其为“颜延”。

⑮谢庄（421—466）：字希逸，南朝宋文学家，谢灵运族侄。

⑯大明：宋孝武帝年号，457年至464年使用。

⑰泰始：宋明帝年号，465年至471年使用。

⑱任昉（460—508）：字彦升，小字阿堆，南朝梁文学家。

⑲王元长（467—493）：字元长，南朝齐文学家。

⑳“逐乃句无虚语”四句：指诗文句句用典，没有一字一句没有根据，使诗文显得拘束不自然，反而毒害了诗文。拘挛，拘束。补衲，打补丁。蠹，毒害。

㉑“词已失高”二句：意思是诗既然本就不甚好，就不必格外添加典故了。词，指诗。事义，典故与事理。

㉒谢：辞别。这里指不作诗。

[译文]

在同一品第中，排列上大致以时代先后为次序，不以成就的高低为序。另外，只有人过世之后，作品方能盖棺论定。因而，入品的作家，不收录在世的。

写作这件事，需要遣词造句，组织事实材料，这是一般的道理。至于像治国的文书，应当博采故实；称颂伟大德行的文章和驳论表奏，理当尽量追溯过去的功绩。但是以吟咏情性为主的诗歌，为什么要以用事为贵呢？比如像“思君如流水”，已经如在眼前；“高台多悲风”，也像亲眼所见；“清晨登陇首”，并不曾用典；“明月照积雪”，出于何经、何史？统观古往今来名句名篇，绝大多数不用前人成语和拼凑典故，都是自出胸臆，直抒感受。

颜延之和谢庄，用典更为烦琐、细密，随着时间的流逝，愈演愈烈。到了大明、泰始年间，写诗已经几乎同抄书无异。任昉、王融等人，作诗不以创新为贵，却竞相追求用典的新颖、猎奇。近来的作者，渐渐形成一种风气。于是，句无不典，语无己意，牵强附会，拼凑补纳，把诗风败坏得不像样子。只是自然清新的精美诗作，再也没有人写得出了。既然写不出高妙的诗作，那么就添加典故义理。虽然缺乏天才，姑且卖弄一下学问，也可以说是写诗的一条途径吧！

陆机《文赋》，通而无贬[1]。李充《翰林》，疏而不切[2]。王微《鸿宝》，密而无裁[3]。颜延论文，精而难晓[4]。挚虞《文志》，详而博赡[5]，颇曰知言。观斯数家，皆就谈文体，不显优劣。至于谢客集诗，逢诗辄取。张骘(zhì)《文士》[6]，逢文即书。诸英志录，并义在文，曾无品第。嵘今所录，止乎五言。虽然，网罗今古，词文殆集。轻欲辨彰清浊，掎摭病利，凡百二十人[7]。预此宗流者，便称才子。至斯三品升降，差非定制[8]。方申变裁[9]，请寄知者尔。

［注释］

①通而无贬：通论诗文而没有对作者加以褒贬。

②“李充《翰林》”二句：李充的《翰林论》，粗疏且不够精切。李充（约 349—362），字弘度，东晋人，作《翰林论》五十四卷，今已佚。

③“王微《鸿宝》”二句：王微的《鸿宝》，虽然细密，但是没有对作者的裁语。王微（415—443），字景玄，南朝宋画家。著有《鸿宝》十卷，已散佚，内容不可考。

④“颜延论文”二句：颜延之谈论文学，虽然精道但难于理解。颜延之著有《庭诰》，其中有论文的部分。

⑤“挚虞《文志》”二句：挚虞的《文章志》，论说详尽，博大丰富。挚虞（？—311），字仲治，西晋文学家，著有《文章志》四卷。

⑥张骘《文士》：张骘，生平不详，著有《文士传》五十卷，已佚。

⑦凡百二十人：《诗品》上品列十一人，中品列三十九人，下品列七十二人，共计一百二十二人，“百二十”系约数。

⑧“至斯三品升降”二句：至于这三品的升降变化，还并非是定论。差，还、尚。

⑨方申变裁：将来如果有人申明改变了这种裁定。方，将。申，申明。裁，裁定。

［译文］

陆机的《文赋》，通论写作方法而无作家作品的褒贬；李充的《翰林论》，粗略而未必精切；王微的《鸿宝》，虽然细致但不加裁夺；颜延之论述文学的话，纵然精微，却又意思难于理解；挚虞的《文章志》，详尽宏富，可以说善于鉴别文辞：统观以上数家之作，都就文体本身发表看法，而不表明作家作品的高低优劣。至于说到谢灵运搜录的诗集，见诗便收；张骘的《文士》，逢文就录。这些杰出人物的著作，宗旨都在文章本身，不曾有所品评。我的著作所收录的，只限于五言诗人。尽管如此，已将古往今来的五言诗人全都搜集起来。不揣冒昧地想辨明优劣，批评好坏，共计一百二十位诗人。能够入品的都可称为才子。至于上、中、下三品的升降变化，还不能说是固定不变的；如果有其他的看法，就只能托付有见识的人了。

昔曹、刘殆文章之圣，陆、谢为体贰[1]之才。锐精研思，千百年中，而不闻宫商[2]之辨，四声[3]之论。或谓前达偶然不见，岂其然乎？

尝试言之，古曰“诗颂”，皆被之金竹[4]，故非调五音，无以谐会[5]。若“置酒高殿上[6]”，“明月照高楼[7]”，为韵之首。故三祖[8]之词，文或不工，而韵入歌唱，此重音韵之义也，与世之言宫商异矣。今既不备于管弦，亦何取于声律耶？

齐有王元长者，尝谓余云：“宫商与二仪[9]俱生，自古词人不知用之。唯颜宪子[10]乃云律吕音调，而其实大谬。唯见范晔[11]、谢庄，颇识之耳。”尝欲造《知音论》，未就。

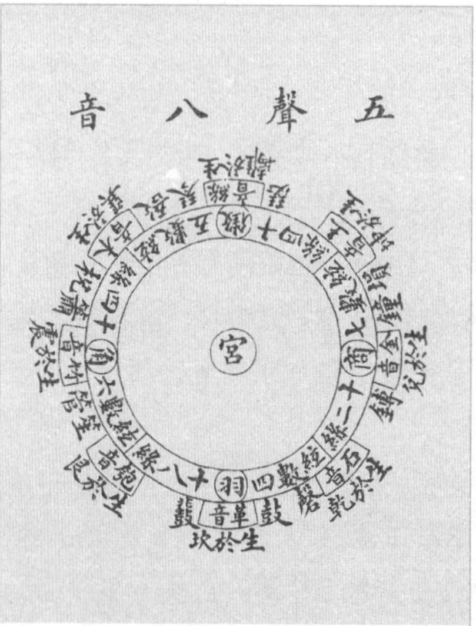

五声八音图

我国古代根据制作材料的不同，将乐器分为八种，称为“八音”。在古代诗文中常用其中的“金竹”代称乐器。

［注释］

①体贰：指效法前辈。

②宫商：古代的音律，分宫、商、角、徵、羽。

③四声：指古代汉语平、上、去、入四声。与现代汉语阴平、阳平、上声、去声四声不同。

④金竹：金石丝竹，指乐器。古人多用金、石、丝、竹制造乐器。

⑤谐会：和谐。

⑥置酒高殿上：语出曹植《箜篌引》："置酒高殿上，亲友从我游。"又见阮瑀《杂诗》："置酒高殿上，友朋集光辉。"

⑦明月照高楼：语出曹植《七哀诗》："明月照高楼，流光正徘徊。"

⑧三祖：指曹魏太祖曹操、高祖曹丕、烈祖曹叡。

⑨二仪：天地或阴阳。

⑩颜宪子：即颜延之（384—456），谥号宪。

⑪范晔（398—445）：字蔚宗，南朝宋史学家、诗人，著有《后汉书》。

［译文］

前代的曹植和刘桢，可以称之为文章中的圣人，陆机和谢灵运是效法二圣的亚圣之才。对于诗歌之道精研深思，但千百年来从未听说他们谈论过五音之别，四声之论。有人说是由于从前的贤士达人偶然没有发现，难道真是这样吗？

不妨试着谈谈，古人说"弦歌诗颂"，诗都入乐歌唱，所以不调五音就无法和谐悦耳。像"置酒高殿上"，"明月照高楼"这样的诗句，都是讲究声韵的典范了。曹操、曹丕、曹叡的诗篇，字句或许不如当代人要求的那样工整切律，却照样可以入乐吟唱，这是注重声韵的意思，与目前社会上讲的四声八病是两回事。现今的诗歌已经不再配乐歌唱，又何必还要斤斤计较于声律呢？

齐朝的王融曾经对我说："宫、商、角、徵、羽五音，与天地并生，古来诗人都不知去用。只有颜延之才谈过律吕音调，其实他也谈得错误百出。只有范晔、谢庄，才懂得一些。"他曾经打算撰写《知音论》，但未实现就去世了。

王元长创其首，沈约[1]、谢朓扬其波。三贤咸贵公子孙，幼有文辨[2]。士流景慕，务为精密。襞(bì)积[3]细微，专相陵架[4]。故使文多拘忌，伤其真美。余谓文制，本须讽读，不可蹇碍[5]。但令清浊通流，口吻调利，斯为足矣。至于平

上去入，则余病未能。蜂腰⑥、鹤膝⑦，闾里已具。

［注释］

①沈约（441—513）：字休文，南朝史学家、文学家，历仕南朝宋、齐、梁。

②文辨：文采和辩才。

③襞积：本意是古人衣服上的褶皱，这里指声律抑扬顿挫，高低起伏。襞，衣裙的褶皱。积，堆积。

④陵架：即凌驾，超越。

⑤蹇碍：迟钝而不通畅。

⑥蜂腰：写诗声律“八病”中的一种。指五言诗一句内第二字与第四字的声调相同，或第二字与第五字是浊音声母而第三字是清音声母，这样读起来会两头重，中间轻。八病，指沈约将汉语四声同传统的诗赋音韵知识相结合，规定的一套五言诗创作时应避免的声律上的毛病，包括平头、上尾、蜂腰、鹤膝、大韵、小韵、旁钮、正钮等八种情况。

⑦鹤膝：写诗声律“八病”中的一种。说法不一，一般认为是五言诗的第五字与第十五字的声调相同。

［译文］

王融首创其事，沈约、谢朓推波助澜。王、沈、谢三位贤达都是贵族子弟，从小有文章、辩才之名。于是文人学士之辈追慕景仰，诗律越来越绵密烦琐，犹如褶裥重叠，竞相争胜。使诗歌禁忌甚多，伤害了诗歌的自然之美。我认为，诗歌之作，原本是为了吟诵的，不可弄得佶屈聱牙。只需清浊流畅，出口爽利，就应满足了。至于平上去入，我自愧不懂。蜂腰、鹤膝，早已见诸民歌俚谣了。

陈思赠弟①，仲宣《七哀》②，公幹思友③，阮籍《咏怀》④，子卿“双凫(fú)”⑤，叔夜“双鸾”⑥，茂先寒夕⑦，平叔衣单⑧，安仁倦暑⑨，景阳苦雨⑩，灵运《邺中》⑪，士衡《拟古》⑫，越石感乱⑬，景纯咏仙⑭，王微风月⑮，谢客山泉⑯，叔源离宴⑰，鲍照戍边⑱，太冲《咏史》⑲，颜延入洛⑳，陶公《咏贫》之制㉑，惠连《捣衣》之作㉒，斯皆五言之警策者也。所谓篇章之珠泽㉓，文彩之邓林㉔。

[注释]

①陈思赠弟：指曹植写给曹彪的《赠白马王彪》诗。

②仲宣《七哀》：指王粲的《七哀诗》。

③公干思友：指刘桢《赠徐干诗》。

④阮籍《咏怀》：指阮籍的八十二首《咏怀》诗。

⑤子卿"双凫"：指苏武的《别李陵》诗，其中有"双凫俱北飞，一凫独南翔"之句。子卿，苏武字。凫，水鸟，即野鸭。

⑥叔夜"双鸾"：指嵇康《赠秀才入军》诗，中有"双鸾匿景曜，戢翼太山崖"之句。叔夜，嵇康字。

⑦茂先寒夕：指张华的《杂诗》，其中有"繁霜降当夕"之句。茂先，即张华（232—300），字茂先，西晋文学家，官至司空，著有《博物志》。

⑧平叔衣单：平叔，即何晏（？—249），字平叔，三国时期魏国诗人、玄学家。衣单，语出不详。

⑨安仁倦暑：指潘岳《在怀县作》诗二首，其中有"初伏启新节，隆暑方赫羲"之句。

⑩景阳苦雨：指张协《杂诗》，其中有"飞雨洒朝兰""密雨如散丝"等句。景阳，即张协（？—307），字景阳，西晋文学家，与兄张载，弟张亢并称"三张"。

⑪灵运《邺中》：指谢灵运《拟魏太子邺中集诗》八首。

⑫士衡《拟古》：指陆机的《拟古诗》十二首。

⑬越石感乱：指刘琨以《扶风歌》《重赠卢谌》等为代表的感乱诗作。感乱，有感于乱世。

⑭景纯咏仙：指郭璞的《游仙诗》十四首。

⑮王微风月：王微咏风月的诗作，今已佚。

⑯谢客山泉：指谢灵运所写的有咏山泉句子的山水诗，如《石室山诗》《从斤竹涧越岭溪行》等。

⑰叔源离宴：指谢混所作描写宴会离别的诗作。

⑱鲍照戍边：指鲍照以《代出自蓟北门行》为代表的咏边塞生活的诗作。

⑲太冲《咏史》：指左思的《咏史诗》八首。太冲，左思字。

⑳颜延入洛：指颜延之《北使洛》。

㉑陶公《咏贫》之制：指陶渊明《咏贫士》诗七首。

㉒惠连《捣衣》之作：指谢惠连《捣衣诗》。谢惠连（397或407—433），南朝宋文学家，谢灵运族弟。

㉓珠泽：传说中出产珍珠的大泽，比喻文采荟萃之地。

㉔邓林：传说中的树林，比喻精华。语出《山海经 · 海外北经》：“夸父与日逐走，入日。渴欲得饮，饮于河渭，河渭不足，北饮大泽。未至，道渴而死。弃其杖，化为邓林。”

[译文]

曹植的《赠白马王彪》诗，王粲的《七哀诗》，刘桢的思友之作，阮籍的《咏怀》八十二首，苏武的《别李陵诗》，嵇康的《赠秀才入军》诗，张华的《杂诗》，何晏的“衣单”之咏，潘岳的“倦暑”之叹，张协的“苦雨”诗，谢灵运《邺中》诗，陆机的《拟古诗》，刘琨的《扶风》歌，郭璞的《游仙诗》，王微的“风月”，谢灵运的“山水”，谢混的感伤“离宴”，鲍照的慨叹“戍边”，左思的《咏史》篇，颜延之的《北使洛》诗，陶渊明的《咏贫士》，谢惠连的《捣衣》诗，这些作品都是五言诗中的佳作。可以称之为诗歌长河中的珠宝，文学领域中的精品。

卷上

古诗

其体源出于《国风》[①]。陆机所拟十四首[②]。文温以丽，意悲而远。惊心动魄，可谓几乎一字千金！其外《去者日以疏》四十五首[③]，虽多哀怨，颇为总杂。旧疑是建安中曹、王[④]所制。《客从远方来》[⑤]《橘柚（jú yòu）垂华实》[⑥]，亦为惊绝矣！人代冥灭[⑦]，而清音独远，悲夫！

[注释]

①《国风》：指《诗经》中的《国风》部分，共一百六十篇，包括《周南》《召南》《邶风》《鄘风》《卫风》《王风》《郑风》《齐风》《魏风》《唐风》《秦风》《陈风》《桧风》《曹风》《豳风》，合称“十五国风”。这些诗大致是西周初年到春秋中叶的作品，反映了当时劳动、爱情、婚姻等多方面的社会生活面貌，风格自然朴实，富有情趣，具有极高的文学价值及史学价值。

②陆机所拟十四首：据梁萧统《昭明文选》所载，陆机《拟古诗》有十二首，此处疑为钟嵘之误。另有说，认为“十四首”是陆机作诗时所依据的原诗的数量。

③《去者日以疏》四十五首：《去者日以疏》，《古诗十九首》的第十四首：“去者日以疏，来者日以亲。出郭门直视，但见丘与坟。古墓犁为田，松柏摧为薪。白杨多悲风，萧萧愁杀人。思还故里闾，欲归道无因。”《古诗十九首》为萧统从东汉末年无名氏的《古诗》中选取的十九首诗的总称，风格古朴自

陆机

陆机（261—303），字士衡，吴郡吴县（今江苏苏州）人，西晋文学家、书法家，与其弟陆云合称“二陆”。

然，气韵生动，原诗无标题，皆以首句为题目。原文中所说“四十五首”，当指钟嵘当时所见的两汉古诗的总数，现在大部分已佚。

④曹、王：指曹植和王粲。

⑤《客从远方来》:《古诗十九首》的第十八首:“客从远方来，遗我一端绮。相去万余里，故人心尚尔！文彩双鸳鸯，裁为合欢被。着以长相思，缘以结不解。以胶投漆中，谁能别离此？”

⑥《橘柚垂华实》：汉代无名氏《古诗》三首之一:“橘柚垂华实，乃在深山侧。闻君好我甘，窃独自雕饰。委身玉盘中，历年冀见食。芳菲不相投，青黄忽改色。人倘欲我知，因君为羽翼。”

⑦人代冥灭：指因为时间久远，作者的信息已经湮没无闻。人代，人世。冥，久远。灭，断绝。

[译文]

古诗之体来源于《诗经》中的《国风》。陆机还曾拟作过十四首。文辞温婉而典雅，意境悲切而深远。读来令人惊心动魄，真所谓几乎达到一字千金的程度！此外，还有《去者日以疏》等四十五首，虽然也很哀怨动人，而内容不免庞杂。从前有人怀疑它是建安时代的曹植、王粲所作。其中《客从远方来》《橘柚垂华实》两首，也是惊采绝艳！何人何时所作，已无从考查，而杰出的作品能遗响不绝，可悲啊！

汉都尉李陵诗

其源出于楚辞[①]。文多凄怆(chuàng)，怨者之流。陵，名家子，有殊才，生命不谐，声颓身丧[②]。使[③]陵不遭辛苦，其文亦何能至此！

[注释]

①楚辞：又称“楚词”，本义是楚地的言辞，后指在此地形成的辞赋文体。以战国屈原的《离骚》为代表，包括战国宋玉、西汉贾谊、东方朔、王褒、刘向等人的仿骚体作品，都属于这一范畴。后来西汉刘向在前人基础上辑录了一部“楚辞”体的诗歌总集，称《楚辞》。此处指文体。

②生命不谐，声颓身丧：一生命运坎坷，乃至于身败名裂。声颓身丧，指李陵投降匈奴一事。

③使：假使。

［译文］

李陵的诗歌源于楚辞。文章大多凄婉、哀伤，是怨者一类的人。李陵是名家子弟，有出众超群的才能，一生命运颇多舛逆，最终身败名裂。倘使李陵不遭受苦难，他的诗歌怎能达到这等高度！

汉婕妤班姬诗

其源出于李陵。《团扇》短章[1]，辞旨清捷，怨深文绮[2]，得匹妇之致。侏儒一节[3]，可以知其工矣！

［注释］

①《团扇》短章:《团扇》又名《纨扇诗》，《昭明文选》题为《怨歌行》。原文为："新裂齐纨素，鲜洁如霜雪。裁作合欢扇，团团似明月。出入君怀袖，动摇微风发。常恐秋节至，凉飙夺炎热。弃捐箧笥中，恩情中道绝。"因该诗只有十句五十字，故称"短章"。

②"辞旨清捷"二句：诗风清丽简洁，感情哀怨深切但是文采绮丽。

③侏儒一节：汉代谚语，意同"窥一斑而见全豹"。语出西汉桓谭《新论·道赋》："侏儒见一节，而长短可知。"

裁团扇

班婕妤的《团扇》诗："新裂齐纨素，鲜洁如霜雪。裁作合欢扇，团圆似明月。出入君怀袖，动摇微风发。常恐秋节至，凉飚夺炎热。弃捐箧笥中，恩情中道绝。"

［译文］

班婕妤的诗源于李陵。《团扇》小诗一首，言辞主旨清新流利，哀怨甚深而文辞华美，深得普通女人的情致。从她这一首小诗可以看出，她的诗是很精巧工整的。

魏陈思王植诗

其源出于《国风》。骨气奇高，词彩华茂。情兼雅怨，体被文质。粲(càn)溢今古，卓尔不群。嗟乎！陈思之于文章也，譬人伦之有周、孔，鳞羽之有龙凤，音乐之有琴笙，女工①之有黼黻(fǔ fú)②。俾汝怀铅吮墨者，抱篇章而景慕③，映余晖以自烛④。故孔氏之门如用诗，则公幹升堂，思王入室，景阳⑤、潘、陆⑥，自可坐于廊庑⑦之间矣！

［注释］

①女工：即女红，指女子擅长的纺织、刺绣等工作。

②黼黻：古代礼服上绣制的花纹。

③“俾汝怀铅吮墨者”二句：使你们这些写文章的人，手捧他们的作品而仰慕。俾，使。怀铅吮墨，怀抱铅粉、口含毛笔尖，比喻随时准备写作。铅，铅粉，铅制的白色粉末，古人用于修改墨迹。

④自烛：照亮自己。

⑤景阳：张协字。

⑥潘、陆：潘岳和陆机。

⑦廊庑：走廊，这里比喻地位稍次。

［译文］

曹植的诗源于《诗经》里的《国风》。气势奇绝高超，辞藻堂皇富丽；情感兼有雅正、怨诽，而又不过激，在内容和形式上，文质彬彬，协调和谐。诗歌光芒四射，映及古今，独立超群。啊！曹植之于诗坛，真好像人类中的周公、孔子，动物中的龙凤，音乐中的琴笙，女工中的精美刺绣。使你们这些作家诗人，手捧他的作品而景仰钦慕，用他的不朽之作的光辉照亮自己。所以说，如果孔子用诗来衡量弟子高下的话，那么，刘桢升堂，曹植入室，张协、潘岳、陆机只能坐在走廊里了！

魏文学刘桢诗

其源出于《古诗》。仗气爱奇①，动多振绝②。真骨凌霜，高风跨俗。但气过其文③，雕润④恨少。然自陈思已下，桢(zhēn)称独步。

[注释]

①仗气爱奇：倚仗气势，喜欢奇绝的句子。

②动多振绝：动辄就有很多惊世骇俗的文辞。

③气过其文：指文章的气势超过文采。

④雕润：雕刻润色。

[译文]

刘桢的诗源于古诗。他依仗特有的气势和不同凡响的词句，使诗歌惊世骇俗。以其正直的精神品格傲霜斗雪，以其高洁的诗风超越凡俗。然而，他的诗未免气势多于文采，必要的润色也太少了。尽管这样，除曹植以外，他在当时诗坛上再无对手了。

魏侍中王粲诗

其源出于李陵。发愀怆①之词，文秀而质羸②。在曹、刘间别构一体。方③陈思不足，比魏文④有余。

[注释]

①愀怆：悲怆。

②质羸：骨质柔弱。羸，弱。

③方：比拟。

④魏文：指魏文帝曹丕。

[译文]

王粲的诗渊出于李陵。他善于写凄怆忧伤的诗作，诗风娟秀但骨力稍弱。在曹植与刘桢之间别具一格。与曹植相比，在其下；与曹丕相较，则在其上。

晋步兵阮籍诗

其源出于《小雅》[1]。无雕虫之功[2]。而《咏怀》之作[3]，可以陶性灵，发幽思[4]。言在耳目之内，情寄八荒之表[5]。洋洋乎会于《风》《雅》，使人忘其鄙近，自致远大，颇多感慨之词。厥(jué)旨渊放，归趣难求。颜延年注，怯言其志[6]。

［注释］

①《小雅》:《诗经》中的一部分，一般认为是贵族举行宴会时的音乐，内容多反映当时贵族生活、政治危机等，与典礼时所用的《大雅》相对，共七十四篇。

②雕虫之功：字句上的精雕细刻。雕虫，原意指秦人书写篆书的技法，后用以比喻文辞精巧。

③《咏怀》之作：指阮籍的《咏怀》诗八十二首，风格高远，被后世认为是建安风骨的延续。

④“可以陶性灵”二句：可以陶冶性情，排遣深沉细微的感情。

⑤八荒之表：八方荒野之外，指极远的地方。表，外。

⑥“颜延年注”二句：颜延年曾为阮籍的诗作注，说阮籍不敢在诗中点明心志。萧统《昭明文选》选“颜延年、沈约注”《咏怀》诗十七首。《题解》云：“颜延年曰：‘说者阮籍，在晋文代，常虑祸患。故发此咏耳。’”又第一首末云：“嗣宗身仕乱朝，常恐罹谤遇祸，因兹发咏，故每有忧生之嗟。虽志在刺讥，而文多隐避，百代之下，难以情测。”

阮籍

阮籍（210—263），字嗣宗，三国魏诗人。陈留尉氏（今河南开封人），“竹林七贤”之一。曾任步兵校尉，人称阮步兵。

［译文］

阮籍的诗源于《诗经》中的《小雅》。他不注重雕章琢句的工巧。《咏怀》诗可以陶冶读者的情操，启发读者幽深的情思。言近而意远。其气魄宏大相当于《诗经》中的《风》《雅》，能使人忘却胸中的龌龊和鄙吝，达到襟怀开阔、目光远大的境界，诗中有不少慷慨感叹的词句。诗境高远放达，旨趣难以捉摸。当年颜延年给他作注解，不敢点明他的作诗意图。

晋平原相陆机诗

其源出于陈思。才高辞赡①，举体②华美。气少于公干，文劣于仲宣③。但尚规矩，不贵绮错，有伤直致之奇④。然其咀嚼英华，厌饫膏泽⑤，文章之渊泉也。张公叹其大才⑥，信矣！

［注释］

①赡：丰富。

②举体：通体，整体。举，全。

③“气少于公干”二句：气势比刘桢少，文采比王粲差。

④有伤直致之奇：有碍于直率表达的奇美。

⑤“咀嚼英华”二句：玩赏绮丽华美的句子，厌恶辞藻的堆砌。饫，饱含。膏泽，滋润土壤的雨水，这里指堆砌辞藻。

⑥张公叹其大才：据《晋书·陆机传》载：“（张华）谓曰：‘人之为文，常恨才少，而子更患其多。’”张公，指张华。

［译文］

陆机的诗源于曹植。他才气高妙辞藻丰富，文体华丽秀美。文章气骨少于刘桢，文采逊于王粲。作诗崇尚格律，不看重纵横铺陈，未免有伤于直率表达情致之妙。但他在雕琢华词丽句，重彩描绘方面，成了开创一代诗风的源泉。司空张华曾赞叹他有大才，的确如此！

晋黄门郎潘岳诗

其源出于仲宣。《翰林》①叹其翩翩然，如翔禽之有羽毛，衣服之有绡縠②，犹浅于陆机。谢混云：“潘诗烂若舒锦，无处不佳；陆文如披沙简金，往往见宝。”嵘谓：益寿轻华③，故以潘为胜。《翰林》笃论④，故叹陆为深。余常言：陆才如海，潘才如江。

文禽理羽

禽鸟的羽毛华彩灿烂，李充将潘岳的诗文比誉为“翔禽之羽毛，衣服之绡縠”，是说潘岳诗文华美绮丽。

[注释]

①《翰林》：指晋李充所著《翰林论》，已佚。唐徐坚等撰《初学记》引《翰林论》：“潘安仁之为文也，犹翔禽之羽毛，衣服之绡縠。”

②绡縠：丝绸上的文彩。

③益寿轻华：谢混诗轻浮华丽。益寿，谢混小字。

④笃论：中肯之论。

[译文]

潘岳的诗源于王粲。李充《翰林》赞叹他的诗风致俨然，像飞禽有着美丽羽毛，像衣服有着锦绣花纹，但还是比陆机浅薄。谢混说：“潘岳的诗色彩斑斓好像铺锦列绣，处处都美；陆机的文章像披沙拣金，常常见宝。”我认为：谢混看不起张华，所以认为潘胜于陆。李充《翰林》评论中肯，所以赞叹陆深于潘。我曾经说：陆机之才如大海，潘岳之才似长江。

晋黄门郎张协诗

其源出于王粲。文体华净①，少病累。又巧构形似之言②。雄于潘岳，靡于太冲。风流调达，实旷代之高手。词彩葱菁③，音韵铿锵，使人味④之，亹亹(wěi)⑤不倦。

[注释]

①华净：华美洁净。

②巧构形似之言：善于精巧构思惟妙惟肖的写景之句。

③词彩葱菁：文词丰富，青葱茂盛。

④味：作动词，觉得津津有味。

⑤亹亹：勤勉的样子。

[译文]

张协的诗源于王粲。文体华美纯净，少有病累之句。又长于巧妙地写出精确描绘景物的诗句。他的诗风比潘岳雄放，词采绮靡又超过左思。风格洒脱和谐畅达，实在是绝代高手。辞藻繁盛，音调铿锵，使人读之有味，不知疲倦。

晋记室左思诗

其源出于公幹。文典以怨[1]，颇为精切，得讽谕之致。虽野[2]于陆机，而深于潘岳。谢康乐[3]尝言："左太冲、潘安仁诗，古今难比。"

[注释]

①文典以怨：文词典雅而含蓄蕴藉。怨，通"蕴"，蕴藉、含蓄。

②野：质朴。见《论语·雍也》："质胜文则野，文胜质则史。"

③谢康乐：即谢灵运，袭封康乐公。

[译文]

左思的诗源于刘桢。用典雅的文辞发泄对现实的不满，甚为精当切要，颇有讽刺、教化的意态。虽然比陆机浅显，但比潘岳深刻。谢灵运曾经说："左思的诗和潘岳的诗，古往今来，难以伦比。"

宋临川太守谢灵运诗

其源出于陈思，杂有景阳[1]之体。故尚巧似，而逸荡过之。颇以繁芜为累。嵘谓：若人兴多才高，寓目辄书[2]，内无乏思，外无遗物，其繁富，宜哉！然名章迥句[3]，处处间起[4]。丽典新声，络绎奔会[5]。譬犹青松之拔灌木，白玉之映尘沙，未足贬其高洁也。初，钱塘杜明师[6]夜梦东南有人来入其馆，是夕即灵运生于会稽[7]。旬日而谢玄亡。其家以

子孙难得，送灵运于杜治⑧养之。十五方还都，故小名“客儿”。

谢灵运

谢灵运（385—433），晋宋间诗人。原籍陈郡阳夏（今河南太康）人。他是谢玄的孙子，袭爵封康乐公，后世习惯称他为谢康乐。

［注释］

①景阳：张协字。

②寓目辄书：凡是眼见的事物就都能书写成诗。

③名章迥句：名篇佳句。迥，卓越。

④处处间起：随处可见。

⑤“丽典新声”二句：华丽典雅的新奇诗句，接连不断地奔涌而来。络绎，前后接连的样子。

⑥杜明师：杜姓的道士，有人考证为杜昺（生卒年不详），字叔恭，钱塘（今浙江杭州）人，南北朝时著名道士，死后为道徒弟子谥“明”，因称杜明师。

⑦会稽：古地名，即今浙江绍兴。

⑧杜治：杜明师修行的地方。治，道家的静室。

［译文］

谢灵运诗源于曹植，掺杂有张协的诗风。所以描写景物崇尚“巧似”，但超脱旷达超过张协。过分的繁文缛采，是他诗歌的缺点。我以为：此人思路敏捷，诗才高妙，所见之物，皆能入诗，胸中不缺少丰富的思想感情，眼前没有不可入诗的景物，说他“繁富”，是十分相宜的！然而在他的诗中，名篇佳句，随处可见；华美典雅的新词丽句，相继涌现。好像青松秀拔于灌木丛中，白玉辉映着沙粒，无损于他诗的高洁。起先，钱塘杜明师晚上梦见有人自东南方而来，进入他的房间，当晚，谢灵运就在会稽出生。十天后，谢玄去世。家里认为子孙难得，送灵运到杜明师的静室抚养。十五岁才回到都城建康，所以小名做“客儿”。

卷中

汉上计秦嘉 嘉妻徐淑诗

夫妻事既可伤[1]，文亦凄怨。为五言者，不过数家，而妇人居二。徐淑叙别之作，亚于《团扇》矣。

徐淑寄书

[注释]

①夫妻事既可伤：指秦嘉《赠妇诗》三首和徐淑《答夫诗》。据徐陵《玉台新咏》所录《赠妇诗》前序："秦嘉，字士会，陇西（今甘肃东南）人也。为郡上掾，其妻徐淑寝疾，还家，不获面别。赠诗云尔。"秦嘉赠诗和徐淑答诗内容均叙述离别后思念之情。

[译文]

秦嘉、徐淑夫妇二人的遭遇既然值得悲伤，他们的诗作自然也凄婉哀怨。两汉五言诗人不过数家，而女诗人已占两人。徐淑的《答夫诗》比班姬的《团扇》诗，仅略逊一筹。

魏文帝诗

其源出于李陵，颇有仲宣之体则。新奇百许篇[1]，率皆鄙直如偶语。惟"西北有浮云[2]"十余首，殊美赡[3]可玩，始见其工矣。不然，何以铨（quán）衡群彦，对扬厥弟者耶[4]？

［注释］

①百许篇：一百来篇。许，表示数目为约数。

②西北有浮云：指曹丕《杂诗》二首中的第二首："西北有浮云，亭亭如车盖。惜哉时不遇，适与飘风会。吹我东南行，行行至吴会。吴会非我乡，安得久留滞？弃置勿复陈，客子常畏人。"

③美赡：优美丰富。

④"何以铨衡群彦"二句：怎么能评论诸多才能杰出的人士，极誉称扬成就突出的弟弟呢？铨衡群彦，指曹丕品评当时诗人的《典论·论文》。铨衡，原意是衡器和量具，这里作动词，是"比较"的意思。彦，才能杰出的人。对扬，对答称赞。厥弟，指曹植。

［译文］

曹丕的诗渊源于李陵，还杂有王粲的诗风。新语有一百来篇，大抵都鄙野质直好像与人说话一样。只有《杂诗》"西北有浮云"等十多首，特别华美富丽，可供玩味，能看出他的精致工整。否则，他怎么能评论众位作家，极誉称扬成就突出的弟弟曹植呢？

晋中散 嵇康诗

颇似魏文。过为峻切①，讦直露才②，伤渊雅之致。然托喻清远，良有鉴裁③，亦未失高流矣。

［注释］

①峻切：严厉尖刻。

②讦直露才：通过揭发别人短处来彰显自己的才华。讦直，不留情面地揭发过错。

③良有鉴裁：的确有鉴赏和裁断的能力。

［译文］

嵇康的诗风很像曹丕。只是过分严厉激烈，横议是非，露才扬己，有损于敦厚雅正的高致。但寄托深远，确实有审察、识别能力，仍不失为诗家名流。

晋司空张华诗

其源出于王粲。其体华艳，兴托不奇[1]。巧用文字，务为妍冶[2]。虽名高曩(nǎng)代[3]，而疏亮之士[4]，犹恨其儿女情多，风云气少。谢康乐云："张公千篇，犹一体耳。"今置之中品疑弱，处之下科恨少，在季、孟之间[5]矣。

[注释]

①兴托不奇：寄托的情趣不新奇。

②妍冶：艳丽妖冶。

③曩代：前代。

④疏亮之士：通达而有见识的人。

⑤季、孟之间：指在上品和下品之间。语出《论语·微子》："齐景公侍孔子曰：'若季氏则吾不能，以季孟之间侍之。'"季、孟，指春秋时鲁国三卿中的季孙氏和孟孙氏，季孙氏为上卿，孟孙氏为下卿。

思佳人

"清风动帷帘，晨月照幽房。佳人处遐远，兰室无容光。襟怀拥虚景，轻衾覆空床。居欢惜夜促，在戚怨宵长。拊枕独啸叹，感慨心内伤。"这是张华的《情诗》。

[译文]

张华的诗源于王粲。他的诗体裁华丽富艳，而比兴寓意不深。字句用得工巧，竭力追新求艳。虽然在前代名声很高，但通脱豁达之士还是遗憾他的诗柔情太多，气概不足。谢灵运说："张公即使有千首诗，仍是一副老面孔。"现在将他列入中品，嫌薄弱了些，列为下品，又显得亏待了他，宜在上下之间罢了。

魏尚书何晏 晋冯翊太守孙楚 晋著作王赞 晋司徒掾张翰 晋中书令潘尼诗

平叔“鸿鹄”之篇①，风规②见矣。子荆“零雨”之外③，正长“朔风”之后④，虽有累札⑤，良亦无闻。季鹰“黄华”之唱⑥，正叔“绿蘩”之良⑦，虽不具美，而文采高丽。并得虬龙片甲，凤凰一毛⑧。事同驳圣⑨，宜居中品。

[注释]

①平叔“鸿鹄”之篇：指何晏《拟古诗》，其中有“鸿鹄比翼游，群飞戏太清”之句。平叔，即何晏（？—249），字平叔，南阳宛（今河南南阳）人，三国时期魏国玄学家，汉大将军何进之孙，后因依附曹爽，为司马懿所杀，夷三族。

②风规：风格。

③子荆“零雨”之外：孙楚除了《征西官属送于陟阳侯作》诗以外。子荆，即孙楚（约218—293），字子荆，西晋诗人，晋惠帝时任冯翊太守。零雨，《征西官属送于陟阳侯作》诗中有“晨风飘歧路，零雨被秋草”之句。

④正长“朔风”之后：王赞在《杂诗》以后的作品，中有“朔风动秋草，边马有归心”之句。正长，即王赞（？—311），字正长，义阳（今河南新野）人，西晋末为石勒所杀。

⑤累札：指很多诗作。

⑥季鹰“黄华”之唱：指张翰的《杂诗》，其中有“青条若总翠，黄华如散金”之句。季鹰，即张翰（生卒年不详），字季鹰，吴郡吴县（今江苏苏州）人，性格放纵不羁，时人比之为阮籍，号“江东步兵”，“八王之乱”前见祸乱方兴，以思念吴中菰菜、莼羹、鲈鱼脍为由辞官归去。

龙

龙在我国传统文化中是一种能兴云布雨的祥瑞动物。它与凤、麒麟、灵龟合称“四灵”。此处以龙的鳞甲比喻珍奇之物。

⑦正叔“绿蘩”：指潘尼的《迎大驾》诗，其中有“青松荫修岭，绿蘩被广隰”之句。正叔，即潘尼（约250—311），字正叔，西晋文学家，潘岳之侄，与潘岳并称“两潘”。

⑧“虬龙片甲”二句：虬龙的一片鳞甲，凤凰的一片羽毛。比喻稀少之物，这里意思是以上几位诗人都是以一首诗著称。

⑨驳圣：不纯的圣人。驳，指马毛色不纯。

［译文］

何晏的《拟古诗》“鸿鹄”篇，风范已现。孙楚的“零雨被秋草”一首以外，王赞的《杂诗》“朔风动秋草”一篇之后，他们虽然还有不少诗作，但实在不太闻名了。张翰《杂诗》“黄华如散金”篇，潘尼《迎大驾诗》“绿蘩被广隰”篇，他们的诗虽然并非首首都好，但文采高妙华丽。都有凤毛麟角的价值。正如有些许缺点的圣人一样，应该归入中品。

魏侍中应璩诗

祖袭魏文①。善为古语，指事殷勤，雅意深笃，得诗人激刺②之旨。至于“济济今日所③”，华靡可讽味焉④。

［注释］

①祖袭魏文：继承了魏文帝曹丕的诗风。

②激刺：深切的讽刺。激，猛烈。

③济济今日所：出处不详，应为应璩已佚的诗句。济济，众多。

④华靡可讽味焉：风格华丽绮靡，可以讽诵玩味。

［译文］

应璩的诗渊源于曹丕。好作古人语，诗中所指责的时事，恳切中肯，雅正之意深厚纯真，有古代诗人激浊扬清的讽喻传统。至于像“济济今日所”这样的诗句，则华美绮靡足供讽诵玩味了。

晋清河太守陆云　晋侍中石崇　晋襄城太守曹摅　晋朗陵公何劭诗

清河之方平原①，殆（dài）如陈思之匹白马②。于其哲昆③，故称二陆。季伦④、颜远⑤，并有英篇。笃而论之，朗陵⑥为最。

［注释］

①清河之方平原：用陆云同陆机相比。清河，指陆云（262—303），字士龙，吴郡吴县（今江苏苏州）人，曾任清河内史，故称“陆清河”，三国吴大将陆逊之孙，陆机之弟，与陆机并称“二陆”。平原，即陆机，曾任平原内史，故称。

②白马：指曹彪，魏明帝时封白马王。

③哲昆：贤哲的兄长，指前文所说的陆机和曹植。昆，古代称哥哥。

④季伦：石崇（249—300），字季伦，西晋诗人、富商，因与晋武帝舅父王恺斗富而闻名，有《金谷诗序》。

⑤颜远：曹摅（？—308），字颜远，曹魏大司马曹休之后，西晋大臣，诗人，官至征南司马。

⑥朗陵：何劭（236—301），字敬祖，袭封朗陵郡公。

［译文］

拿陆云同陆机相比，大概像曹植之比于曹彪。由于有他贤兄在，故“二陆”并称。石崇、曹摅，都有佳作。平心而论，四人之中何劭最突出。

晋太尉刘琨　晋中郎卢谌诗

其源出于王粲。善为凄戾①之词，自有清拔之气。琨既体良才，又罹（lí）厄运②，故善叙丧乱，多感恨之辞。中郎③仰之，微不逮者矣④。

［注释］

①凄戾：凄凉辛酸。

②“既体良才”二句：既身怀优良的才华，又遭受困厄的命运。体，包含。

罹，遭受。厄运，指刘琨被鲜卑首领段匹磾所杀。

③中郎：即卢谌（284—350），字子谅，十六国中因战乱被杀。曾任从事中郎。

④微不逮者矣：稍微有点比不上。

［译文］

刘琨的诗渊源于王粲。善于写悲凉、凄楚之词，但自有清刚、挺拔的气势。刘琨既具有优良的诗才，又遭受厄运的磨砺，所以擅长叙写丧乱题材，颇多感慨怨恨的情调。卢谌仰承他的作品，而略有不及。

晋弘农太守郭璞诗

宪章[1]潘岳，文体相晖[2]，彪炳可玩[3]。始变永嘉平淡之体[4]，故称中兴第一。《翰林》以为诗首。但《游仙》之作，辞多慷慨，乖远玄宗[5]。而云“奈何虎豹姿”，又云“戢翼栖榛梗”[6]，乃是坎壈（lǎn）[7]咏怀，非列仙之趣也。

［注释］

①宪章：效法。

②文体相晖：指郭璞和潘岳的诗风相映生辉。文体，这里是风格的意思。

③彪炳可玩：文采焕发值得玩味。彪炳，焕发。

④永嘉平淡之体：西晋怀帝永嘉年间（307—313），社会崇尚黄老之学，诗坛流行以玄学和清谈入诗的风气，诗歌内容普遍清淡寡味，言之无物。

⑤乖远玄宗：远远背离了玄学宗旨。乖远，背离。

⑥“而云”二句：现存郭璞《游仙》诗十九首中并无“奈何虎豹姿”“戢翼栖榛梗”二句，应该是佚诗。

⑦坎壈：坎坷不顺利。

［译文］

郭璞的诗效法潘岳，诗歌风格可同潘岳相与争辉，文采辉煌，可供品赏。开始转变永嘉平淡无奇的诗风，称得上重振诗坛的第一功臣。李充《翰林论》认为他是当代“诗首”。但是他的《游仙》之作，文辞中颇多感慨，背离了道家宗旨。而诗句“奈何虎豹姿”，还有“戢翼栖榛梗”，已是坎坷失意的咏怀诗，而不再是游仙诗的旨趣了。

晋吏部郎袁宏诗

彦伯[1]《咏史》，虽文体未遒[2]，而鲜明劲健，去凡俗远矣。

[注释]

①彦伯：袁宏（约328—约376），字彦伯，小字虎，时称袁虎，东晋文学家、史学家。

②文体未遒：文章风格不够强劲有力。遒，强劲有力。

[译文]

袁宏的《咏史》诗，虽说风格不够强劲有力，但清新、晓畅、强劲、稳健，比一般的诗要好多了。

晋处士郭泰机　晋常侍顾恺之　宋谢世基　宋参军顾迈　宋参军戴凯诗

泰机“寒女”之制[1]，孤怨宜恨。长康能以二韵答四首之美[2]。世基“横海”[3]，顾迈“鸿飞”[4]。戴凯人实贫羸[5]，而才章富健。观此五子，文虽不多，气调劲拔。吾许其进[6]，则鲍照、江淹，未足逮止[7]。越居中品，佥(qiān)曰宜哉[8]。

[注释]

①泰机“寒女”之制：指郭泰机《答傅咸》，开篇为“皦皦白素丝，织为寒女衣”。泰机，即郭泰机（约239—294），西晋河南郡（今河南洛阳）人，出身寒门，未曾入仕，因称“处士”。

②长康能以二韵答四首之美：顾恺之完美地用“二韵”答对“四首”。长康，即顾恺之（348—409），字长康，小字虎头，东晋诗人、画家，绘画精于人像、山水等，时人称之为画、文、痴“三绝”。“二韵答四首之美”，代指内容不详。有人认为指顾恺之《神情诗》：“春水满四泽，夏云多奇峰。秋月扬明辉，冬岭秀

寒松。”意谓用两句的短韵答对四季之美。

③世基“横海”：指谢世基《连句诗》：“伟哉横海鲸，壮矣垂天翼。一旦失风水，翻为蝼蚁食。”谢世基（？—426），南朝宋右卫将军谢晦族侄，后谢晦叛宋被诛，谢世基连坐。

④顾迈“鸿飞”：顾迈，生平不详。“鸿飞”，出处不详，或为佚诗。

⑤戴凯人实贫羸：戴凯家境贫寒、身体羸弱。戴凯，生平不详。

⑥吾许其进：我同意让他们晋升一品。意思是将这五个人列为上品。

⑦未足逮止：还达不到。止，语气助词，无意义。

⑧佥曰宜哉：都说很合适。佥，皆、都。

寒 女

“皦皦白素丝，织为寒女衣。寒女虽妙巧，不得秉杼机。天寒知运速，况复雁南飞。衣工秉刀尺，弃我忽若遗。人不取诸身，世士焉所希？况复已朝餐，曷由知我饥？”这是郭泰机的《答傅咸》。

[译文]

郭泰机的“寒女”诗，表现了个人的孤寂怨恨情绪。顾恺之具有能够以四句诗对答四首诗的绝招。谢世基有“横海”之作，顾迈有“鸿飞”之篇。戴凯人虽然贫寒、瘦弱，但文才富足。统观这五位诗人，作品虽然不多，但气韵格调峭拔出众，不同凡响。我把他们列进来，但他们还比不上鲍照、江淹。破例把他们放到中品，大家都会认为是恰当的。

宋征士陶潜诗

其源出于应璩，又协左思风力。文体省静①，殆无长语②。笃意真古，辞兴婉惬[qiè]③。每观其文，想其人德。世叹其质直。至如“欢言酌春酒④”“日暮天无云⑤”，风华清靡，岂直为田家语邪？古今隐逸诗人之宗也。

欢言酌春酒

孟夏草木长，绕屋树扶疏。众鸟欣有托，吾亦爱吾庐。既耕亦已种，时还读我书。穷巷隔深辙，颇回故人车。欢言酌春酒，摘我园中蔬。 微雨从东来，好风与之俱。泛览周王传，流观山海图。俯仰终宇宙，不乐复何如。

[注释]

①文体省静：文风简洁。

②殆无长语：几乎没有冗繁之语。殆，几乎。长语，多余的话。

③辞兴婉惬：诗的意兴美好适当。

④欢言酌春酒：语出陶潜《读山海经》诗其一："欢言酌春酒，摘我园中蔬。"

⑤日暮天无云：语出陶潜《拟古》诗："日暮天无云，春风扇微和。"

[译文]

陶潜的诗源于应璩，又吸收融化了左思诗歌的风韵格调。文字省俭、风格清练，几乎没有多余的字句。诗意纯真古朴，意兴美好舒心。读他的文章，总想起他的人品德行。社会上一般人叹惜他的诗过于质朴直露。至于像"欢言辞春酒""日暮天无云"这样的诗句，华美清丽，谁说只是村野鄙语呢？他是古今隐逸诗人中所被师法的对象。

宋光禄大夫颜延之诗

其源出于陆机。尚巧似[①]。体裁绮密，情喻渊深[②]，动无虚散；一字一句，皆致意焉。又喜用古事，弥见拘束[③]。虽乖秀逸[④]，固是经纶文雅才。雅才减若人，则蹈于困踬(zhì)矣[⑤]。汤惠休[⑥]曰："谢诗如芙蓉出水，颜如错采镂金[⑦]。"颜终身病[⑧]之。

[注释]

①尚巧似：追求逼真。巧似，逼真。

②情喻渊深：感情寄寓深远。

③弥见拘束：更加显得拘束不自然。弥，更。

④乖秀逸：背离了秀美俊逸的原则。

⑤“雅才减若人”二句：假如文雅才华比这个人差，那么就会陷入困窘。若人，这个人，指颜延之。蹈，同“陷”，困踬，困窘。

⑥汤惠休：字茂远（生卒年不详），南朝宋诗人。早年为僧，宋孝武帝时还俗，任扬州从事史。

⑦“谢诗如芙蓉出水”二句：谢灵运的诗如同芙蓉花从清水生长出来，颜延之的诗好比金器被涂饰文彩、雕镂出花纹。错，涂饰。

⑧病：遗憾，惋惜。

出水芙蓉

汤惠休说谢灵运的诗如同“芙蓉出水”是夸赞他的诗清雅而不着雕饰，而说颜延之的诗涂彩雕金是说他的诗雕琢太过，才气不足。

[译文]

颜延之的诗渊源于陆机。他喜欢巧妙地描绘景物。诗体华美繁密，而情致寄托深远，行文无散漫芜累之病；一字一句，都有具体内容。又喜爱用典故，越发显得不自然。虽然违背了诗歌秀美轻逸的要求，也算是博学宏才的表现；倘若才气衰减到一般人那样，那就会陷入窘迫之境了。汤惠休说：“谢灵运的诗像荷花出水，颜延之的诗如涂彩雕金。”颜延之一辈子都为之感到苦恼。

宋豫章太守谢瞻　宋仆射谢混　宋太尉袁淑　宋征君王微　宋征虏将军王僧达诗

其源出于张华。才力苦弱，故务其清浅，殊得风流媚趣。课其实录[1]，则豫章[2]、仆射[3]，宜分庭抗礼。征君[4]、太尉[5]，可托乘后车。征虏卓卓[6]，殆欲度骅骝（huá liú）[7]前。

[注释]

①课其实录：考察他的实际成就。课，责求、考察。

②豫章：即谢瞻（383—421），字宣远，南朝宋卫将军谢晦三哥，谢世基伯父，

纵马驰骋

征虏将军王僧达，纵马驰骋，几乎超越骅骝。钟嵘以此来比喻王僧达的诗文出众。

因弟缘故而被曾任豫章太守。

③仆射：即谢混，曾任尚书左仆射。

④征君：本意是对征士的尊称，这里指王微，年少时曾被州举为秀才。

⑤太尉：即袁淑（408—453），字阳源。

⑥征虏卓卓：王僧达成就最卓越突出。征虏，即王僧达（423—458），南朝宋文学家，东晋名相王导五世孙，临川王刘义庆之婿，王融祖父，官至征虏将军，后因进谏触犯宋孝武帝被赐死。卓卓，卓然不群的样子。

⑦骅骝：本意是赤色骏马，这里指宝马。

［译文］

谢瞻等五人的诗都渊源于张华。他们苦于才力不足，所以努力在清新浅近方面下功夫，很有风流娇媚的情趣。考察他们的实际诗歌成就，可以说谢瞻、谢混，难分高下。王微、袁淑，只能殿后。王僧达最为突出，当越居众人之前。

宋法曹参军谢惠连诗

小谢才思富捷[①]，恨其兰玉夙凋，长辔未骋[②]。《秋怀》《捣衣》之作，虽复灵运锐思，亦何以加焉。又工为绮丽歌谣，风人[③]第一。《谢氏家录》云："康乐每对惠连，辄得佳语。后在永嘉西堂，思诗竟日不就，寤寐[④]忽见惠连，即成'池塘生春草[⑤]'。故常云：'此语有神助，非吾语也。'"

［注释］

①小谢才思富捷：谢惠连的才思富足而敏捷。小谢，指谢惠连，是"大榭"谢灵运的族弟。

②"恨其兰玉夙凋"二句：可惜芝兰玉树过早凋谢，没来得及乘骏马向远方驰

骋。恨，遗憾。兰玉，芝兰玉树的简称，对别人优秀子弟的美称。夙，早。长辔，很长的马缰绳，比喻远大前程。

③风人：西周时期的采诗官，这里是对乐府诗人的别称。

④寤寐：睡梦中。

⑤池塘生春草：语出谢灵运《登池上楼》："池塘生春草，园柳变鸣禽。"这句诗历来被视为妙趣天成的典范。南宋叶梦得在《石林诗话》中赞曰："世多不解此语为工，盖欲以奇求之耳。此语之工，正在无所用意，猝然与景相遇，借以成章，不假绳削，故非常情所能到。"

玉树临风

古人常以"玉树"比喻翩翩佳少年，此处以"芝兰玉树"比喻小谢年少富有才华。

［译文］

小谢的文才诗思，富足而敏捷，可惜的是慧才而早逝，未能尽其才。他的《秋怀》《捣衣》之作，纵使谢灵运思路敏锐，也不会写得比他更好了。小谢又擅长写作华丽的歌谣体，在诗人中要算首屈一指的了。《谢氏家录》说："谢灵运每逢面对谢惠连，往往便得佳句。后来在永嘉西堂，想作诗而终日未成，睡梦中，忽然见到谢惠连，便得'池塘生春草'句。所以谢灵运常说：'这句诗有神灵相助，不是我自己想出来的。'"

宋参军鲍照诗

其源出于二张①。善制形状写物②之词。得景阳之俶诡③，含茂先之靡嫚④。骨节⑤强于谢混，驱迈⑥疾于颜延。总四家而擅美，跨两代而孤出。嗟其才秀人微⑦，故取湮当代。然贵尚巧似，不避危仄⑧，颇伤清雅之调。故言险俗者，多以附照。

［注释］

①二张：指张协和张华。下文"景阳""茂先"分别为张协和张华字。

②形状写物：形容状态，摹写事物。

③俶诡：奇妙诡异。

④靡嫚：华靡轻慢。

⑤骨节：骨力、骨气。

⑥驱迈：急速超越。

⑦才秀人微：才华卓越，出身低微。

⑧危仄：险仄，崎岖艰险。

［译文］

鲍照的诗渊源于张协、张华。他善于写形容情状描绘物貌的诗作。他继承了张协的奇异，融汇了张华的绮靡。骨力强于谢混，奔逸过于颜延之。兼有四家之长而独专其美，他的诗跨宋、齐两代而独立标举。可叹的是，他诗才秀慧而出身低微，所以不被当时人所看重。只是他过于重视景物描写的逼真，不避操调险急狷狭，影响到清和雅正的格调。以致后来主张格调怨急的人，多依照鲍照的文风。

齐吏部谢朓诗

其源出于谢混。微伤细密，颇为不伦①。一章之中，自有玉石。然奇章秀句，往往警遒②。足使叔源③失步，明远④变色。善自发诗端，而末篇多踬⑤。此意锐而才弱也。至为后进士子之所嗟慕⑥。朓极⑦与余论诗，感激顿挫过其文⑧。

［注释］

①不伦：不像。

②警遒：警拔遒劲。

③叔源：谢混字。

④明远：鲍照字。

⑤踬：被东西绊倒，这里是不流畅的意思。

⑥嗟慕：赞叹钦慕。

⑦极：通“亟”，屡次、经常。

⑧感激顿挫过其文：感情激昂，抑扬顿挫，超过他写的文章。意思是说谢朓诗论超过其诗作。感激，感动、激昂。

[译文]

谢朓的诗渊源于谢混。稍失于精雕细刻，他的诗，很难归类。他的诗，一首之中瑜瑕互见。但华章秀句，往往挺拔有力。足以使谢混、鲍照感到极度震惊而乱了步伐、变了脸色。他作诗长于起句，而结句往往受挫。这是因为诗思敏捷而才力弱的缘故。他最为诗坛后起之士所嗟叹钦慕。谢朓屡次同我讨论诗歌，他慷慨激昂、抑扬褒贬，远比他的诗作激烈。

齐光禄江淹诗

文通诗体总杂①，善于摹拟。筋力于王微，成就于谢朓②。初，淹罢宣城郡③，遂宿冶亭④，梦一美丈夫，自称郭璞，谓淹曰："吾有笔在卿处多年矣，可以见还⑤。"淹探怀中，得五色笔以授之。尔后为诗，不复成语，故世传江淹才尽。

[注释]

①文通诗体总杂：江淹的诗风多变繁杂。文通，江淹字。

②"筋力于王微"二句：诗的筋骨力道超过王微，成就接近谢朓。

③罢宣城郡：被罢免了宣城太守的职位。齐明帝萧鸾即位后，江淹出为宣城太守，后多次调动。宣城，今安徽宣城。

④宿冶亭：在冶亭住宿。冶亭，在今南京冶城。

⑤见还：归还。见，表示被动。

[译文]

江淹的诗，文体风格多而繁杂，擅长于模仿。他的诗学得王微的骨力，吸取谢朓的成就。起先，江淹被免除宣城太守之职，随

梦笔生花

相传江淹少年时曾梦到仙人赠予五色笔，而后江淹作诗文采卓越。多年后，他又梦到一人自称郭璞，向他索要五色笔，此后诗文的才华尽失。

后寄宿于建康冶亭，梦见一个英俊男子，自称是郭璞，对江淹说：“我有一支笔在您处已多年，该把它还我了。”江淹以手探怀，摸出一支五色笔交还给他。此后作诗，不成诗句，所以世上流传着江郎才尽之说。

梁卫将军范云　梁中书郎丘迟诗

范[①]诗清便婉转，如流风回雪。丘[②]诗点缀映媚，似落花依草。故当浅于江淹，而秀于任昉(fǎng)。

［注释］

①范：即范云（451—503），字彦龙，南朝文学家。范缜从弟，死后被梁武帝追赠卫将军。

②丘：即丘迟（464—508），字希范，南朝梁文学家，初仕齐，入梁后官司空事中郎。擅长骈体文，代表作为《与陈伯之书》。

［译文］

范云的诗清新便捷，曲折有致，好像风回雪舞。丘迟的诗装点衬托，相映成辉，一似碧草落花。所以，他们二人的诗，应当比江淹略浅，而比任昉秀美。

梁太常任昉诗

彦升[①]少年为诗不工，故世称“沈诗任笔[②]”，昉深恨之。晚节爱好既笃，文亦遒(qiú)变。善铨(quán)事理[③]，拓体渊雅[④]，得国士之风，故擢居中品。但昉(fǎng)既博物[⑤]，动辄用事[⑥]，所以诗不得奇。少年士子，效其如此，弊矣。

［注释］

①彦升：即任昉（460—508），字彦升，小字阿堆，南朝文学家，历仕宋、齐、梁三朝。

②沈诗任笔：当时，任昉的韵文与沈约的诗齐名。笔，南朝的文、笔有别，据

刘勰《文心雕龙》:“以为无韵者笔也,有韵者文也。”

③善铨事理:善于权衡人情事理。

④拓体渊雅:将诗风开拓得深远文雅。

⑤博物:博学。

⑥用事:用典。

[译文]

任昉少年时作诗不佳,因此世上称为“沈诗任笔”,任昉深感遗憾。晚年爱诗甚深,诗风也变得劲健有力。善于诠析事理,诗体发展得深远雅正,颇有国士之风采,所以将他列入中品。但任昉博闻强记,写诗常常用典故,所以他的诗没有曲折多变的风格。时下少年后进之士,都效法他的用典,大错特错啊!

梁左光禄沈约诗

观休文①众制,五言最优。详其文体,察其余论②,固知宪章鲍明远③也。所以不闲于经纶④,而长于清怨⑤。永明相王⑥爱文,王元长等,皆宗附之。于时,谢朓未遒(qiú),江淹才尽,范云名级故微,故约称独步。虽文不至,其工丽,亦一时之选也。见重闾里⑦,诵咏成音。嵘谓:约所著既多,今翦除淫杂⑧,收其精要,允为中品之第矣。故当词密于范,意浅于江也⑨。

刻烛赋诗

南齐竟陵王萧子良,曾夜聚多名士人,刻烛计时作诗,一时传为佳话。

[注释]

①休文:即沈约(441—513),字休文,南朝史学家、文学家,历仕宋、齐、梁三朝,史学作品有《宋书》。

②余论:诗作以外的理论。

③宪章鲍明远:效法鲍照。宪章,效法。明远,鲍照字。

④经纶：这里指治国之术。

⑤清怨：清新幽怨之思。

⑥永明相王：指齐竟陵王萧子良（460—494），字云英，齐武帝次子，好文学。齐武帝永明五年（487）任司徒，因称“永明相王”。

⑦闾里：乡里。

⑧淫杂：庞杂。

⑨“词密于范”二句：用词比范云缜密，文意比江淹肤浅。

[译文]

统观沈约的各类诗作，五言诗最好。端详他的文章风格，考察他的诗歌理论，确实可知是效法鲍照的。所以说，不擅长应制之作，仍然可以以清幽怨悱见长。齐永明年间，竟陵王萧子良爱好文学，王融等人都宗奉归附于他。沈约处于谢朓尚未成名，江淹已经搁笔之际，范云本来名声不大，所以当时沈约独步诗坛。纵然他的诗作称不上尽善尽美，他的诗精致华丽，也可以代表一个时代。沈约被乡里所推重，格律诗吟咏得很流畅。我认为：沈约所作的诗虽然很多，现在删除庸音杂体，取其精当切要之作，也可以列为中品的等第。因此他的诗用词比范云缜密，而文意又比江淹肤浅。

卷　下

汉令史班固　汉孝廉郦炎　汉上计赵壹诗

孟坚才流，而老于掌故①。观其《咏史》，有感叹之词②。文胜托咏“灵芝”③，怀寄不浅。元叔散愤“兰蕙”，指斥“囊钱”④。苦言切句，良亦勤矣。斯人也，而有斯困，悲夫⑤！

［注释］

①“孟坚才流”二句：班固是有才学的一类人，精通历代典章制度、轶闻故事。孟坚，班固字。流，类。老于，精通。

②“观其《咏史》”二句：班固有《咏史》诗一首，咏汉文帝时缇萦救父事，其末句为“百男何愦愦，不如一缇萦。”感叹之意跃然纸上。

③文胜托咏“灵芝”：郦炎通过咏“灵芝”寄托情感。文胜，即郦炎（150—177年），字文胜，东汉范阳（今河北定兴）人，州郡察举为孝廉，征召为右北平从事祭酒，不就，后因母死而犯疯病，惊死待产的妻子，被妻家诉讼，死于狱中。托咏“灵芝”，指郦炎《见志诗》二首，其二以“灵芝”开篇：“灵芝生河洲，动摇因洪波。兰荣一何晚，严霜瘁其柯。哀哉二芳草，不植泰山阿。文质道所贵，遭时用有嘉。绛灌临衡宰，谓谊崇浮华。贤才抑不用，远投荆南沙。抱玉乘龙骥，不逢乐与和。安得孔仲尼，为世陈四科。”抒发了怀才不遇的感慨。

班　固

班固，字孟坚，东汉史学家。他编写了《汉书》，精通诗文歌赋，曾作《两都赋》，为传世名篇。

④“元叔散愤”二句：赵壹在《鲁生歌》里用“被褐怀金玉，兰蕙化成刍”的句子发泄愤怒，在《秦客诗》里用“文籍虽满腹，不如一囊钱”的句子批评世风。散愤，发泄

愤怒。元叔，即赵懿（122—196），钟嵘为避司马懿讳，改作“壹”，字元叔，汉阳西县（今甘肃天水）人，东汉辞赋家。与书法家张芝、思想家王符并称陇上三大家之一。为人性格耿介狂傲。

⑤“苦言切句”五句：这五句都是评价赵壹的。

[译文]

班固属于博学宏才一类人，精通典章制度、文物史实之类。看他的《咏史》诗，有感慨之语。郦炎寓意于“灵芝”，寄托亦深。赵壹借“兰蕙”来排遣愤慨，指责满腹文章不值一钱。他的诗出言愁苦而用语恳切，确实是忧国忧民之士。这样的人，还有这样窘迫的处境，可悲啊！

观沧海

东临碣石，以观沧海。水何澹澹，山岛竦峙。树木丛生，百草丰茂。秋风萧瑟，洪波涌起。

魏武帝 魏明帝诗

曹公古直[1]，甚有悲凉之句。叡[2]不如丕，亦称三祖[3]。

[注释]

①曹公古直：曹操的诗风古朴质直。

②叡：即魏明帝曹叡（204—239），字元仲，227年至239年在位，庙号烈祖。

③三祖：既表示曹操、曹丕、曹叡的政治地位，也他们指文学成就。

[译文]

曹公孟德的诗，古朴质直，常常有很悲壮苍凉的诗句。曹叡不如曹丕，也和曹操、曹丕并称“三祖”。

魏白马王彪 魏文学徐幹诗

白马与陈思赠答[1]，伟长与公幹往复[2]，虽曰以莛扣钟[3]，

亦能闲雅矣。

［注释］

①白马与陈思赠答：指曹植的《赠白马王彪》诗七章和曹彪的答诗，曹彪诗已佚。

②伟长与公幹往复：指刘桢的《赠徐幹》诗二首和徐幹的《答刘桢诗》一首。伟长、公幹，分别是徐幹和刘桢的字。

③以莛扣钟：用草茎撞击铜钟，指曹彪和徐幹的文学成就比曹植和刘桢差得很远。莛，草茎。

［译文］

白马王曹彪赠予陈思王曹植的赠答诗，徐幹和刘桢互相往还的赠答诗，虽然说好像以草茎去敲打铜钟一样难以发出巨响，但也还能算闲淡雅致。

魏仓曹属阮瑀　晋顿丘太守欧阳建　晋文学应璩　晋中书令嵇含　晋河南太守阮侃　晋侍中嵇绍　晋黄门枣据诗

元瑜、坚石七君①诗，并平典不失古体。大检②似，而二嵇微优矣。

［注释］

①元瑜、坚石七君：即所题七人。

阮瑀（约165—212），字元瑜，陈留尉氏（今河南开封）人，三国魏文学家，阮籍之父，建安七子之一，官至丞相仓曹掾属。

欧阳建（生卒年不详），字坚石，西晋渤海南皮（今河北南皮）人，石崇之甥，历任尚书郎、冯翊（今陕西大荔）太守。八王之乱时，因反对赵王司马伦专权，被满门抄斩，诗作有《临终诗》。

应璩，应为应玚之误。应玚（177—217），字德琏，三国魏文学家，建安七子之一，应璩之兄，魏文帝曹丕任五官中郎将时，为将军府文学。

嵇含（263—306），字君道，自号亳丘子，西晋文学家、植物学家，嵇康的侄孙。著有《南方草木状》一书。

阮侃（生卒年不详），字德如，曾任河内太守。

嵇绍（253—304），字延祖，谯国铚（今安徽宿州）人，嵇康之子，累迁散骑常侍，后在战乱中以身保护晋惠帝，中箭身亡。

枣据（生卒年不详），字道彦，颍川长社（今河南长葛县）人，官至黄门侍郎，后迁中庶子。

②大检：大略。

［译文］

阮瑀、欧阳建等七位诗人的诗，都平正典实，不离古体诗的风格。水平大体上一致，而嵇绍、嵇含略好一些。

晋中书张载 晋司隶傅玄 晋太仆傅咸 晋侍中缪袭 晋散骑常侍夏侯湛诗

孟阳①诗，乃远惭厥弟②，而近超两傅③。长虞父子④，繁富可嘉。孝若⑤虽曰后进，见重安仁⑥。熙伯⑦《挽歌》，唯以造哀尔。

［注释］

①孟阳：即张载（生卒年不详），字孟阳，西晋文学家，性格闲雅，博学多闻。曾任著作郎、中书侍郎等职。

②厥弟：指张载之弟张协。

③两傅：指傅玄和傅咸。傅玄（217—278），字休奕，西晋初年的文学家、思想家，曾任司隶校尉。傅咸（239—294），字长虞，西晋文学家，傅玄之子。曾任太子洗马、尚书右丞、御史中丞等职。

④长虞父子：即傅玄、傅咸父子。

⑤孝若：即夏侯湛（243—291），字孝若，沛国谯县（今安徽亳州）人，西晋文学家。曹魏名将夏侯渊曾孙，晋惠帝时为散骑常侍。

⑥见重安仁：受到潘岳的重视。安仁，潘岳字。

⑦熙伯：即缪袭（186—245），字熙伯，三国魏文学家，建安年间出仕，历事曹操、曹丕、曹叡、曹芳四世，官至侍中尚书光禄勋。诗作以《挽歌》为代表："生时游国都，死没弃中野。朝发高堂上，暮宿黄泉下。白日入虞渊，悬车息驷

马。造化虽神明，安能复存我。形容稍歇灭，齿发行当堕。自古皆有然，谁能离此者。”

[译文]

张载的诗，远不如他弟弟，但又略胜于傅玄、傅咸父子。傅咸父子辞采繁丽宏富，实堪嘉奖。夏侯湛虽说是年少新进之士，却为潘岳所推重。缪袭的《挽歌》诗，只是虚托哀伤而已。

晋骠骑王济 晋征南将军杜预 晋廷尉孙绰 晋征士许询诗

永嘉以来，清虚在俗[1]。王武子[2]辈诗，贵道家之言。爰（yuán）逮江表[3]，玄风尚备。真长、仲祖、桓、庾诸公犹相袭[4]。世称孙、许[5]，弥善恬淡之词[6]。

[注释]

①清虚在俗：清谈虚议，形成风气。

②王武子：即王济（246—291），字武子，太原晋阳（今山西太原）人，西晋大将军王浑次子，死后追赠骠骑将军。

③爰逮江表：于是等到了江南，指晋朝南渡。爰，于是。

④真长、仲祖、桓、庾诸公犹相袭：刘惔、王蒙、桓温、庾亮等人还在承袭玄言诗的创作。真长，即刘惔，字真长。仲祖，即王蒙，字仲祖。桓、庾，指桓温和庾亮。

⑤孙、许：即孙绰和许询。孙绰（314—371），字兴公，太原中都（今山西平遥）人。官至廷尉卿。许询（生卒年不详），字玄度，有文才，终生不仕。

⑥弥善恬淡之词：更擅长创作清谈的诗作。弥，更加。恬淡，恬静、淡泊。

[译文]

自从永嘉以来，清谈玄理，蔚成风气。王济等人的诗，以写道家之言为贵。到了东晋，玄风仍然很盛。刘惔、王濛、桓温、庾亮等辈，仍然沿袭玄言诗。世间盛称孙绰、许询，他们更长于作虚静、淡泊一类诗歌。

戴逵

晋征士戴逵 晋东阳太守殷仲文诗

安道[1]诗虽嫩弱，有清工之句。裁长补短，袁彦伯之亚乎[2]？逵子颙[3]，亦有一时之誉。

晋、宋之际，殆无诗乎？义熙中，以谢益寿、殷仲文[4]为华绮之冠，殷不竞[5]矣。

[注释]

①安道：即戴逵（326—396），字安道，东晋画家、音乐家，终生未仕。

②袁彦伯之亚乎：比袁宏稍逊。彦伯，袁宏字。

③逵子颙：即戴颙（377—441），字仲若，戴逵次子。

④殷仲文（？—407）：字仲文，早年经会稽王司马道子引荐为骠骑将军，后随桓玄起兵，桓玄兵败后归晋，晋安帝义熙三年（407）因谋反被杀。

⑤不竞：比不过。

[译文]

戴逵的诗虽然不够老练，自有清新工整之句，取其长补其短，大概可算袁宏第二吧？戴逵之子戴颙，也有过一时声誉。

晋、宋之际，几乎没有诗歌吗？晋安帝义熙年间，谢混和殷仲文要算最讲究华丽绮靡的诗人了，殷仲文在谢混之下。

宋尚书令傅亮诗

季友[1]文，余常忽而不察[2]。今沈特进撰诗[3]，载其数首，亦复平美。

［注释］

①季友：即傅亮（374—426），字季友，南朝宋大臣，傅咸玄孙。晋时为建威参军，入宋后官至左光禄大夫。

②忽而不察：忽略不在意。

③沈特进撰诗：指沈约编撰的《集钞》。沈特进，即沈约。特进，古代荣誉性官名，授予给列侯中有特殊才能的人，无实权，沈约在梁武帝时授特进。

［译文］

傅亮的诗，我常常忽略而不注意。现在沈约编纂《集钞》，收他几首诗，也只是文采平平而已。

宋记室何长瑜　羊曜璠　宋詹事范晔诗

“才难①”，信矣！以康乐与羊、何若此②，而二人文辞，殆不足奇。蔚宗③诗，乃不称其才，亦为鲜举矣！

［注释］

①才难：人才难得。语出《论语·泰伯》：“才难，不其然乎？”

②以康乐与羊、何若此：比如谢灵运赞许羊曜、何长瑜这样。与，同誉，夸赞。羊，即羊璇之（？—459），字曜璠，南朝宋诗人，泰山（今山东泰安）人。何，即何长瑜（？—443），南朝宋诗人，东海（今江苏连云港）人，曾为临川王刘义庆平西记室参军。

③蔚宗：即范晔（398—445），字蔚宗，顺阳（今河南淅川）人，南朝宋史学家。官至左卫将军、太子詹事，著有《后汉书》。

［译文］

人才难得，确实如此！像谢灵运赞许羊曜璠、何长瑜到这等程度，而这二人之诗作，恐怕也是平平常常。范晔的诗作，与他的才能不相称，也是非常少有的了！

宋孝武帝 宋南平王铄 宋建平王宏诗

孝武[1]诗，雕文织彩，过为精密，为二藩希慕[2]，见称轻巧矣。

［注释］

①孝武：即宋孝武帝刘骏（430—464），字休龙，小字道民，南朝宋第五位皇帝，宋文帝刘义隆第三子，初封武陵王，453年，太子刘劭弑文帝之后，刘骏率大军讨伐，击溃刘劭后登基，谥号孝武。

②为二藩希慕：被南平王和建平王所仰慕。二藩，指刘宋南平王刘铄和建平王刘宏。刘铄（431—453），字休玄，宋文帝第四子，封南平王，刘劭弑文帝自立后，官至征虏将军、开府仪同三司，孝武帝登基后赐死，追赠司徒。刘宏（434—458），字休度，宋文帝刘义隆第七子，封建平王。希慕，仰慕。

［译文］

宋孝武帝刘骏的诗，雕章琢句犹如纺织彩锦，过分精致繁密，为南平、建平二位藩王仰慕，被称为轻盈纤巧之作。

宋光禄谢庄

希逸[1]诗，气候清雅[2]。不逮于王、袁[3]，然兴属闲长，良无鄙促[4]也。

［注释］

①希逸：即谢庄（421—466），字希逸，陈郡阳夏（今河南太康）人，谢灵运族侄。历仕宋文帝、宋孝武帝、宋明帝三朝，官至中书令，加金紫光禄大夫，世称“谢光禄”。

月照相思

“美人迈兮音尘阙，隔千里兮共明月；临风叹兮将焉歇？川路长兮不可越。月既没兮露欲晞，岁方晏兮无与归；佳期可以还，微霜沾人衣！”出自谢庄的《月赋》。

②气候清雅：诗的风格清高文雅。气候，这里指诗的风格。

③王、袁：指王微和袁淑。

④“兴属闲长”二句：诗中意象一类的手法时有突出之处，也确实不显得鄙陋和局促。兴，即《诗经》中“赋比兴”的“兴”，相当于象征手法。闲，通“间”，有时。良，确实。

［译文］

谢庄的诗，风格高洁、文雅。只是不及王微、袁淑，然而有时很有言外之意，确实没有鄙陋局促之处。

宋御史苏宝生　宋中书令史陵修之　宋典祠令任昙绪　宋越骑戴法兴诗

苏、陵、任、戴①，并著篇章，亦为搢绅之所嗟咏。人非文才是②，愈甚可嘉焉。

［注释］

①苏、陵、任、戴：即所题四人。

苏宝生（？—458），名宝，字宝生，寒门出身，官至南台侍御史。孝武帝平定刘劭后，因知而不报被杀。

戴法兴（414—465），出身寒门，宋孝武帝时，任南台侍御史等职，多纳货贿，权重当时。前废帝时迁越骑校尉，后遭人谗言被免官赐死。

陵修之、任昙绪二人生平不详。

②人非文才是：人品不好，但是文采值得肯定。

［译文］

苏宝生、陵修之、任昙绪、戴法兴四人都著有诗作，也为官员贵族们所咏叹。人品不佳但作品很好，更值得赞许。

宋监典事区惠恭

惠恭①本胡人，为颜师伯干②。颜为诗笔，辄偷定之。后造《独乐赋》，语侵给主③，被斥。及大将军④修北第⑤，差充作长⑥。时谢惠连兼记室参军，惠恭时往共安陵⑦嘲调。末作《双枕诗》以示谢。谢曰："君诚能，恐人未重，且可以为谢法曹造。"遗大将军，见之赏叹，以锦二端赐谢。谢辞曰："此诗，公作长所制，请以锦赐之。"

[注释]

①惠恭：即区惠恭，生平不详。

②为颜师伯干：是颜师伯的属下。颜师伯（419—465），字长渊，颜延之族侄。干，官府小吏。

③语侵给主：语句侵害到了主人。侵，损害。给，及。

④大将军：指宋彭城王刘义康，宋文帝元嘉十六年（439）进位大将军。

⑤第：府邸。

⑥作长：工长。

⑦安陵：古地名，今河南鄢陵。

[译文]

区惠恭原本是胡人，是颜师伯的干吏。颜师伯作诗时，他常私自修改而定稿。后来作《独乐赋》，语句中侵害到他的主人，因而被赶走了。等到大将军彭城王刘义康修建北府，派他去当工长。那时谢惠连是彭城王的法曹参军，区惠恭经常去和安陵一道嘲谑调侃。末了，作《双枕诗》拿给谢惠连看。谢惠连说："您很有才华，我担心没有人重视您，姑且可以说是我写的。"谢惠连把诗送给刘义康，义康见了赞赏不已，拿两匹织锦赐给谢惠连。谢惠连边辞退边说："这首诗是您的工长所作，请您把织锦赏赐给他。"

齐惠休上人　齐道猷上人　齐释宝月诗

惠休淫靡，情过其才①。世遂匹之鲍照，恐商周矣②。羊曜璠云："是颜公忌照之文，故立休、鲍之论。"庾、白二胡③，亦有清句。《行路难》是东阳柴廓所造④。宝月尝憩其家，会廓亡，因窃而有之。廓子赍⑤手本出都，欲讼此事，乃厚赂止之。

[注释]

①"惠休淫靡"二句：惠休的诗过分轻靡，情感多于才华。惠休，俗姓汤，字茂远，南朝宋诗人，早年为僧，因善于写诗，孝武帝刘骏命其还俗，后官至扬州从事史。

②恐商周矣：恐怕不能匹敌吧。商周，比喻无法匹敌。语出《左传·桓公十一年》："师克在和，不在众，商周之不敌，君之所闻也。"

③庾、白二胡：指释宝月和道猷上人，有说法认为二人都是胡人后裔。释宝月，齐武帝时僧人，俗姓庾，一说姓康，懂音律，有文名。道猷上人，俗姓帛，生平不详，据南朝梁代慧皎《高僧传》载，其为吴人，先人为胡人。

④《行路难》是东阳柴廓所造：《行路难》，陈徐陵《玉台新咏》题为宝月所作。东阳，地名，在今浙江金华境内。柴廓，生平不详。

⑤赍：持。

[译文]

惠休的诗过分轻靡，情感多于才华。世人就拿他与鲍照比，恐怕他不是鲍照的对手。羊曜璠说："这是颜延之忌恨鲍照的作品，所以特地编造休、鲍相匹的舆论。"宝月和道猷二位僧人，也有清秀之句。《行路难》是东阳柴廓所写。宝月曾住在柴家，正遇柴廓去世，就把诗窃为己有。柴廓的儿子拿着手稿离开京城建康，准备付之诉讼，宝月以厚礼相送，才了结了这件事。

高僧俨然

我国古代僧人中出了很多艺术家，诗人有惠休、齐己等，画家有贯休、朱耷等。

齐高帝　齐征北将军张永　齐太尉王文宪诗

齐高帝[1]诗，词藻意深，无所云少[2]。张景云[3]虽谢文体[4]，颇有古意。至如王师文宪[5]，既经国图远，或忽是雕虫[6]。

[注释]

①齐高帝：萧道成（427—482），字绍伯，初仕南朝宋，官至相国，封齐王，宋顺帝升明二年（479）代宋自立，建立齐朝。

②“词藻意深”二句：诗句词藻丰富并且意义深远，不能说诗少。

③张景云：即张永（410—475），字景云，南朝宋诗人，官至征北将军。

④虽谢文体：虽然在诗风上有所欠缺。谢，辞，这里引申为“不如”。

⑤王师文宪：王俭（452—489），字仲宝，王导五世孙，南朝宋时官至太尉右长史，后辅佐萧道成称帝，历任侍中、尚书、左镇军将军等职，卒赠太尉，谥文宪。他是钟嵘的老师，因此被钟嵘称为“王师文宪”。

⑥“既经国图远”二句：既然胸怀治国的长远打算，也就忽视了写诗这样的雕虫小技。

[译文]

齐高帝萧道成的诗，文辞藻丽，寓意深远，内容空泛的诗不多。张永虽然风格无突出之处，也很有古意。至于我的老师王俭，他既然胸怀治国的深远打算，也许就忽略了作为雕虫小技的诗道了。

齐黄门谢超宗　齐浔阳太守丘灵鞠　齐给事中刘祥　齐司徒长史檀超　齐正员郎钟宪　齐诸暨令颜则　齐秀才顾则心诗

檀、谢七君[1]，并祖袭颜延[2]。欣欣不倦，得士大夫之雅致乎！余从祖正员[3]尝云：“大明[4]、泰始[5]中，鲍、休[6]美文，殊已动俗。唯此诸人，传颜、陆体[7]，用固执不如。颜诸暨最荷家声[8]。”

[注释]

①檀、谢七君：即所题七人。

谢超宗（？—483），陈郡阳夏（今河南太康）人。历仕南朝宋、齐两代，入齐后官至黄门侍郎。

丘灵鞠（？—484），齐高帝建元二年（480），任浔阳相。

刘祥（？—484），字显徵，南朝齐官员，官至从事中郎。

檀超（？—480），字悦祖，历仕南朝宋、齐两代，入齐后累官至司徒右长史。

钟宪，钟嵘叔祖，余不详。

颜则，应为“颜恻”之误。颜恻，字诸暨，颜延之次子，余不详。

顾则心，生平不详。

②并祖袭颜延：全都承袭自颜延之。

③余从祖正员：指钟宪。古制，对长辈不能直呼名字，应称呼官职。

④大明：南朝宋孝武帝刘骏年号，457 年至 464 年使用。

⑤泰始：南朝宋明帝刘彧年号，465 年至 471 年使用。

⑥鲍、休：指鲍照和汤惠休。

⑦颜、陆体：颜延之和陆机的风格体式。

⑧颜诸暨最荷家声：颜恻最好地继承了颜家的声誉。荷，承受。家声，家门声誉。

[译文]

檀、谢等七位诗人，都效法颜延之。欣欣然乐此不倦，真有士大夫的高雅情致！我的叔祖钟宪曾说：“大明、泰始年间，鲍照、惠休的华丽诗歌，已经震动了凡俗。只有这几个人，推广颜延之、陆机的诗体，如此执着而不动摇。其中颜恻最好地继承了颜家声誉。”

齐参军 毛伯成 齐朝请吴迈远 齐朝请许瑶之诗

伯成①文不全佳，亦多惆怅。吴②善于风人③答赠。许④长于短句咏物。汤休⑤谓远云：“我诗可为汝诗父。”以访谢光禄，云：“不然尔，汤可为庶兄。”

[注释]

①伯成：即毛伯成，生平不详。

②吴：即吴迈远（？—474），南朝宋诗人，代表诗作有《长相思》《长别离》等。

③风人：诗人。

④许：即许瑶之，生平不详。

⑤汤休：即汤惠休。

［译文］

毛伯成文章并非全好，有不少失意之词。吴迈远善于写乐府赠答。许瑶之擅长短句咏物诗篇。汤惠休对吴迈远说："我的诗可以做你的诗的父亲。"吴就这句话去征求谢庄的意见，谢庄说："不能这样说，汤惠休只能做你的堂兄。"

齐鲍令晖　齐韩兰英诗

令晖①歌诗，往往崭绝②清巧，拟古尤胜。惟《百愿》淫矣。照尝答孝武云："臣妹才自亚于左芬③，臣才不及太冲尔。"兰英④绮密，甚有名篇。又善谈笑，齐武⑤谓韩云："借使二媛生于上叶⑥，则'玉阶'之赋⑦，'纨素'之辞⑧，未讵多也⑨。"

女诗人

我国古代女子多学习针线女红等闺阁功课，很少学诗为文，但是，在中国长河般的历史中还是出了很多女诗人。

［注释］

①令晖：即鲍令晖，鲍照妹。

②崭绝：险峻陡峭，这里用以形容文笔。

③左芬（？—300）：字兰芝，西晋女文学家，左思妹，晋武帝妃嫔。

④兰英：即韩兰英（生卒年不详），南朝齐女诗人。宋孝武帝时献《中兴赋》被赏入宫。齐武帝时为博士，教六宫书学。宫中以其年老多识，呼为"韩公"。

⑤齐武：即齐武帝萧赜（440—493），字宣远，小字龙儿，齐高帝萧道成长子，南朝齐的第二任皇帝，482年至493年在位。

⑥上叶：前代，这里指汉朝。

⑦“玉阶”之赋：指汉班婕好《自悼赋》，其中有“华殿尘兮玉阶苔，中庭萋兮绿草生”之句。

⑧“纨素”之辞：指班婕妤的《怨歌行》，其中有“新裂齐纨素，皎洁如霜雪”之句。

⑨未讵多也：未必会得到称赞。未讵，未必。多，称赞。

［译文］

鲍令晖的诗歌，往往清丽细巧，风格独特，她的拟古诗尤其出众。只有《百愿》之作，多而杂乱。鲍照不止一次回答宋孝武帝说：“我妹妹文才自在左芬之下，正如我的文才不及左思一样。”韩兰英的诗文华丽明密，颇有些名篇。又善于谈笑，齐武帝曾对她说：“假使你们二位淑女生在前代，那么，‘玉阶’之赋和‘纨素’之辞，就未必值得赞美了。”

齐司徒长史张融　齐詹事孔稚珪诗

思光纡缓诞放纵①，有乖文体，然亦捷疾丰饶②，差不局促。德璋（zhāng）生于封溪③，而文为雕饰，青于蓝矣。

［注释］

①思光纡缓诞放纵：张融诗的节奏迂回缓慢，又放诞不羁。思光，即张融（444—497），字思光，历仕南朝宋、齐二代，入齐后官至司徒右长史、司徒左长史。

②捷疾丰饶：才思敏捷，蕴含丰富。

③德璋生于封溪：意思是孔稚珪的诗学张融。德璋，即孔稚珪（447—501），一作孔珪，字德璋，会稽山阴（今浙江绍兴）人，南朝齐文学家，擅长骈体文。南朝宋时，曾任尚书殿中郎，入齐后累迁至太子詹事，死后追赠金紫光禄大夫。封溪，张融曾为封溪令，故称张封溪。

［译文］

张融的诗节奏缓慢，语意放纵，文体不同常规，但也算才敏思捷，寓意丰厚，大体上不显拘束。孔稚珪诗学成于封溪令张融，但措辞雕饰，所谓青出于蓝而胜于蓝了。

齐宁朔将军王融　齐中庶子刘绘诗

元长①、士章②，并有盛才，词美英净③。至于五言之作，几乎尺有所短④。譬应变将略，非武侯所长，未足以贬卧龙⑤。

诸葛亮

［注释］

①元长：即王融（467—493），字元长，琅玡临沂（今山东临沂）人，与齐竟陵王萧子良友善，经萧子良举荐为宁朔将军，因为拥立萧子良失败，被孔稚珪参劾，赐死。

②士章：即刘绘（458—502），字士章，历仕南朝宋、齐、梁三代，齐明帝时累官至太子中庶人。

③英净：纯净。

④“至于五言之作”二句：意思是作五言诗不是王融和刘绘的所长。

⑤“譬应变将略”三句：语出陈寿《三国志·蜀书·诸葛亮传》：“然亮才，于治戎为长，奇谋为短，理民之干，优于将略。然连年动众，未能成功，盖应变将略，非其所长欤！”譬，比如。应变将略，随机应变和统兵的谋略。武侯，即诸葛亮，蜀汉后主刘禅时，以丞相加封武乡侯，世称“武侯”。卧龙，诸葛亮未出仕前的自称。

［译文］

王融、刘绘，都有大才，文辞精美简练。至于五言诗，可以说是尺有所短了。比方说，应对机变的大将谋略，不是诸葛亮专长，这并不足以贬低诸葛亮啊。

齐仆射江祏 祏弟祀诗

祏[1]诗猗（yī）猗清润[2]。祀[3]明靡可怀[4]。

［注释］

①祏：即江祏（？—499），字弘业，济阳考城（今河南兰考）人，南朝齐时官至右仆射。

②猗猗清润：非常美好，晴朗圆润。

③祀：即江祀（？—499），字景昌，江祏弟。

④明靡可怀：明媚华丽，值得怀念。

［译文］

江祏的诗，清丽温润，十分美好。他弟弟江祀的诗，明媚华美，值得怀念。

齐记室王巾 齐绥远太守卞彬 齐端溪令卞录诗

王巾[1]、二卞（biàn）[2]诗，并爱奇崭绝[3]。慕袁彦伯[4]之风。虽不宏绰，而文体剿净[5]，去平美远矣[6]。

［注释］

①王巾（？—505）：字简栖，琅琊临沂（今山东临沂）人，累官至征南记室。

②二卞：即卞彬和卞录。卞彬（？—500），字士蔚，历仕南朝宋、齐两代，仕宋时，官奉朝请、员外郎。入齐后，累迁至平越长史、绥建太守。卞录，又名卞壸，西晋人，为卞彬先祖。此处当为“卞铄”之误。卞铄，约齐高帝建元（479—482）初前后在世。

③崭绝：险峻陡峭。

④袁彦伯：即袁宏。

⑤剿净：简明干净。

⑥去平美远矣：离平易优美还很远。去，离开。平美，平易优美。

[译文]

王巾和卞彬、卞录的诗，都爱新奇、独特。仰慕袁宏的诗风。虽气象欠宏大，但文风简明，离平稳和美的格调就远了。

文思如蝶

袁嘏把自己的诗看成像鸟儿、蝴蝶一样的有生命而且会飞之物。如果读诗的人不能用心捉摸诗意，诗的灵气就会飞走。

齐诸暨令袁嘏诗

嘏(gǔ)[①]诗平平耳，多自谓能。尝语徐太尉[②]云："我诗有生气[③]，须人捉着。不尔[④]，便飞去。"

[注释]

①嘏：即袁嘏（？—497），南朝齐诗人，齐明帝时为诸暨令，后为王敬则所杀。

②徐太尉：指代不详。

③生气：生命力。

④不尔：否则。

[译文]

袁嘏的诗平平常常，往往自以为了不起。他常常对徐太尉说："我的诗生气勃勃，必须有人握住。不然，就飞走了。"

齐雍州刺史张欣泰　梁中书郎范缜诗

欣泰[①]、子真[②]，并希古胜文[③]。鄙薄俗制，赏心流亮[④]，不失雅宗。

[注释]

①欣泰：即张欣泰（456—501），字义亨，南朝齐大臣，官至雍州刺史，后因谋废东昏侯萧宝卷，事败被杀。

②子真：即范缜（450—515），字子真，范云从兄，古代唯物主义思想家，历仕南朝齐、梁两代，梁时官至中书郎，著有《神灭论》。

③希古胜文：崇尚古朴，胜过文饰。

④赏心流亮：心情欢畅明亮。

［译文］

张欣泰、范缜，都仰慕古代的好文章。看不起当代流传的凡俗之作，喜爱流畅明朗的风格，不失雅正一派。

梁秀才陆厥诗

观厥①文纬②，具识丈夫③之情状。自制未优，非言之失也④。

［注释］

①厥：即陆厥（472—499），字韩卿，好为文音律，齐武帝永明九年（491）举秀才。

②文纬：指文学理论。

③丈夫：疑为“文”之误。

④“自制未优”二句：陆厥的诗写得不够优秀，并非是他论诗的话说得不对。

［译文］

统观陆厥之文集，完全懂得为人之道。他自己的诗作，未必很好，但这不能说他的言论不对。

梁常侍虞羲　梁建阳令江洪诗

子阳①诗奇句清拔，谢朓常嗟颂之。洪②虽无多，亦能自迥出③。

［注释］

①子阳：即虞羲（生卒年不详），字子阳，会稽余姚（今浙江余姚）人，曾被

南朝齐始安王萧道生举荐为侍郎。

②洪：即江洪（生卒年不详），历仕南朝齐、梁两代，入梁后，为建阳令。

③迥出：远远地超过普通人。

[译文]

虞羲的诗，其佳句清劲拔俗，谢朓常常吟咏叹赏。江洪的诗虽不多，也自能高远出众。

梁步兵鲍行卿　梁晋陵令孙察诗

行卿①少年，甚擅风谣②之美。察③最幽微，而感赏④至到耳。

[注释]

①行卿：即鲍行卿，生卒年、字号不详，南朝梁时任步兵校尉。

②风谣：指乐府歌谣。

③察：孙察，生平不详。

④感赏：指感受鉴赏的能力。

[译文]

鲍行卿年少翩翩，非常擅长于乐府歌谣。孙察善于探幽入微，感受鉴赏能力至精至到。

词品

刻词品序

声音之道，愚未之有考也。近得升庵翁[1]所著《词品》，三月读未尝释手。微求其端。大较词人之体，多属揣摩不置，思致神遇[2]。然率于人情之所必不免者以敷言[3]，又必有妙才巧思以将[4]之，然后足以尽属辞[5]之蕴。故夫词成而读之，使人恍若身遇其事，怵然[6]兴感者，神品也。意思流通无所乖逆[7]者，妙品也。能品不与焉。宛丽成章，非辞也。是故山林之词清以激，感遇之词凄以哀，闺阁之词悦以解，登览之词悲以壮，讽喻之词宛以切。之数者，人之情也。属辞者，皆当有以体之。夫然后足以得人之性情，而起人之咏叹。不然则补织牵合[8]，以求伦[9]其辞，成其数，风斯乎下矣。然何以知之？诗之有风，犹今之有词也。语曰，动物[10]谓之风。由是以知不动物非风也，不感人非词也。翁为当代词宗，平日游艺[11]之作，若长短句，若填词选格，若《词林万选》，若《百琲(bèi)明珠》[12]，与今《词品》，可谓妙绝古今矣。愚虽未能悉读诸集，山林之词，大率清以激也，不然则舒以适也。闺阁之词，大率悦以解也，不然则和以节也。他可类见矣。然犹未承面命。姑记于此，以俟(sì)[13]取正于他日。

嘉靖甲寅仲秋朔日[14]成都后学周逊[15]序

［注释］

①升庵翁：即杨慎（1488—1559），字用修，号升庵，后流放滇南，自称博南

山人、金马碧鸡老兵，《词品》作者，明代文学家，内阁首辅杨廷和之子。正德六年（1521）状元，任翰林院修撰，负责修撰武宗实录。杨慎禀性刚直，曾上疏反对武宗微行出居庸关。明世宗嘉靖三年（1542），因“大礼议”受廷杖，后遭谪戍终老于云南永昌卫（今云南保山）。一生博闻强记，著述之富，达百余种，经后人辑为《升庵集》。所作《临江仙》词被后人列为《三国演义》开篇：“滚滚长江东逝水，浪花淘尽英雄。是非成败转头空，青山依旧在，几度夕阳红。白发渔樵江渚上，惯看秋月春风。一壶浊酒喜相逢，古今多少事，都付笑谈中。”

②思致神遇：意趣才思只能在精神上感知。

③敷言：详细陈说。

④将：扶持，辅助。

⑤属辞：指诗文。

⑥怵然：害怕的样子，这里是惊恐、感慨的意思。

⑦意思流通无所乖逆：意念心思畅通流动，没有障碍。意思，意念心思。乖逆，抵触、违背。

⑧补织牵合：意思是对诗文加以修改。

⑨伦：条理、秩序，这里做动词，使之有序。

⑩动物：流动的事物。

⑪游艺：游戏娱乐于技艺之中。

⑫《词林万选》《百琲明珠》：都是杨慎选编的词集。

⑬俟：等待。

⑭嘉靖甲寅仲秋朔日：嘉靖甲寅（1534）农历八月初一。嘉靖，明世宗朱厚熜年号，1522至1566年使用。仲秋，秋天的第二个月，即农历八月。朔日，每月初一。

⑮周逊：明代官员，四川成都人，嘉靖三十五年（1556）进士，余不详。

词品序

诗词同工而异曲，共源而分派。在六朝，若陶弘景之《寒夜怨》，梁武帝之《江南弄》，陆琼之《饮酒乐》，隋炀帝之《望江南》，填词之体已具矣。若唐人之七言律，即填词之《瑞鹧鸪》也。七言律之仄韵，即填词之《玉楼春》也。若韦应物之《三台曲》《调笑令》，刘禹锡之《竹枝词》《浪淘沙》，新声迭出。孟蜀之《花间》[1]，南唐之《兰畹》[2]，则其体大备矣。岂非共源同工乎？然诗圣如杜子美，而填词若太白之《忆秦娥》《菩萨蛮》者，集中绝无。宋人如秦少游、辛稼轩，词极工矣，而诗殊不强人意。疑若独艺然者，岂非异曲分派之说乎？昔宋人选填词曰《草堂诗余》[3]。其曰《草堂》者，太白诗名《草堂集》[4]，见郑樵[5]书目。太白本蜀人，而草堂在蜀，怀故国之意也。曰诗余[6]者，《忆秦娥》《菩萨蛮》二首为诗之余，而百代词曲之祖也。今士林多传其书，而昧其名。故于余所著《词品》首着之云。

嘉靖辛亥仲春[7]花朝洞天真逸杨慎序

[注释]

①孟蜀之《花间》：即《花间集》，五代后蜀赵崇祚编，收录了晚唐至五代温庭筠、韦庄等十八位词人的作品，所选词人大多活跃在五代时的后蜀，所选作品多写贵妇美人日常生活和装饰等。

②南唐之《兰畹》：即《兰畹集》，五代十国南唐的词集名，已佚，风格应与

《花间集》类似。兰畹，种植兰花的花圃，语出《离骚》：“余既滋兰之畹兮，又树蕙之百亩。”

③《草堂诗余》：南宋何士信选编，所选以宋词为主，兼收少量唐五代词。

④《草堂集》：李白作品集名，李白去世后由其族叔李阳冰编，已佚。

⑤郑樵（1104—1162）：字渔仲，南宋史学家、目录学家，兴化军莆田（今福建莆田）人，世称夹漈先生，终生未参加科举，而是从事学术研究，在经学、礼乐、文献学、史学等方面都有所成就，代表著作有《通志》等。

⑥诗余：词的别称。元朝以后，文人称词为“诗余”，意思是词运用了诗的典雅和语言风格，所以比诗要次一级。

⑦嘉靖辛亥仲春：嘉靖辛亥年（1551）农历二月。

卷一

陶弘景寒夜怨

陶弘景

陶弘景，南北朝时期道教思想家、文学家，梁武帝十分重用他，在他隐居时期，梁武帝常写书信与他商讨国家大事，人称陶弘景为“山中宰相”。

陶弘景[1]《寒夜怨》[2]云：“夜云生。夜鸿惊。凄切嘹唳伤夜情。”后世填词，《梅花引》格韵似之，后换头[3]微异。

［注释］

①陶弘景：字通明（456—536），号华阳居士，卒谥贞白先生，南朝梁时丹阳秣陵（今江苏南京）人。南北朝时期的道教思想家、医药家、炼丹家、文学家。自幼聪明异常，十五岁著《寻山志》，一生著作无数。陶弘景隐居句曲山（今江苏茅山）华阳洞时，梁武帝常以朝廷大事与他商讨，人称“山中宰相”。

②《寒夜怨》：“夜云生，夜鸿惊，凄切嘹唳伤夜情。空山霜满高烟平，铅华沈照帐孤明。寒日微，寒风紧。愁心绝，愁泪尽。情人不胜怨，思来谁能忍。”诗句长短错落，用韵雅致，已有了宋词的根骨。字字句句，尽述相思，是南北朝诗中的佳作。

③换头：指词由单阕发展为双阕后，下阕头句的起韵、句式或风格与上阕不同。

陆琼饮酒乐

陈陆琼[1]《饮酒乐》云：“蒲桃[2]四时芳醇，琉璃千钟旧

宾。夜饮舞迟销烛，朝醒弦促催人。春风秋月长好，欢醉日月言新。”唐人之《破阵乐》[3]《何满子》[4]皆祖之。

[注释]

①陆琼（537—586）：字伯玉，南朝陈诗人、史学家，陆云公之子。他幼时聪颖，六岁能作五言诗，颇有辞采。陆琼生平谦逊清俭，博学善文，且侍母至孝。他先后出任中书侍郎，吏部尚书，并受命撰写国史，撰写《陈书》四十二卷，今佚。

②蒲桃：水果名，又名葡桃，香果。

③《破阵乐》：唐时军歌，后来演变为宋词牌名。

④《何满子》：词牌名，白居易曾有诗：“世传满子是人名。临就刑时曲始成。一曲四词歌八叠，从头便是断肠声。”又自注云：“开元中，沧州歌者姓名，临刑进此曲，以赎死，上竟不免。”由此可知，何满子本是人名，临死作曲诉尽悲声，因此后人所作的《何满子》多为断肠词。

梁武帝江南弄

梁武帝[1]《江南弄》[2]云：“众花杂色满上林，舒芳耀彩垂轻阴。联手躞蹀（xiè dié）[3]舞春心，舞春心，临岁腴。中人望，独踟（chí）蹰（chú）[4]。”此词绝妙。填词起于唐人，而六朝已滥觞[5]矣。其余若《美人联锦》《江南稚女》诸篇皆是。乐府俱载，不尽录也。

梁武帝

南朝梁的国君，他政绩斐然，战功卓著，是梁朝的开国皇帝。并且他十分精通诗文，被誉为“竟陵八友”之一。

[注释]

①梁武帝：即梁武帝萧衍（464—549），字叔达，是南朝梁的开国君主。在位四十八年（502—549），其政绩和文才都是南北朝时期皇帝中的翘楚。

②《江南弄》：南朝梁天监十一年

（512），梁武帝改《西曲》，制《江南弄》七曲，即《江南弄》《龙笛曲》《采莲曲》《凤笙曲》《采菱曲》《游女曲》《朝云曲》。风格都轻艳绮靡。《江南弄》是唐、五代词的雏形。

③蹀躞：小步行走的样子。

④踟蹰：徘徊不前、缓行的样子。

⑤滥觞：原意指江河发源处水很小，仅可浮起酒杯。后用来比喻事物的起源、发端。

徐勉迎客送客曲

古者宴客有迎客、送客曲，亦犹祭祀有迎神、送神也。梁徐勉[1]《迎客曲》云：“丝管列，舞曲陈。含声未奏待嘉宾。罗丝管，陈舞席。敛袖嘿[2]唇迎上客。”《送客曲》云：“袖缤纷，声委咽，余曲未终高驾别。爵无算，景已流。空纡（yū）[3]长袖客不留。”徐勉在梁为贤臣。其为吏部日，宴客。酒酣，有求詹事[4]者。勉曰：“今宵且可谈风月。”其严正而又蕴藉如此。江左[5]风流宰相，岂独谢安[6]、王俭[7]邪？

大战淝水

公元383年，东晋宰相谢安率军在淝水边迎击前秦皇帝苻坚的百万大军，谢安运筹帷幄，以少胜多，成就了我国军事史上的奇迹。谢安文采风流，说徐勉是与谢安一样的风流宰相，可见作者对徐勉的激赏。

[注释]

①徐勉（466—535）：字修仁，东海郯（今山东郯城）人。南朝齐、梁间著名政治家、诗人。齐时历任镇军参军、尚书殿中郎、领军长史。入梁后，官至中书令。为官清廉，勤于政事。

②嘿：同“默”，不出声之意。

③纡：曲折，这里是舞动的意思。

④詹事：官名。詹事即给事、执事。秦朝设置，掌管皇后、太子家中之事。西汉沿用，皇后官属及太子官属均有詹事。东汉废詹事编制，魏晋又设置，历代沿用，为太子官属之长。辽金设詹事院，元也设有詹事院，有时又名储政院、储庆使司，变革不定。明清都有詹事府，设詹事及少詹事，为三、四品官，其下有左、右春坊及司经局等，事实上只是负责预备翰林官的升迁，并无实职，清末废。

⑤江左：即“江东”，指长江下游南岸地区，也指东晋、宋、齐、梁、陈几朝统治的全部地区。

⑥谢安（320—385）：字安石，陈郡阳夏（今河南太康）人。初任桓温征西大将军府司马，后官至宰相，在任期间，挫败桓温篡权、淝水之战大破前秦，为东晋赢得几十年的安定。

⑦王俭（452—489）：字仲宝，琅玡临沂（今属山东）人。南朝齐文学家、目录学家。齐武帝时曾任侍中、尚书令，领国子祭酒、中书监等职，卒谥文宪。

僧法云三洲歌

梁僧法云[1]《三洲歌》云：“三洲，断江口，水从窈窕河傍流。啼将别共来，长相思。”又云：“三洲，断江口，水从窈窕河傍流。欢将乐共来，长相思。”江左词人多风致，而僧亦如此，不独惠休[2]之“碧云[3]”也。

［注释］

①法云：俗姓周，西晋名将周处七世孙，南朝梁时高僧。诗文俱佳，文辞隽永，受梁武帝敬重。

②惠休：即汤惠休，字茂远。

③碧云：指“日暮碧云合，佳人殊未来”句，语出江淹《拟汤惠休》诗。文中作汤惠休所作，为杨慎之误。

隋炀帝词

隋炀帝[1]《夜饮朝眠曲》云：“忆睡时，待来刚不来。卸

妆仍索伴，解佩更相催。博山②思结梦，沉水③未成灰。”其二云：“忆起时，投笺初报晓。被惹香黛残，枕隐金钗袅。笑动林中乌，除却司晨鸟④。”二词风致婉丽。其余如《春江花月夜》⑤《江都乐》《纪辽东》，并载乐府。其《金钗两股垂》《龙舟五更转》，名存而辞亡。《铁围山丛话》⑥云：“寒鸦飞数点，流水绕孤村。”乃炀帝辞，而全篇不传。又传奇有炀帝《望江南》⑦数首，不类六朝人语，传疑可也。

博山炉

博山炉，又名熏炉，为我国汉晋时期的青铜器，古代闺房内常用博山炉熏香，因此“博山炉”常会被用到诗词中，形容闺阁陈设。

[注释]

①隋炀帝：即杨广（569—618），隋朝第二位皇帝，隋文帝杨坚次子，在位期间，北征突厥，修建运河，开创科举，客观上促进了社会发展。但他穷兵黩武，骄奢淫逸，引发国内动乱，后在宇文化及的谋乱中被杀。

②博山：即博山炉，汉、晋时期青铜器。又名香熏、熏炉。炉体呈青铜器中的豆形，有盖呈山形，其中还雕有飞禽走兽，因象征传说中的海上仙山——博山而得名。

③沉水：即沉香，名贵香料。

④司晨鸟：雄鸡的别称。

⑤《春江花月夜》：隋炀帝所制乐府，后演变为宫体诗，以唐时张若虚所作《春江花月夜》最佳。

⑥《铁围山丛话》：是宋朝蔡絛流放白州（今广西玉林西）时所作笔记，记载了从宋太祖至宋高宗之间约二百年的历史事件、人物轶事、诗词典故、文字书画、金石碑刻等诸多内容，因白州境内有山名铁围山而得名。蔡絛（生卒年不详），字约之，蔡京次子，别号无为子。

⑦《望江南》：原唐教坊曲名，后用为词牌。据唐段安节《乐府杂录》：“《望江南》始自朱崖李太尉（德裕）镇浙日，为亡妓谢秋娘所撰，本名《谢秋娘》，后改此名。”后白居易依此填《忆江南》三首，本调遂改名为《忆江南》。

炀帝曲名

《玉女行觞（shāng）》《神仙留客》[①]，皆炀帝曲名。

[注释]

①《玉女行觞》《神仙留客》：均为隋时乐正白明达所作，此为杨慎之误。

王褒高句丽曲

王褒[①]《高句丽》曲云：“萧萧易水生波，燕赵佳人自多。倾杯覆碗漼（cuǐ）漼[②]，垂手奋袖娑娑[③]。不惜黄金散尽，惟畏白日蹉跎”。与陈陆琼《饮酒乐》同调。盖疆场限隔，而声调元通[④]也。王褒，宇文周[⑤]时人，字子深，非汉王褒也。是时亦有苏子卿，有《梅花落》[⑥]一首。方回[⑦]遂以为汉之苏武，何不考之过乎。

王褒

王褒，南北朝诗人。他擅长写边塞诗，表达征战的艰辛和塞北的苦寒。

[注释]

①王褒（513—576）：字子渊，祖籍琅玡临沂（今山东临沂），南北朝诗人、书法家。梁元帝时任吏部尚书、左仆射。后入北

周，北周武帝时为宜州刺史。

②漼漼：破碎的样子。

③娑娑：轻扬、松散的样子。

④声调元通：音乐诗词本来互通。

⑤宇文周：即北周，皇族复姓宇文。

⑥《梅花落》：原诗为："中庭一树梅，寒多叶未开。只言花是雪，不悟有香来。上郡春恒晚，高楼年易催。织书偏有意，教逐锦文回。"其中"只言花是雪，不悟有香来"二句备受推崇，后人咏梅，不离"香"、"雪"二字。苏子卿，生平不详。

⑦方回（1227—1305）：字万里，别号虚谷，徽州歙县（今属安徽）人，元代文学家。南宋理宗景定年间（1260—1264）进士，后任严州（今属浙江）知州。降元后任建德路总管，不久罢官，致力于选唐、宋律诗，加以评论，编成《瀛奎律髓》共四十九卷。

穆护砂

· 玉树新声

陈后主，名陈叔宝，是南朝陈的最后一位君主。他在位期间，爱好享乐，不关心朝政，最终使陈国衰败。杜牧在《泊秦淮》中曾讽刺他："商女不知亡国恨，隔江犹唱后庭花。"

乐府有《穆护砂》，隋朝曲也。与《水调》①《河传》②同时，皆隋开汴河时，词人所制劳歌也。其声犯角③。其后至今讹"砂"为"煞"云。予尝有诗云："桃根桃叶最夭斜④，《水调》《河传》《穆护砂》。无限江南新乐府，陈朝独赏《后庭花》⑤。"

［注释］

①《水调》：曲牌名，传为隋炀帝开凿大运河时所作，唐时变为宫廷大曲《水调歌》，其第一章演变为词牌名，即《水调歌头》。

②《河传》：词牌名。

③犯角：多用角律。角，古代五音"宫、

商、角、徵、羽”之一，音调畅中正，长而直。

④夭斜：也作“夭邪”，袅娜多姿的样子。

⑤《后庭花》：即陈后主所作《玉树后庭花》：“丽宇芳林对高阁，新装艳质本倾城。映户凝娇乍不进，出帷含态笑相迎。妖姬脸似花含露，玉树流光照后庭。花开花落不长久，落红满地归寂中。”

回 纥

《回纥[1]》，商调[2]曲也。其辞云：“阴山[3]瀚海[4]信难通，幽闺少妇罢裁缝。缅想[5]边庭[6]征战苦，谁能对镜冶愁容。久戍人将老，须臾变作白头翁。”其辞缠绵含蓄，有长歌之哀，过于痛哭之意。惜不见作者名氏，必陈隋初唐之作也。又有《石州辞》云：“自从君去远巡边，终日罗帷独自眠。看花情转切，揽涕泪如泉。一自离君后，啼多双眼穿。何时狂虏灭，免得更留连。”并附于此。

[注释]

①回纥：中国古代北方及西北的少数民族。原称回纥，唐时改称回鹘，是今天维吾尔族和裕固族的祖先。

②商调：古代五音“宫、商、角、徵、羽”之一，音调促而清，多用于悲声。

③阴山：山名，主脉在今内蒙古自治区中部，是黄河流域的北部界线，在中国古代一直是游牧文化与农耕文化的边界。

④瀚海：原意是北方的大湖，后泛指北方广大的戈壁。

⑤缅想：遥想。

⑥边庭：边地、边境。

沈约六忆辞

沈约《六忆辞》，其一云：“忆来时，灼灼[1]上阶墀(chí)[2]。

勤勤叙离别，慊慊[3]道相思。相看常不足，相见乃忘饥。”其二云：“忆坐时，黯黯罗帐前。或歌四五曲，或弄两三弦。笑时应莫比，嗔[4]时更可怜。”其三云：“忆眠时，人眠强未眠。解罗不待劝，就枕更须牵。复恐旁人见，娇羞在烛前。”逸[5]其三首。

[注释]

①灼灼：鲜艳明亮的样子。

②墀：台阶上的空地，亦指台阶。

③慊慊：忧伤的样子。

④嗔：生气，责怨。

⑤逸：散佚。

梁简文春情曲

梁简文帝[1]《春情曲》云：“蝶黄花紫燕相追，杨低柳合路尘飞。已见垂钩挂绿树，诚知淇水[2]沾罗衣[3]。两童夹车问不已，五马城头犹未归。莺啼春欲驶，无为空掩扉。”此诗似七言律，而末句又用五言。王无功[4]亦有此体，又唐律之祖。而唐词《瑞鹧鸪》格韵似之。

[注释]

①梁简文帝：即萧纲（503—551），字世缵，小字六通，南朝梁皇帝，梁武帝萧衍第三子。侯景之乱中，萧纲因梁武帝被囚饿死而即位，大宝二年（551）为侯景所害。萧纲文学造诣很高，文风华丽轻靡。

②淇水：即淇河，在今河南境内，古诗常以淇水入诗。

③罗衣：软丝制成的衣服。

④王无功：王绩（590—644），字无功，号东皋子，绛州龙门（今山西河津）人。隋末举孝廉，后因天下大乱弃官。唐高祖时征召入门下省，唐太宗贞观初年，以疾罢归。为人简傲，诗风真率疏放，有魏晋遗风，为唐诗的兴盛奠定了基础。

长相思

徐陵①《长相思》云:“长相思，好春节②。梦里恒啼悲不泄。帐中起，窗前咽。柳絮飞还聚，游丝断复结。欲见洛阳花，如君陇头雪。”萧淳③和之云:“长相思，久离别。新燕参差条可结。狐关④远，雁书绝。对云恒忆阵，看花复愁雪。犹有望归心，流黄⑤未剪截。”二辞可谓劲敌。

对春涕零

春景如旧，良人已不在，空对着洛阳娇艳的牡丹，漫天飘飞的柳絮，却仿佛见到了那人陇头的皑皑白雪，泪如雨下。

[注释]

①徐陵（507—583）：字孝穆，东海郯（今山东郯城）人，南朝梁、陈间文学家，擅长骈文，梁武帝时任东宫学士，入陈后历任尚书左仆射，中书监等职，与庾信并称“徐庾”，与北朝郭茂倩并称“乐府双璧”。诗文皆以轻靡绮艳见称，被称为南朝的“一代文宗”。

②春节：春季。

③萧淳：与徐陵同时代诗人，生平不详。

④狐关：即飞狐关，位于今河北涞源县和蔚县交界处。

⑤流黄：黄色的绢。

王筠楚妃吟

王筠①《楚妃吟》，句法极异。其词云:“窗中曙，花早飞。林中明，鸟早归。庭中日，暖春闺。香气亦霏霏。香气飘，当轩清唱调。独顾慕，含怨复含娇。蝶飞兰复熏。袅袅轻风入翠裙。春可游，歌声梁上浮。春游方有乐，沉沉下罗幕。”大率[2]六朝人诗，风华情致，若作长短句，即是词也。宋人长短句虽盛，而其下者，有曲诗、曲论之弊，终非词之本色。予论填词必溯六朝，亦昔人穷探黄河源之意也。

［注释］

①王筠（482—550）：字元礼，一字德柔。祖籍琅玡临沂（今山东临沂），王僧虔孙，南朝梁文学家，曾任昭明太子萧统的属官后历任临海太守，秘书监等职务。侯景之乱时，坠井身亡。

②大率：大概。

宋武帝丁都护歌

刘裕

刘裕，即宋武帝，他少年家贫，但是由于屡建战功，受封车骑将军，最终弑主自立，建立了南朝宋。

宋武帝[1]《丁都护歌》[2]云：“都护北征时，侬亦恶闻许[3]。愿作石尤风[4]，四面断行旅。”又云：“都护北征去，相送落星墟。帆樯如芒柽(chēng)[5]，都护今何渠。”唐人用《丁都护》及《石尤风》事，皆本此。二辞绝妙。宋武帝征伐武略，一代英雄，而复风致如此。其殆全才乎？

［注释］

①宋武帝：即刘裕（363—422），字德

舆，小名寄奴。祖籍彭城绥里（今江苏徐州），曾祖刘混时随晋室南迁，客居京口（今江苏镇江）。刘裕少时家贫，后因讨乱有功，被封为侍中、车骑将军、都督中外诸军事，掌握朝政。东晋义熙十四年（418），刘裕令心腹鸩弑晋安帝，立司马德文为傀儡皇帝。元熙二年（420），刘裕逼迫司马德文禅让，即皇帝位，国号宋，改元永初。

②《丁都护歌》：是乐府旧题，属《清商曲辞 · 吴声歌曲》。据传宋武帝刘裕的女婿徐逵之被鲁轨所杀，府内直都护丁旿奉旨料理丧事，其后徐妻向丁询问殓送情况，每发问都会哀叹一声“丁都护”，语调十分凄切。后人依声制曲，故定名如此。

③侬：你，这里指徐妻，即刘裕的女儿。

④石尤风：逆风、顶头风的俗称。传说古代有商人尤某娶石氏女，情好甚笃。尤远行不归，石思念成疾，临死叹曰：“吾恨不能阻其行，以至于此。今凡有商旅远行，吾当作大风为天下妇人阻之。”

⑤柽：树名，又名红柳。

白团扇歌

晋中书令王珉[1]，与嫂婢谢芳姿有情爱，捉白团扇与之。乐府遂有《白团扇歌》云：“白团扇，憔悴无复理，羞与郎相见。”其本辞云：“犊车薄不乘，步行耀玉颜。逢侬都共语，起欲着夜半。”其二云：“团扇薄不摇，窈窕摇蒲葵。相怜中道罢，定是阿谁非。”其三云：“御路薄不行，窈窕穿回塘。团扇障白日，面作芙蓉光。”其四云：“白锦薄不着，趣行着练衣。异色都言好，清白为谁施。”薄，如《唐书》“薄天子不为”之“薄”。芳姿之才如此，而屈为人婢，信乎佳人薄命矣。元关汉卿[2]尝见一从嫁媵(yìng)[3]婢，作一小令云：“鬓鸦[4]。脸霞。屈杀了，将陪嫁。规模全似大人家。不在红娘下。巧笑迎人，文谈回话，真如解语花。若咱得他。倒了蒲桃架[5]。”事亦相类而可笑，并附此。

[注释]

①王珉（351—388）：字季琰，小字僧弥，临沂（今山东临沂）人，东晋文学家。少有才艺，善行书，名望在其兄王珣之上。时人称："法护非不佳，僧弥难为兄。"曾任黄门侍郎兼中书令，与王献之齐名，世称献之为大令，珉为小令。

②关汉卿（约1220—1300）：号已斋叟，元代杂剧作家，编有杂剧六十七部，现存十八部。代表作为《窦娥冤》《救风尘》《望江亭》《拜月亭》《鲁斋郎》《单刀会》《调风月》等。

③媵：指随嫁，陪送出嫁。

④鬓鸦：形容鬓发漆黑，如同乌鸦的颜色。

⑤蒲桃架：即葡萄架。

五更转

陈伏知[①]道《从军五更转》云："一更刁斗[②]鸣，校尉逴[③]连城。悬闻射雕骑，遥惮将军名。二更愁未央，高城寒夜长。试将弓学月，聊持剑比霜。三更夜警新，横吹独吟春。强听梅花落，误忆柳园人。四更星汉低，落月与山齐。依稀北风里，胡笳[④]杂马嘶。五更催送筹，晓色映山头。城乌初起堞（dié）[⑤]，更人悄下楼。"其后隋炀帝效之，作《龙舟五更转》，见《文中子》。

回望射雕处

将军驻守边塞，夜巡营地。一更时分，轻骑在营中掠过，都知道那位射雕将军在巡视，远方的敌人也因为忌惮将军之名而不敢妄动。

[注释]

①陈伏知：生平不详。

②刁斗：古代军队中使用的一种器具，

又名“金柝”。铜质，有柄，能容一斗。军中白天用来烧饭，夜则击以巡更。

③逴：巡行。

④胡笳：古代管乐器。

⑤堞：城上如齿状的矮墙。

长孙无忌新曲

长孙无忌[1]《新曲》云：“家住朝歌下，早传名。结伴来游淇水上，旧时情。玉佩金钿[2]随步动，云罗雾縠(hú)[3]逐风轻。转目机心悬自许，何须更待听琴声。”又一曲云：“回雪凌波游洛浦[4]，遇陈王[5]。婉约娉婷[6]工语笑，侍兰房[7]。芙蓉绮帐开还掩，悲翠珠被烂齐光[8]。长愿今宵奉颜色，不爱闻箫逐凤凰[9]。”

［注释］

①长孙无忌（约597—659）：字辅机，河南洛阳人，唐朝的开国功臣，名列凌烟阁二十四名臣之首，先祖为鲜卑族拓跋氏，唐太宗文德顺圣皇后的兄长，封齐国公。后因反对唐高宗立武则天为后，遭人诬陷而被罢官流放，在途中被赐死。

②金钿：古代一种镶嵌宝石的首饰。

③縠：有皱纹的纱。

④洛浦：洛水之滨。

⑤陈王：指曹植，曹植曾作《洛神赋》。

⑥娉婷：形容女子姿态美好的样子，这里代指美人。

⑦兰房：即椒兰房，古代常指女子闺房。

⑧悲翠珠被烂齐光：翡翠珠都包裹着一层灿烂的光辉。

⑨不爱闻箫逐凤凰：化用吹箫引凤的典故。相传，秦穆公之女弄玉善吹笙，其夫萧史，能吹箫引来凤凰，后来自天上飞来金龙凤凰，接二人飞升。

崔液踏歌行

唐崔液[①]《踏歌辞》二首，体制藻思[②]俱新。其辞云：“彩女[③]迎金屋，仙姬出画堂。鸳鸯裁锦袖，翡翠帖花黄。歌响舞行分艳色，动流光。”其二云：“庭际花微落，楼前汉[④]已横。金壶[⑤]催夜尽，罗绣舞寒轻。调笑畅欢情未半，着天明。”近刻唐诗不得其句读[⑥]而妄改，特为分注之。

[注释]

①崔液（？—713）：字润甫，乳名海子，定州安喜（今河北定州）人，唐代文学家，历任监察御史、殿中侍御等职。因其兄崔湜获罪，逃亡郢州（今湖北钟祥），期间曾写《幽征赋》，后遇大赦，归京途中去世。

②体制藻思：体裁格局和文章才华。

③彩女：道教传说中的神女。

④汉：河汉，即银河。

⑤金壶：指“铜壶滴漏”，古代计时器，将铜壶底穿孔，在壶中立一个刻度的箭形浮标，壶中水渐漏渐少，箭上度数即渐次显露，可知时刻。

⑥句读：古人指文辞休止和停顿处。

太白清平乐辞

李太白应制《清平乐》[①]词云：“禁庭春昼，莺羽披新绣。百草巧求花下斗，只赌珠玑满斗[②]。　日晚却理残妆。御前闲舞霓裳。谁道腰肢窈窕，折旋消得君王。”其二云：“禁帏秋夜，明月探窗罅（xià）[③]。玉帐鸳鸯喷兰麝，时落银灯香炧（xiè）[④]。　女伴莫话孤眠。六宫罗绮三千。一笑皆生百媚，宸游[⑤]教在谁边。”此词见吕鹏《遏云集》[⑥]，载四首。黄玉林[⑦]以其二首无清逸气韵，止选二首。慎[⑧]尝补作二首，其

一云:“君王未起。玉漏穿花底。永巷脱簪妆黛洗,衣湿露华似水。　　六宫鸾凤鸳鸯⑨,九重罗绮笙簧⑩。但愿君恩似日,从教妾鬓如霜。”其二云:“倾城艳质,本自神仙匹。二八⑪承恩初选入,身是三千第一。　　月明花落黄昏。人间天上消魂。且共题诗团扇⑫,笑他买赋长门⑬。”永昌张愈光⑭见而深爱之,以为远不忘谏⑮,归命不怨,填词中有风雅也。荒浅敢望前人,然亦不孤愈光之赏尔。

班婕妤

班婕妤,是汉成帝的妃子,初时受宠,后来由于赵飞燕姐妹而失宠,她曾作有名的《团扇诗》,来表达失宠后的失意。《团扇诗》是我国历史上有名的宫怨诗。

[注释]

①《清平乐》:词牌名,原为唐教坊曲名,取用汉乐府“清乐”“平乐”这两个乐调而命名。

②珠玑满斗:珍珠和宝玉装满了斗。斗,古代容器,一斗可装十升米。同时也作为容量单位。

③罅:缝隙。

④灺:残烛。

⑤宸游:皇帝巡幸的意思。

⑥《遏云集》:晚唐或五代时词集,编者吕鹏,生平不详。

⑦黄玉林:黄升(生卒年不详),字叔旸,号玉林,又号花庵词客,南宋词人,编有《花庵词选》二十卷。

⑧慎:杨慎的自称。

⑨鸾凤鸳鸯:比喻后宫佳丽。

⑩笙簧:一种乐器,这里代指音乐。

⑪二八:十六岁,这里代指年轻女子。

⑫且共题诗团扇：姑且一块抒写《团扇诗》，此处用以表示受宠。《团扇诗》，为汉宫班婕妤所作，是历史上有名的宫怨诗。当时赵飞燕、赵合德姐妹专宠，班婕妤作《团扇诗》抒发心意。

⑬笑他买赋长门：汉武帝皇后陈阿娇被贬长门宫，用千金请司马相如为其作《长门赋》，来唤回汉武帝心意。

⑭张愈光：张含（1479—1565），字愈光，明代诗人，云南永昌人，杨慎的挚友。

⑮远不忘谏：身处遥远也不忘进谏。张愈光认为李白的诗写于被流放中，意虽然被流放也不忘进谏。

白乐天花非花辞

白乐天[1]之词，《望江南》三首在乐府，《长相思》二首[2]见《花庵词选》[3]。予独爱其《花非花》一首云："花非花，雾非雾。夜半来，天明去。来如春梦不多时，去似朝云无觅处。"盖其自度之曲，因情生文者也。"花非花，雾非雾"。虽《高唐》[4]《洛神》[5]，奇丽不及也。张子野[6]衍之为《御街行》，亦有出蓝之色。今附于此："夭非花艳轻非雾，夜半来，天明去。来如春梦不多时，去似朝云无觅处。乳鸡新燕，落月沉星，紞（dǎn）紞[7]城头鼓。　参差渐辨西池树。朱阁斜欹[8]户。绿苔深径少人行，苔上屐痕无数。残香余粉，闲衾剩枕，天把多情付。"

赋洛神

相传曹植喜爱自己的嫂子，也就是魏文帝曹丕的皇后——甄宓，但由于种种原因，甄宓早亡，曹植得知后在洛水边写下了千古名篇《洛神赋》。

[注释]

①白乐天：即白居易，字乐天。

②《长相思》二首：其一：“汴水流，泗水流，流到瓜州古渡头。吴山点点愁。”其二：“思悠悠，恨悠悠，恨到归时方始休。月明人倚楼。”

③《花庵词选》：南宋黄升选编的词集。全书二十卷，前十卷选取唐宋词精华，自李白始，而终于北宋王昴，共一百三十四家，另附方外、闺秀各一卷。后十卷选南宋的各词家词作，共八十八家，另附黄升自作词三十八首，共收录词作七百五十余首。

④《高唐》：即《高唐赋》，先秦宋玉所作的“两赋”之一，另一赋作为《神女赋》，两篇赋均是写楚王与巫山神女梦中相会的爱情故事。

⑤《洛神》：即《洛神赋》，曹植所作，描写人神之间的真挚爱情，极具浪漫主义色彩。

⑥张子野：即张先（990—1078），字子野，北宋词人，宋仁宗天圣八年（1030）进士，初任安陆县的知县，后官至尚书都官郎中，晚年退居湖杭之间。善作慢词，与柳永齐名，“云破月来花弄影”“娇柔懒起，帘压卷花影”“柳径无人，堕絮飞无影”三句，世称张三影。

⑦统统：象声词，击鼓声。

⑧攲：同“倚”。

词名多取诗句

词名多取诗句，如《蝶恋花》则取梁元帝[1]“翻阶蛱蝶恋花情[2]”；《满庭芳》则取吴融[3]“满庭芳草易黄昏”；《点绛唇》则取江淹[4]“白雪凝琼貌，明珠点绛唇[5]”；《鹧鸪天》则取郑嵎[6]“春游鸡鹿塞，家在鹧鸪天”；《惜余春》则取太白赋语[7]；《浣溪沙》则取少陵诗意[8]；《青玉案》则取《四愁诗》语[9]；《菩萨蛮》，西域妇髻也。《苏幕遮》，西域妇帽也；《尉迟杯》，尉迟敬德[10]饮酒必用大杯，故以名曲；兰陵王[11]每入阵必先，故歌其勇；《生查子》，“查”，古“槎”字，张

骞乘槎[12]事也；《西江月》，卫万诗“只今惟有西江月，曾照吴王宫里人[13]”之句也；“潇湘逢故人[14]”，柳浑诗句也；《粉蝶儿》[15]，毛泽民[16]词“粉蝶儿共花同活”句也。余可类推，不能悉载。

赠别

将要远行，路人心中茫然，美人以锦绣段相赠，心中感动，报之以青玉案，想到前路茫茫，不免感叹，相聚短暂。

[注释]

①梁元帝：即萧绎（508—554），字世诚，小字七符，自号金楼子，梁武帝萧衍第七子，简文帝萧纲之弟，552年至554年在位，后西魏于谨、宇文护攻破江陵，城破被杀。能诗善画，生平著述甚多，今存诗百余首，赋九篇。

②翻阶蛱蝶恋花情：语出萧绎《东飞伯劳歌》之一：“翻阶蛱蝶恋花情，容华飞燕相逢迎。”

③吴融：字子华（生卒年不详），越州山阴（今浙江绍兴）人，唐代诗人。曾随宰相韦昭度征讨西川，后历任侍御史、翰林学士承旨等。其诗作多流连光景、艳情酬答的内容，也有少数感时怀事或托古讽今的作品。

④江淹（444—505）：字文通，济阳考城（今河南兰考）人，南朝文学家。历仕南朝宋、齐、梁三代。

⑤“白雪凝琼貌”二句：语出江淹《咏美人春游》：“江南二月春，东风转绿苹。不知谁家子。看花桃李津，白雪凝琼貌，明珠点绛唇。行人咸息驾，争拟洛川神。”

⑥郑嵎：字宾光（生卒年不详），唐宣宗大中五年（851）进士及第，现存《津阳门诗》一首，写一老翁向作者叙述其开元天宝时的见闻，借老翁之口叙述玄宗朝遗事，以及安史之乱后的苍凉景象。全诗共二百句，一千四百字。

⑦《惜余春》则取太白赋语：《惜余春》出自李白《惜余春赋》，其中有“惜余春之将阑，每为恨兮不浅”之句。

⑧《浣溪沙》则取少陵诗意：《浣溪沙》取自杜甫的诗意。浣溪沙，词牌名，又名“浣纱溪”，晚唐韦庄在成都浣花溪杜甫草堂旧址所创，最早见于五代《花间集》，

因此有“取少陵诗意”之说。少陵，即杜甫，自号少陵野老，后人称其为杜少陵。

⑨《青玉案》则取《四愁诗》语:《四愁诗》为汉朝张衡所作，《青玉案》的词牌化自《四愁诗》“美人赠我锦绣段，何以报之青玉案”句。

⑩尉迟敬德：即尉迟恭（585—658），字敬德，朔州善阳（今山西朔州）人，初唐大将，凌烟阁二十四功臣之一，曾任泾州道行军总管等职。

⑪兰陵王：即高肃（541—573），一名孝瓘，字长恭，北齐神武帝高欢之孙，文襄帝高澄第四子，封徐州兰陵郡王，世称兰陵王，骁勇善战。因相貌俊美，所以每次征战都佩戴狰狞面具。曾在邙山大捷中大破突厥，后作《兰陵王入阵曲》。

⑫张骞乘槎：典出自梁宗懔《荆楚岁时记》:“武帝使张骞使大夏，寻河源，乘槎经月而至一处，见城郭如州府，室内有一女织，又见一丈夫牵牛饮河。骞问曰：‘此是何处？’答曰：‘可问严君平。’乃与一支机石而归。至蜀，问严君平，君平曰：‘某年月，客星犯牛女。’支机石为东方朔所识。”张骞，即出使西域的西汉外交家张骞。槎，木筏。

⑬“只今惟有西江月”二句：语出唐卫万《吴宫怨》:“君不见吴王宫阁临江起，不卷珠帘见江水。晓气晴来双阙间，潮声夜落千门里。勾践城中非旧春，姑苏台下起黄尘。只今唯有西江月，曾照吴王宫里人。”卫万，生平不详。

⑭潇湘逢故人：语出柳浑《江南曲》:“洞庭有归客，潇湘逢故人。”

⑮《粉蝶儿》：词牌名，始见于毛滂《东堂词》。

⑯毛泽民：毛滂（1061—约 1124），字泽民，衢州江山（今属浙江）人，北宋词人。其词兼具苏轼、柳永的风格，清圆明润，秀雅飘逸，别树一格。

踏莎行

韩翃(hóng)[1]诗:“踏莎行草过春溪[2]。”词名《踏莎行》本此。

［注释］

①韩翃：字君平（生卒年不详），南阳（今河南南阳）人，唐代诗人，唐玄宗天宝十三年（754）进士，后官至驾部郎中。

②踏莎行草过春溪：语出韩翃《过栎阳山溪》:“众草穿沙芳色齐，踏莎行草过春溪。闲云相引上山去，人到山头云却低。”

上江虹、红窗影

唐人小说《冥音录》[1]，载曲名有《上江虹》，即《满江红》。《红窗影》，即《红窗迥》也。

[注释]

①《冥音录》：唐代传奇小说，朱庆余所作。写崔氏姊妹得其姨母鬼魂传授筝曲的故事。冥音，指鬼魂所传授的筝曲。

菩萨鬘、苏幕遮

西域诸国妇人，编发垂髻，饰以杂华[1]，如中国塑佛像璎珞[2]之饰，曰“菩萨鬘”，曲名取此。唐书吕元济上书，比见方邑，相率为浑脱[3]队，骏马胡服，名曰“苏幕遮”，曲名亦取此。李太白诗“公孙大娘浑脱舞[4]”，即此际之事也。

[注释]

①华：同“花”。

②璎珞：古代用珠玉串成的装饰品，多用为颈饰。

③浑脱：原指北方民族用整张剥下的动物皮制成的革囊或皮袋，此处指戴浑脱帽的人所表演的一种舞蹈或其组成的舞队。

④“公孙大娘浑脱舞”：语出李白《草书歌行》：“颠老死不足数，我师此义不师古。古来万事贵天生，何必要公孙大娘浑脱舞。”公孙大娘，生平不详，唐代杰出的舞蹈家之一，擅于舞剑。

夜夜、昔昔

梁乐府《夜夜曲》，或名《昔昔盐》。“昔”即夜也。《列子》[1]：“昔昔梦为君[2]。”“盐”亦曲之别名。

[注释]

①列子：名寇，又名御寇，战国前期郑国人，道家代表人物，主张清静无为，著有《列子》。

②昔昔梦为君：《列子·周穆王》："精神荒散，昔昔梦为国君。居人民之上，总一国之事。游燕宫观，恣意所欲，其乐无经……昔昔梦为人仆，趋走作役，无不为也。"

阿亸回

太白诗"羌笛横吹阿亸(duǒ)回[①]"，番曲名。张祜[②]集有《阿滥堆》，即此也。番人无字，止以声传，故随中国所书，人各不同尔，难以意求也。

孟才人

孟才人是唐武宗的妃子，因善歌"何满子"而受宠，在武宗病榻前高歌一首"何满子"，而后断肠而死。张祜的那首《何满子》就是为她而作。

[注释]

①羌笛横吹阿亸回：语出李白《司马将军歌》："羌笛横吹阿亸回，向月楼中吹落梅。将军自起舞长剑，壮士呼声动九垓。"

②张祜（约792—约853）：字承吉，清河东武城（今山东武城）人，唐代诗人，因家世显赫，人称"张公子"，其诗风沉静浑厚，有隐逸之气，但清新生动不足。

阿滥堆

张祜诗："红树萧萧阁半开，玉皇曾幸此宫来。至今风俗骊山下，村笛犹吹《阿滥堆》[①]。"宋贺方回[②]长短句云："待月上潮平波滟，塞管孤吹新《阿滥》[③]。"《中朝故事》[④]

云：骊山[⑤]多飞鸟，名“阿滥堆”，明皇[⑥]采其声为曲子。又作《鷃(yàn)烂堆》。《酉阳杂俎》[⑦]云：“鷃烂堆黄，一变之鴘(biǎn)[⑧]，色如鹙鹭[⑨]。鴘转之后，乃至累变。横理转细，臆[⑩]前渐渐微白。”

［注释］

①“红树萧萧阁半开”四句：语出张祜《华清宫四首》其三。

②贺方回：贺铸（1052—1125），字方回，号庆湖遗老，汉族，北宋词人，宋太祖贺皇后族孙，自称唐贺知章后裔。因相貌丑陋，人称“贺鬼头”。年少任侠喜武，博学强记，但一生郁郁不得志。

③“待月上潮平波滟”二句：语出贺铸《天门谣》：“牛渚天门险，限南北、七雄豪占。清雾敛，与闲人登览。待月上潮平波滟滟，塞管轻吹新《阿滥》。风满槛，历历数，西州更点。”

④《中朝故事》：南唐尉迟偓所撰笔记小说，记录唐宣、懿、昭、哀四朝旧闻。共两卷，上卷多讲君臣事迹、朝廷制度，下卷记录神异怪幻。

⑤骊山：属秦岭余脉，在今陕西省境内。

⑥明皇：指唐玄宗李隆基，谥“至道大圣大明孝皇帝”，故后世多称“明皇”。

⑦《酉阳杂俎》：唐朝晚期志怪笔记小说，前集二十卷共三十篇，续集十卷共六篇。所记有仙佛鬼怪、人事以至动物、植物、酒食、寺庙等，分类编录，一部分内容属志怪传奇类，另一些记载各地与异域珍异之物，与晋张华《博物志》相似。作者段成式（803—863），字柯古。

⑧鴘：苍鹰之意。

⑨鹙鹭：秃鹫的羽毛。鹙，秃鹫。

乌盐角

曲名有《乌盐角》，江邻几[①]《杂志》[②]云：“始教坊家人市盐，得一曲谱于角子中。翻之，遂以名焉。”戴石屏有[③]《乌盐角行》。元人《月泉吟社》[④]诗：“山歌聒耳《乌盐角》，村酒柔情玉练捶。”

[注释]

①江邻几：江休复（1005—1060），字邻几，北宋开封（今河南开封）人，曾任大理寺丞等职，累迁至刑部郎中，长于诗文。

②《杂志》：又名《江邻几杂志》《嘉祐杂志》，江休复所编，内容大致为记录当时的轶事逸闻、诗话和地方风俗人情等。

③戴石屏：戴复古（1167—？），字式之，天台黄岩（今属浙江）人，因曾居于南塘石屏山，故自号石屏，南宋江湖派诗人。一生不仕，漫游江湖，后归乡隐居。

④《月泉吟社》：元初宋遗民所创立诗社。这里指由月泉吟社所编辑的诗集，元世祖至元二十三年（1286）出题征诗，次年初应征有二千七百三十五卷，评选出二百八十人，将前六十名之诗结集，称《月泉吟社诗》。

山村酒旗风

山中有酒家，诗人遥遥见到酒旗，耳边传来山歌《乌盐角》。诗人在山中清新的空气里，听着优美的山歌，向酒家走去。

小梁州

贾逵[1]曰：梁米出于蜀汉，香美逾于诸梁[2]，号曰“竹根黄”，梁州[3]得名以此。秦地之西，燉煌之间，亦产梁米。土沃类蜀，故号小梁州，为西音也。

[注释]

①贾逵：东汉、三国与宋均有贾逵，此处看不出具体指谁。

②诸梁：指梁州的其他地方。

③梁州：古代行政区名，三国魏景元四年（263）置，治沔阳县（今陕西勉县），西晋太康三年（282）移治南郑县（今陕西汉中），辖境相当于今陕西汉中、四川东部、重庆全境、贵州北部的广大地区。

六州歌头

《六州歌头》，本鼓吹曲也，音调悲壮。又以古兴亡事实之，闻之使人慷慨，良不与艳词同科，诚可喜也。“六州”得名，盖唐人西边之州，伊州、梁州、甘州、石州、渭州、氐州也。此词宋人大祀[1]、大恤[2]，皆用此调。国朝[3]大恤，则用《应天长》云。

［注释］

①大祀：祭祀天地和宗庙。

②大恤：当指皇帝或重要皇族人物的丧葬。

③国朝：本朝，这里指明朝。

江南春

江南江花如火，绿水如蓝，有三秋桂子，十里荷香，更有秀美的吴娃，清冽的美酒，令人追忆。

法曲献仙音

《望江南》，即唐《法曲献仙音》也。但《法曲》凡三叠，《望江南》只两叠尔。白乐天改《法曲》为《忆江南》[1]。其词曰：“江南好，风景旧曾谙。”二叠云：“江南忆，最忆是杭州。”三叠云：“江南忆，其次忆吴宫。”见乐府。南宋绍兴中，杭都酒肆中，有道人携乌衣椎髻女子，买斗酒独饮，女子歌以侑（yòu）[2]之。歌词非人世语。或记之，以问

一道士。道士曰:“此赤城韩夫人作法驾导引也。乌衣女子盖龙云。”其词曰:“朝元路,朝元路,同驾玉华君。千乘载花红一色,人间遥指是祥云。回望海光新。”二叠云:“东风起,东风起,海上百花摇。十八风鬟云半动,飞花和雨着轻绡。归路碧迢迢。”三叠云:“帘漠漠,帘漠漠,天淡一帘秋。自洗玉舟斟白酒,月华微映是空舟。歌罢海西流。”此辞即《法曲》之腔。文士好奇,故神其事以传尔。岂有天仙而反取开元人间之腔乎。

[注释]

①《忆江南》:白居易按《望江南》填词《忆江南》三叠,此后遂称《望江南》为《忆江南》,其一:“江南好,风景旧曾谙。日出江花红胜火,春来江水绿如蓝。能不忆江南!”其二:“江南忆,最忆是杭州。山寺月中寻桂子,郡亭枕上看潮头。何日更重游!”其三:“江南忆,其次忆吴宫。吴酒一杯春竹叶,吴娃双舞醉芙蓉。早晚得相逢!”

②侑:在筵席旁助兴,劝人吃喝。

小秦王

唐人绝句多作乐府歌,而七言绝句随名变腔。如《水调歌头》《春莺转》《胡渭州》《小秦王》《三台》《清平调》《阳关》《雨淋铃》,皆是七言绝句而异其名,其腔调不可考矣。予爱《小秦王》三首,其一云:“雁门山[1]上雁初飞。马邑[2]栏中马正肥。陌上朝来逢驿骑,殷勤南北送征衣。”其二云:“柳条金嫩不胜鸦[3]。青粉墙头道韫(yùn)[4]家。燕子不来春寂寞,小窗和雨梦梨花。”其三云:“十指纤纤玉笋红。雁行轻度翠弦中。分明自说长城苦,水阔云寒一夜风。”第一首妓女盛小丛[5]作，后二首无名氏。

[注释]

①雁门山：山名，在今山西省境内，古称勾注山，《山海经》中有“雁门山者，雁飞出其间”的说法，故名。

②马邑：马厩。

③柳条金嫩不胜鸦：新生的柳条颜色嫩黄娇弱，经不住乌鸦停落。

④道韫：即谢道韫（349—409），字号不详，陈郡阳夏（今河南太康）人，东晋女诗人，谢安侄女、王羲之次子王凝之妻。

⑤盛小丛：晚唐时越中（今浙江绍兴）歌妓。

仄韵绝句

仄韵绝句，唐人以入乐府。唐人谓之《阿那曲》，宋人谓之《鸡叫子》。唐诗“春草萋萋春水绿，野棠开尽飘香玉。绣岭宫[1]前鹤发翁，犹唱开元太平曲。”乃无名氏闻鬼仙之谣，非李洞[2]作也。李洞诗集具在，诗体大与此不同，可验。女郎姚月华[3]二首：“春草萋萋春水绿，对此思君泪相续。羞将离恨附东风，理尽秦筝不成曲。”又云：“与君形影分胡越[4]，玉枕经年对离别。登台北望烟雨深，回身泣身寥天月。”宋张仲宗[5]词云：“西楼月落鸡声急，夜浸疏香寒淅沥。玉人醉渴嚼春冰，晓色入帘横宝瑟。”张文潜[6]《荷花》一首云：“平池碧玉秋波莹，绿云拥扇青摇柄。水宫仙子斗红妆，轻步凌波踏明镜。”杜祁公[7]《咏雨中荷花》一首云：“翠盖佳人临水立，檀粉不匀香汗湿。一阵风来碧浪翻，真珠零落难收拾。”三首皆佳。宋人作诗与唐远，而作词不愧唐人，亦不可晓。《太平广记》[8]载妖女一词云：“五原分袂[9]真胡越，燕折莺离芳草歇。年少烟花处处春，北邙[10]空恨清秋月。”其词亦佳。坡词“春事阑珊芳草歇[11]”亦用其语。或疑“歇”字似趁韵，非也。唐刘瑶[12]诗“瑶草歇芳心耿耿”，皆有出处，一字不苟如此。

姚月华

姚月华，是唐代的女子，相传她与书生杨达相恋，两人曾以诗词赠答。她的故事被收入《艳异续编》。

[注释]

①绣岭宫：唐代行宫，唐高宗显庆三年（658）修建，旧址在今河南陕县，中唐皇帝东巡多住于此。

②李洞：字才江（生卒年不详），晚唐诗人，唐宗室后裔，家贫好苦吟，崇拜诗人贾岛，诗风艰涩。

③姚月华：唐代女子，姚月华自幼丧母，随父亲住在扬子江畔，与邻舟书生杨达相恋，以诗词互相赠答。现存诗四首，其故事被收录在《艳异续编》中的《姚月华小传》。

④胡越：古代少数民族居住的地方，指极远之地。

⑤张仲宗：张元幹（1091—1170），字仲宗，号芦川居士、隐山人，永福（今福建永泰）人，两宋之际词人，因主战被秦桧削官，后漫游江浙，著有《芦川归来集》十卷、《芦川词》二卷。

⑥张文潜：张耒（1054—1114），字文潜，号柯山，楚州淮阴（今属江苏）人，北宋词人，苏门四学士之一，历任临淮主簿、寿安尉等职，后官至太常少卿，苏轼认为其文堪比苏辙。著有《柯山集》等。

⑦杜祁公：北宋词人，生平不详。

⑧《太平广记》：宋代类书，由李昉、扈蒙、李穆等奉宋太宗之命编纂，成书于北宋太平兴国年间，故名。全书五百卷，目录十卷，取材于汉代至宋初的野史小说及佛道经典，收录了很多宋代以前的小说。

⑨袂：衣袖。

⑩北邙：即北邙山，位于河南省洛阳市北，东汉以后逐渐成为诸侯公卿的墓

地，后多代指墓地。

⑪春事阑珊芳草歇：语出苏轼《蝶恋花》：“春事阑珊芳草歇。客里风光，又过清明节。”

⑫刘瑶：唐代女诗人，现存《暗别离》诗一首：“槐花结子桐叶焦，单飞越鸟啼青霄。翠轩辗云轻遥遥，燕脂泪迸红线条。瑶草歇芳心耿耿，玉佩无声画屏冷。朱弦暗断不见人，风动花枝月中影。青鸾脉脉西飞去，海阔天高不知处。”

阿那、纥那曲名

李郢①《上元日寄湖杭二从事》诗曰：“恋别山灯忆水灯，山光水焰百千层。谢公留赏公唤，知入笙歌《阿那》朋。”刘禹锡②夔州《竹枝词》③云：“楚水巴山小雨多，巴人能唱本乡歌。今朝北客思归去，回入《纥(hé)那》披绿萝。”“阿那”“纥那”，皆当时曲名。李郢诗言变梵呗④为艳歌，刘禹锡诗言翻南调为北曲⑤也。“阿那”皆叶上声⑥，“纥那”皆叶平声⑦，此又随方音而转也。

［注释］

①李郢：字楚望（生卒年不详），唐代诗人，官至侍御史，擅长多写景状物，风格老练沉郁。

②刘禹锡（772—842）：字梦得，晚年自号庐山人，彭城（今江苏徐州）人。唐朝诗人，有“诗豪”之称。现存诗八百余首，内容多反映民众生活和风土人情的作品，题材广阔，风格上具有巴蜀民歌含蓄优美的特色，清新自然，充满生活情趣。

③竹枝词：一种诗体，原本是古代巴蜀民歌，演唱时以笛、鼓伴奏，同时起舞，后来经过刘禹锡改进成为文人诗。

④梵呗：即佛教颂歌，呗是梵语“呗匿”的简称，意为歌咏。

⑤翻南调为北曲：指刘禹锡将本为南方名歌的“竹枝词”改为北方的诗歌。

⑥叶上声：改读上声。叶，指叶音，也作“协音”，指用改读字音的方式，来读古代韵文。上声，相当于现代汉语中的三声。

⑦平声：相当于现代汉语中的一声和二声。

醉公子

唐人《醉公子》词云："门外猧(wō)①儿吠，知是萧郎至。刬②袜下香阶，冤家今夜醉。　扶得入罗帏，不肯脱罗衣。醉则从他醉，还胜独睡时。"唐词多缘题所赋，《临江仙》则言水仙，《女冠子》③则述道情，《河渎神》则咏祠庙，《巫山一段云》则状巫峡。如此词题曰《醉公子》，即咏公子醉也。尔后渐变，与题远矣。此词又名《四换头》，因其词意四换也。前辈谓此可以悟诗法。或以问韩子苍④，子苍曰："只是转折多。且如刬袜下阶是一转矣，而苦其今夜醉又是一转。喜其入罗帏又是一转。'不肯脱衣'又是一转。后两句自开释，又是一转。其后制四换韵一调，亦名《醉公子》云。"今附录之，盖孟蜀顾敻(xiòng)⑤辞也。"河汉秋云淡，红藕香侵槛。枕倚小山屏。金铺向晚扃⑥。　睡起横波慢。独坐情何限。衰柳数声蝉。魂销似去年。"

睡起横波慢

佳人懒起眼波潋滟，斜倚床头相思苦，秋云澹淡，熏笼香烟袅袅，衰柳痴蝉，黯然销魂。

[注释]

①猧：小狗的意思。古时诗词中常会用"猧吠"表示人归。

②刬：铲平、削去，这里是脱下的意思。

③女冠子：本意是女道士，最早为温庭筠所制，咏女道士容貌，温词为："含娇含笑，宿翠残红窈窕，鬓如蝉。寒玉簪秋水，轻纱卷碧烟。雪胸鸾镜里，琪树凤楼前。寄语青娥伴，早求仙。"

④韩子苍：韩驹（1080—1135），字子苍，号牟阳、陵阳先生。仙井监（今四川仁寿）人。两宋之际诗人，写诗讲究韵律，锤字炼句，追求来历典故。

⑤顾敻：生卒年、字号不详，五代十国后蜀词人，在后蜀官至太尉，性格诙谐，擅长写词，风格类似温庭筠。

⑥扃：从外面关门的门闩。

如梦令

唐庄宗①词云："曾宴桃源深洞。一曲舞鸾歌凤。长记别伊时，和泪出门相送。如梦，如梦，残月落花烟重。"此庄宗自度曲也。乐府取词中"如梦"二字名曲，今误传为吕洞宾，非也。

［注释］

①唐庄宗：即后唐庄宗李存勖（885—926），李克用长子，小名亚子，五代后唐的建立者，908年至926年在位。年轻时勇猛善战，胆识过人，但称帝后不思进取，宠信伶人，最终招致兵变被杀。李存勖虽是武人，但通晓音律，能自度曲，现存词四首。

捣练子

李后主①《捣练子》云："深院静，小庭空。断续寒砧②断续风。无奈夜长人不寐，数声和月到帘栊③。"词名《捣练子》，即咏捣练，乃唐词本体也。

［注释］

①李后主：即南唐后主李煜（937—978），字重光，五代十国时南唐国君，南唐元宗李璟第六子，961年至975年在位。宋太祖开宝八年（975），宋军破南唐都城，降宋被俘，封为右千牛卫上将军、违命侯。后因作感怀故国的名词《虞美人》

而被宋太宗毒死。工书法，善绘画，精音律，其中以词的成就最高。

②砧：捶、砸或切东西的时候，垫在底下的器具。

③帘栊：窗帘和窗牖。

人月圆

宋驸马王晋卿[1]《元宵词》云："小桃枝上春来早，初试薄罗衣。年年此夜，华灯盛照，人月圆时。禁街箫鼓[2]，寒轻夜永，纤手同携。更阑人静，千门笑语，声在帘帏。"此曲晋卿自制，名《人月圆》，即咏元宵，犹是唐人之意。

[注释]

①王晋卿：王诜（1036—1093，一作1048—1104），字晋卿，太原（今属山西）人。娶英宗女魏国大长公主，拜左卫将军、驸马都尉。元丰二年（1079），因受苏轼牵连贬官。元祐元年（1086）复登州刺史、驸马都尉。卒赠昭化军节度使，谥荣安。词作音调谐美，语言清丽。

②箫鼓：箫与鼓，此处泛指音乐。

后庭宴

宋宣和[1]中，掘地得石刻一词，唐人作也。本无题，后人名之曰《后庭宴》。其词云："千里故乡，十年华屋。乱魂飞过屏山簇。眼重眉褪不胜春，菱花知我销香玉。　双双燕子归来，应解笑人幽独。断歌零舞，遗恨清江曲。万树绿低迷，一庭红扑簌[2]。"

[注释]

①宣和：宋徽宗年号，1119年至1125年使用。

②一庭红扑簌：一树红花像眼泪一样落下。扑簌，形容眼泪落下的样子。

牡丹国色

唯有牡丹真国色，其中正紫色的，名为朝天紫。后来《朝天紫》衍化为曲名。

朝天紫

朝天紫，本蜀牡丹花名，其色正紫，如金紫大夫[1]之服色，故名。后人以为曲名。今以“紫”作“子”，非也，见陆游《牡丹谱》[2]。

[注释]

①金紫大夫：金紫光禄大夫的简称，魏晋时设置，属于荣誉性官衔，加金冠紫绶，唐代为正三品，宋代为正二品，元代为从一品。明清时取消。

②《牡丹谱》：即《天彭牡丹谱》，南宋陆游著，记录了天彭（今四川彭州）地区的牡丹种类。

干荷叶

元太保刘秉忠[1]《干荷叶》曲云：“干荷叶，色苍苍。老柄风摇荡。减了清香，越添黄。都因昨夜一场霜。寂寞秋江上。”此秉忠自度曲，曲名《干荷叶》，即咏干荷叶，犹是唐词之意也。又一首“吊宋”云：“南高峰。北高峰，惨淡烟霞洞。宋高宗[2]，一场空。吴山[3]依旧酒旗风，两度江南梦。”此借腔别咏，后世词例也。然其曲凄恻感慨，千古之寡和也。或云非秉忠作。秉忠助元凶宋，惟恐不早，而复为吊惜之辞，其俗所谓斧子斫(zhuó)了手摩挲[4]之类也。

[注释]

①刘秉忠（1216—1274）：字仲晦，原名侃，自号藏春散人，邢州（今河北邢台）人，元朝官员、诗人。本金朝小吏，蒙古灭金后出任邢台节度府令史，不久归隐武安山，元世祖登基前被召为幕僚，参与国家典章制度的草拟，后拜为光禄大夫、太保，领中书省事。诗风洒脱闲淡。

②宋高宗：即赵构（1107—1187），字德基，1127年在1162年在位。宋徽宗第九子，钦宗弟，曾封康王。北宋灭亡后，在南京应天府（今河南商丘）即位，建立南宋，定都临安（今浙江杭州），在位期间重用主和派，与金议和，杀害岳飞。

③吴山：山名，在浙江杭州市西湖东南，这里代指南宋都城临安。

④斧子斫了手摩挲：用斧子砍掉别人手，然后上前抚摸，比喻伪善。斫，砍。

乐曲名解

《古今乐录》[①]云："伧歌[②]以一句为一解，中国以一章为一解。"王僧虔[③]启曰："古曰章，今曰解。解有多少，当是先诗而后声。诗叙事，声成文，必使志尽于诗，音尽于曲。是以作诗有丰约[④]，制解有多少。"又："诸曲调，皆有词、有声。而大曲[⑤]又有艳[⑥]、有趋[⑦]、有乱[⑧]。词者，其歌诗也。声者，若羊吾、夷伊、那何之类也。艳在曲之前，趋与乱在曲之后，亦犹吴声西曲[⑨]，前有和，后有送也。"慎按：艳在曲之前，与吴声之和，若

古时歌舞图

中国历史上各重要乐种出现的大型乐曲，多指汉魏相和歌、六朝清商乐、唐宋燕乐中的大型乐曲。这些大都是兼有乐器演奏的大型歌舞曲。

今之引子。趋与乱在曲之后，与吴声之送，若今之尾声。羊吾、夷伊，那何，皆声之余音袅袅，有声无字。虽借字作谱而无义。若今之哩啰、嗹唵、唵吽也。知此，可以读古乐府[10]矣。

［注释］

①《古今乐录》：南朝陈智匠撰写的一部音乐专着，共十二卷，记录了从汉魏至南陈鼓吹乐、横吹乐、相和歌、清商乐、琴曲歌辞等各种音乐体裁及其作品，在宋时佚失。

②伧歌：指南北朝时期的北方民歌。

③王僧虔（426—485）：字简穆，琅玡临沂（今属山东）人，王羲之四世族孙，南朝齐书法家、诗人，官至尚书令，喜文史、善音律、工书法，书风丰厚淳朴有骨力。

④丰约：丰满和简约。

⑤大曲：中国历史上各重要乐种出现的大型乐曲，多指汉魏相和歌、六朝清商乐、唐宋燕乐中的大型乐曲。这些大都是兼有乐器演奏的大型歌舞曲。通常所说的大曲就是大型歌舞曲。主要作品有《陌上桑》《东门行》《白头吟》《步出夏门行》《广陵散》等。

⑥艳：今人认为是用来引起乐曲的婉约的抒情乐段，相当于前奏，一般由器乐演奏，有时配以歌词歌唱。

⑦趋：乐曲结束部分。一般认为可能是一个热烈紧张的歌舞乐段，并配有歌词。

⑧乱：也是乐曲的结束部分，一般认为是在乐曲结束后将多个乐段加以整理、归纳，用以总括、阐发全曲，节奏紧凑、速度较快、风格奔放。

⑨吴声西曲：南朝民歌“吴声歌”和“西曲歌”的合称，现存约五百首，这些歌在内容上大部分都是表现男女爱情生活的。

⑩古乐府：指汉魏、六朝的乐府诗，即唐以前的乐府。

鼓吹、骑吹、云吹

乐府有鼓吹曲，其昉(fǎng)[1]于黄帝记里鼓之制乎。后世有《鼓吹》《骑吹》《云吹》之名。《建初录》云：“列于殿廷者名《鼓吹》，列于行驾者名《骑吹》。”又曰：“《鼓吹》，陆则楼车，水则楼船。其在廷，则以簨（sǔn）簴[2]为楼也。水行则谓之《云吹》。《朱鹭》《临高台》诸篇，则《鼓吹曲》也。《务成》《黄雀》，则《骑吹曲》也。《水调》《河传》，则《云吹曲》也。”宋之问[3]诗：“稍看朱鹭转，尚识紫骝骄[4]。”此言《鼓吹》也。谢朓[5]诗：“鸣笳翼高盖，迭鼓送华辀[6]。”此言《骑吹》也。梁简文[7]诗：“广水浮云吹，江风引夜衣[8]。”此言《云吹》也。

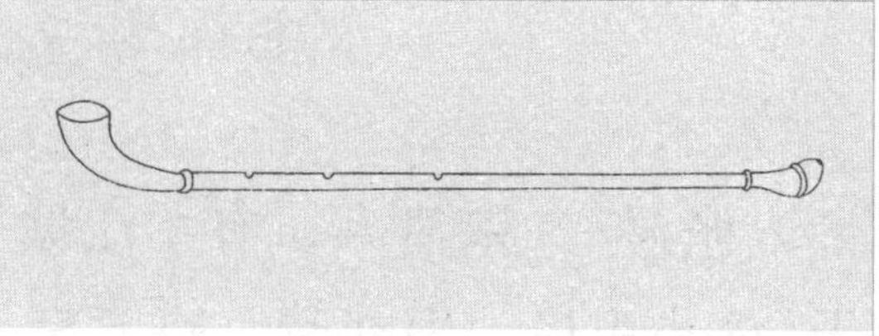

胡笳

胡笳，是蒙古族的气鸣乐器，又称冒顿潮尔，流行于内蒙古和新疆地区，形如筚篥。

[注释]

①昉：起始。

②簨簴：钟磬的架子，横木叫“簨”，旁柱叫“簴”。

③宋之问（约653—712）：一名少连，字延清，汾州（今山西汾阳）人，唐代诗人。上元二年（675）进士及第，历任洛州参军、尚方监丞、考功员外郎等职。为官期间前依附张易之兄弟、太平公主等人，唐睿宗时被赐死。宋之问人品劣但诗才高，他使六朝以来的格律诗的法则更趋细密，使五言律诗的体制更臻完善，并创制了七言律诗的新体，为律诗的产生奠定了基础。

④“稍看朱鹭转”二句：语出宋之问《鲁忠王挽词三首》其一。

⑤谢朓（464—499）：字玄晖，南朝宋诗人，与谢灵运同族，经历类似，时与谢灵运并称，亦称小谢。曾出任宣城太守，世称“谢宣城”，以山水诗著称，风格清丽，为李白所推崇。

⑥“鸣笳翼高盖”二句：语出谢朓《鼓吹曲》。笳，汉代鼓乐中用的乐器，形似筚篥，多用于塞北游牧民族中。辀，小车居中一木曲而上升称之为辀，也用来代指车。

⑦梁简文：即南朝梁简文帝萧纲。

⑧“广水浮云吹”二句：语出萧纲《泛舟横大江》。

唐词多无换头

张泌[1]，南唐人，有《江城子》二阕。其一云：“碧阑干[2]外小中庭。雨初晴。晓莺声。飞絮落花，时节近清明。睡起卷帘无一事，匀面[3]了，没心情。”其二云：“浣花溪上见卿卿。眼波明。黛眉轻。高绾绿云[4]，低簇小蜻蜓[5]。好是问他得来么？和笑道，莫多情。”黄叔旸（yáng）[6]云：“唐词多无换头，如此词自是两首，故重押两“情”字，两“明”字。今人不知，合为一首，则误矣。”

[注释]

①张泌：生卒年、字号不详，唐末至五代时词人，南阳郡泌阳县（今河南泌阳）人，唐末曾登进士第，唐亡后漂泊各地，作有传奇小说《韦安道传》，其词作大多风格香艳，介乎温庭筠、韦庄之间，下文说“南唐”，或认为与南唐张佖混为一人。

②阑干：即栏杆。

③匀面：指化妆时用手搽脂粉。

④高绾绿云：高高地绾起头发。绿云，比喻女子的秀发。

⑤小蜻蜓：蜻蜓形头饰。

⑥黄叔旸：即黄升，字叔旸，北宋词人。

填词句参差不同

填词平仄及断句皆定数[1]，而词人语意所到，时有参差。如秦少游[2]《水龙吟》前段歇拍句云：“红成阵，飞鸳甃[3]。”换头落句[4]云：“念多情但有当时皓月，照人依旧。”以词意言，“当时皓月”作一句，“照人依旧”作一句。以词调拍眼，“但有当时”作一拍，“皓月照”作一拍，“人依旧”作一拍，为是也。维扬张世文[5]云：陆放翁[6]《水龙吟》，首句本是六字，第二句本是七字。若“摩诃池上追游客[7]”则七字。下云“红绿参差春晚”，却是六字。又如后篇《瑞鹤仙》，“冰轮[8]桂花满溢”为句，以“满”字叶[9]，而以“溢”字带在下句。别如二句分作三句、三句合作二句者尤多。然句法虽不同，而字数不少。妙在歌者上下纵横取协尔。古诗亦有此法。如王介甫[10]“一读亦使我，慨然想遗风[11]”是也。

王安石

王安石，世称临川先生，北宋政治家、文学家，诗人，唐宋古文八大家之一。著有《临川集》。

[注释]

①定数：限定的数量。

②秦少游：秦观（1049—1100），字少游，号淮海居士，高邮（今江苏高邮）人，北宋婉约派词人，苏门四学士之一，深得苏轼赏识。曾经出任太学博士、秘书省正字、国史院编修官等职，词风绮丽而意境深远。

③甃甃：用对称的砖瓦砌成的井壁。亦代指井。

④落句：尾句。

⑤张世文：张綖（生卒年不详），字世文，明代诗人，著有《诗余图谱》等，最早提出了宋词“豪放、婉约”的分别。

⑥陆放翁：即陆游，号放翁。

⑦摩诃池上追游客：语出陆游《水龙吟 · 春日游摩诃池》：“摩诃池上追游容，红绿参差春晚。”摩诃池，隋朝时，益州刺史杨秀镇守蜀地，建筑成都子城，以取土所形成的大坑为池。据唐人卢求《成都记》载：“隋蜀王秀取土筑广此城，因为池。有胡僧见之曰：‘摩诃宫毗罗’，盖摩诃为大宫，毗罗为龙，谓此池广大有龙，

因名摩诃池”。

⑧冰轮：比喻圆月。

⑨叶：即叶音，古诗文中对字音的变读。

⑩王介甫：即王安石，字介甫。

⑪“一读亦使我”二句：语出王安石《圣俞为狄梁公孙作诗要予同作》。

填词用韵宜谐俗

沈约之韵，未必悉合声律，而今诗人守之，如金科玉条。此无他，今之诗学李杜，李杜学六朝，往往用沈韵，故相袭不能革也。若作填词，自可通变。如“朋”字与“蒸”同押、“打”字与“等”同押、“卦”字“画”字，与“怪”“坏”同押，乃是鴂舌[1]之病，岂可以为法耶？元人周德清著《中原音韵》[2]，一以中原之音为正，伟矣。然予观宋人填词，亦已有开先者。盖真见在人心目，有不约而同者。俗见之胶固[3]，岂能迷豪杰之目哉。试举数词于右。东坡[4]《一斛珠》云：“洛城春晚。垂杨乱掩红楼半。小池轻浪纹如篆。烛下花前，曾醉离歌宴。　自惜风流云雨散。关山有限情无限。待君重见寻芳伴。为说相思，目断西楼燕。”“篆”字沈

斛珠夫人

斛珠夫人，即唐玄宗的梅妃，相传她初时受宠，但后来玄宗宠爱杨贵妃，赐予梅妃一斛珍珠，梅妃将珍珠退回，并写道“长门自是无梳洗，何必珍珠慰寂寥”，以此人称梅妃为“斛珠夫人”。

韵在上韵，本属鴂舌，坡特正之也。蒋捷[5]“元夕”《女冠子》云：“蕙花香也。雪晴池馆如画。春风飞到，宝钗楼上，一片笙箫，琉璃光射。而今灯谩挂。不是暗尘明月，那时元夜。况年来，心懒意怯，羞与闹蛾儿争耍。　　江城人悄初更打。问繁华谁解，再向天公借。剔残红炧，但梦里隐隐，钿车[6]罗帕。吴笺银粉砑[7]。待把旧家风景，写成闲话。笑绿鬟[8]邻女，倚窗犹唱，夕阳西下。”是驳正沈韵“画”及“挂”“话”及“打”字之谬也。吕圣求[9]《惜分钗》云：“重帘下。微灯挂。背阑同说春风话。”用韵亦与蒋捷同意。晁叔用[10]《感皇恩》云：“寒食不多时，牡丹初卖。小院重帘燕飞碍。昨宵风雨，尚有一分春在。今朝犹自得，阴晴快。　　熟睡起来，宿醒微带。不惜罗襟揾[11]眉黛。日长梳洗，看看花影移改。笑拈双杏子，连枝带。”此词连用数韵，酌古斟今尤妙。国初高季迪[12]《石州慢》云：“落了辛夷[13]，风雨顿催，庭院潇洒。春来长恁[14]，乐章懒按，酒筹慵把。辞莺谢燕，十年梦断青楼，情随柳絮犹萦惹。难觅旧知音，把琴心重写。　　夭冶[15]。忆曾携手，斗草阑边，买花帘下。看辘轳低转，秋千高打。如今何处，总有团扇轻衫，与谁共走章台[16]马？回首暮山青，又离愁来也。”诸公数词可为用韵之式，不独绮语之工而已。

[注释]

①鴂舌：伯劳鸟的啼叫，比喻语言难懂。鴂，伯劳鸟，叫声刺耳。

②《中原音韵》：元周德清著，以元曲四大家的作品曲韵为依据，归纳的北曲的创作方法和演唱规律的书，周德清（1277—1365），字日湛，号挺斋，高安（今江西高安）人，元代文学家、音韵学家、曲作家，工词曲，通晓音律。

③胶固：拘执、固陋。

④东坡：即苏轼，号东坡居士。

⑤蒋捷：字胜欲（生平不详），号竹山，阳羡（今江苏宜兴）人，南宋诗人，宋亡后归隐，与周密、王沂孙、张炎并称“宋末四大家”。其诗词多抒发故国之思，风格多样，词句奇巧以悲凉清俊为主，兼具豪放和婉约两派特点。

⑥钿车：指金宝嵌饰的车子。

⑦砑：用卵形或弧形的石块碾压摩擦皮帛等使其密实而光亮。

⑧绿鬓：乌黑发亮的发髻，形容女子美丽的头发。

⑨吕圣求：吕渭老（生卒年不详），字圣求，嘉兴（今属浙江）人，两宋之间诗人，著有《圣求词》一卷。

⑩晁叔用：晁冲之（生卒年不详），字叔用，北宋江西派诗人。

⑪揾：按住，擦拭。

⑫高季迪：高启（1336—1374），字季迪，自号青丘子，长洲（今江苏苏州）人，明初诗人，曾任翰林院编修，参与纂修《元史》。

⑬辛夷：木兰花。

⑭恁：长。

⑮夭冶：同“妖冶”，艳丽。

⑯章台：汉长安章台下街名，后用以代指妓院。

燕盻（háng）莺转

燕

燕纷飞流转，姿态优雅，莺歌声清丽，古人曾以燕莺入诗。

《禽经》①：“燕以狂盻，莺以喜转。”盻②，视也。《夏小正》③：“来降燕乃睇（dì）④。”《转》，曲名，莺声似歌曲，故曰“转”。

[注释]

①《禽经》：古代记述鸟类形态、种类、习性的文章，全文三千余字，体例结构较为粗简，假托春秋时期师旷所作，疑为宋人作品。

②盻：鸟从高处向下飞的意思。

③《夏小正》：是我国现存最早的文献

之一，也是现存采用夏时历最早的历书。

④来降燕乃睇：降落时的燕子会先观望。睇，望。

哀 曼

晋钮滔母猛氏《箜篌(kōng hóu)赋》①曰：“乐操则寒条反荣，哀曼则晨华朝灭。”“曼”与“慢”通，亦曲名②，如《石州慢》《声声慢》之类。

[注释]

①《箜篌赋》：疑为晋代作品，现已佚。钮滔，晋朝县令，生平不详。箜篌，古代弹弦乐器，最初称为“坎侯”或“空侯”，形似竖琴，明后失传。

②“‘曼’与‘慢’通”二句：所述即慢词，是宋词的主要体式之一，与“小令”相对，从“慢曲子”而来，指依慢曲所填写的调长拍缓的词。

北 曲

《南史》①蔡仲熊②曰：“五音③本在中土，故气韵调平。东南土气偏诐(bì)④，故不能感动木石。”斯诚公言也。近世北曲，虽皆郑卫之音⑤，然犹古者总章北里之韵，梨园教坊之调，是可证也。近日多尚海盐南曲⑥，士夫禀心房之精，从婉娈⑦之习者，风靡如一。甚者北土亦移而耽之。更数十年，北曲亦失传矣。白乐天诗：“吴越声邪无法用，莫教偷入管弦中⑧。”东坡诗：“好把莺黄记宫样，莫教弦管作蛮声⑨。”

[注释]

①《南史》：纪传体史书，“二十四史”之一，唐李延寿撰，共八十卷，含本纪十卷，列传七十卷，记述时间为宋武帝刘裕永初元年（420），到陈后主陈叔宝祯明三年（589），记载了南朝宋、齐、梁、陈四朝，总共一百七十年的历史。

②蔡仲熊：生卒年、字号不详，济阳（今河南兰考）人，南朝齐大臣，累官至尚书左丞。

③五音：即宫、商、角、徵、羽。代指音乐。

④诐：偏僻的意思。

⑤郑卫之音：春秋时郑国和卫国的音乐，后代指靡靡之音。

⑥海盐南曲：是一种古老的戏曲唱腔，因其出现在浙江海盐而得名。它是元代时海盐澉浦人杨梓对当时流行的南北歌调进行加工而创的。“海盐腔”自明代开始盛行，渐成为南戏的四大声腔之首，后逐渐失传。

⑦婉娈：年少美好的样子。

⑧“吴越声邪无法用”二句：语出白居易《寄明州于驸马使君三绝句》其二：“平阳音乐随都尉，留滞三年在浙东。吴越声邪无法用，莫教偷入管弦中。”

⑨“好把莺黄记宫样”二句：语出苏轼《赠王定国歌姬》。

欧、苏词用选语

欧阳修

欧阳修，号六一居士，北宋政治家、文学家、诗人。他擅长写词。欧阳修在政治和文学方面都主张革新，既是范仲淹庆历新政的支持者，也是北宋诗文革新运动的领导者。

欧阳公[1]词“草熏风暖摇征辔（pèi）[2]”，乃用江淹《别赋》“闺中风暖，陌上草熏”之语也。苏公词“照野瀰瀰浅浪，横空暖暖微霄[3]”，乃用陶渊明“山涤余霭，宇暖微霄[4]”之语也。填词虽于文为末，而非自选诗乐府来，亦不能入妙。李易安[5]词“清露晨流，新桐初引[6]”，乃全用世说语[7]。女流有此，在男子亦秦、周[8]之流也。

［注释］

①欧阳公：指欧阳修。

②草熏风暖摇征辔：语出欧阳修《踏莎行》："候馆梅残，溪桥柳细，草熏风暖摇征辔。离愁渐远渐无穷，迢迢不断如春水。　　寸寸柔肠，盈盈粉泪，楼高莫近危阑倚。平芜尽处是春山，行人更在春山外。"

③"照野浟浟浅浪"二句：语出苏轼《西江月》："照野弥弥浅浪，横空暧暧微霄。障泥未解玉骢骄。我欲醉眠芳草。　　可惜一溪明月，莫教踏破琼瑶。解鞍欹枕绿杨桥。杜宇一声春晓。"

④"山涤余霭"二句：语出陶渊明《时运》："迈迈时运，穆穆良朝。袭我春服，薄言东郊。山涤余霭，宇暧微霄。有风自南，翼彼新苗。"

⑤李易安：即李清照，号易安居士。

⑥"清露晨流"二句：语出李清照《念奴娇》："萧条庭院，又斜风细雨，重门须闭。宠柳娇花寒食近，种种恼人天气。险韵诗成，扶头酒醒，别是闲滋味。征鸿过尽，万千心事难寄。　　楼上几日春寒，帘垂四面，玉栏干慵倚。被冷香消新梦觉，不许愁人不起。清露晨流，新桐初引，多少游春意！日高烟敛，更看今日晴未？"

⑦世说语：即俗语。

⑧秦、周：指秦观和周邦彦。

草　熏

佛经云："奇草芳花，能逆风闻熏[1]。"江淹《别赋》"闺中风暖，陌上草熏。"正用佛经语。《六一词》[2]云"草熏风暖摇征辔(pèi)"，又用江淹语。今《草堂词》改"熏"作"芳"，盖未见《文选》者也。《弘明集》[3]："地芝[4]候月，天华逆风。"

［注释］

①"奇草芳花"二句：语出《佛说戒德香经》："虽有美香花，不能逆风熏。"

②《六一词》：欧阳修的词集，欧阳修号六一居士。

③《弘明集》：佛教文集，南朝梁僧佑撰于天监年间。共十四卷，收录自东汉末年至南朝梁时的佛教文论。

④地芝：灵芝的一种。

南云

晏元献公[1]《清商怨》云：“关河[2]愁思望处满。渐素秋向晚。雁过南云，行人回泪眼。　双鸾衾裯悔展。夜又永，枕孤人远。梦未成归，梅花闻塞管[3]。”此词误入欧公集中。按诗话：或[4]问晏同叔词“雁过南云”何所本[5]，庚溪[6]以江淹诗“心逐南云去，身随北雁来[7]”答之。不知陆机《思亲赋》有“指南云以寄钦”之句。陆云《九愍》云：“眷南云以兴悲。”“南云”字，当是用陆公语也。

[注释]

①晏元献公：晏殊（991—1055），字同叔，抚州临川（今江西临川）人，北宋前期词人，历任光禄寺丞、尚书户部员外郎、礼部侍郎，累官至兵部尚书，封临淄公，谥元献，世称晏元献。为当时词坛泰斗，擅长小令，风格含蓄婉丽。

军中登楼

军中登高楼，遥望关河，征雁南飞，羌管声中，诗人怀念故乡，泪垂两行。

②关河：在今山西长治、武乡县境内，向南流入太行大峡谷的昂车关，因称关河。

③塞管：塞外的胡人乐器。以芦为首，竹为管，声音悲切。

④或：有人。

⑤何所本：以什么为根本，即从哪里化用来的。

⑥庚溪：即陈岩肖（生卒年不详），字子象，号庚溪，南宋文学评论家，官至兵部侍郎，著有《庚溪诗话》二卷，对唐、宋诗家均有评论。

⑦“心逐南云去”二句：语出江总《于长安归还扬州九月九日行薇山亭赋韵》：“心逐南云逝，形随北雁来。故乡篱下菊，今日几花开？”原文“江淹”当为“江总”之误。江总（519—594），字总持，本为南朝陈大臣。陈亡后，仕隋，后辞官南归。

词用晋帖语

“天气殊未佳，汝定成行否。寒食①近，且住为佳尔。”此晋无名氏帖中语也。辛稼轩②融化作《霜天晓角》词云：“吴头楚尾，一棹③人千里。休说旧愁新恨，长亭树，今如此。　宦游吾倦矣！玉人留我醉。明日落花寒食，得且住，为佳尔。”晋人语本入妙，而词又融化之如此，可谓珠璧相照矣。

[注释]

①寒食：即寒食节，亦称“禁烟节”，时间在每年清明节的前一天。这一天，禁烟火，只吃冷食，后来逐渐增加了祭扫、踏青等风俗，曾是民间第一大祭日。

②辛稼轩：即辛弃疾，号稼轩。

③棹：划船的工具，类似船桨。

屯　云

中山王①《文木赋》：“奔雷屯云②，薄雾浓雰(fēn)③。”皆形容木之文理也。杜诗“屯云对古城④”，实用其字。李易安“九日”词“薄雾浓雰愁永昼⑤”，今俗本改“雰”作“云”。

薄雾浓雰

林间薄雾浓飘渺，诗人与友人同游，光线透过树的枝叶，细碎地照下来，有云雾的湿气。

[注释]

①中山王：指刘胜（前165—前113），汉景帝刘启的庶子，封中山王，谥号为“靖”，

史称中山靖王祖。

②奔雷屯云：语出《周易·屯卦·象传》："云雷，屯。君子以经纶。"屯，指屯卦，上坎下震，坎为水，震为雷，呈云行雷上之象。

③雰：霜雪很盛的样子。

④屯云对古城：杜甫语出《与李十二白同寻范十隐居》诗："落景闻寒杵，屯云对古城。"

⑤薄雾浓雰愁永昼：语出李清照《醉花阴》："薄雾浓云愁永昼，瑞脑销金兽。佳节又重阳，玉枕纱厨，半夜凉初透。　东篱把酒黄昏后，有暗香盈袖。莫道不消魂，帘卷西风，人比黄花瘦。"

乐府用取月字

《子夜歌》①"开窗取月光"，又"笼窗取凉风"，妙在"取"字。

［注释］

①《子夜歌》：乐府《吴声歌曲》中歌名。相传为晋代女子在子夜所作。现存晋、宋、齐三代歌词四十二首，均写男女情爱，形式为四句五言，多用双关隐语，风格活泼自然。

齐己诗

僧齐己①诗："重城不锁梦，每夜自归山②。"宋人小词："金门不锁梦，随意绕天涯。"

［注释］

①齐己：俗名胡得生（生卒年不详），晚唐诗僧，一生精研佛理，并致力于诗歌创作，与皎然、贯休齐名，《全唐诗》收录其诗作八百余首。

②"重城不锁梦"二句：语出齐己《城中示友人》："久与寒灰合，人中亦觉闲。重城不锁梦，每夜自归山。雨破冥鸿出，桐枯井月还。唯君道心在，来往寂寥间。"

欧词、石诗

欧阳公词：“平芜（wú）[1]尽处是春山，行人更在春山外。”石曼卿[2]诗：“水尽天不尽，人在天尽头[3]。”欧与石同时，且为文字友，其偶同乎？抑相取乎？

［注释］

①平芜：草木丛生而平坦广阔的原野。

②石曼卿：石延年（994—1041），字曼卿。北宋文学家。历任大理寺丞、秘阁校理、太子中允等职，诗文语言劲健。

③“水尽天不尽”二句：语出石延年《高楼》诗。

侧　寒

吕圣求《望海潮》词云：“侧寒斜雨，微灯薄雾，匆匆过了元宵。帘影护风，盆池见日，青青柳叶柔条。碧草皱裙腰。正昼长烟暖，蜂困莺娇。望处凄迷，半稿绿水浸斜桥。　孙郎[1]病酒无聊。记乌丝醉语，碧玉风标。新燕又双，兰心渐吐，佳期趁取花朝。心事转迢迢。但梦随人远，心与山遥。误了芳音，小窗斜日到芭蕉。”其用“侧寒”字甚新。唐诗：“春寒侧侧掩重门。”韩偓（wò）[2]诗：“侧侧轻寒剪剪风。”又无名氏词：“玉楼十二春寒侧。”与此“侧寒斜雨”相袭用之，不知所出。大意，“侧”，不正也，犹云峭寒尔。圣求在宋，人不甚著名，而词甚工。如《醉蓬莱》《扑胡蝶近》《惜分钗》《薄倖》《选冠子》《百宜娇》《豆叶黄》《鼓笛慢》，佳处不减秦少游。见予所集《词林万选》[3]及《填词选格》。

［注释］

①孙郎：指孙权。孙权好酒，曾因酒误事。

②韩偓（842—923）：字致尧，一字致光，小名冬郎，号玉山樵人，京兆万年（今陕西西安）人，晚唐五代诗人。初在河中镇节度使幕府任职，后历任左拾遗、左谏议大夫、翰林学士等职。擅长以七律记时事，用典工切，风格沉郁顿挫，又柔中带刚，擅长将苍凉寓于清丽。

③《词林万选》：杨慎所编的诗词集，所选词作都是《草堂诗余》没有收录的内容。

闻笛词

南渡后，有题闻笛《玉楼春》词于杭京[1]者。其词云："玉楼十二春寒侧。楼角暮寒吹玉笛。天津桥上旧曾听，三十六宫秋草碧。　昭华人去无消息。江上青山空晚色。一声落尽短亭花，无数行人归未得。"其词悲感凄恻，在陈去非"忆昔午桥"[2]之上，而不知名。或以为张子野[3]，非也。子野卒于南渡之前，何得云"三十六宫秋草碧[4]"乎？

楼角吹笛

暮寒，玉楼上佳人吹笛，引起词人心中愁绪，遥想三十六宫，曾经繁华不再，看江上晚色，行人在他乡漂泊。

［注释］

①杭京：即杭州，南宋都城，时称临安。

②陈去非"忆昔午桥"：指陈与义《临江仙》："忆昔午桥桥上饮，坐中多是豪英。长沟流月去无声。杏花疏影里，吹笛到天明。二十余年如一梦，此身虽在堪惊。闲登小阁看新晴。古今多少事，渔唱起三更。"陈去非，即陈与义（1090—1138），字去非，号

简斋，洛阳（今河南洛阳）人，两宋之间诗人。北宋时曾在地方任府学教授、太学博士等职，南渡后官至参知政事。词风近于苏轼，豪放大气，又疏朗明快。

③张子野：即张先，字子野。

④三十六宫秋草碧：化用自唐李贺《金铜仙人辞汉歌》“画栏桂树悬秋香，三十六宫土花碧”句。

等身金

宋贾黄中[1]，幼日聪悟过人。父取书与其身相等，令诵之，谓之“等身书”。张子野《归朝欢》词云：“声转辘轳闻露井。晓汲银瓶牵素绠。西园人语夜来风，丛英[2]飘坠红成径。宝猊[3]烟未冷。莲台香烛残痕凝。等身金，谁能得意，买此好光景。　　粉落轻妆红玉莹。月枕横钗云坠领。有情无物不双栖，文禽[4]只合长交颈。昼长欢岂定。争如翻做春宵永。日曈昽[5]，娇柔懒起，帘押卷花影。”此词极工，全录之。不观“贾黄中传”，知“等身金”为何语乎？

［注释］

①贾黄中（945—1001）：字娲民，宋初名臣，少时有才名，十五岁中进士，历左拾遗、定州通判、著作郎、礼部员外郎等职，为官清廉，为人所称道。

②丛英：花丛。

③猊：即狻猊，传说中的神兽，龙生九子之一，生性喜烟嗜睡，故香炉上多有其形象。此处代指香炉。

④文禽：羽毛有文彩的鸟，如鸳鸯、孔雀等。

⑤曈昽：指清晨阳光渐渐明亮。

关山一点

杜诗“关山同一点[1]”，“点”字绝妙。东坡亦极爱之，

一点月窥人

关山同此月，诗人在山中，仰望天上的明月，天高月小，那一点明月也在窥探人间。

作《洞仙歌》[2]云："一点明月窥人。"用其语也。《赤壁赋》云"山高月小"，用其意也。今书坊本改"点"作"照"，语意索然。且"关山同一照"，小儿亦能之，何必杜公也。幸《草堂诗余》注可证。

［注释］

①关山同一点：语出杜甫《玩月呈汉中王》："夜深露气清，江月满江城。浮客转危坐，归舟应独行。关山同一照，乌鹊自多惊。欲得淮王术，风吹晕已生。"

②《洞仙歌》：词牌名，原本唐教坊曲，最初用以咏洞府神仙。苏轼所作《洞仙歌》全词为："冰肌玉骨，自清凉无汗。水殿风来暗香满。绣帘开、一点明月窥人，人未寝，敧枕钗横鬓乱。　起来携素手，庭户无声，时见疏星度河汉。试问夜如何？夜已三更，金波淡、玉绳低转。但屈指、西风几时来，又不道流年暗中偷换。"

杨柳索春饶

张小山[1]《小桃红》[2]词云："一汀烟柳索春饶，添得杨花闹。盼杀归舟木兰棹(zhào)，水迢迢。画楼明月空相照。今番瘦了，多情知道，宽褪了翠裙腰。""蒌蒿穿雪动，杨柳索春饶[3]。"山谷[4]诗也。此词用之。今刻本不知，改"饶"为"愁"，不惟无韵，且无味矣。

[注释]

①张小山：即张可久（约1270—约1348），字仲远，号小山，庆元（今浙江宁波）人，元代散曲家、剧作家，一生怀才不遇，时官时隐，与乔吉并称“双璧”，与张养浩合为“二张”。

②《小桃红》：曲牌名。

③“蒌蒿穿雪动”二句：语出黄庭坚《次韵高子勉》其十。蒌蒿，即芦蒿，多年生草本植物，性喜阴湿，可食用。

④山谷：即黄庭坚（1045—1105），字鲁直，自号山谷道人，洪州分宁（今江西修水）人，北宋文学家、书法家，早年受知于苏轼，与张耒、晁补之、秦观并称“苏门四学士”，诗风奇崛瘦硬，是江西诗派开山之祖。

秋尽江南叶未凋

贺方回[1]作《太平时》一词，衍杜牧之诗[2]也。其词云：“秋尽江南叶未凋，晚云高。青山隐隐水迢迢，接亭皋（gāo）[3]。　二十四桥明月夜，弭兰桡[4]。玉人何处教吹箫，可怜宵。”按此，则牧之本作“叶未凋”。今妄改作“草木凋”，与上下意不相接矣。幸有此可正其误。

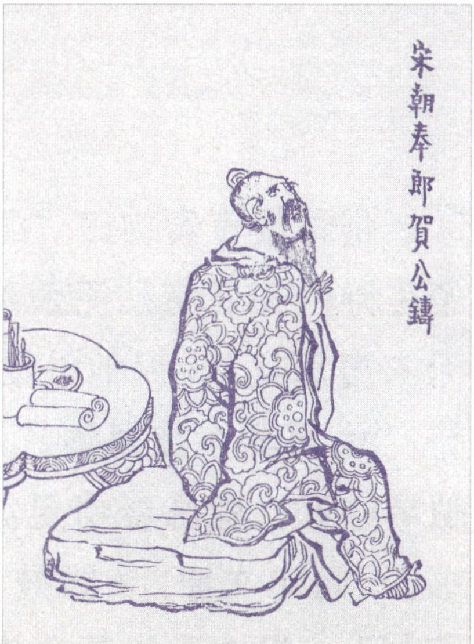

贺铸

贺铸，北宋词人，诗、词、文都擅长，尤以词的成就最高，他的词大都写恋情闺思，风格清丽婉约，代表作为《青玉案》，因其中“一川烟草，满城风絮，梅子黄时雨”时人称贺铸为“贺梅子”。

[注释]

①贺方回：即贺铸，字方回。

②杜牧之诗：指杜牧的《寄扬州韩绰判官》：“青山隐隐水迢迢，秋尽江南草未凋。二十四桥明月夜，玉人何处教吹箫。”杜牧之，即杜牧，字牧之。

③亭皋：指水边的平地。

④弭兰桡：小船平稳地停着。弭，止息。兰桡，对小船的美称。

玉船风动酒鳞红

何晋之[1]《小重山》词云："绿树啼莺春正浓。枝头青杏小，绿成丛。玉船风动酒鳞[2]红。歌声咽，相见几时重。

车马去匆匆。路遥芳草远，恨无穷。相思只在梦魂中。今宵月，偏照小楼东。"临邛高耻庵云"玉船风动酒鳞红"之句，譬如云锦月钩，造化之巧，非人琢也。此等句在天地间有限。

［注释］

①何晋之：何大圭（生卒年不详），字晋之，两宋之间词人，广德（今安徽广德）人，宋徽宗政和八年（1118）进士，一生几经官场沉浮，性格豪放，不受拘束。

②酒鳞：酒的波纹。

泥人娇

俗谓柔言索物曰"泥"，乃计切[1]，谚所谓软缠也。杜子美诗："忽忽穷愁泥杀人[2]。"元微之[3]《忆内》诗："顾我无衣搜荩箧[4]，泥他沽酒拔金钗。"杜牧之[5]《登九华楼》诗："为郡异乡徒泥酒。"皇甫《非烟传》[6]诗曰："郎心应似琴心怨，脉脉春情更泥谁。"杨乘[7]诗："昼泥琴声夜泥书。"元邓文原[8]《赠妓》诗："银灯影里泥人娇。"柳耆卿[9]词："泥欢邀宠最难禁[9]。"字又作"祢"，《花间集》顾夐[10]词："黄莺娇转祢芳妍。"又"记得祢人微敛黛"。字又作"妮"。王通叟[11]词："十三妮子绿窗中。"今山东人目婢曰"小妮子"，其语亦古矣。

［注释］

①切：反切的简称，古代用两个汉字为一个汉字注音的方法。如文中就是用“乃计”来标注“泥”的读音。

②忽忽穷愁泥杀人：语出杜甫《冬至》：“年年至日长为客，忽忽穷愁泥杀人。江上形容吾独老，天边风俗自相亲。杖藜雪后临丹壑，鸣玉朝来散紫宸。心折此时无一寸，路迷何处见三秦。”

③元微之：元稹（779—831），字微之，唐代诗人，早年与白居易关系甚笃，共同提倡“新乐府运动”，并称“元白”，创立“元和体”，诗风词浅意哀，动人肺腑。

④莀筐：用莀草编织的箱子。

⑤《非烟传》：唐代小说家皇甫枚所作传奇小说，叙写步非烟与赵象相恋、至死不渝的故事。

⑥杨乘：生卒年、字号不详，唐代诗人，同州冯翊（今陕西大荔）人，唐宣宗大中元年（847）进士，官至殿中侍御史。

⑦邓文原（1258—1328）：字善之，一字匪石，人称素履先生，元代文学家、诗人，绵州（今四川绵阳）人，官至集贤殿直学士兼国子祭酒，卒谥文肃。

⑧柳耆卿：即柳永，字耆卿。

⑨泥欢邀宠最难禁：语出柳永《夏云峰》。

⑩顾夐：五代十国后蜀词人。

⑪王通叟：王观（1035—1100），字通叟，如皋（今江苏如皋）人，北宋词人。宋仁宗嘉祐二年（1057）进士，历任大理寺丞、江都知县等职，官至翰林学士，词风生动诙谐，雅俗共赏。

凝音佞

《诗》：“肤如凝脂[1]。”唐诗：“日照凝红香[2]。”白乐天诗：“落絮无风凝不飞。”又：“舞繁红袖凝，歌切翠眉愁[3]。”又：“舞急红腰凝，歌迟翠黛低[4]。”徐幹臣[5]词：“重省，别时泪渍，罗巾犹凝。”张子野词：“莲台香烛残痕凝。”高宾王[6]词：“想莼汀，水云愁凝，闲蕙帐，猿鹤悲吟。”柳耆卿

词：“爱把歌喉当筵逞。遏天边，乱云愁凝。”今多作平音，失之。音律亦不协也。

［注释］

①肤如凝脂：语出《诗经·卫风·硕人》：“手如柔荑，肤如凝脂。领如蝤蛴，齿如瓠犀，螓首蛾眉。巧笑倩兮，美目盼兮。”

②落絮无风凝不飞：语出白居易《酬李二十侍郎》：“笋老兰长花渐稀，衰翁相对惜芳菲。残莺着雨慵休啭，落絮无风凝不飞。行掇木芽供野食，坐牵萝蔓挂朝衣。十年分手今同醉，醉未如泥莫道归。”

③“舞繁红袖凝”二句：语出白居易《想东游五十韵》。

④“舞急红腰凝”二句：语出白居易《三月三日祓禊洛滨》。

⑤徐幹臣：徐伸（生卒年不详），字幹臣，北宋词人，三衢（今浙江衢州）人，宋徽宗时，以知音律为太常典乐，后出知常州。词今存《转调二郎神》一首。

⑥高宾王：高观国，生卒年不详，字宾王（生卒年不详），号竹屋，南宋词人，山阴（今浙江绍兴）人，其词句琢字炼，格律谨严，著有词集《竹屋痴语》。

词人用黦字

“黦(yuè)①”，黑而有文也，字一作“䵴”，于勿、于月二切。周处②《风土记》：“梅雨沾衣服，皆败黦。”此字文人罕用，惟《花间集》韦庄③及毛熙震④词中见之。韦庄《应天长》词云：“别来半岁音书绝。一寸离肠千万结。难相见，易相别。又见玉楼花似雪。　暗想思，无处说。惆怅夜来烟月。想得此时情更切。泪沾红袖黦。”毛熙震《后庭花》词曰：“莺啼燕语芳菲节，后庭花发。昔时欢宴歌声揭，管弦清越。　自从陵谷追游歇，画梁尘黦。伤心一片如珪月⑤，闲锁宫阙。”此二词皆工，全录之。

[注释]

①黦：玷污。

②周处（238—299）：字子隐，三国吴大臣，“周处除三害”主人公，阳羡（今江苏宜兴）人，少时为害乡里，后来在陆云的劝说下改过自新，吴亡后仕西晋，因得罪权贵，被派往西北讨伐氐羌叛乱，战死。著有《默语》三十篇及《风土记》。

③韦庄（836—910）：字端己，长安杜陵（今陕西长安）人，唐末五代诗人，少年好学，才识过人，官至吏部侍郎兼平章事。代表作长诗《秦妇吟》，与《孔雀东南飞》《木兰诗》并称为“乐府三绝”。

④毛熙震：五代后蜀诗人，曾任秘书监，生平不详。《花间集》载其词二十九首。

⑤珪月：指未圆的月亮。

卷二

真丹

王半山[1]和俞秀老[2]《禅思》词曰："茫然不肯住林间，有处即追攀。将他死语图度，怎得离真丹。　浆水价，匹如闲。也须还。何如直截，踢倒军持，赢得沩山。"此词意劝秀老纯归于禅，住山不出游也。真丹，即震旦也。军持，取水瓶也，行脚之具。踢倒军持，劝其勿事行脚也。沩山和尚欲谋住山，曰："此山名骨山，和尚是肉人，骨肉不相离。"言人不当离山也。皆用佛书语。"浆水价""也须还"，则用《列子》五浆先馈[3]事。

［注释］

①王半山：即王安石，号半山。

②俞秀老：俞紫芝（？—1086），字秀老，北宋诗人，金华（今浙江金华）人，一生信佛，终生未娶未仕。曾从晚年王安石游学，诗风意境高远，气质不凡。

③五浆先馈：典故出自《列子·黄帝》："子列子之齐，中道而反，遇伯昏瞀人。伯昏瞀人曰：'奚方而反？'曰：'吾惊焉。''恶乎惊？''吾食于十浆，而五浆先馈。'"指十家卖浆者之中有五家争先送来，本指卖浆者争利，后指争相设宴款待。浆，指较浓的液体。

金荃

元好问[1]诗："《金荃(quán)》怨曲《兰畹(wǎn)》辞。"金荃[2]，温飞卿[3]词名《金荃集》。荃即兰荪也，音筌。《兰畹》，唐人

词曲集名，与《花间集》出入，而中有杜牧之词。

[注释]

①元好问（1190—1257）：字裕之，号遗山，世称遗山先生，太原秀容（今山西忻州）人，金末元初诗人。曾任尚书省掾、左司都事等职，金亡后不仕，著有《元遗山先生全集》《遗山乐府》等。

②荃：香草名，又名兰荪。

③温飞卿：即温庭筠，字飞卿。

荃

荃，即菖蒲，草名。诗词中常出现荃、兰等植物。

鞋袜称两

《高文惠妻与夫书》[1]曰："今奉织成袜一量，愿着之，动与福并。""量"当作"两"，《诗》"葛屦五两[2]"是也。无名氏《踏莎行》词末云："夜深着辆小鞋儿，靠着屏风立地。""辆""两"盖古今字也。小词用《毛诗》字亦奇。

[注释]

①《高文惠妻与夫书》：又名《高柔妻与柔书》。高文惠，即高柔（174—263），字文惠，陈留圉（今河南杞县）人，三国魏大臣，初仕曹操，后历仕曹魏四代皇帝，官至大司徒。

②葛屦五两：语出《诗经·齐风·南山》："葛屦五两，冠緌双止。"葛屦，葛绳编织的草鞋。

麝　月

蔡松年①小词：“银屏小语，私分麝月，春心一点。”麝（shè）月，茶名，麝言香，月言圆也。或说麝月是画眉香煤，亦通。但下不得“分”字。又党怀英②“茶”词：“红莎绿蒻③春风饼。趁梅驿，来云岭。”金国明昌④、大定⑤时，文物已埒⑥中国⑦，而制茶之精如此。胡雏亦风味也。非见元宵灯以为妖星下地之日比也。

［注释］

①蔡松年（1107—1159）：字伯坚，自号潇闲老人，真定（今河北正定）人，金代文学家，官至右丞相，封卫国公，卒谥文简。作品风格隽爽清丽，词尤有盛名。

②党怀英（1134—1211）：字世杰，号竹溪，金代著名文学家、书法家，诗文书法皆独步金代。少年时与辛弃疾同学于刘瞻，并称“辛党”，后辛弃疾归宋，二人分道扬镳。金世宗大定十年（1170）进士，后官至翰林学士承旨，故世称“党承旨”。

③蒻：嫩的香蒲。

④明昌：金章宗年号，1190年至1196年使用。

⑤大定：金世宗年号，1161年至1189年使用。

⑥埒：相等。

⑦中国：这里指南宋。

檀　色

画家七十二色，有檀色①，浅赭所合，词所谓“檀画荔枝红”也。而妇女晕眉色似之。唐人诗词多用，试举其略。徐凝②《宫中曲》云：“檀妆惟约数条霞。”《花间词》云“背人匀檀注”，又“钿昏檀粉泪纵横”，又“臂留檀印齿痕香”，

又“斜分八字浅檀蛾”是也。又云“卓女烧春浓美，小檀霞。”则言酒色似檀色。又云“檀画荔枝红，金蔓蜻蜓软”，又“香檀细画侵桃脸”，又“浅眉微敛注檀轻”，又“何处恼佳人，檀痕衣上新”，又“修蛾慢脸。不语檀心一点”“歌声慢发开檀点”“笑拈金靥[3]”，又“锦檀偏，翘鬓重，翠云欹”，又“翠钿檀注助容光”，又“粉檀珠泪和”。伊孟昌[4]《黄蜀葵》诗：“檀点佳人喷异香。”杜衍[5]《雨中荷花》诗：“檀粉不匀香汗湿。”则又指花色似檀色也。东坡《梅》诗：“鲛(jiāo)绡[6]剪碎玉簪轻，檀晕妆成雪月明。肯伴老人春一醉，悬知欲落更多情。”唐、宋妇女闺妆，面注檀痕，犹汉、魏妇女之注[7]玄的也。嵇含[8]《南方草木状》：“蒟(jǔ)缘子[9]渍以蜂蜜，点以燕檀。”

画眉长

闺房佳人画眉，檀色晕眉，皓腕白皙，蛾眉修长，镜光粼粼，这样的情景常常入诗。

[注释]

①檀色：即浅红色。

②徐凝：唐代诗人，生平不详，诗风朴实无华、意境高远。

③靥：是指妇女面颊上所涂的妆饰。

④伊孟昌：又名梦昌、用昌，生卒年不详，唐代道士，人称“伊疯子”，喜好讽刺，被视为神仙，《全唐诗》有收录，内容多为咏物讽谏之作。

⑤杜衍（978—1057）：字世昌，越州山阴（今浙江绍兴）人，北宋大臣，官至同平章事，封祁国公。

⑥鲛绡：传说里海中的鲛人所织的绡，后用以指薄纱。

⑦注：涂抹。

⑧嵇含（262—306）：字君道，自号亳丘子，西晋诗人、植物学家，嵇康侄孙，曾任征西参军、骠骑记室督、尚书郎等职。为人恃才傲物，后被人谋害而死。著有《南方草木状》一书。

⑨蒟缘子：指枸橼木的果实，皮粗厚而有芳香，可供观赏用。

黄额

后周天元帝[1]令宫人黄眉黑妆，其风流于后世。虞世基[2]《咏袁宝儿》云："学画鸦黄半未成。"此炀帝时事也，至唐犹然。骆宾王[3]诗："写月图黄罢，凌波拾翠通[4]。"又卢照邻[5]诗："纤纤初月上鸦黄""鸦黄粉白车中出"[6]。王翰[7]诗："中有一人金作面。"裴庆余[8]诗："满额鹅黄金缕衣。"温庭筠词："小山重迭金明灭。"又"蕊黄无限当山额。"又"扑蕊添黄子，呵花满翠鬟。"又"脸上金霞细，眉间翠钿深。"牛峤[9]词："额黄侵腻发，臂钏透红纱[10]。"张泌词："蕊黄香画帖金蝉。"宋陈去非《腊梅诗》："智琼额黄且勿夸。眼明见此风前葩。"智琼，晋代鱼山神女也。额黄事，不见所出，当时必有传记。而黄妆实自智琼始乎？今黄妆久

袁宝儿

袁宝儿是隋炀帝的宠妃。隋时曾有西域进贡并蒂迎辇花，隋炀帝将此花赐予袁宝儿，并封袁宝儿为司迎辇花人。

废，汴蜀妓女以金箔飞额上，亦其遗意也。

[注释]

①后周天元帝：即北周宣帝宇文赟（559—580），字干伯，北周第四代皇帝，武帝宇文邕长子，自号天元皇帝。

②虞世基（？—618）：字茂世，余姚（今属浙江）人，隋朝大臣、诗人，书法家虞世南兄。为人性格恬静，喜愠不形于色，很受炀帝器重，专典机密，参掌朝政，历任光禄大夫、内史侍郎等职，后逐渐专权，借此收受贿赂。隋大业十四年（618年）在宇文化及叛乱中被诛杀。

③骆宾王（约619—约687）：字观光，婺州义乌（今浙江义乌）人。初唐诗人，与王勃、杨炯、卢照邻合称初唐四杰。曾任武功主簿、长安主簿、侍御史等职。武则天时为徐敬业府属，起草了著名的《讨武曌檄》。徐敬业兵败被杀后，骆宾王下落不明。他才思敏捷，少时就有神童之称，尤擅七言歌行，名作《帝京篇》为初唐罕有的长篇，当时人以为绝唱。

④“写月图黄罢”二句：语出骆宾王的《棹歌行》：“写月图黄罢，凌波拾翠通。镜花摇芰日，衣麝入荷风。叶密舟难荡，莲疏浦易空。凤媒羞自托，鸳翼恨难穷。秋帐灯华翠，倡楼粉色红。相思无别曲，并在棹歌中。”

⑤卢照邻（632—695）：字升之，自号幽忧子，幽州范阳（今河北涿州）人，唐代诗人，初唐四杰之一，初时仕途得意，后被横祸下狱，为友人救护得免，染风疾，后投水而亡。今存其集有《卢升之集》和《幽忧子集》均为七卷。

⑥“纤纤初月上鸦黄”二句：语出卢照邻长诗《长安古意》：“片片行云着蝉翼，纤纤初月上鸦黄。鸦黄粉白车中出，含娇含态情非一。”

⑦王翰（687—726）：字子羽，并州晋阳（今山西太原市）人，唐代诗人，进士出身，为人性格豪放，倜傥不羁，其诗气势豪迈，辞藻流丽。

⑧裴庆余：唐代诗人，生平不详。据《太平广记》：“唐裴庆余，咸通末，佐北门李蔚淮南幕。常游江。舟子刺船，误以篙竹溅水，湿妓人衣。蔚为之色变。庆余遽请彩笺，纪一绝曰：‘满额蛾黄金缕衣，翠翘浮动玉钗垂。从教水溅罗裙湿，知道巫山行雨归。’蔚览之极欢谑，命宴者传之。”

⑨牛峤：字松卿（生卒年不详），一字延峰，唐僖宗干符五年（878）进士，历任拾遗，补尚书郎，人称“牛给事”，以词著名，风格类温庭筠。

⑩“额黄侵腻发”二句：语出牛峤《女冠子·金钗芍药花》：“额黄侵腻发，臂钏透红纱。柳暗莺啼处，认郎家。　星冠霞帔，住在蕊珠宫里。佩丁当，明翠摇蝉翼。”

靥饰

《说文》①：“靥(yè)，颊辅也。”《洛神赋》：“明眸善睐，靥辅承权②。”自吴宫有獭髓③补痕之事，唐韦固妻少时为盗刃所刺④，以翠掩之，女妆遂有靥饰。其字二音，一音琰，一音叶。温飞卿词：“绣衫遮笑靥，烟草粘飞蝶。”此音叶。又云：“粉心黄蕊花靥，黛眉山两点。”此音琰。《花间词》：“浅笑含双靥。”又云：“悴靥眉心小。”又：“腻粉半粘金靥子，残香犹暖绣熏笼。”又：“一双笑靥颦香蕊。”又：“浓蛾淡靥不胜情。”又：“笑靥嫩疑花拆，愁眉翠敛山横。”宋词：“杏靥矢斜，梅钿轻薄。”又：“小唇秀靥，团凤眉心倩郎贴。”则知此饰，五代宋初为盛。

［注释］

①《说文》：即《说文解字》，我国第一部系统分析汉字字形、说解字义、辨识声读的字典，首创了部首检字的方法，并且提出了汉字象形、指事、会意、形声、转注、假借的“六书”学说，东汉许慎著。

②靥辅承权：脸颊上有美丽的酒窝。权，通“颧”，颧骨。

③獭髓：水獭的骨髓。相传与玉屑、琥珀和合，可制成去除疤痕的药物。

④“唐韦固妻”句：典出唐传奇《定婚店》，叙唐杜陵少年韦固，某日夜宿宋城，偶遇月下老人，经月老指点看到了自己未来的妻子，因嫌其年幼鄙陋，派人刺伤。十余年后结婚，发觉妻子正是当年的小女孩。“月下老人”及“千里姻缘一线牵”，均出于此。

花翘

韦庄《诉衷情》词云：“碧沼红芳烟雨静，倚兰桡。重玉佩，交带袅纤腰。 鸳梦隔星桥，迢迢。越罗香暗销，

坠花翘[1]。”按此词在成都作也。蜀之妓女，至今有花翘之饰，名曰“翘儿花”云。

［注释］

①花翘：古代妇女的一种饰物。

眼重眉褪

唐词：“眼重眉褪不胜春。”李后主词：“多少泪，断脸复横颐[1]。”元乐府：“眼余眉剩[2]。”皆祖唐词之语。

［注释］

①断脸复横颐：眼泪纵横交流，形容十分悲痛的样子。颐，面颊。语出李煜《忆江南》：“多少泪，断脸复横颐。心事莫将和泪说，凤笙休向泪时吹。肠断更无疑。”

②眼余眉剩：语出元刘庭信散曲《夜行船》：“笺锦香寒，帕罗粉渗，遥受了些妆孤处眼余眉甚。”

角妓垂螺

张子野《减字木兰花》[1]云：“垂螺[2]近额，走上红裀（yīn）[3]初趁拍。只恐惊飞。拟倩游丝惹住伊。　文鸳绣履。去似风流尘不起。舞彻《梁州》，头上宫花颤未休。”又晏小山[4]词云：“垂螺拂黛[5]青楼女。”又云：“双螺未学同心绾[6]，已占歌名。月白风清。长倚昭华[7]笛里声。”又云：“红窗碧玉新名旧，犹绾双螺。一寸秋波。千斛明珠觉未多。”垂螺、双螺，盖当时角妓[8]未破瓜[9]时发饰之名。今秦中妓及扮演旦色，犹有此制。

[注释]

①《减字木兰花》：本为唐教坊曲，后用为词牌，简称《减兰》，与《木兰花》相比，前后片第一、三句各减三字。

②垂螺：中国古代女子的额饰。

③衵：同"衫"，夹衣裳。

④晏小山：即晏几道（1030—1106），字叔原，号小山，抚州临川人（今江西南昌），北宋词人，晏殊第七子，历任颍昌府许田镇监、干宁军通判、开封府判官等职，为人孤傲，词风哀婉缠绵、清壮顿挫。

⑤黛：指青黑色的颜料。古代女子用以画眉。

⑥绾：发髻儿或花结儿。

⑦昭华：中国古代管乐器名。据《西京杂记》卷三："玉管长二尺三寸，二十六孔。"

⑧角妓：色艺双全的妓女。角，意为顶尖。

⑨破瓜：指女子满十六岁，古人将"瓜"拆开，可得两个"八"字。

银　蒜

帘幕低垂

帘幕低垂，闺中佳人忧愁。是愁春？是相思？卷帘的东风，勾帘的银蒜可知？

欧阳六一[1]仿玉台体[2]诗："银蒜钩帘宛地垂[3]。"东坡《哨遍》词："睡起画堂，银蒜押帘，珠幕云垂地。"蒋捷《白纻(zhù)》[4]词："早是东风作恶。旋安排，一双银蒜镇罗幕。"银蒜，盖铸银为蒜形，以押帘也。宋元亲王纳妃，公主下降，皆有银蒜帘押几百双。

[注释]

①欧阳六一：即欧阳修，号六一居士。

②玉台体：南朝徐陵编选有《玉台新咏》一书，所选诗歌文辞纤巧绮艳，后称类似的诗风为“玉台体”。

③银蒜钩帘宛地垂：语出欧阳修《帘》诗：“银蒜钩帘宛地垂，桂丛乌起上朝晖。枉将玳瑁雕为押，遮掩春堂碍燕归。”

④《白纻》：词牌名，源于乐府吴舞曲名。纻，用苎麻织成的布。

闹装

京师有闹装带[1]，其名始于唐。白乐天诗：“贵主冠浮动，亲王带闹装[2]。”薛田[3]诗：“九苞绾(wǎn)就佳人髻，三闹装成子弟鞯[4]。”词曲有“角带闹黄鞓[5]”，今作“傲黄鞓”，非也。

［注释］

①闹装带：用金银珠宝缀成的腰带。

②“贵主冠浮动”二句：语出白居易《渭村退居，寄礼部崔侍郎、翰林钱舍人诗一百韵》。

③薛田：字希稷（生卒年不详），北宋官员、诗人，河中（今山西永济）人，曾向宋仁宗建议在四川地区使用纸币。

④“九苞绾就佳人髻”二句：语出薛田《成都书事百韵》。九苞，本指凤的九种特征，唐《初学记》卷三十引《论语摘衰圣》：“九苞者：一曰口包命，二曰心合度，三曰耳听达，四曰舌诎伸，五曰彩色光，六曰冠矩州，七曰距锐钩，八曰音激扬，九曰腹文户。”后用以代指凤。鞯，垫马鞍的垫子。

⑤鞓：皮制腰带的带身。

椒图

元人乐府：“户列八椒图[1]。”又贝琼[2]《未央瓦砚歌》：“长杨昨夜西风早，锦缦椒图迹如扫。”竟不知椒图为何物。近阅陆文量[3]《菽园杂记》云：“《博物志》逸篇曰，龙生九

子，不成龙，各有所好，鸱吻虮蜡之类[4]也。椒图，其形似螺，性好闭，故立于门上，即诗人所谓金铺也。”司马温公[5]《明妃曲》云：“宫门金环双兽面，回首何时复来见[6]。”梁简文《乌栖曲》云：“织成屏风金屈戌[7]。”李贺[8]诗：“屈戌铜铺锁阿甄[9]。”皆指此也。又按《尸子》[10]云：“法螺蚌而闭户。”《后汉书·礼仪志》：“殷人以水德王，故以螺着门户。”则椒图之似螺形，其说信矣。

[注释]

①椒图：传说中的龙生九子之一，形状为兽首螺身，性好闭，古代官署和显贵府第大门上衔环的兽首即其形象。

②贝琼：又名阙（1314—1379），字廷臣，一字廷琚，明初诗人。洪武三年（1370）进士，受命编修《元史》，后历任浙江乡试官，中都国子监等职。其文章冲融和雅，诗风于温厚之中蕴含自然高秀。

李贺

李贺，号称“诗鬼”，他自幼才华横溢，却因为犯其父讳，不能考取进士，一生落魄，诗作中佳篇无数。

③陆文量：陆容（1436—1497），字文量，号式斋，太仓（今江苏太仓）人。明宪宗成化二年（1466）进士，授南京主事，进兵部职方郎中，擅长记事文体。所著《菽园杂记》十五卷，记载明代朝野掌故等，内容丰富。

④鸱吻虮蜡：传说中的龙生九子其中的两种。鸱吻，又作螭吻，生性喜高好吞，一般做殿脊的兽头装饰。虮蜡，又作趴蝮，性喜水，一般被雕在桥柱上。

⑤司马温公：即司马光，死后追封温国公。

⑥“宫门金环双兽面”二句：语出司马光《和王介甫明妃曲》。

⑦屈戌：为了关锁门窗等物所钉的铁圈套。

⑧李贺（790—816）：字长吉，唐代诗

人，郑王李亮后裔，才华横溢，但一生愁苦多病，仅做过三年从九品奉礼郎。诗风瑰丽奇异，想象丰富，号称“诗鬼”。

⑨屈戌铜铺锁阿甄：语出李贺《宫娃歌》：“啼蛄吊月钩栏下，屈戌铜铺锁阿甄。”

⑩《尸子》：先秦杂家著作，传为鲁国人尸佼撰，融合了儒、墨、道、法各家思想。

靺鞨

靺鞨[1]，国名，古肃慎地也。其地产宝石，大如巨栗，中国谓之靺鞨（mò hé）。文与可[2]《朱樱歌》云：“金衣珍禽弄深樾[3]。禁薁（yù）朱樱斑若缬[4]。上幸离宫促荐新，藤篮宝笼貂珰发。凝霜作丸珠尚软，油露成津蜜初割。君王午坐鼓猗兰[5]，翡翠一盘红靺鞨。”葛鲁卿[6]《西江月》词云：“靺鞨斜红带柳，琉璃涨绿平桥。人间花月正新妖，不数江南苏小[7]。　恨寄飞花簌簌，情随流水迢迢。鲤鱼风送木兰桡，回棹荒鸡报晓。”二公诗词皆用靺鞨事，人罕知者，故详疏之。

［注释］

①靺鞨：中国古代东北少数民族，先世可追溯到商周时的肃慎，是后来的女真人，和现在满族的祖先。

②文与可：文同（1018—1079），字与可，号笑笑居士、笑笑先生，人称石室先生，梓州梓永泰县（今属四川盐亭县）人，北宋著名画家、诗人，苏轼表兄。以善画竹著称，创制了墨竹流派，著有《丹渊集》四十卷，《丹渊集拾遗》二卷。

③樾：树荫的意思。

④禁薁朱樱斑若缬：宫中的樱花斑斑点点，就像织物上的花纹。禁薁，这里指宫廷。缬，染花的丝织品。也指织物上的印染花纹。

⑤猗兰：古琴曲《猗兰操》的省略称谓。

⑥葛鲁卿：葛胜仲（1072—1144），字鲁卿，丹阳（今江苏丹阳）人，北宋词人。宋哲宗绍圣四年（1097）进士，官至华文阁待制，曾进谏抵制征索花鸟玩物的

弊政，卒谥文康。著有《丹阳词》。

⑦苏小：即苏小小，传说中的南齐名妓，才色俱佳。

秋千旗

陆放翁诗云：“秋千旗下一春忙[1]。”欧阳公《渔家傲》云：“隔墙遥见秋千侣，绿索红旗双彩柱。”李元膺(yīng)[2]《鹧鸪天》云：“寂寞秋千两绣旗。”予尝命画工作《寒食士女图》，秋千架作两绣旗，人多骇之。盖未见三公之诗词也。

遥看秋千旗

花褪残红时节，绿水绕人家，墙内秋千架上，佳人娇笑。架上的秋千旗随着在春风中飘飞，被诗人写进诗词里，同时带进诗词的，还有佳人银铃般的笑声。

［注释］

①秋千旗下一春忙：语出陆游《晚春感事》之四：“少年骑马入咸阳，鹘似身轻蝶似狂。蹴鞠场边万人看，秋千旗下一春忙。风光流转浑如昨，志气低摧只自伤。日永东斋淡无事，闭门扫地独焚香。”

②李元膺：北宋词人，东平（今山东东平）人，生平不详。

三弦所始

今之三弦[1]，始于元时。小山[2]词云：“三弦玉指，双钩草字，题赠玉娥儿。”

［注释］

①三弦：又名三味线，古代乐器，后传入日本，在日本颇为盛行，与今曲艺所用三弦不同。

②小山：即张可久，号小山，元代散曲作家。

十二楼　十三楼　十四楼

《汉书》[1]：“五城十二楼，仙人居也。”诗家多用之。东坡词：“游人都上十三楼，不羡竹西歌吹，古扬州[2]。”用杜牧诗“婷婷袅袅十三余[3]”之句也。永乐中，晏振之[4]《金陵春夕》词：“花月春江十四楼。”人多不知其事。盖洪武中，建来宾、重译、清江、石城、鹤鸣、醉仙、乐民、集贤、讴歌、鼓腹、轻烟、淡粉、梅妍、柳翠十四楼于南京，以处官妓。盖时未禁缙绅用妓也。

［注释］

①《汉书》：又称《前汉书》，东汉班固撰，记述汉高祖元年（前206）至王莽地皇四年（23）间二百三十年的历史。

②“游人都上十三楼”二句：语出苏轼《南歌子》：“山与歌眉敛，波同醉眼流。游人都上十三楼。不羡竹西歌吹，古扬州。　　菰黍连昌歜，琼彝倒玉舟。谁家水调唱歌头。声绕碧山飞去，晚云留。”

③婷婷袅袅十三余：语出杜牧《赠别》其一：“娉娉袅袅十三余，豆蔻梢头二月初。春风十里扬州路，卷上珠帘总不如。”婷婷袅袅，形容女子姿态优美。

④晏振之：晏铎（生卒年不详），字振之，明代词人，曾任监察御史等职，“景泰十才子”之一，著有《青云集》。

五代僭主能词

五代僭伪十国[1]之主，蜀之王衍[2]、孟昶（chǎng）[3]，南唐之李

璟[4]、李煜，吴越之钱俶[5]，皆能文，而小词尤工。如王衍之“月明如水浸宫殿”，元人用之为传奇[6]曲子。孟昶之《洞仙歌》，东坡极称之。钱俶“金凤欲飞遭掣搦（chè nuò）[7]。情脉脉。行即玉楼云雨隔。”为宋艺祖[8]所赏，惜不见其全篇。

［注释］

①五代僭伪十国：指五代时期在南方建立的割据政权吴、南唐、吴越、前蜀、后蜀、闽、南汉、楚、南平，以及在山西的北汉的统称。其中，吴与南唐、前蜀与后蜀是相继关系。

②王衍（899—926）：字化源，五代十国中前蜀后主，前蜀太祖王建第十一子，918 年至 925 年在位。在位期间日夜饮酒，奢侈腐败，政治昏庸。同光三年（925 年），后唐庄宗李存勖攻蜀，国亡降后唐，封顺正公，后被李存勖所杀。词风浮艳，现存词两首。

③孟昶（919—965）：初名仁赞，字保元，五代十国中后蜀后主，后蜀高祖孟知祥第三子，934 年至 964 年在位。在位前期励精图治，后期沉湎酒色，生活荒淫。北宋灭蜀后被宋太祖下令移居汴京（今河南开封），后郁郁而终。

④李璟（916—961）：字伯玉，五代十国南唐中主，后主李煜父。好读书，多才艺，词风感情真挚，语言不事雕琢，风格清新，词作多被编入《南唐二主词》。

⑤钱俶（929—988）：字文德，五代十国中吴越末主，钱镠孙、钱元瓘第九子。948 年至 978 年在位，宋太祖平定江南，他出兵策应有功，授天下兵马大元帅。后入朝，仍封吴越国王。太平兴国三年（978）献出所管辖两浙十三州之地归宋。喜好诗文，今存诗一首。

⑥传奇：这里指元代杂剧。

⑦掣搦：牵制的意思。

⑧宋艺祖：即宋太祖赵匡胤。

花蕊夫人

花蕊夫人[1]，宫词之外，尤工乐府。蜀亡入汴，书葭萌驿[2]壁云：“初离蜀道心将碎，离恨绵绵。春日如年，马

上时时闻杜鹃。”书未毕，为军骑催行。后人续之云：“三千宫女皆花貌，妾最婵娟。此去朝天，只恐君王宠爱偏。”花蕊见宋祖，犹作“更无一个是男儿”之诗，焉有随昶行而书此败节之语乎？续之者不惟虚空架桥，而词之鄙，亦狗尾续貂矣。

花蕊夫人

［注释］

①花蕊夫人：五代十国中后蜀主孟昶的妃子，姓费，青城（今四川都江堰）人，善文，尤长于宫词。代表作《述国亡诗》：“君王城上竖降旗，妾在深宫那得知。十四万人齐解甲，宁无一个是男儿。”

②葭萌驿：在四川剑阁附近，西临嘉陵江，是蜀道上著名的古驿之一。

女郎王丽真

女郎王丽真[①]，有词名《字字双》：“床头锦衾斑复斑，架上朱衣殷复殷[②]。空庭明月闲复闲，夜长路远山复山。”

［注释］

①王丽真：五代女词人，生平不详。

②殷：黑红色。

李易安词

宋人中填词，李易安亦称冠绝。使在衣冠[①]，当与秦

七、黄九[2]争雄，不独雄于闺阁[3]也。其词名《漱玉集》[4]，寻之未得。《声声慢》一词，最为婉妙。其词云："寻寻觅觅，冷冷清清，凄凄惨惨戚戚。乍暖还寒时候，最难将息。三杯两盏淡酒，怎敌他、晚来风急。雁过也，正伤心，却是旧时相识。　满地黄花堆积。憔悴损，如今有谁堪摘。守着窗儿，独自怎生得黑。梧桐更兼细雨，到黄昏，点点滴滴。这次第，怎一个愁字了得。"荃翁张端义[5]《贵耳集》云：此词首下十四个迭字，乃公孙大娘舞剑手[6]。本朝非无能词之士，未曾有下十四个迭字者。乃用文选诸赋格。"守着窗儿，独自怎生得黑。"此"黑"字不许第二人押。又"梧桐更兼细雨，到黄昏点点滴滴"四迭字又无斧痕，妇人中有此，殆间气也。晚年自南渡后，怀京洛旧事，赋元宵《永遇乐》词云："落日镕金，暮云合璧。"已自工致。至于"染柳烟轻，吹梅笛怨，春意知几许？"气象更好。后迭云："于今憔悴，风鬟霜鬓，怕见夜间出去。"皆以寻常言语，度入音律。炼句精巧则易，平淡入妙者难。山谷所谓以故为新，以俗为雅者，易安先得之矣。

独自愁

秋夜晚风，伴着刺骨的惆怅，席卷而来，女词人坐在窗边，听着院中的梧桐在细雨中哭泣，饮几杯淡酒，本欲消解清愁，却哪知，那份愁苦，早已渗进心里头。

[注释]

①衣冠：此处代指男子。古代女子着钗裙，男子穿戴衣冠。

②秦七、黄九：指秦观和黄庭坚。

③闺阁：这里代指女子。

④《漱玉集》：又名《漱玉词》，李清照词集名。

⑤张端义（1179—1248后）：字正夫，自号荃翁，南宋诗人、词评人，少时读书，兼习技击，宋理宗端平年间应诏上三书，得罪，被谪韶州（今广东韶关）。诗风洒脱，接近江湖派，论词超出时流，卓有见地。著有《贵耳集》三卷，其中对文人以及作品的评述占全书的十分之四，对唐代、两宋、辽金、西夏等文人诗词及轶事都有所记载。

⑥公孙大娘舞剑手：意为技艺高超，语出杜甫《观公孙大娘弟子舞剑器行》："昔有佳人公孙氏，一舞剑气动四方。"诗前有序亦称："记于郾城观公孙氏，舞剑器浑脱，浏漓顿挫，独出冠时。"

辛稼轩用李易安词语

辛稼轩①词"泛菊杯深，吹梅角暖②"，盖用易安"染柳烟轻，吹梅笛怨"也。然稼轩改数字更工，不妨袭用。不然岂盗狐白裘手③邪？

［注释］

①辛稼轩：即辛弃疾，号稼轩。

②"泛菊杯深"二句：语出南宋刘过《柳梢青》："吹梅角远，同在京城。聚散匆匆，云边孤雁，水上浮萍。　教人怎不伤情？觉几度、魂飞梦惊。后夜相思，尘随马去，月逐舟行。"此处误作辛弃疾所作。刘过（1154—1206），字改之，号龙洲道人，吉州太和（今江西泰和）人，南宋词人。曾多次上书陈述恢复方略，均未被采用，参加科举也不中，后流落江湖。诗词创作受陆游、辛弃疾等人推重。词风豪迈奔放，境界阔大，后人将他归为辛派词人。

③盗狐白裘手：即指鸡鸣狗盗之徒。典故出自《史记·孟尝君列传》："最下坐有能为狗盗者，曰：'臣能得狐白裘。'乃夜为狗，以入秦宫臧中，取所献狐白裘至，以献秦王幸姬。幸姬为言昭王，昭王释孟尝君。"

朱淑真元夕词

人约黄昏

月上柳梢，人约黄昏，天上的水精盘还像去年一样皓洁，街上的花灯一如去年的灿烂，可是去年的人却不见。这首《生查子》是宋词中写被弃女子的杰作。

朱淑真[1]元夕《生查子》云：“去年元夜时，花市灯如昼。月上柳梢头，人约黄昏后。今年元夜时，月与灯依旧。不见去年人，泪湿春衫袖。”词则佳矣，岂良人家妇所宜邪？又其《元夕》诗云：“火树银花触目红，极天歌吹暖春风。新欢入手愁忙里，旧事经心忆梦中。但愿暂成人缱绻（qiǎn quǎn）[2]，不妨长任月朦胧。赏灯那得工夫醉，未必明年此会同。”与其词意相合，则其行可知矣。

［注释］

①朱淑真（约 1135—约 1180）：一作淑贞，号幽栖居士，钱塘（今浙江杭州）人，南宋女词人，幼时颖慧，博学多闻，能文善画，精晓音律，素有才女之称。生于官宦之家，夫为文法小吏，因志趣不合，夫妻不睦，而抑郁早逝，曾自编诗词集，死后散佚，现存《断肠词》《断肠诗集》。

②缱绻：情深意浓的样子。

钟离权

仙家称钟离先生[1]者，唐人钟离权也，与吕岩[2]同时。韩涧泉[3]选《唐诗绝句》，卷末有钟离一首，可证也。近世

俗人称汉钟离，盖因杜子美《元日》诗，有“近闻韦氏妹，远在汉钟离。”流传之误，遂附会以钟离权为汉将钟离昧[4]矣。可发一笑也。说神仙者，大率多欺世诳愚，如世传《沁园春》及《解红》二词为吕洞宾作。按《沁园春》词，宋驸马王晋卿[5]初制此腔。《解红儿》，则五代和凝[6]歌童，凝为制《解红》一曲。初只五句，见陈氏《乐书》[7]。后乃衍为《解红儿慢》。岂有吕洞宾在唐，预知其腔，而填为此曲乎？元俞琰[8]又注《沁园春》。琰虽博学，亦惑于长生之说，而随俗尔。琰子仲温序其父《阴符经》[9]云，先君七十而逝。由此言之，琰之笃意养生，寿止于此。世有村夫，目不识《参同契》[10]一字，而年逾百岁，又何必劳心于不可知之术哉？达人君子，可以意悟。

［注释］

①钟离先生：俗称汉钟离，道教八仙之一。元代全真教奉他为“正阳祖师”，为北五祖之一，其说始于五代、宋初。一般认为姓钟离，名权，唐代道士，自号云房先生。《全唐诗》录有他的三首绝句。

②吕岩：即吕洞宾，河中府永乐镇（今山西永济）人，道教八仙之一。他出生于世代官宦之家，祖辈做过隋唐官吏，吕洞宾自幼熟读经史，民间传说他曾中过进士，当过地方官吏，后因黄巢起义，政局动荡而躲入山中。

③韩涧泉：韩淲（1159—1224），字仲止，一作子仲，号涧泉，南宋诗人，宰相韩元吉之子，以父荫入仕，不久即归隐，有诗名，著有《涧泉集》十一卷，《涧泉日记》三卷。

④钟离昧：秦末楚汉争霸时项羽麾下大将，与韩信友善，在项羽死后投奔韩信，被韩信为换取刘邦信任所杀。

⑤王晋卿：即王诜，字晋卿，北宋词人。

⑥和凝（898—955）：字成绩，郓州须昌（今山东东平）人，五代官员、诗人，历仕五代，均为高官。好文学，长于短歌艳曲。曾选取古今史传所讼断狱、辨雪冤枉等事，著为《疑狱集》两卷。

⑦《乐书》：北宋陈旸编写的一部音乐论著，世称《陈旸乐书》，共二百卷，

集中了古代全部儒学著作中有关音乐的论述，被誉为“至乐”。

⑧俞琰：字玉吾（生卒年不详），号全阳子、林屋山人、石涧道人，宋末元初道教学者平江府（今江苏苏州）人，对道教理解深刻，著有《周易集说》《读易举要》《易图纂要》《易古占法》等。

⑨《阴符经》：道教典籍，全称《黄帝阴符经》，内容主要为修养之术，论涉养生要旨、气功、食疗、精神调养、房中术等方面。俞琰曾为作注。

⑩《参同契》：道教典籍，全称《周易参同契》，东汉魏伯阳著，共三卷，是道教内丹气功的重要经典，内容结合了周易、炼丹术和道教气功，是最早系统论述炼丹的文献，流传较广，注家甚多，被称为“万古丹经王”。

解　红

曲名有《解红》者，今俗传为吕洞宾作，见物外清音，其名未晓。近阅和凝集，有《解红歌》云：“百戏罢，五音清。《解红》一曲新教成。两个瑶池小仙子，此时夺却柘枝[1]名。”《乐书》云：“儿童解红舞：衣紫绯绣襦[2]，银带花凤冠。”盖五代时人也。焉有吕洞宾在唐世预填此腔邪？

［注释］

①柘枝：即《柘枝引》，唐教坊曲名。

②衣紫绯绣襦：穿着紫红色的刺绣短袄。绯，深红色。襦，短衣、短袄。

白玉蟾武昌怀古

白玉蟾[1]《武昌怀古》词云：“汉江北泻，下长淮，洗尽胸中今古。楼橹横波征雁远，谁见鱼龙夜舞。鹦鹉洲[2]云，凤凰池月，付与沙头鹭。功名何处。年年惟见春絮。

非不豪似周瑜，壮如黄祖[3]，亦随秋风度。野草闲花无限数。

渺在西山南浦。黄鹤楼人，赤乌[4]年事，江汉庭前路。浮萍无据。水天几度朝暮。”此调雄壮，有意效坡仙乎？词名《念奴娇》，因坡公词尾声三字，遂名《酹江月》[5]。又恰百字，又名《百字令》。玉蟾词，他如“一叶飞何处，天地起西风。鳞鳞波上烟寒，水冷剪丹枫。”皆佳句。咏燕子有“秋千节后初相见，祓禊（fú xì）[6]人归有所思”，亦有思致，不愧词人云。

野鹤闲云

远山苍苍，江水茫茫，诗人携一带清风，撑一叶小舟，遨游江上，抛却功名利禄，看尽野草闲花，意兴飞扬，其乐滔滔。这首《武昌怀古》很有道家风骨。

[注释]

①白玉蟾：本名葛长庚（1194—？），字如晦、紫清、白叟，号海琼子、海南翁、武夷散人、神霄散吏，又号白玉蟾，琼州（今海南琼山）人，南宋道士。为道教南宗第五代传人，内丹派创始人。

②鹦鹉洲：原在武汉市武昌城外江中，因祢衡曾作《鹦鹉赋》而得名，后祢衡被黄祖所杀，亦葬于洲上。常见于历代文人的怀古诗文中，明末逐渐沉没。

③黄祖：东汉末年荆州牧刘表部下，任江夏太守，曾命人将孙坚射死，后在与孙权的交战中失败被杀。

④赤乌：三国吴大帝孙权年号，238 年至 251 年使用。

⑤《酹江月》：即苏轼的《念奴娇》，因原文最后一句为“人生如梦，一尊还酹江月”，故称。

⑥祓禊：古时在三月上旬的巳日常进行沐浴、嬉游、饮酒等活动，认为可以消灾祛凶，称为祓禊，三国魏以后逐渐定为三月初三日。

丘长春梨花词

丘长春[1]《咏梨花无俗念》云：“春游浩荡，是年年寒食，梨花时节。白锦无纹香烂熳，玉树琼苞堆雪。静夜沉沉，浮光霭霭，冷浸溶溶月。人间天上，烂银霞照通彻。

浑似姑射真人[2]，天姿灵秀，意气殊高洁。万蕊参差，谁通道，不与群芳同列。浩气清英，仙材卓荦，下土难分别。瑶台[3]归去，洞天[4]方看清绝。”长春，世之所谓仙人也，而词之清拔如此。予尝问好事者曰：“神仙惜气养真，何故读书史作诗词。”答曰：“天上无不识字神仙。”予因语吾党曰：“天上无不识字神仙，世间宁有不读书道学耶。今之讲道者，束书不看，号曰忘言观妙[5]，岂不反为异端所笑耶！”

［注释］

①丘长春：即丘处机（1148—1227），字通密，号长春子，登州栖霞人（今属山东）人，金末元初著名道士，全真教第三任掌教，备受金朝和蒙古帝国统治者所敬重，曾远赴西域劝说成吉思汗少杀戮。文学修养较高，其道词是同类作品中的上乘之作。

②姑射真人：传说中的仙人，出自《庄子·逍遥游》：“藐姑射之山，有神人居焉，肌肤若冰雪，绰约若处子。不食五谷，吸风饮露。乘云气，御六龙，而游乎四海之外。其神凝，是物不疵疠而年谷熟。”

③瑶台：古代神话中神仙所居的地方。

④洞天：道教用语，指神仙居住的名山胜地。洞天就是仙山，它包括十大洞天、三十六小洞天，是道教地上仙境的主体部分。

⑤忘言观妙：忘掉语言观察微妙，原本是道教修行的境界，这里有反讽的意味。

鬼仙词

“晓星①明灭。白露点，秋风落叶。故址颓垣，冷烟衰草，前朝宫阙。　　长安道上行客，依旧名深利切。改变容颜，销磨今古，陇头残月。”此《五代新说》②载《鬼仙词》也。非太白、长吉之流③，岂能及此！

[注释]

①晓星：晨星，即金星，也叫启明星，天亮前后，有时会出现在东方地平线上。

②《五代新说》：唐朝轶事小说，记述南北朝中南梁、南陈、北齐、北周，以及隋五代君臣杂事。保存了很多唐朝以前的诗歌。

③太白、长吉：李白和李贺。

郝仙女庙词

博陵县①有郝仙女庙。仙女，魏青龙②中人。年及笄③，姿色姝丽。采蘋水中，苍烟白雾，俄④失所在。其母哀求水滨，愿言一见。良久，异香袭人，隐约于波渚间。曰：“儿以灵契⑤，托迹绡宫⑥，阴主是水府。世缘已断，毋用悲悒。而今而后，使乡社田蚕岁宜⑦。有感而通，乃为吾验。”后人立庙焉。后有题《喜迁莺》词于壁云：“汀洲苹满。记翠笼采采，相将邻嫒。苍渚烟生，金支光烂，人在雾绡鲛馆。小鬟顿成云散。罗袜凌波，不见翠鸾远。但清溪如镜，野花留靥。　　情睠（juàn）。惊变现。身后神功，缘就吴蚕茧。汉女菱歌，湘妃⑧瑶瑟，春动倚云层殿。彤车⑨载花一色，醉尽碧桃清宴。故山晚。叹流年一笑，人间飞电。”

娥皇、女英

中国古代传说中尧的两个女儿。也称“皇英”。长曰娥皇，次曰女英，姐妹二人皆嫁舜帝为妻。

[注释]

①博陵县：古县名，东汉设置，治所在今河北博野县里村。

②青龙：三国魏明帝曹叡年号，233年至237年使用。

③及笄：指女子年满十五。古代女子一般到十五岁以后，就要把头发盘起来，并且用簪子绾住，表示已经成年。笄，是指古代束起头发用的簪子。

④俄：很快。

⑤灵契：是说与神灵有缘。

⑥绡宫：这里指神话中的龙宫。

⑦田蚕岁宜：粮食和蚕丝的收成每年都很好。

⑧湘妃：相传舜帝南巡死在九嶷山后，他的两位妻子娥皇和女英得知以后，郁郁而终，后人称其为“湘妃”。

⑨彤车：朱漆的车，指王侯用的车。

鹊桥仙三词

《齐东野语》①载鸾(luán)箕②《鹊桥仙》词“咏七夕”，以“八”“煞”为韵③。其词曰：“鸾舆初驾，牛车齐发。听隐隐、鹊桥伊轧。尤云殢(tì)④雨正欢浓，但只怕、来朝初八。霞垂彩幔，月明银蜡。更馥郁、香焚金鸭。年年此际一相逢，未审是、甚时结煞。”方秋崖⑤“除夜小尽生日”词曰：“今朝廿九，明朝初一。怎欠个秋崖生日。客中情绪老天知，道这月不消三十。　春盘缕翠，春缸摇碧。便泥做、梅花消息。雪连试问是耶非，笑今夕不知何夕。”近时

东莞方彦卿，正月六日于俞君玉席上，擘(bāi)[6]糟蟹荐酒，寿其友人黄瑜[7]，亦依此调。其词云："草头八足，一团大腹，持螯笑向俞君玉。花灯预赏为先生，生日是新正初六。

今宵过了，七人八谷。又七日天官赐福。福如东海寿如山，愿岁岁春盘盈绿。"瑜字廷美，香山人。其孙才伯，与予同官，尝为予诵之。

[注释]

①《齐东野语》：南宋笔记集，共二十卷，多记南宋旧事，南宋周密撰。周密（1232—1298），字公谨，自号草窗，又号弁阳啸翁、萧斋、泗水潜夫、华不注山人、弁阳老人等。宋时曾任义乌令，入元不仕，以南宋遗老自居。齐东野语，语出《孟子·万章上》："此非君子之言，齐东野人之语也。"

②鸾箕：即扶乩，又称扶箕、扶鸾等，古时迷信请仙人下降题写诗文，以卜吉凶祸福。这里指扶乩时所写的词。

③以"八""煞"为韵：用"八"和"煞"作为上下两阕的韵脚。

④殢：沉溺。

⑤方秋崖：方岳（1199—1262），字巨山，号秋崖，南宋诗人、词人。宋理宗绍定五年（1232）进士，后以工部郎官充任赵葵淮南幕中参议官，之后调知南康军。不久，因触犯贾似道，被移治邵武军。后来知袁州，又因得罪权贵丁大全，被弹劾罢官。后复被起用知抚州，又因曾得罪贾似道而被罢官。

⑥擘：分开、剖裂。

⑦黄瑜：字廷美（生卒年不详），明代官员，香山（今广东中山）人，为人刚直，仕途坎坷，著有《双槐岁钞》。

衲子填词

唐宋衲子[1]诗，尽有佳句，而填词可传者仅数首。其一，报恩和尚《渔家傲》[2]："此事楞严[3]尝布露，梅花雪月交光处。一笑寥寥空万古。风瓯(ōu)[4]语，迥然银汉横天宇。

蝶梦南华方栩栩[5]，斑斑谁跨丰干虎[6]。而今忘却来时路。江山暮，天涯目送飞鸿去。”其二，寿涯禅师[7]《咏鱼篮观音[8]》云：“深愿宏慈无缝罅，乘时走入众生界。窈窕丰姿都没赛，提鱼卖。堪笑马郎来纳败[9]。　　清冷露湿金襕[10]坏，茜裙[11]不把珠璎[12]盖。特地掀来呈捏怪，牵人爱。还尽许多菩萨债。”

［注释］

①衲子：僧侣的代称。

②报恩和尚《渔家傲》：本词见于《五灯会元》卷十八，相传是法常法师圆寂时所作。报恩和尚，即法常法师，俗姓薛，北宋开封人。

③楞严：《楞严经》的简称，这里指佛门。

④风瓯：风铃。

⑤蝶梦南华方栩栩：语出《庄子 · 齐物论》：“庄周梦为蝴蝶，栩栩然蝴蝶也。自喻适志与！不知周也。俄然觉，则蘧蘧然周也。不知周之梦为蝴蝶与？蝴蝶之梦为周与？周与蝴蝶则必有分矣。此之谓物化。”南华，即庄子，汉代时，尊庄子为“南华真人”，遂称《庄子》为《南华经》，

⑥斑斑谁跨丰干虎：典出丰干禅师事。丰干，唐代高僧，被认为是阿弥陀佛的化身，与寒山、拾得二人为善，被后世并称为“国清寺三隐”。相传丰干初来国清寺，是骑乘了一只老虎悠然而来的。

⑦寿涯禅师：北宋僧人，生平不详，与周敦颐为善，传说周敦颐曾跟随其学习。

⑧鱼篮观音：佛教中三十三观音之一，手持鱼篮，度化有缘人。

⑨堪笑马郎来纳败：典出佛教故事，据明宋濂《鱼篮观音像赞》：“序按《观音感应传》：唐元和十二年，陕右金沙滩上有一美艳女子，絜篮粥鱼，人竞欲室之。女曰：‘妾能授经，一夕能诵《普门品》者，事焉。’黎明，能者二十。女辞曰：‘一身岂堪配众夫邪！请易《金刚经》，如前期。’能者复居其半。女又辞，请易《法华经》，期以三日。惟马氏子能。女令具礼成婚。入门，女即死，死即糜烂立尽，遽瘗之。他日，有僧同马氏子启藏观之，惟有黄金锁子骨存焉。僧曰：‘此观音示现以化汝耳。’”

⑩襕：上下衣连接着的服装。

⑪茜裙：绛红色的裙子。

⑫珠璎：珍珠璎珞，古代一种项饰。

菩萨蛮

“牡丹带露真珠颗，佳人折向庭前过。含笑问檀郎[①]，花强妾貌强。　檀郎故相恼，只道花枝好。一向发娇嗔，碎挼（ruó）[②]花打人。”此词无名氏，唐宣宗[③]尝称之，盖又在《花间》之先也。

花强是人强

花前问檀郎，花强是人强。人面如花，笑语阵阵，宛如就在读者面前。

[注释]

①檀郎：指貌美或女子所爱慕的男子。原本指西晋文学家潘岳，小字“檀奴”，据《世说新语 · 容止》：“潘岳妙有姿容，好神情。少时挟弹出洛阳道，妇人遇者，莫不连手共萦之。”

②挼：揉搓的意思。

③唐宣宗：李忱（810—859），初名怡，847 年至 859 年在位，宪宗第十三子，穆宗弟，敬宗、文宗、武宗叔，武宗去世后由宦官马元贽拥立为帝，登基初解决牛李党争，在位期间勤于政事，使晚唐呈现出“中兴”局面，被后人称为“小太宗”。好吟咏，曾亲自为白居易死写悼亡诗。

徐昌图

徐昌图[①]，唐人。“冬景”《木兰花》一词，缛丽[②]可爱。今入《草堂》之选，然莫知其为唐人也。

[注释]

①徐昌图：唐代诗人，生平、字号不详，今存词三首。

②缛丽：繁复华丽。

小重山

韦庄《小重山》①前段，今本“罗衣湿”下，遗“新揾旧啼痕”五字。

［注释］

①韦庄《小重山》：原词为：“一闭昭阳春又春。夜寒宫漏永，梦君恩。卧思陈事暗销魂。罗衣湿，红袂有啼痕。　　歌吹隔重阍。绕亭芳草绿，倚长门。万般惆怅向谁论？凝情立，宫殿欲黄昏。”

牛　峤

牛峤(qiáo)，蜀之成都人，为孟蜀①学士。其《酒泉子》云：“紫陌青门②，三十六宫春色。御沟③辇路暗相通。　杏园风。咸阳沽酒宝钗空，笑指未央④归去。插花走马落残红，月明中。”《杨柳枝》⑤词数首尤工，见《乐府诗集》⑥。

［注释］

①孟蜀：五代十国中的后蜀，孟知祥934年所建，盛时疆域为今四川大部、甘肃东南部、陕西南部、湖北西部等地。965年为北宋所灭。

②紫陌青门：京城的道路和城门，代指京城。紫陌，京城的道路，语出唐刘禹锡《元和十年自郎州召至京师戏赠》：“紫陌红尘拂面来，无人不道看花回。”青门，西汉长安城东南门，本名“霸城门”，因其门色青，故称“青门”或“青城门”，后用于代指京城。

③御沟：从皇宫流出的河水。

④未央：本意是未半，语出《诗经·小雅·庭燎》：“夜如何其？夜未央。”汉建有未央宫，因此也常代指宫殿。

⑤《杨柳枝》：词牌名，本为隋代乐府横笛曲《折杨柳》，与大运河有关，唐代成为教坊曲《杨柳枝》。后经白居易改旧曲为新歌，作《杨柳枝》十二首，遂成为七言绝句。

⑥《乐府诗集》：古代诗歌总集，北宋郭茂倩编，主要辑录了汉、魏到唐、五代的乐府歌词，也包括一部分先秦至唐末的民间歌谣，是现存最完全的乐府诗集，现存一百卷，收录诗歌共计五千余多首。

日 蓦

《南史》王晞[1]诗："日蓦当归去，鱼鸟见留连。"俗本改"蓦"为"暮"，浅矣。孟蜀牛峤词："日蓦天空波浪急[2]"，正用晞语。

［注释］

①王晞（510—581）：字叔朗，乳名沙弥，为人好学不倦，文雅有气度，历仕北魏、北齐、北周、隋四朝。

②日蓦天空波浪急：语出牛峤《江城子》："极浦烟消水鸟飞。离筵分首时，送金卮。渡口杨花，狂雪任风吹。日暮天空波浪急，芳草岸，雨如丝。"

孙光宪

孙光宪[1]，蜀之资州人。事荆南[2]高氏，为从事，有文学名，着《北梦琐言》[3]。其词见《花间集》，"一庭疏雨湿春愁[4]"，秀句也。

春 愁

一夜疏雨，打湿春愁，佳人倚着花树独自伤春，为离去的人垂泪。

［注释］

①孙光宪（901—968）：字孟光，五代词人，历仕五代十国南平三世，历任检校秘书、御史大夫等职，入宋后为黄州刺史。词

作虽有花间派的特点，但题材广阔，有很多作品反映出了乱世疾苦。

②荆南：五代十国之一，又称南平、北楚。高季兴于907年建立，所辖范围大致为今湖北的江陵、公安一带，实力在十国中最为弱小。历五世，五十七年。

③《北梦琐言》：孙光宪所著笔记集，记载了唐末五代间很多文人士大夫的言行与政治史实，是研究晚唐五代历史极其宝贵的资料。

④一庭疏雨湿春愁：语出孙光宪《浣溪沙》：“揽镜无言泪欲流，凝情半日懒梳头。一庭疏雨湿春愁。　　杨柳只知伤怨别，杏花应信损娇羞。泪沾魂断轸离忧。”

李　珣

李珣[1]，蜀之梓州人。事王宗衍[2]。《浣溪沙》词有“早为不逢巫峡夜，那堪虚度锦江春[3]”之句。词名《琼瑶集》。其妹[4]事王衍，为昭仪，亦有词藻。有“鸳鸯瓦上忽然声[5]”词一首，误入《花蕊夫人集》。盖一百一首本羡[6]此首也。

[注释]

①李珣（约855—约930）：字德润，五代十国前蜀词人，祖籍波斯，是“花间派”重要词人之一。著有《琼瑶集》，现已佚失。

②王宗衍：即王衍，前蜀后主，即位前名宗衍。

③“早为不逢巫峡夜”二句：语出李珣《浣溪沙》：“访旧伤离欲断魂，无因重见玉楼人，六街微雨镂香尘。　　早为不逢巫峡夜，那堪虚度锦江春，遇花倾酒莫辞频。”

④其妹：指李珣妹，名舜弦（生卒年不详），五代女诗人，被前蜀后主王衍选入宫中，立为昭仪，现存诗三首。

⑤鸳鸯瓦上忽然声：语出《宫词一百首》其中的一首：“鸳鸯瓦上忽然声，昼寝宫娥梦里惊。原是吾皇金弹子，海棠窠下打流莺。”《宫词一百首》主要描写宫女生活，作者有争议，一说为唐王建据五代时宫人提供素材所作，《全唐诗》中署后蜀孟昶妃花蕊夫人所作。

⑥羡：剩余，多余。

毛文锡

毛文锡[1]、鹿虔扆[2]、欧阳炯[3]、韩琮[4]、阎选[5]皆蜀人。事孟后主[6]，有五鬼之号。俱工小词，并见《花间集》。此集久不传。正德[7]初，予得之于昭觉僧寺，乃孟氏宣华宫故址也。后传刻于南方云。

［注释］

①毛文锡：字平珪（生卒年不详），唐末五代时人，南阳（今河南南阳）人，唐末进士。五代时在前蜀作司徒，前蜀亡后复在后蜀为官。所作词存《花间集》中。

②鹿虔扆：生卒年、字号不详，五代词人，后蜀进士，历任官学士、永泰军节度使、进检校太尉等职。词风近于韦庄，含思凄婉，秀美疏朗，今存词六首，全部收于《花间集》。

③欧阳炯（896—971）：一说名迥，益州（今四川成都）人，前蜀时为王衍的中书舍人，后蜀时累官为门下侍郎、兼户部尚书、同平章事，后随孟昶归宋，历翰林学士，转左散骑常侍，后因事罢职，擅吹长笛，工于诗词，现存词四十七首。

④韩琮：生卒年、字号不详，唐末五代人。唐宣宗时曾任湖南观察使，五代时在后蜀为官。

⑤阎选：生卒年、字号不详，五代后蜀人，《花间集》中称其为“处士”，疑为布衣，今仅存小词八首，收入《花间集》中。

⑥孟后主：即五代十国后蜀后主孟昶。

⑦正德：明武宗年号，1506 年至 1521 年使用。

潘　佑

潘佑[1]，南唐人。事后主，与徐铉[2]、汤悦[3]、张泌，俱有文名。而佑好直谏。尝应后主令作小词，有“楼上春寒山四面。桃李不须夸烂熳，已失了东风一半”。盖讽其地渐侵削也。可谓得讽谕之旨。

[注释]

①潘佑（？—约975）：字号不详，五代十国南唐大臣，累官虞部员外郎、内史舍人。因上疏谈论时政，言辞激烈，触怒李后主入狱，遂自杀。著有《荥阳集》十卷传于世。

②徐铉（916—991）：字鼎臣，广陵（今江苏扬州）人，五代宋初文学家、书法家，曾先后在十国吴、南唐为官，后来随李煜归宋，官至散骑常侍，人称徐骑省，诗风平易自然，与白居易相似。

③汤悦：即殷崇义（生卒年不详），宋初词人，五代十国南唐进士，官至司空，归宋后，为避宋太祖父赵弘殷讳，改姓汤悦。

卢绛

芭蕉生暮寒

佳人背灯垂泪，听着秋声，数着更漏，心中愁怨聚敛，连园中翠绿的芭蕉，在她眼中，都生出阵阵暮寒。

卢绛①，南唐人。梦一人歌《菩萨蛮》云："玉京人去秋萧索。画檐鹊起梧桐落。攲②枕悄无言。月和清梦圆。　背灯惟暗泣。甚处砧声急？眉黛小山攒。芭蕉生暮寒。"其名不著，词颇清润，特录之。

[注释]

①卢绛（891—975）：字晋卿，南唐宜春（今江西分宜）人，南唐名将，南唐降宋后攻占歙州，试图据守闽中以兴复南唐，后降宋被杀。

②攲：通"倚"。

花深深

《草堂词》“花深深[1]”，按玉林《词选》[2]，乃李婴[3]之作。今以为孙夫人[4]，非也。

［注释］

①花深深：词牌为《忆秦娥》：“花深深，一钩罗袜行花阴。行花阴，闲将柳带，试结同心。　日边消息空沉沉，画眉楼上愁登临。愁登临，海棠开后，望到如今。”

②《词选》：指宋人黄升所编《唐宋诸贤绝妙词选》，包括“唐词”一卷，“宋词”九卷。

③李婴：字号、生平不详，北宋汴京（今河南开封）人。曾任蕲水县令，今存《满江红》一首，为苏轼所赞赏。

④孙夫人：名道绚（生卒年不详），宋代女词人，是秀州人太学生郑文之妻。

坊　曲

唐制：妓女所居曰坊曲。《北里志》[1]有南曲、北曲，如今之南院、北院也。宋陈敬叟[2]词：“窈窕青门紫曲。”周美成[3]词：“小曲幽坊月暗[4]。”又“愔愔坊曲人家[5]”。近刻《草堂诗余》，改作坊陌，非也。谢皋羽[6]《天地间集》载孟鲠[7]《南京》诗云：“愔(yīn)愔坊曲傍深春，活活河流过雨浑。花鸟几时充贡赋，牛羊今日上丘原[8]。犹传柳七[9]工词翰，不见朱三[10]有子孙。我亦前生梁楚士，独持心事过夷门[11]。”

［注释］

①《北里志》：唐代笔记小说集，唐代孙棨撰，记载了晚唐长安城北平康里歌妓的生活，故称《北里志》。该书从侧面反映了当时士人生活，也反映了歌妓们的痛苦和对爱情的追求，并收录了一些文士和歌妓的诗歌作品。

谢皋羽

②陈敬叟：陈以庄（生卒年不详），字敬叟，号月溪，南宋诗人，建安（今属福建）人。

③周美成：即周邦彦，字美成。

④小曲幽坊月暗：语出周邦彦《拜星月慢》："夜色催更，清尘收露，小曲幽坊月暗。竹槛灯窗，识秋娘庭院。笑相遇，似觉琼枝玉树相倚，暖日明霞光烂。水盼兰情，总平生稀见。　画图中、旧识春风面。谁知道、自到瑶台畔，眷恋雨润云温，苦惊风吹散。念荒寒寄宿无人馆，重门闭、败壁秋虫叹。怎奈向、一缕相思，隔溪山不断。"

⑤愔愔坊曲人家：语出周邦彦《瑞龙吟》："愔愔坊陌人家，定巢燕子，归来旧处。"愔愔，幽静的样子。

⑥谢皋羽：谢翱（1249—1295），字皋羽，晚号晞发子，福州长溪（今福建霞浦）人，南宋爱国诗人。宋亡后曾从文天祥起兵，兵败后不肯入元，漫游两浙。著述颇丰，今存《晞发集》《晞发遗集》。编有《天地间集》，收录南宋旧臣及遗民诗歌。

⑦孟鲠：字介甫（生卒年不详），南宋末诗人，曾募兵反抗蒙古，最终兵败。

⑧"花鸟几时充贡赋"二句：花鸟何时能成为朝廷的贡物，而牛羊近日已经放满了山丘和平原。意为元灭南宋，表达了对故国的思念。

⑨柳七：即柳永，原名三变，世称柳三变。

⑩朱三：即五代后梁太祖朱温，因行三，故朱三，有蔑视之意。

⑪夷门：战国时魏国都大梁城的东门。大梁城，即北宋都城开封的古称。

檐　花

杜诗"灯前细雨檐花落[1]"，注谓檐下之花，恐非。盖谓檐前雨映灯花如花尔。后人不知，或改作"檐前细雨灯花落"，则直致无味矣。宋人小词多用檐花字，周美成云："浮萍破处，檐花檐影颠倒[2]。"又云："檐花红雨照方塘。"多不悉记。

[注释]

①灯前细雨檐花落：语出杜甫《醉时歌》："清夜沉沉动春酌，灯前细雨檐花落，但觉高歌有鬼神，焉知饿死填沟壑。"

②"浮萍破处"二句：语出周邦彦《隔浦莲》："新篁摇动翠葆。曲径通深窈。夏果收新脆，金丸落、惊飞鸟。浓霭迷岸草。蛙声闹。骤雨鸣池沼。　水亭小。浮萍破处，檐花檐影颠倒。纶巾羽扇，困卧北窗清晓。屏里吴山梦自到。惊觉，依然身在江表。"

十六字令

周美成《十六字令》[1]云："眠。月影穿窗白玉钱。无人弄，移过枕函[2]边。"词简思深，佳词也。其《片玉集》[3]中不载，见《天机余锦》[4]。

[注释]

①周美成《十六字令》：此词作者当为元人周晴川，此为杨慎之误。

②枕函：即中间可以放物品的枕头。

③《片玉集》：周邦彦词集，原名为《清真居士集》，被后人改名为《片玉集》。

④《天机余锦》：明代词集，作者不详。

应天长

周美成"寒食"《应天长》词："条风布暖[1]，霏雾弄晴，池塘遍满春色。正是夜堂无月，沉沉暗寒食。"今本遗"条风"至"正是"二十字。

[注释]

①条风布暖：立春的风散布温暖。条风，立春之风。

过秦楼

周美成《过秦楼》①首句是“水浴清蟾(chán)”，今刻本误作“凉浴”。

［注释］

①《过秦楼》：全词为：“水浴清蟾，叶喧凉吹，巷陌马声初断。闲依露井，笑扑流萤，惹破画罗轻扇。人静夜久凭阑，愁不归眠，立残更箭。叹年华一瞬，人今千里，梦沉书远。　空见说、鬓怯琼梳，容销金镜，渐懒趁时匀染。梅风地溽，虹雨苔滋，一架舞红都变。谁信无聊，为伊才减江淹，情伤荀倩。但明河影下，还看稀星数点。”

李冠词

虞兮虞兮奈若何

项羽在垓下被围，四面楚歌之际，他唱起：“力拔山兮气盖世，时不利兮骓不逝。骓不逝兮可奈何，虞兮虞兮奈若何！”的歌谣，表达绝望的心情，最终在乌江自刎。

《草堂诗余》“朦胧淡月云来去”，齐人李冠①之词。今传其词，而隐其名矣。冠又有《六州歌头》②，道刘、项事③，慷慨悲壮，今亦不传。

［注释］

①李冠：字世英（生卒年不详），齐州历城（今山东济南）人，北宋词人，举进士不第，后得同三礼出身，授干宁主簿。著有《东皋集》二十卷。

②《六州歌头》：全词为：“秦亡草昧，刘、项起吞并。鞭寰宇，驱龙虎，扫欃枪，斩长鲸。血染中原战，视余耳，皆鹰犬。平祸乱，归炎汉，势奔倾。兵散月明，风急旌旗乱，刁斗三更。共虞姬相对，泣听楚歌声。

玉帐魂惊，泪盈盈。　　念花无主，凝愁苦。挥雪刃，掩泉扃。时不利，骓不逝，困阴陵，叱追兵。鸣咽摧天地，望归路，忍偷生。功盖世，何处见遗灵。江静水寒烟冷，波纹细、古木凋零。遣行人到此，追念益伤情。胜负难凭。”

③刘、项事：指秦末楚汉之争事。刘、项，指刘邦和项羽。

鱼游春水

尾句："云山万重，寸心千里[1]。"今刻误作"云山万里"，以前段"莺转上林"，"林"字平声例之可知。又注引李诗"云山万重隔[2]"，为"重"字无疑。

［注释］

①"云山万重"二句：语出无名氏《鱼游春水》："秦楼东风里，燕子还来寻旧垒。余寒犹峭，红日薄侵罗绮。嫩草方抽碧玉茵，媚柳轻窣黄金蕊。莺啭上林，鱼游春水。　　几曲阑干遍倚，又是一番新桃李。佳人应怪归迟，梅妆泪洗。凤箫声绝沉孤雁，望断清波无双鲤。云山万重，寸心千里。"

②云山万重隔：语出李白《姑孰十咏·望夫山》："颙望临碧空，怨情感离别。江草不知愁，岩花但争发。云山万重隔，音信千里绝。春去秋复来，相思几时歇？"

春霁秋霁

《草堂词》选《春霁》[1]《秋霁》[2]二首相连，皆胡浩然作也。格韵如一，尾句皆是"有谁知得"，而不知何等妄人，于《秋霁》下添入陈后主[3]名。不知六朝焉知此等慢调。况其中有"孤鹜落霞[4]"语，乃袭用王勃[5]之序。陈后主岂能预知勃文而倒用之邪？

［注释］

①《春霁》：作者宋代胡浩然，生平不详，《全宋词》存其词五首。此词为胡

浩然首制，原词为：“迟日融和，乍雨歇东郊，嫩草凝碧。紫燕双飞，海棠相衬，妆点上林春色。黯然望极。因人天气浑无力。又听得。园苑数声，莺啭柳阴直。当此暗想，故国繁华，俨然游人，依旧南陌。院深沉、梨花乱落，那堪如练点衣白。酒量顿宽洪量窄。算此情景，除非殢酒狂欢，恣歌沉醉，有谁知得。”霁，雨雪停后天晴的样子。

②《秋霁》：《全宋词》署无名氏作，与《春霁》形制相同，写秋晴景。原词为：“虹影侵阶，乍雨歇长空，万里凝碧。孤鹜高飞，落霞相映，远状水乡秋色。黯然望极。动人无限愁如织。又听得。云外数声，新雁正嘹呖。　　当此暗想，画阁轻抛，杳然殊无，些个消息。漏声稀、银屏冷落，那堪残月照窗白。衣带顿宽犹阻隔。算此情苦，除非宋玉风流，共怀伤感，有谁知得。”

③陈后主：即陈叔宝（553—604），字符秀，南朝陈皇帝，582年至589年在位，隋灭陈后被俘，病死在洛阳，被隋追封为长城县公、大将军。热衷于诗文，作品有《玉树后庭花》《临春乐》等。

④孤鹜落霞：语出自王勃的《滕王阁序》：“落霞与孤鹜齐飞，秋水共长天一色。”

⑤王勃（649或650—676）：字子安，绛州龙门（今山西河津）人，唐代诗人，与杨炯、卢照邻、骆宾王合称“初唐四杰”。

岸草平沙

《草堂》词《柳梢青》①“岸草平沙”一首，僧仲殊②作也。今刻本往往失其名，故特著之。宋人小词，僧徒惟二人最佳：觉范③之作类山谷④，仲殊之作似《花间》。祖可⑤、如晦⑥俱不及也。

［注释］

①《柳梢青》：原词为：“岸草平沙。吴王故苑，柳袅烟斜。雨后寒轻，风前香软，春在梨花。　　行人一棹天涯。酒醒处，残阳乱鸦。门外秋千，墙头红粉，深院谁家。”

②仲殊：字师利（生卒年不详），俗姓张，名挥，北宋著名诗僧，先后寓居苏州承天寺、杭州宝月寺，词风清婉飘逸。

③觉范：惠洪（1070—1128），一名德洪，字觉范，自号寂音尊者，北宋诗僧，文风自然而不失文采，有诗文集《石门文字禅》。

④山谷：即黄庭坚，号山谷道人。

⑤祖可：俗姓苏（生卒年不详），字正平，北宋诗僧，擅填词。

⑥如晦：名皎，生平不详，北宋诗僧。

周晋仙浪淘沙

周晋仙，名文璞，宋淳熙[1]间人。若字曰晋仙者，因名璞，义取郭璞（pú）[2]，故曰晋仙也。能诗词，好奇怪[3]。有《灌口二郎[4]》歌，为时所称，以为不减李贺。又《题钟山》云："往在秦淮[5]问六朝，江头只有女吹箫。昭阳太极[6]无行路，几岁鹅黄上柳条。"尝云：《花间集》只有五字佳，"丝雨湿流光[7]"，语意俱微妙。又有题酒家壁《浪淘沙》一词云："还了酒家钱，便好安眠。大槐宫里着貂蝉[8]，行到江南知是梦，雪压渔船。　盘薄[9]古梅边，也是前缘。鹅黄雪白又醒然。一事最奇君记取，明日新年。"其词飘逸似方外尘表。又因字晋仙，相传以为仙也，误矣。晋有徐仙民[10]，唐有牛仙客[11]、王仙芝[12]，岂皆仙乎。甚矣，人之好奇而不察也。然观此则世之所传仙迹，不几类是哉。

［注释］

①淳熙：南宋孝宗年号，1174 年至 1189 年使用。

②郭璞（276—324）：字景纯，东晋诗人，曾作《游仙诗》十四首。

③好奇怪：喜欢奇特怪异的内容和句子。

④灌口二郎：即灌口二郎神，民间俗信神祇。传说为秦代蜀郡太守李冰次子，曾帮助其父斩蛟锁龙，筑堰平患，被蜀人奉为神。

⑤秦淮：即秦淮河，其中一段流经南京城，六朝时两岸为名门望族的聚居地，

商贾云集，文人荟萃，十分兴盛。

⑥昭阳太极：魏明帝曹叡在洛阳所建宫殿。

⑦丝雨湿流光：也作“细雨湿流光”，语出五代南唐冯延巳《南乡子》：“细雨湿流光，芳草年年与恨长。烟锁凤楼无限事，茫茫，鸾镜鸳衾两断肠。　魂梦任悠扬，睡起杨花满绣床。薄幸不来门半掩，斜阳，负你残春泪几行。”

⑧大槐宫里着貂蝉：在大槐宫中享受荣华富贵。典出唐李公佐传奇小说《南柯太守传》。叙广陵淳于棼梦游大槐安国，国王招其为驸马，官拜南柯太守，享尽荣华富贵。梦醒后，才知所游为宅南大槐树下一蚁穴。后世以大槐宫比喻世事之虚幻无常。貂蝉，原指汉代皇帝侍从官帽上的饰物，后代指达官贵人。

⑨盘薄：也作“盘礴”“磅礴”，雄壮、宏伟。

⑩徐仙民：徐邈（343—397），字仙民，东晋大臣，晋安帝时任骁骑将军，著有《正五经音训》《穀梁传注》《五经同异评》等。

⑪牛仙客（675—742）：字号不详，泾州鹑觚县（今甘肃平凉）人，唐代名臣。初为小吏，后官至宰辅。

⑫王仙芝：唐末农民战争领袖，濮州（今山东鄄城）人，在河南长垣率兵起，聚众数千人，与黄巢合兵。后来起义军内部分裂，王仙芝带兵向南，在湖北黄梅被围战死。

闲适之词

宋傅公谋[1]《水调歌头》曰：“草草三间屋，爱竹旋添栽。碧纱窗户，眼前都是翠云堆。一月山翁高卧，踏雪水村清冷，木落远山开。惟有平安竹，留得伴寒梅。　唤家童，开门看，有谁来。客来一笑清话，煮茗更传杯。有酒只愁无客，有客又愁无月，月下且徘徊。明日人间事，天自有安排。”黄玉林[2]《酹江月》云：“吾庐何有，有一湾莲荡，数间茅宇。断堑疏篱聊补葺，那得粉墙朱户。禾黍西风，鸡豚晓日，活脱田家趣。客来茶罢，自挑野菜同煮。　多少甲第连云[3]，十眉环座[4]，人醉黄金坞[5]。回首邯郸

春梦[6]破，零落珠歌翠舞。得似衰翁，萧然陋巷，长作溪山主。紫芝可采，更寻岩谷深处。”又刘静修[7]《风中柳》云：“我本渔樵，不是白驹过谷[8]。对西山、悠然自足。北窗疏竹，南窗丛菊。爱村居、数间茅屋。风烟草屦，满意一川平绿。问前溪、今朝酒熟。幽泉歌曲。清泉琴筑。欲归来、故人留宿。”并吕居仁[9]“东里先生家何在[10]”四词，每独行吟歌之，不惟有隐士出尘之想，兼如仙客御风之游矣。昔人谓“诗情不似曲情多”，信然。

闲居

闲看远山，渴饮山村水酒，与好友欢宴，酒醒但见疏梅筛月影，此份闲适的心情，绝非几句诗词可以表达的。

［注释］

①傅公谋：傅大询（生卒年不详），字公谋，号铃岗，南宋词人。

②黄玉林：即黄叔旸。

③甲第连云：形容富豪权贵的住宅很多，就像天上的云彩一样连成一片。甲第，指权贵的宅第。

④十眉环座：指美女环坐。眉，代指美女。

⑤黄金坞：坞为黄金所筑，比喻财富雄厚。

⑥邯郸春梦：典出唐沈既济《枕中记》，讲述山东卢生在邯郸客店中遇到吕洞宾，枕其所赠瓷枕入梦，梦中享受数十年富贵荣华，醒来时店主所炊黄粱未熟。指虚幻而不能实现的梦想。

⑦刘静修：刘因（1249—1293），字梦吉，号静修，元雄州容城（今河北徐水）人，元代理学家、词人。元世祖至元十九年（1282）应召入朝，为承德郎、右赞善大夫，不久借口母病辞官归隐，母死后居丧在家。死后追封“容城郡公”，谥“文靖”。文风寓意深远，人莫能解，著有《静修先生文集》二十二卷。

⑧白驹过谷：即白驹过隙，像白马越过缝隙一样快，形容人生短暂，语出《庄子·知北游》：“人生天地间，若白驹之过隙，忽然而已。”

⑨吕居仁：吕本中（1084—1145），字居仁，世称东莱先生，北宋诗人、道学家，江西诗派代表诗人，诗风轻松流美，但浑厚有骨力；词作偏重于个人情感的抒发，主要写离愁别恨、风花雪月等，南渡后也有怀国思乡的作品，新奇清丽，具有独特的风格。

⑩东里先生家何在：语出吕本中《满江红》：“东里先生，家何在、山阴溪曲。对一川平野，数间茅屋。昨夜冈头新雨过，门前流水清如玉。抱小桥，回合柳参天，摇新绿。　疏篱下，丛丛菊。虚檐外，萧萧竹。叹古今得失，是非荣辱。须信人生归去好，世间万事何时足。问此春，春酝酒何如，今朝熟。”

骊山词

昔于临潼骊山之温汤[1]，见石刻元人[2]一词曰：“三郎[3]年少客，风流梦、绣岭蛊瑶环。渐浴酒发春，海棠睡暖；笑波生媚，荔子浆寒。况此际、曲江人不见，偃月[4]事无端。羯鼓[5]三声，打开蜀道；《霓裳》(ní cháng)[6]一曲，舞破潼关[7]。　马嵬[8]西去路，愁来无会处，但泪满关山。空有香囊遗恨，锦袜传看。玉笛声沈，楼头月下，金钗信杳，天上人间。几度秋风渭水，落叶长安。”再过之，石已磨为别刻矣。

杨贵妃

杨贵妃天生丽质，回眸一笑百媚生，六宫粉黛无颜色，堪称大唐第一美女，此后千余年无出其右者。

[注释]

①骊山之温汤：指骊山华清池温泉，杨贵妃曾在此沐浴。白居易《长恨歌》中形容当时情景：“春寒赐浴华清池，温泉水滑洗凝脂。”

②元人：此词为金人词，并非元人所作。

③三郎：唐玄宗排行第三，因此呼为“三郎”。

④偃月：半月。

⑤羯鼓：古代打击乐器。用公羊皮做鼓皮，因此叫羯鼓。唐玄宗爱好羯鼓，这里用“羯鼓三声，打开蜀道”意指唐玄宗耽于享乐，而安禄山、史思明的叛军已经攻破唐朝的雄关的情景。

⑥《霓裳》：指《霓裳羽衣舞》，传说杨贵妃善跳此舞。

⑦潼关：位于陕西省渭南市潼关县，是守卫长安的咽喉要道。安史之乱中，玄宗听信谗言，令守将哥舒翰出关与安禄山大战，结果战败。安禄山占据潼关西进，唐玄宗因此仓皇西逃。

⑧马嵬：即马嵬坡，相传是杨贵妃缢死之地。天宝十五年（756），安禄山的叛军攻破潼关，玄宗仓皇出逃。途经马嵬坡时，扈从部队哗变，杀死杨国忠，并迫使玄宗赐死杨贵妃，史称“马嵬之变”。

石次仲西湖词

石次仲[1]“西湖”《多丽》[2]一曲云：“晚山青。一川云树冥冥[3]。正参差烟凝紫翠，斜阳画出南屏[4]。馆娃[5]归、吴台游鹿，铜仙去、汉苑飞萤。怀古情多，凭高望极，且将樽酒慰漂零。自湖上爱梅仙远，鹤梦几时醒？空留在、六桥疏柳，孤屿危亭。　　待苏堤、歌声散尽，更须携妓西泠[6]。藕花深、雨凉翡翠，菰浦软、风弄蜻蜓。澄碧生秋，闹红驻景，采菱新唱最堪听。一片水天无际，渔火两三星。多情月，为人留照，未过前汀。”次仲词在宋未著名，而清奇宕丽如此。宋之填词为一代独艺，亦犹晋之字、唐之诗，不必名家而皆奇也。然奇而不传者何限，而传者未必皆奇。如唐之胡曾[7]，宋之杜默[8]，识者知笑之，而不能靳其传。盖亦有幸不幸乎。

[注释]

①石次仲：石孝友（生卒年不详），字次仲，南宋词人，进士出身，仕途坎坷，常隐居山水之间。填词常用俚俗之语，状写男女情爱。

②“西湖”《多丽》：此词当为元人张翥所作。张翥（1287—1368），字仲举，元代诗人。晋宁（今山西临汾）人。少年时四处游荡，至正初年（1341）被任命为国子助教，后升至翰林学士承旨，死于元末明初的乱世中。《多丽》，词牌名，又名《绿头鸭》《陇头泉》等，双调一百三十九字，前片六平韵，后片五平韵，相传“多丽”本为妓女名。

③冥冥：幽暗深远。

④南屏：山名，在杭州西湖南岸，因石壁如屏得名。北麓山脚下是净慈寺，傍晚钟声清越悠扬，“南屏晚钟”是西湖十景之一。

⑤馆娃：本指西施，后泛指美女。

⑥西泠：指西泠桥，位于杭州西霞岭麓到孤山之间，古时为渡口，常见于古诗中。

⑦胡曾：号秋田（生卒年不详），唐代诗人，一生在做幕僚。著有《咏史诗》一百五十首，均为七绝。

⑧杜默（1019—约1085）：字师雄，北宋诗人，与欧阳修、石曼卿交从甚密，并称“三豪”。著有《诗豪集》一卷。

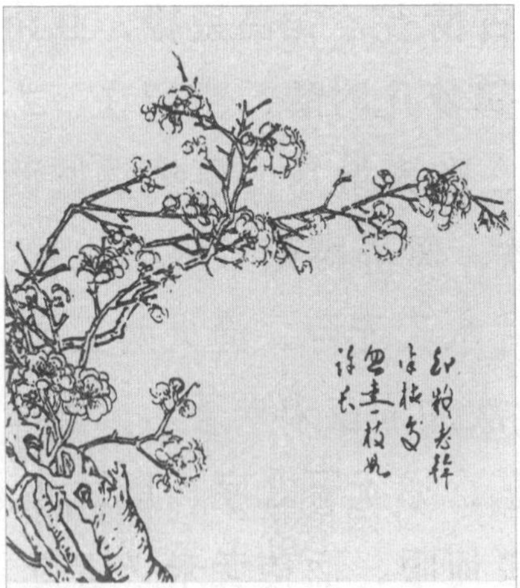

梅

梅，冰肌雪骨，暗香清幽，孤高傲世，是君子之花。

梅　词

吕圣求《东风第一枝》词云：“老树浑苔，横枝未叶，青春肯误芳约。背阴未返冰魂，阳梢已含红萼①。佳人寒怯，谁惊起，晓来梳掠。是月斜窗外栖禽，霜冷竹间幽鹤。　云淡淡，粉痕渐薄。风细细、冻香又落。叩门喜伴金樽，倚栏

怕听画角。依稀梦里，半面浅窥珠箔。甚时重写鸾笺[2]，去访旧游东阁[3]。”古今梅词，以坡仙“绿毛么凤[4]”为第一，此亦在魁选矣。

[注释]

①萼：花瓣下部的一圈叶状绿色小片。

②鸾笺：古代一种纸名，即彩笺。

③东阁：在今四川简阳东。唐代杜甫和裴迪曾登东阁送客，词中所用即此典故。

④绿毛幺凤：指苏东坡《西江月 · 梅花》：“玉骨那愁瘴雾，冰姿自有仙风。海仙时遣探芳从，倒挂绿毛幺凤。　　素面常嫌粉涴，洗妆不褪唇红。高情已逐晓云空，不与梨花同梦。”绿毛幺凤，鸟名，体形小，羽毛五色，暮春时节常来收集桐花，故又称桐花凤。

折红梅

宋人《折红梅》词云：“喜轻澌[1]初绽，微和渐入，郊原时节。春消息、夜来陡觉，红梅数枝争发。玉溪珍馆，不似个、寻常标格。化工[2]别与，一种风情，似匀点胭脂，染成香雪。　　重吟细阅。比繁杏夭桃，品流终别。可惜彩云易散，冷落谢池风月。凭谁向说，三弄[3]处、龙吟休咽。大家留取倚阑干，闻有花堪折，劝君须折[4]。”此词见《杜安世集》[5]。《中吴记闻》[6]又作吴应之，未知孰是。

折红梅

一枝红梅凌冰傲雪，暗香浮动间，诗人持着这一枝胭脂雪，仿佛看到春的消息。

[注释]

①澌：此处指冰。

②化工：自然造化的工巧。

③三弄：指古曲《梅花三弄》，又名《梅花引》。

④“闻有花堪折”二句：化用自唐杜秋娘《金缕衣》“花开堪折直须折，莫待无花空折枝”二句。

⑤《杜安世集》：即《寿域词》，杜安世词集名。杜安世（生卒年不详），字寿域，北宋词人，能自创新曲，但词作有字句生硬之病。

⑥《中吴记闻》：宋代笔记集，龚明之著。

洪觉范梅词

洪觉范①“咏梅”《点绛唇》词云：“流水泠泠②，断桥斜路梅枝亚。雪花飞下，浑似江南画。　　白璧青钱，欲买春无价。春归也。风吹平野，一点香随马。”梅词如此清俊，亦仅有者，惜未入《草堂》之选。

[注释]

①洪觉范：即德洪，初名慧洪字觉范，号寂音尊者，北宋诗僧。

②泠泠：水流动的声音。

曹元宠梅词

曹元宠①“梅”词：“竹外一枝斜，想佳人天寒日暮。”用东坡“竹外一枝斜更好②”之句也。徽宗时禁苏学③，元宠又近幸之臣，而暗用苏句，其所谓掩耳盗铃者。噫！奸臣丑正恶直，徒为劳尔。

［注释］

①曹元宠：曹组（生卒年不详），字元宠，颍昌（今河南许昌）人，北宋后期词人。进士出身，官至睿思殿应制，大部分词作艳俗，在当时为人所鄙夷。另一部描写羁旅生活的作品，感情真切，近于柳永。

②竹外一枝斜更好：语出苏轼《和秦太虚梅花》："江头千树春欲暗，竹外一枝斜更好。"

③徽宗时禁苏学：宋哲宗、宋徽宗在位期间曾大肆禁绝"苏学"，宋徽宗崇宁年间，曾多次诏毁"三苏"、黄庭坚、秦观诸人文集，甚至"天下碑碣榜额，系东坡书撰者，并一例除毁"。

李汉老

李汉老[1]，名邴，号云龛（kān）居士。父昭玘[2]，元祐[3]名士，东坡门生。汉老才学，世其家者也。其《汉宫春 · 梅》词入选最佳。曹元宠"梅"词："竹外一枝斜，想佳人天寒日暮。黄昏院落，无处着清香，风细细，雪融融，何况江头路。"甚工，而结句落韵殊不强人意。曹盖富于才而贫于学也。汉老《咏美人写字》云："云情散乱未成篇，花骨敧斜终带软。"亦新美可喜。

［注释］

①李汉老：李邴（1085—1146），字汉老，济州任城（今山东济宁）人，北宋诗人。曾任兵部侍郎，兼直学士院，卒谥文敏，著有《草堂集》一百卷。

②昭玘：李昭玘（生卒年不详），字成季，自号乐静先生，北宋诗人，李邴父。累官至太常少卿，出知沧州，后被罢官，工书法，著有《乐静先生集》。

③元祐：宋哲宗年号，1086 年至 1094 年使用。元祐年间由反对王安石变法的旧党主政，因此后人以"元祐"代指旧党及其成员。

一江春愁

江上舟摇。楼上帘招。风飘飘，雨潇潇，春雨润红樱桃，染绿芭蕉，佳人巧笑，挑珠帘，向外观瞧。这首《一剪梅》写尽了春景，是宋词中上佳作品。

蒋捷一剪梅

蒋捷[1]《一剪梅》词云："一片春愁带酒浇。江上舟摇，楼上帘招。秋娘[1]容与泰娘娇。风又飘飘，雨又潇潇。　何日云帆卸浦桥。银字筝调。心字香烧。流光容易把人抛。红了樱桃，绿了芭蕉。"

[注释]

①蒋捷：字胜欲（生卒年不详），号竹山，擅填词，与周密、王沂孙、张炎并称"宋末四大家"。

②秋娘：杜秋娘，唐代歌女。这里代指歌女。

心字香

词家多用"心字香"，蒋捷词云："银字筝调，心字香烧。"张于湖[1]词："心字夜香清。"晏小山[2]词："记得年时初见，两重心字罗衣[3]。"范石湖[4]《骖(cān)鸾录》[5]云："番禺[6]人作心字香，用素馨茉莉半开者，着净器中。以沉香薄劈，层层相间，密封之。日一易，不待花蔫。花过香成。"所谓心字香者，以香末萦篆成心字也。心字罗衣，则谓心字香熏之尔。或谓女人衣曲领如心字，又与此别。

［注释］

①张于湖：张孝祥（1132—1170），字安国，号于湖居士，南宋词人、书法家。绍兴二十四年（1154）殿试第一，授承事郎，签书镇东军节度判官。后因上书为岳飞辩冤而被秦桧诬陷入狱，秦桧死后才被释放。历任都督府参赞军事、抚州知州、建康留守等职。词风豪迈，著有《于湖居士文集》。《全宋词》收录其词二百二十三首。

②晏小山：即晏几道，号小山。

③“记得年时初见”二句：语出晏几道《临江仙》：“梦后楼台高锁，酒醒帘幕低垂。去年春恨却来时。落花人独立，微雨燕双飞。　记得小蘋初见，两重心字罗衣。琵琶弦上说相思。当时明月在，曾照彩云归。”

④范石湖：范成大（1126—1193），字致能，号石湖居士，南宋诗人，官至参知政事，晚年隐居故乡石湖。诗作继承了白居易等人倡导的新乐府的现实主义，风格浅显清新，诗题材广泛，与尤袤、杨万里、陆游并称“中兴四大诗人”。

⑤《骖鸾录》：范成大游记随笔集。

⑥番禺：地名，今广东广州。

招落梅魂

蒋捷有“效稼轩体招落梅魂”《水龙吟》一首云：“醉兮琼瀣(xiè)浮觞些[1]。招兮遣巫阳[1]些。君勿去此，飓风将起，天微黄些。野马尘埃[3]，污君楚楚[4]，白霓裳些。驾空兮云浪，茫洋东下，流君往他方些。　月满兮方塘些。叫云兮笛凄凉些。归来兮为我，重倚蛟背，寒鳞苍些。俯视春红，浩然一笑，吐出香些。翠禽兮弄晚，招君未至，我心伤些。”其词幽秀古艳，迥出纤冶秾华之外[5]，可爱也。稼轩之词曰《醉翁操》，并录于此：“长松。之风。如公。肯予从。山中。人心与吾兮谁同。湛湛千里之江，上有枫[6]。噫！送子东。望君之门兮九重。女无悦己，谁适为容。

不龟手药[7]，或一朝兮取封。昔与游兮皆童。我独穷兮今翁。一鱼兮一龙。劳心兮冲冲[8]。噫！命与时逢。子取之食兮万钟[9]。”小词中《离骚》，仅见此二首也。

［注释］

①醉兮琼瀣浮觞些：醉倒在夜间水汽酿成的美酒中。瀣。夜间的水汽。浮觞，本意是曲水流觞的意思，这里指饮酒。

②巫阳：古代传说中巫师的名字，这里代指巫师。

③野马尘埃：山野中的雾气和空中的尘埃。野马，山野中的雾气。语出《庄子·逍遥游》：“野马也，尘埃也，生物之以息相吹也。”

④楚楚：凄苦的样子。

⑤迥出纤冶秾华之外：远远地超出了那些写青春少女细巧艳丽的词作。迥，远。纤冶细巧艳丽。秾华，本意是盛开的花，这里指青春少女。

⑥“湛湛千里之江”二句：化用自屈原《招魂》“湛湛江水兮上有枫，目极千里兮伤春心”句。

⑦不龟手药：使手不龟裂的药品。比喻微博的技能在不同的地方起到的作用不同。典出《庄子·逍遥游》：“宋人有善为不龟手之药者，世世以洴澼絖为事。客闻之，请买其方百金。聚族而谋曰：‘我世世为洴澼絖，不过数金。今一朝而鬻技百金，请与之。’客得之，以说吴王。越有难，吴王使之将。冬与越人水战，大败越人，裂地而封之。能不龟手一也，或以封，或不免于洴澼絖，则所用之异也。”

⑧冲冲：同“忡忡”，忧虑不安的样子。

⑨钟：古代计量单位。

柳枝词

唐人《柳枝词》[1]，刘禹锡、白乐天而下凡数十首。予独爱无名氏云：“万里长江一带开，岸边杨柳是谁栽。锦帆落尽西风起，惆怅龙舟更不回[2]。”此词咏史、咏物，两极其妙。首句见隋开汴通江[3]。次句“是谁栽”三字作问词，尤含蓄。不言炀帝，而讥吊之意在其中。末二句俯仰今古，

悲感溢于言外。若情致则“清江一曲柳千条，十五年前旧板桥。曾与情人桥上别，更无消息到今朝”。此词小说以为刘采春④女周德华⑤之作；又云刘禹锡。然刘集中不载也。《柳词》当以二首为冠。

刘采春

刘采春，唐代女艺人，伶工周季崇的妻子。她擅长参军戏，又会唱歌，深受元稹的赏识。

［注释］

①《柳枝词》：词牌名，《杨柳枝词》的简称，本事唐教坊曲名，又名《杨柳》《柳枝》，多用以咏柳枝，或折柳送别的主题。单调，二十八字，四句三平韵，多写成七言绝句。

②惆怅龙舟更不回：隋末大乱时，隋炀帝离开都城洛阳，久居江都（今江苏扬州）。公元618年3月，宇文化及等煽动军士兵变，在江都缢杀隋炀帝。

③开汴通江：指隋炀帝开凿运河事。

④刘采春：唐代女艺人，生平不详，擅长歌唱和表演参军戏。元稹曾赞美她“言词雅措风流足，举止低徊秀媚多。”

⑤周德华：唐代才女，刘采春的女儿，能自度曲。

竹枝词

元杨廉夫《竹枝词》①，一时和者五十余人，诗百十余首。予独爱徐延徽②一首云：“尽说卢家好莫愁③，不知云上有牵牛。剩抛万斛④胭脂水，泻向银河一色秋。”

［注释］

①杨廉夫《竹枝词》：指元代由杨维桢选编的《西湖竹枝词集》。最初由杨维

桢写成《西湖竹枝词》九首，因内容清新，雅俗共赏，很快在当时社会中形成互相唱和的风气。于是，杨维桢将其中的优秀作品结集成《西湖竹枝词集》。杨维桢（1296—1370），字廉夫，号铁崖、东维子，元末明初文学家。进士出身，元时历天台县尹、杭州四务提举、建德路总管推官等。元末农民起义爆发后，隐居于富春江一带，张士诚屡召不赴。著有《东维子文集》《铁崖先生古乐府》等。

②徐延徽：徐哲（生卒年不详），字延徽，元代诗人。

③卢家好莫愁：语出梁武帝《河中之水歌》："河中之水向东流，洛阳女儿名莫愁。十五嫁为卢家妇，十六生儿字阿侯。"

④斛：古代量器和容量单位，一斛本为十斗，后来改为五斗。

莲词第一

欧阳公"咏莲花"《渔家傲》云："叶重如将青玉亚。花轻疑是红绡挂。颜色清新香脱洒。堪长价。牡丹怎得称王者。　雨笔露笺吟彩画。日炉风炭熏兰麝。天与多情丝一把。谁厮惹，千条万缕萦心下。"又云："楚国纤腰[1]元自瘦。文君腻脸谁描就。日夜鼓声催箭漏[2]。昏复昼。红颜岂得长如旧。　醉折嫩房红蕊嗅。天丝不断清香透。却倚小阑凝望久。风满袖。西池月上人归后。"前首工致，后首情思两极，古今莲词第一也。

[注释]

①楚国纤腰：春秋时楚灵王喜欢细腰的女子，宫女为了腰瘦，常常挨饿。典出《战国策·楚策一》。

②箭漏：中国古代的计时工具。

卷 三

苏易简

苏易简[1]，梓州[2]人，宋太宗朝状元。所著有文集及《文房四谱》行于世。宋世蜀之大魁，自苏始。其后阆州三人，简州四人，夔州一人，终宋三百年得十六人，而陈氏、许氏皆兄弟，可谓盛矣。苏之词，惟《越江吟》[3]应制一首，见予所选《百琲(bèi)明珠》。

［注释］

①苏易简（958—997）：字太简，梓州铜山（今四川中江）人，北宋文学家。状元出身，官至礼部侍郎。自幼聪颖好学，才思敏捷，以文著称，著有《文房四谱》《续翰林志》及文集二十卷。

②梓州：古地名，宋咸平四年（1001），将四川设为川峡四路，其中之一就是梓州路，治所在梓州（今四川三台）。

③《越江吟》：原词为："神仙神仙瑶池宴。片片。碧桃零落春风晚。翠云开处，隐隐金舆挽。玉麟背冷清风远。"

韩范二公词

韩魏公[1]《点绛唇》词云："病起恹恹[2]，对庭前花树添憔悴。乱红飘砌，滴尽真珠泪。　惆怅前春，谁向花前醉。愁无际。武陵凝睇，人远波空翠[3]。"范文正公[4]《御街行》云："纷纷坠叶飘香砌。夜寂静，寒声碎。珍珠帘卷玉楼空，天淡银河垂地。年年今夜，月华如练，长是人千里。

范仲淹

范仲淹，北宋名臣、文学家。为政清廉，体恤民情，刚直不阿，力主改革，曾数度被贬，卒谥文正。

愁肠已断无由醉。酒未到，先成泪。残灯明灭枕头欹，谙尽孤眠滋味。都来此事，眉间心上，无计相回避。”二公一时勋德重望，而词亦情致如此。大抵人自情中生，焉能无情，但不过甚而已。宋儒云：“禅家有为绝欲之说者，欲之所以益炽也。道家有为忘情之说者，情之所以益荡也。圣贤但云寡欲养心，约情合中而已。”予友朱良矩[5]尝云：“天之风月，地之花柳，与人之歌舞，无此不成三才[6]。”虽戏语，亦有理也。

［注释］

①韩魏公：韩琦（1008—1075），字稚圭，自号赣叟，北宋名相。曾与范仲淹共防西夏，并称“韩范”。后历任同中书门下平章事、拜右仆射等，封魏国公，卒谥忠献。著有《安阳集》五十卷，《全宋词》录其词四首。

②恹恹：困倦、萎靡的样子。

③“武陵凝睇”二句：武陵人举目观望，远远地只看到碧绿空旷的波涛。典出晋陶渊明陶《桃花源记》。这里指诗人在病中看到院子里的落花，想了“落英缤纷”的桃花源，但是却无法身临其境。武陵，古地名，今湖南常德。

④范文正公：范仲淹（989—1052），字希文，吴县（今江苏苏州）人，北宋名臣、文学家。为政清廉，体恤民情，刚直不阿，力主改革，曾数度被贬，卒谥文正。著有《范文正公文集》。

⑤朱良矩：朱方（生卒年不详），字良矩，浙江永康人，明代官员，曾在云南兼职督学，与杨慎关系友善。

⑥三才：指天、地、人。典出《周易·系辞下》：“有天道焉，有人道焉，有地道焉，兼三才而两之。”

满江红

范文正公谪睦州[1]，过严陵钓台[2]，会[3]吴俗岁祀里巫迎神，但歌《满江红》，有“湘江好，洲漠漠。波似染，山如削。绕严陵滩畔，鹭飞鱼跃”之句。公云：“吾不善音律。”撰一绝送神曰：“汉包六合网英豪[4]，一个冥鸿[5]惜羽毛。世祖功臣三十六[6]，云台争似钓台高。”吴俗至今歌之。

[注释]

①睦州：古代行政区名，隋朝设置，名称一致沿袭至宋，北宋末方腊在此起义，平定后奉敕改名严州，范围大致相当于今天浙江建德市、淳安县和桐庐县。

②严陵钓台：地名，位于浙江桐庐县城南的富春山麓，因东汉严光曾在地隐居垂钓而得名。严光，字子陵，与东汉光武帝刘秀少时同学，曾帮助刘秀起兵，刘秀称帝后多次聘请，皆不就。

③会：恰好遇到。

④汉包六合网英豪：汉朝包举天下，网罗天下英雄豪杰。六合，天地四方的合称。

⑤冥鸿：高飞的鸿雁。比喻避世隐居之人，这里指严光。

⑥世祖功臣三十六：指云台二十八将，是汉光武帝刘秀麾下助其一统天下、重兴汉室江山的二十八员大将。汉明帝登基后，追忆当年随其父皇打下东汉江山的功臣，在洛阳南宫的云台绘成人像，称“云台二十八将”。此处的“三十六”当为误。世祖，即汉光武帝刘秀，庙号世祖。

严陵垂钓

唐代汪遵有诗：“一钓凄凉在杳冥，故人飞诏入山扃。终将宠辱轻轩冕，高卧五云为客星。”写尽严光一生际遇。

温公词

世传司马温公[①]有席上所赋《西江月》词云："宝髻[②]松松绾就，铅华[③]淡淡妆成。红颜翠雾罩轻盈，飞絮游丝无定。　相见争如不见，有情还似无情。笙歌散后酒微醒。深院月明人静。"仁和姜明叔[④]云："此词决非温公作。宣和间耻温公独为君子，作此诬之，不待识者而后能辨也。"

[注释]

①司马温公：即司马光（1019—1086），字君实，号迂叟，世称涑水先生，死后追赠温国公，谥文正。

②宝髻：初为古代女子发髻的一种，通常装饰有各种精美华丽的头饰，后泛指古代女子的发式。

③铅华：指古代女子的化妆品，因其中加铅而得名。

④姜明叔：姜南（生卒年不详），字明叔，号蓉塘、半村野人等，仁和（今浙江杭州）人，明代学者，一生未仕，编有《蓉塘杂著》数十种。

夏英公词

姚子敬[①]尝手选《古今乐府》一帙[②]，以夏英公竦《喜迁莺·宫词》[③]为冠。其词云："霞散绮，月沉钩。帘卷未央[④]楼。夜凉河汉接天流，宫阙锁清秋。　瑶阶树，金茎露。玉辇香和云雾。三千珠翠拥宸[⑤]游，水殿按凉州[⑥]。"富艳精工，诚为绝唱。

[注释]

①姚子敬：号筠庵（生卒年不详），元代吴兴（今浙江湖州）人。

②帙：本意是布帛制成的书封，引申成书的量词。

③夏英公竦《喜迁莺·宫词》：本词为夏竦应制之作，宋真宗皇后在皇宫后

庭饮宴，使人向夏竦索词而作。夏竦（985—1051），字子乔，江州德安（今属江西）人，北宋官员、学者、诗人。宋仁宗时官至同中书门下平章事，封英国公，谥文庄。著有《文庄集》一百卷，已佚。

④未央：汉时有未央宫，此处代指宫殿。

⑤宸：帝王的宫殿，引申为帝王。

⑥水殿按凉州：在《凉州词》乐曲的歌舞声中，宫殿仿佛也摇曳起来，如同置身水中。水殿，本义是靠近水边的宫殿，这里比喻歌舞的映衬下，仿佛随着音乐起舞的宫殿。凉州，这里指《凉州词》的曲子。

林和靖

林君复[1]"惜别"《长相思》词云："吴山青。越山青。两岸青山相送迎。谁知离别情。　君泪盈。妾泪盈。罗带同心结未成[2]。江头潮已平。"甚有情致。《宋史》谓其不娶，非也。林洪著《山家清供》[3]，其中言先人和靖先生云云，即先生之子也。盖丧偶后，遂不娶尔。

梅妻鹤子

林逋曾漫游江淮间，后来隐居在杭州西湖。传说其一生未娶无子，种梅养鹤，以"梅妻鹤子"自诩。

［注释］

①林君复：林逋（967—1028），字君复，北宋著名诗人，死后宋仁宗赠"和靖先生"。

②罗带同心结未成：借指好事未成。同心结，寓意永结同心。北宋婚俗，新娘迎娶到男家时，两家各出一根罗带绾成同心结，男女各执一头，相牵而行。

③《山家清供》：福建食谱，南宋林洪撰。书名取自杜甫诗"山家蒸栗暖，野饭射麋新"。林洪（生卒年不详），字龙发，号可山，南宋晋江（今福建石狮）人。宋高宗绍

兴年间进士，善诗文书画，著有《西湖衣钵集》《文房图赞》等，另有研究饮食的《山家清供》二卷和研究园林的《山家清事》一卷。

康伯可词

康伯可[1]“西湖”《长相思》词云：“南高峰。北高峰[2]。一片湖光烟霭中。春来愁杀侬。　郎意浓。妾意浓。油壁车[2]轻郎马骢（cōng）。相逢九里松。”盖效和靖[4]“吴山青”之调也。二词可谓敌手。

［注释］

①康伯可：康与之（生卒年不详），字伯可，一字叔闻，号退庵，滑州（今河南滑县）人，南宋词人。曾依附秦桧，为秦门十客之一，被擢为台郎。

②“南高峰”二句：都是山名，在杭州西湖两侧，相对而立。

③油壁车：古时一种车壁、车帷用油涂饰的华贵车子。相传为南朝齐名妓苏小小所创。

④和靖：即林逋。

缺月挂疏桐

缺月挂疏桐，漏断人初静。谁见幽人独往来？飘缈孤鸿影。惊起却回头，有恨无人省。拣尽寒枝不肯栖，寂寞沙洲冷。

东坡贺新郎词

东坡《贺新郎》[1]词“乳燕飞华屋”云云，后段“石榴半吐红巾蹙”以下，皆咏榴。《卜算子》[2]“缺月挂疏桐”云云，“缥缈孤鸿影”以下，皆说鸿。别一格也。

[注释]

①《贺新郎》：全词为：“乳燕飞华屋。悄无人、桐阴转午，晚凉新浴。手弄生绡白团扇，扇手一时似玉。渐困倚、孤眠清熟。帘外谁来推绣户，枉教人、梦断瑶台曲。又却是，风敲竹。　　石榴半吐红巾蹙。待浮花、浪蕊都尽，伴君幽独。秾艳一枝细看取，芳心千重似束。又恐被、秋风惊绿。若待得君来向此，花前对酒不忍触。共粉泪，两簌簌。”

②《卜算子》：全词为：“缺月挂疏桐，漏断人初静。谁见幽人独往来？飘渺孤鸿影。　　惊起却回头，有恨无人省。拣尽寒枝不肯栖，寂寞沙洲冷。”

东坡咏吹笛

岭南太守闾丘公显[1]致仕[2]居姑苏，东坡每过必留连。坡尝言：过姑苏不游虎丘[3]，不谒[4]闾（lú）丘，乃二欠事。其重之如此。一日，出其后房佐酒，有懿卿者，善吹笛，坡作《水龙吟》[5]赠之，“楚山修竹如云”是也。词见《草堂诗余》，而不知其事，故著之。

[注释]

①闾丘公显：闾丘孝终（生卒年不详），字公显，吴县（今江苏苏州）人，北宋名士，曾任黄州知州。苏轼贬谪黄州时曾在闾丘公显手下任职。

②致仕：指古代官员的退休。

③虎丘：位于苏州，原名“海涌山”，为历史名胜。

④谒：拜访。

⑤《水龙吟》：全词为：“楚山修竹如云，异材秀出千林表。龙须半翦，凤膺微涨，玉肌匀绕。木落淮南，雨晴云梦，月明风袅。自中郎不见，桓伊去后，知孤负、秋多少。　　闻道岭南太守，后堂深、绿珠娇小。绮窗学弄，梁州初遍，霓裳未了。嚼征含宫，泛商流羽，一声云杪。为使君洗尽，蛮风瘴雨，作霜天晓。”

密云龙

密云龙[1]，茶名，极为甘馨。宋廖正一[2]，字明略，晚登苏东坡之门，公大奇之。时黄、秦、晁、张号“苏门四学士”，东坡待之厚。每来必令侍妾朝云[3]取密云龙，家人以此知之。一日，又命取密云龙，家人谓是四学士，窥之，乃廖明略也。东坡“咏茶”《行香子》云：“绮席才终，欢意犹浓。酒阑时、高兴无穷。共捧君赐，初拆臣封。看分月饼，黄金缕，密云龙。　斗[4]赢一水，功敌千钟。觉凉生、两腋清风[5]。暂留红袖[6]，少却纱笼[6]。放笙歌散，庭馆静，略从容。”

［注释］

①密云龙：北宋时一种团饼茶。据宋北蔡絛《铁围山丛谈》卷六：“‘密云龙’者，其云纹细密，更精绝于小龙团也。”

②廖正一：字明略（生卒年不详），号竹林居士，北宋词人，安州（今湖北安陆）人，著有《白云集》《云溪集》等，已佚。

③朝云：即王朝云（生卒年不详），字子霞，浙江钱塘人，苏轼侍妾，曾随苏东坡贬惠州，后亡于惠州。

④斗：是一种斗茶的游戏，以茶的好坏来决定胜负。

⑤觉凉生、两腋清风：指喝完茶以后的感觉，语出卢仝《走笔谢孟谏议寄新茶》：“七碗吃不得也，唯觉两腋习习清风生。”

⑥红袖：代指年轻美貌的女子。

⑦纱笼：指纱制的灯笼。

王朝云

王朝云，字子霞，浙江钱塘人，苏轼侍妾，曾随苏东坡贬惠州，后亡于惠州。

瑞鹧鸪

苕溪渔隐①曰：“唐初歌词，多是五言诗，或七言诗，初无长短句。中叶②以后至五代，渐变成长短句，及本朝则尽为此体。今所存者，止《瑞鹧鸪》《小秦王》二阕，是七言八句诗，并七言绝句诗而已。《瑞鹧鸪》犹依字易歌③，若《小秦王》必须杂以虚声，乃可歌尔。”其词云：“碧山影里小红旗。侬是江南踏浪儿。拍手又嘲山简醉④，齐声争唱浪婆⑤词。　　西兴渡口帆初落，渔浦山头日未欹⑥。侬送潮回歌底曲，樽前还唱使君诗。”此《瑞鹧鸪》也。“济南春好雪初晴。行到龙山马足轻。使君莫忘霅(zhá)溪⑦女，时作阳关⑧肠断声。”此《小秦王》也，皆东坡所作。

［注释］

①苕溪渔隐：即胡仔（1110—1170），字符任，自号苕溪渔隐，南宋词人。初以父荫补将仕郎，历任广西经略安抚司书写机宜文字等小官，后因其父遭秦桧陷害，遂隐居湖州（今浙江湖州）苕溪。编有《苕溪渔隐丛话》前后两集，共一百卷。

②中叶：中期。

③依字易歌：歌词与乐句相配，并且容易歌唱。这里指《瑞鹧鸪》不必杂以无意义的衬字、虚声仍能歌唱。

④山简醉：指醉酒，典故出自南朝宋刘义庆《世说新语·任诞》。山简，字季伦，曾任东晋征南将军，镇守襄阳时，经常在高阳池宴饮烂醉。

⑤浪婆：指波浪之神。

⑥欹：这里是倾斜的意思。

⑦霅溪：又名霅川、霅水，是位于吴兴（今浙江湖州）境内的一条河流，常作为吴兴的别称。霅，水流激越的声音。

⑧阳关：在今甘肃省敦煌市西南，西汉始置关，因在玉门关之南而得名，和玉门关同为当时与西域交通的门户。

陈季常

秦观

秦观，字少游，别名邗沟居士，世称淮海先生。北宋高邮（今江苏高邮）人，官至太学博士，国史馆编修。

苕溪渔隐曰："东坡云：龙丘子①自洛之蜀，载二侍女，戎装骏马，至溪山佳处，辄留数日，见者以为异人。后十年，筑室黄冈之北，号静庵居士。作《临江仙》赠之云：'细马远驮双侍女，青巾玉带红靴。溪山好处便为家。谁知巴峡路，却见洛城花。　面旋落英飞玉蕊，人间春日初斜。十年不见紫云车。龙丘新洞府，铅鼎②养丹砂。'"龙丘子即陈季常也。秦太虚③寄之以诗，亦云："侍童双擢④玉，鬓发光可照。骏马锦障泥⑤，相随穷海峤⑥。暮年更折节，学佛得心要。鬻(yù)马放阿樊⑦，幅巾对沉燎⑧。"故东坡作诗戏之，有"忽闻河东狮子吼，拄杖落手心茫然"之句。观此，则知季常载侍女以远游，及暮年甘于枯寂，盖有所制而然，亦可悯笑也哉。

[注释]

①龙丘子：陈慥（生卒年不详），字季常，自号龙丘先生，喜好宾客，善饮，曾与苏轼论及古今成败，晚年隐居岐亭（今湖北麻城）。

②铅鼎：指炼丹炉，因为古代炼丹多用铅，因此得名。

③秦太虚：即秦观，字少游，一字太虚。

④擢：抽引的意思。

⑤锦障泥：用锦制成的马鞍垫子。

⑥海峤：指海边山岭。

⑦鬻马放阿樊：卖掉骏马，遣散家妓。鬻，卖。阿樊，名樊素，白居易的家妓，这里代指家妓。

⑧幅巾对沉燎：儒雅之人焚烧沉香来修身养性。幅巾，儒生束头的帛巾，这里代指儒生。沉燎，即焚烧沉香。

六客词

东坡云：“吾昔自杭移高密[1]，与杨元素[2]同舟，而陈令举[3]、张子野皆从。予过李公择[4]于湖，遂与刘孝叔[5]俱至松江。夜半月出，置酒垂虹亭上。子野年八十五，以歌词闻于天下，作《定风波令》。其略云：‘见说贤人聚吴分。试问。也应傍有老人星[6]。’坐客欢甚，有醉倒者，此乐未尝忘也。今七年尔，子野、孝叔、令举，皆为异物[7]。而松江桥亭，今岁七月九日海风驾潮，平地丈余，荡尽无复孑遗矣。追思曩(nǎng)[8]时，真一梦尔。”苕溪渔隐曰：“吴兴郡圃，今有六客亭，即公择、子瞻、元素、子野、令举、孝叔，时公择守吴兴也。”东坡又云：余昔与张子野、刘孝叔、李公择、陈令举、杨元素会于吴兴，时子野作《六客词》，其卒章：“尽道贤人聚吴分。试问。也应傍有老人星。”凡十五年，再过吴兴，而五人皆已亡矣。时张仲谋[9]与曹子方[10]、刘景文[11]、苏伯固[12]、张秉道[13]为坐客。仲谋请作《后六客词》云：“月满苕溪照野堂。五星一老斗光芒。十五年间真梦里。何事？长庚[14]对月独凄凉。　　绿鬓苍颜同一醉。还是：六人[15]吟笑水云乡。宾主谈锋谁得似？看取：曹刘今对两苏张。”

[注释]

①高密：地名，即今山东高密，战国时齐国设高密县，北宋时改称密州，但仍一般仍称高密。苏轼曾任密州知州。

②杨元素：杨绘（1032—1116），字元素，绵竹（今四川绵竹）人。进士出身，由于触怒权臣，仕途不顺。

③陈令举：陈舜俞（生卒年不详），字令举，自号白牛居士，湖州乌程（今浙江湖州）人，北宋诗人。著有《都官集》三十卷，已佚。

④李公择：李常（1027—1090），字公择，南康建昌（今江西南康）人。进士出身，曾知谏院。与王安石相交，但反对王安石变法。

⑤刘孝叔：刘述（生卒年不详），字孝叔，湖州归安（今浙江湖州）人，北宋诗人，进士出身，官至侍御史。后因反对王安石变法遭贬。

⑥老人星：星名，位置偏南，是仅次于天狼星的第二亮星，只有南至长江流域及更南的地方才能在短暂的时段里看到，古人认为看到就能长寿，因称“寿星”“南极仙翁”等。此处是长寿的张先的自比。

⑦皆为异物：成为了不同的事物，即对过世的委婉说法。

⑧曩：从前，过去。

⑨张仲谋：北宋诗人、名士，生平不详，与黄庭坚等人友善，黄庭坚曾多次写诗相赠。

⑩曹子方：曹辅（生卒年不详），字子方，北宋诗人，与苏轼及“四学士”均有交往，所作诗词多为官场酬唱之作，作品多收于《东坡后六客词》。

⑪刘景文：刘季孙（1033—1092），字景文，北宋诗人，曾任摄州学事、两浙兵马都监等职，博通史传，性好异书、古文、石刻，为人豪爽，被苏轼称为“慷慨奇士”。

⑫苏伯固：苏坚（生卒年不详），字伯固，号后湖居士，泉州（今福建泉州）人，北宋词人，官至建昌军通判，与苏轼交往密切，多有唱和。

⑬张秉道：北宋词人，生平不详，与苏轼等人交往密切。

⑭长庚：即金星，傍晚出现时称“长庚”，清晨出现时称“启明”。

⑮六人：即张仲谋等五人加苏轼，共六人。

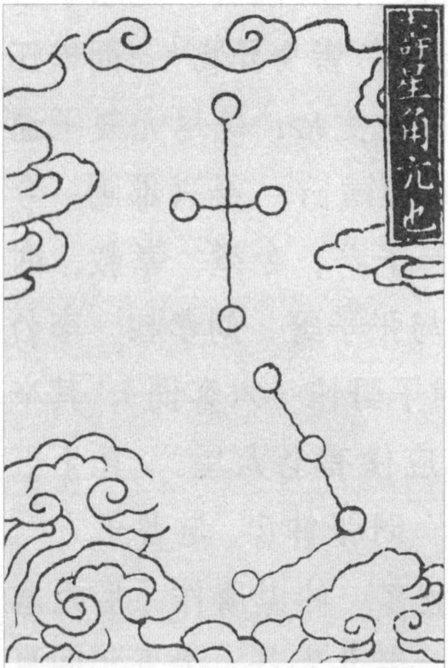

寿星角元

郭璞注《尔雅》曾称：“数起角元，列宿之长，故曰寿。”由此可知，寿星最初就是二十八星宿中的角元二星，后来才演变为“南极老人星”。

东坡中秋词

《古今词话》[1]云："东坡在黄州，中秋夜对月独酌，作《西江月》词云：'世事一场大梦，人生几度新凉。夜来风叶已鸣廊，看取眉间鬓上。　酒贱常愁客少，月明多被云妨。中秋谁与共孤光？把盏凄然北望。'坡以谗言谪居黄州[2]，郁郁不得志，凡赋诗缀词，必写其所怀。然一日不负朝廷，其怀君之心，末句可见矣。"苕溪渔隐曰："《聚兰集》[3]载此词，注云"寄子由"。故后句云：'中秋谁与共孤光，把酒凄然北望。'则兄弟之情见于句意之间矣。疑是倅(cuì)[4]钱塘时作。子由时为濉阳幕客[5]。"若词话所云，则非也。

［注释］

①《古今词话》：南宋杨湜所编。记述五代及以后词坛逸事，侧重于香艳故事，大多为传闻。

②坡以谗言谪居黄州：宋神宗元丰二年（1079），苏轼因作诗讽刺王安石变法，以"文字毁谤君相"的罪名入狱，史称"乌台诗案"。出狱后被降职为黄州团练副使。

③《聚兰集》：词集名，编者不详。

④倅：辅助。此处指苏轼担任杭州通判之事。

⑤子由时为濉阳幕客：苏辙在熙宁五年（1072）到元丰二年（1079）任河南推官。子由，即苏辙，字子由。濉阳，今河南商丘的古称。

晁次膺中秋词

苕溪渔隐曰："中秋词自东坡《水调歌头》一出，余词尽废。然其后亦岂无佳词，如晁次膺[1]《绿头鸭》一词，殊清婉。但樽俎(zǔ)[2]间歌喉，以其篇长惮[3]唱，故湮没无闻焉。其词云：'晚云收，淡天一片琉璃。烂银盘来从海底，皓色

千里澄晖。莹无尘、素娥④淡伫，净可数、丹桂⑤参差。玉露初零，金风未凛，一年无似此佳时。露坐久、疏萤时度，乌鹊正南飞。瑶台冷，栏干凭暖，欲下迟迟。　念佳人，音尘隔后，对此应解相思。最关情、漏声正永，暗断肠、花影潜移。料得来宵，清光未减，阴晴天气又争只？共凝恋，如今别后，还是隔年期。人纵健，清樽素月，长愿相随。'”

［注释］

①晁次膺：晁端礼（生卒年不详），一名元礼，字次膺。彭城（今江苏徐州）人，北宋词人，著有词集《闲适集》，现已佚。今存《闲斋琴趣外篇》六卷。

②樽俎：酒器、厨具，借指宴席。古时宴席，要由歌妓唱曲，故云“樽俎间歌喉”。

③惮：畏惧。

④素娥：传说中月宫中的女神，即嫦娥，常用以代指月亮。

⑤丹桂：常绿灌木，开橘红色花，香味很浓。传说月宫中有，故常用于代指月亮。

苏养直

苏养直名伯固①，与东坡为同族，坡集中有《送伯固兄》诗是也。诗有《清江曲》②“属玉双飞水满塘”，当时盛传。词亦佳，“醉眠小坞黄茅店，梦倚高城赤叶楼”，《鹧鸪天》③之佳句也。

［注释］

①苏养直名伯固：伯固，名坚（生卒年不详），是苏庠的父亲，此处为杨慎之误。苏庠（1065—1147），字养直，自号告翁，澶州（今河南濮阳）人，南宋词人，终生未仕，放浪于山水之间。

②《清江曲》：全诗为：“属玉双飞水满塘，菰蒲深处浴鸳鸯。白蘋满棹归

来晚，秋着芦花两岸霜。扁舟系岸依林樾，萧萧两鬓吹华发。万事不理醉复醒，长占烟波弄明月。”

③《鹧鸪天》：全词为：“枫落河梁野水秋。淡烟衰草接郊丘。醉眠小坞黄茅店，梦倚高城赤叶楼。　天杳杳，路悠悠，钿筝歌扇等闲休。灞桥杨柳年年恨，鸳浦芙蓉叶叶愁。”赤叶楼，是指周围种植枫、槭等树木的楼。

愁登楼

雁字向南，秋水澹淡，词人登上高楼，望尽天涯路，心中的愁苦比那浦中的莲叶还要多。

苏叔党词

叔党[1]名过，东坡少子。《草堂》词所载《点绛唇》二首[2]，“高柳蝉嘶”及“新月娟娟”，皆叔党作也。是时方禁坡文，故隐其名。相传之久，遂或以为汪彦章[3]，非也。

［注释］

①叔党：苏过（1072—1123），字叔党，号斜川居士，北宋文学家。苏轼幼子，时人称他为“小坡”。

②《点绛唇》二首：其一“高柳蝉嘶，采菱歌断秋风起。晚云如髻。湖上山横翠。　帘卷西楼，过雨凉生袂。天如水。画楼十二，有个人同倚。”其二“新月娟娟，夜寒江静山衔斗。起来搔首，梅影横窗瘦。　好个霜天，闲却传杯手。君知否？乱鸦啼后，归兴浓于酒。”

③汪彦章：汪藻（1079—1154），字彦章，号浮溪，又号龙溪，饶州（今江西德兴），两宋之际词人。南宋时官至显谟阁大学士、左大中大夫，封新安郡侯，卒赠端明殿学士，为官清廉，存诗较多，存词仅四首。

程正伯

程正伯①，号书舟，眉山人，东坡之中表②也。其《酷相思》词云：“月挂霜林寒欲坠。正门外，催人起。奈别离、如今真个是。欲住也，留无计。欲去也，来无计。　马上离情衣上泪，各自供憔悴。问江路梅花开也未？春到也，须频寄。人到也，须频寄。”其《四代好》③《折红英》④，皆佳见本集。

［注释］

①程正伯：程垓（生卒年不详），字正伯，号书舟，眉山（今四川眉山）人，南宋词人。词风受柳永影响，多凄婉哀伤之句。

②中表：古时指姑妈或姨妈所生的子女。程垓成年时，苏轼已去世多年，二人不应为中表的关系。

③《四代好》：全词为：“翠幕东风早。兰窗梦，又被莺声惊觉。起来空对，平阶弱絮，满庭芳草。厌厌未欣怀抱。记柳外、人家曾到。凭画阑、那更春好花好酒好人好。春好尚恐阑珊，花好又怕，飘零难保。直饶酒好，酒好未抵意中人好。相逢尽拚醉倒。况人与、才情未老。又岂关、春去春来，花愁花恼。”

④《折红英》：又名《撷芳词》：“桃花暖，杨花乱。可怜朱户春强半。长记忆，探芳日，笑凭郎肩，殢红偎碧。惜惜惜。　春宵短，离肠断。泪痕长向东风满。凭青翼，问消息。花谢春归，几时来得。忆忆忆。”

李邦直

李邦直①与东坡同时人，小词有：“杨花落，燕子横穿朱阁。苦恨春醪②如水薄，闲愁无处着。　绿野带红山落角，桃杏参差残萼。历历危樯沙外泊，东风晚来恶。”为坡所称。

［注释］

①李邦直：李清臣（1032—1102），字邦直，魏州（今河南安阳）人，北宋词人，历任史编修官、知制诰、中书侍郎等职。文风简重宏放，自成一家。

柳词为东坡所赏

东坡云：“人皆言柳耆卿词俗，如‘霜风凄紧，关河冷落，残照当楼’，唐人佳处不过如此。”按其全篇云：“对潇潇暮雨洒江天，一番洗清秋。渐霜风凄紧，关河冷落，残照当楼。是处红衰绿减，冉冉物华休①。惟有长江水，无语东流。　不忍登高临远，望故乡渺渺，归思悠悠。叹年来踪迹，何事苦淹留。想佳人、妆楼凝望，误几回、天际识归舟。争知我、倚阑干处，正恁②凝眸。”盖《八声甘州》也。《草堂诗余》不选此，而选其如“愿奶奶，兰心蕙性③”之鄙俗，及“以文会友④”“寡信轻诺⑤”之酸文，不知何见也。

［注释］

①冉冉物华休：自然景物已经渐渐凋谢。冉冉，渐渐。物华，这里指自然景物。

②恁：思量。

③愿奶奶，兰心蕙性：语出柳永《玉女摇仙佩》：“愿奶奶，兰心蕙性，枕前言下，表余深意。”

④以文会友：语出柳永《女冠子》：“以文会友，沉李浮瓜忍轻诺。别馆清闲，避炎蒸、岂须河朔。”

⑤寡信轻诺：语出柳永《尾犯》：“佳人应怪我，别后寡信轻诺。记得当初，翦香云为约。”

木兰花慢

《木兰花慢》，柳耆卿“清明词”，得音调之正。盖“倾城”“盈盈”“欢情”，于第二字中有韵。近见吴彦高[1]《中秋》词，亦不失此体，余人皆不能。然元遗山[2]集中凡九首，内五首两处用韵，亦未为全知者。今载二词于后。柳词云：“拆桐花烂熳，乍疏雨，洗清明。正艳杏烧林，湘桃绣野，芳景如屏。倾城。尽寻胜去，骤雕鞍、绀幰(xiǎn)出郊坰[3]。风暖繁弦脆管，万家齐奏新声。　盈盈。斗草踏青。人艳冶，递逢迎。向路傍，往往遗簪堕珥，珠翠纵横。欢情。对佳丽地，任金罍[4]罄竭玉山倾。拚却明朝永日，画堂一枕春酲。”吴词云：“敞千门万户，瞰苍海，烂银盘。对沆瀣[5]楼高，储胥[6]雁过，坠露生寒。阑干。眺河汉外，送浮云、尽出众星干。丹桂霓裳缥缈，似闻杂佩珊珊。　长安。底处高城，人不见，路漫漫。叹旧日心情，如今容鬓，瘦沈愁潘[7]。幽欢。纵容易得，数佳期，动是隔年看。归去江湖一叶，浩然对景垂竿。”然吴词后段起句，又异常体，柳为正。

商罍

罍，是盛行于商末、春秋时期的酒器和礼器。罍略小于彝，胎体厚重，罍上常饰以繁缛的花纹，整体给人以厚重庄严的感觉。

[注释]

①吴彦高：吴激（1090—1142），字彦

高，号东山，建州（今福建建瓯）人。金代词人、书画家。能诗文，书画高妙，北宋钦宗靖康二年（1127），出使金被扣留，被任命为翰林待制。著有《东山集》《东山乐府》，已佚。

②元遗山：即元好问，号遗山，世称遗山先生。

③缃幰出郊坰：此处指驾车到郊外的意思。缃幰，天青色车幔，借指有天青车幔的车。坰，遥远的郊野。

④金罍：青铜罍。罍，商朝时的一种大型青铜盛酒器和礼器。

⑤沆瀣：指夜间的水汽，露水。

⑥储胥：栅栏、藩篱之类。

⑦瘦沈愁潘：形容因心情抑郁，身体消瘦愁苦、未老先衰。瘦沈，南梁沈约因病而瘦减腰围。愁潘，西晋潘岳因忧愁而早生白发。

潘逍遥

潘阆(láng)[1]，字逍遥，其人狂逸不检，而诗句往往有出尘之语。词曲亦佳，有“忆西湖”《虞美人》[2]一阕云：“长忆西湖湖水上，尽日凭栏楼上望。三三两两钓鱼舟，岛屿正清秋。　笛声依约芦花里，白鸟成行忽飞起。别来闲想整纶竿，思入水云寒。”此词一时盛传。东坡公爱之，书于玉堂[3]屏风。

［注释］

①潘阆（？—1009）：字梦空，一字逍遥，又说自号“逍遥子”，大名（今河北大名）人，北宋词人。曾任国子助教，晚年漫游江湖。

②《虞美人》：词牌名，又名《一江春水》《玉壶水》《巫山十二峰》等，原为唐教坊曲，因最早咏项羽与虞姬事而得名。双调，五十六字，上下片各四句，皆为两仄韵转两平韵。文中词牌应为《酒泉子》，此为杨慎之误。

③玉堂：官署名，汉代侍中有玉堂署，宋以后成为翰林院的别称。

斜阳暮

秦少游《踏莎行》[①]“杜鹃声里斜阳暮”，极为东坡所赏。而后人病其“斜阳暮”似重复，非也。见斜阳而知日暮，非复也。犹韦应物[②]诗：“须臾风暖朝日暾[③]。”既曰“朝日”，又曰“暾”，当亦为宋人所讥矣。此非知诗者。古诗“明月皎夜光[④]”，“明”“皎”“光”，非复乎？李商隐诗“日向花间留返照[⑤]”皆然。又唐诗：“青山万里一孤舟[⑥]。”又：“苍溟千万里，日夜一孤舟[⑦]。”宋人亦言“一孤舟”为复，而唐人累用之，不以为复也。

［注释］

①秦少游《踏莎行》：全词为：“雾失楼台，月迷津渡，桃源望断无寻处。可堪孤馆闭春寒，杜鹃声里斜阳暮。　驿寄梅花，鱼传尺素，砌成此恨无重数。郴江幸自绕郴山，为谁流下潇湘去？”

②韦应物（737—792）：字义博，长安（今陕西西安）人，唐代诗人。曾任江州刺史、左司郎中、苏州刺史，因此又被称为韦江州、韦左司或韦苏州。其诗作以描绘山水田园为主，著有《韦江州集》十卷、《韦苏州诗集》两卷、《韦苏州集》十卷。

韦应物

③须臾风暖朝日暾：语出韦应物《听莺曲》：“须臾风暖朝日暾，流音变作百鸟喧。”暾，初升的太阳。

④明月皎夜光：语出《古诗十九首·明月皎夜光》：“明月皎夜光，促织鸣东壁。玉衡指孟冬，众星何历历。”

⑤日向花间留返照：语出李商隐《写意》：“燕雁迢迢隔上林，高秋望断正长吟。人间路有潼江险，天外山惟玉垒深。日向花间留返照，云从城上结层阴。三年已制思乡泪，更入新年恐不禁。”

⑥青山万里一孤舟：语出刘长卿《重送裴郎中贬吉州》："猿啼客散暮江头，人自伤心水自流。同作逐臣君更远，青山万里一孤舟。"

⑦"苍溟千万里"二句：语出刘昚虚《海上诗送薛文学归海东》："何处归且远，送君东悠悠。苍溟千万里，日夜一孤舟。旷望绝国所，微茫天际愁。有时近仙境，不定若梦游。或见青色古，孤山百里秋。前心方杳眇，后路劳夷犹。离别惜吾道，风波敬皇休。春浮花气远，思逐海水流。日暮骊歌后，永怀空沧州。"

秦少游赠楼东玉

秦少游《水龙吟》①赠营妓楼东玉者，其中"小楼连苑"及换头"玉佩丁东"，隐"楼东玉"三字。又赠陶心儿，"一钩残月带三星②"，亦隐"心"字。山谷赠妓词"你共人女边著子，争知我门里添心③"，亦隐"好闷"二字云。

［注释］

①秦少游《水龙吟》：全词为："小楼连苑横空，下窥绣毂雕鞍骤。朱帘半卷，单衣初试，清明时候。破暖轻风，弄晴微雨，欲无还有。卖花声过尽，斜阳院落，红成阵，飞鸳甃。　　玉佩丁东别后，怅佳期、参差难又。名缰利锁，天还知道，和天也瘦。花下重门，柳边深巷，不堪回首。念多情、但有当时皓月，向人依旧。"

②一钩残月带三星：语出秦观《南歌子》："玉漏迢迢尽，银潢淡淡横。梦回宿酒未全醒，已被邻鸡催起怕天明。　　臂上妆犹在，襟间泪尚盈。水边灯火渐人行，天外一钩残月带三星。"

③"你共人女边著子"二句：语出黄庭坚《两同心》："一笑千金，越样情深。曾共结合欢罗带，终愿效比翼纹禽。许多时，灵利惺惺，蓦地昏沉。　　自从官不容针。直至而今。你共人女边著子，争知我门里挑心。记携手，小院回廊，月影花阴。"

莺花亭

秦少游谪处州①日，作《千秋岁》②词，有"花影乱，莺声碎"之句，后人慕之，建莺花亭。陆放翁有诗云："沙

黄莺儿

水边沙外，城郭春寒退。花影乱，莺声碎。离人断肠，这万点花影，声声莺语，都被离愁染上凄苦的颜色。

上春风柳十围，绿阴依旧语黄鹂。故应留与行人恨，不见秦郎半醉时[3]。”

[注释]

①秦少游谪处州：宋哲宗即位后恢复王安石变法，秦观因反对变法，被贬为监处州酒税。

②《千秋岁》：全词为："水边沙外，城郭春寒退。花影乱，莺声碎。飘零疏酒盏，离别宽衣带。人不见，碧云暮合空相对。

忆昔西池会，鹓鹭同飞盖。携手处，今谁在？日边清梦断，镜里朱颜改。春去也，飞红万点愁如海。"

③"沙上春风柳十围"四句：陆游诗，题即为《莺花亭》。

少游岭南词

少游谪藤州，一日醉野人家，有词云[1]："唤起一声人悄。衾冷梦寒窗晓。瘴雨过，海棠开，春色又添多少。

社瓮酿成微笑。半缺椰瓢共舀。觉倾倒，急投床，醉乡广大人间小。"此词本集不收，见于地志。而修《一统志》[2]者不识"舀"字，妄改可笑，聊著之。

[注释]

①有词云：此词牌为《醉乡春》。

②《一统志》：古代王朝官方编撰的地理总志，元朝始编，今有《大元一统志》《大明一统志》《大清一统志》。此处当指《大明一统志》。

满庭芳

秦少游《满庭芳》[1]“晚色云开”，今本误作“晚兔云开”，不通。维扬张綖[2]刻《诗余图谱》，以意改“兔”作“见”，亦非。按《花庵词选》作“晚色云开”，当从之。

［注释］

①《满庭芳》：全词为：“山抹微云，天连衰草，画角声断谯门。暂停征棹，聊共引离尊。多少蓬莱旧事，空回首，烟霭纷纷。　斜阳外，寒鸦万点，流水绕孤村。　销魂，当此际，香囊暗解，罗带轻分。谩赢得青楼，薄倖名存。此去何时见也？襟袖上，空惹啼痕。伤情处，高城望断，灯火已黄昏。”

②张綖：字世文（生卒年不详），自号南湖居士，高邮（今江苏高邮）人，明代诗人、词曲家。所著《诗余图谱》是我国现存第一部为作词区分平仄，确定节奏的词谱。

明珠溅雨

秦淮海[1]《望海潮》词云：“纹锦制帆，明珠溅雨，宁论爵马鱼龙。”按《隋遗录》[2]：炀帝命宫女洒明珠于龙舟上，以拟雨雹之声，此词所谓“明珠溅雨”也。

［注释］

①秦淮海：即秦观，号淮海居士。

②《隋遗录》：唐代笔记小说集，颜师古撰，记述隋朝逸事。

天粘衰草

秦少游《满庭芳》“山抹微云，天粘衰草”，今本改“粘”作“连”，非也。韩文：“洞庭汗漫，粘天无壁[1]。”张

佑[2]诗："草色粘天鶗鴂恨。"山谷诗："远水粘天吞钓舟[3]。"邵博[4]诗："老滩声殷地，平浪势粘天。"赵文升[5]词："玉关芳草粘天碧[6]。"严次山[7]词："粘云江影伤千古[8]。"叶梦得[9]词："浪粘天、蒲桃涨绿[10]。"刘行简[11]词："山翠欲粘天[12]。"刘叔安[13]词："暮烟细草粘天远[14]。""粘"字极工，且有出处。又见《避暑录话》[15]可证。若作"连天"，是小儿之语也。

［注释］

①"洞庭汗漫"二句：语出韩愈《祭河南张员外文》。

②张佑：唐代诗人，生平不详，诗风豪放不羁。

③远水粘天吞钓舟：语出黄庭坚《四月末天气陡然如秋遂御袷衣游北沙亭观江涨》："沙岸人家报急流，船官解缆正夷犹。震雷将雨度绝壑，远水粘天吞钓舟。甚欲去挥白羽箑，可堪更着紫茸裘。平生得意无人会，浩荡春钮且自由。"

④邵博：字公济，洛阳人，北宋诗人，生平不详。

⑤赵文升：疑为"赵文鼎"之误。赵文鼎（生卒年不详），名善扛，字文鼎，号解林居士，南宋词人，《全宋词》收词十四首。

⑥玉关芳草粘天碧：语出赵善扛《春游重叠金》："玉关芳草粘天碧，春风万里思行客。骄马向风嘶，道归犹未归。　南云新有雁，望眼愁边断。膏沐为谁容，日高花影重。"

⑦严次山：严仁（生卒年不详），字次山，号樵溪，邵武（今属福建）人，南宋词人，与严羽、严参并称"三严"。

⑧粘云江影伤千古：语出严仁《贺新郎》："飞燕婕妤今何在，看粘云江影伤千古。"

⑨叶梦得（1077—1148）：字少蕴，晚年自号石林居士，苏州吴县（今江苏苏州）人。两宋之际词人，历任户部尚书、江东安抚制置大使等，晚年隐居湖州弁山玲珑山石林，故号石林居士，所著诗文多以石林为名，如《石林燕语》《石林词》《石林诗话》等。

⑩"浪粘天"二句：语出叶梦得《贺新郎》："江南梦断横江渚。浪粘天、葡萄涨绿，半空烟雨。"

⑪刘行简：刘一止（1078—1161），字行简，号太简居士，湖州归安（今浙江湖州）人，南宋词人，历任秘书省校书郎，监察御史等职，著有《苕溪集》五十五卷。

⑫山翠欲粘天：语出刘一止《水调歌头》："缥缈青溪畔，山翠欲粘天。纵云台

上，揽风招月自何年。”

⑬刘叔安：刘镇（生卒年不详），字叔安，人称随如先生，南海（今广东广州）人。南宋词人，著有《随如百咏》，已佚。

⑭暮烟细草粘天远：语出宋卢祖皋《水龙吟》：“荡红流水无声，暮烟细草粘天远。”此处当为杨慎之误。卢祖皋（1170？—1225？），字申之，又字次夔，号蒲江，温州永嘉（今浙江温州）人，南宋词人，官至权直学士院。词风近似姜夔，文句工巧、细致淡雅。

⑮《避暑录话》：宋叶梦得所撰笔记，主要记载名胜古迹、前朝及当代的人物行止出处，抒发野居逸趣，偶尔杂以经史议论。

山抹微云女婿

范元实，范祖禹①之子，秦少游婿也。学诗于山谷，作《诗眼》一书。为人凝重，尝在歌舞之席，终日不言。妓有问之曰：“公亦解词曲否。”笑答曰：“吾乃‘山抹微云②’女婿也。”可见当时盛唱此词，《草堂诗余》亦有范元实词。

［注释］

①范祖禹（1041—1098）：字淳甫，一字梦得，成都（今四川成都）人，北宋史学家，曾从司马光修《资治通鉴》。对唐史见地深刻，人称“唐公”，著有《唐鉴》十二卷。

②山抹微云：指秦观，因《满庭芳》词中有“山抹微云”句，为苏轼所赏识，曾作戏句云：“山抹微云秦学士，露花倒影柳屯田。”

山抹微云

山抹微云，天粘衰草，画角声断谯门。暂停征棹，聊共引离樽。多少蓬莱旧事，空回首，烟霭纷纷。斜阳外，寒鸦万点，流水绕孤村。　销魂，当此际，香囊暗解，罗带轻分。谩赢得青楼，薄幸名存。此去何时见也，襟袖上，空惹啼痕。伤情处，高城望断，灯火已黄昏。

晴鸽试铃

张子野《满江红》①“晴鸽试铃风力软，雏莺弄舌春寒薄。”清新自来无人道。

[注释]

①《满江红》：全词为：“飘尽寒梅，笑粉蝶游蜂未觉。渐迤逦、水明山秀，暖生帘幕。过雨小桃红未透，舞烟新柳青犹弱。记画桥深处水边亭，曾偷约。　　多少恨，今犹昨。愁和闷，都忘却。拚从前烂醉，被花迷着。晴鸽试铃风力软，雏莺弄舌春寒薄。但只愁、锦绣闹妆时，东风恶。”

初寮词

王初寮，字安中，名履道，初为东坡门下士，诗文颇得膏腴①。其词有“椽烛垂珠清漏长，迟留春笋缓催觞”之句。又：“天与麟符行乐分。缓带轻裘，雅宴催云鬓。翠雾萦纡销篆印。筝声恰度秋鸿阵②。”为时所称。其后附蔡京③，遂叛东坡，其人不足道也。

[注释]

①膏腴：肥沃，这里意为养分。

②“天与麟符行乐分”五句：语出王初寮《蝶恋花》：“千古铜台今莫问，流水浮云，歌舞西陵近。烟柳有情开不尽，东风约定年年信。天与麟符行乐分。缓带轻裘，雅宴催云鬓。翠雾萦纡销篆印，筝声恰度秋鸿阵。”

③蔡京（1047—1126）：字符常，兴化军仙游（今福建仙游）人，北宋权相，以贪渎闻名。曾先后四次任相，专权达十七年之久。钦宗即位后被贬岭南，死于途中。蔡京艺术天赋极高，在书法、诗文等多个方面均有造诣。

王元泽

王雱（pāng）①，字元泽，半山之子。或议其不能作小词，乃援笔作《倦寻芳》②词一首，《草堂》词所载“露晞向晓”是也。自此绝不作。

春愁

春季，莺燕欢歌，花影摇动，可是这满眼的春光，不共那人同赏，不过是，花闲开，燕乱鸣。伊人独对春风，相思垂泪。

[注释]

①王雱（1044—1076）：字元泽，北宋文学家，王安石之子。

②《倦寻芳》：应为《倦寻芳慢》，全词为：“露晞向晚，帘幕风轻，小院闲昼。翠径莺来，惊下乱红铺绣。倚危栏，登高榭，海棠着雨胭脂透。算韶华，又因循过了，清明时候。　　倦游燕，风光满目，好景良辰，谁共携手？恨被榆钱，买断两眉长皱。忆得高阳人散后，落花流水还依旧。这情怀，对东风、尽成消瘦。”

宋子京

宋子京①小词有：“春睡腾腾，困入娇波慢。隐隐枕痕留一线。腻云斜溜钗头燕②。”分明写出春睡美人也。

[注释]

①宋子京：宋祁（998—1061），字子京，安州安陆（今湖北安陆）人，北宋史学家、文学家，与其兄宋庠并称“二宋”。历任同知礼仪院、尚书工部员外郎、龙图学士、史馆修撰等职，卒谥景文。诗词语言工丽，因《玉楼春》词中有“红杏枝头春意闹”句，世称“红杏尚书”。

②“春睡腾腾”四句：语出宋祁《蝶恋花 · 情境》：“绣幕茫茫罗帐卷。春睡腾腾，困入娇波慢。隐隐枕痕留玉脸，腻云斜溜钗头燕。　　远梦无端欢又散。泪落胭脂，界破蜂黄浅。整了翠鬟匀了面，芳心一寸情何限。”

韩子苍

韩驹（jū）[1]，字子苍，蜀之仙井人，今井研县也。其“中秋”《念奴娇》[2]“海天向晚”一首亚于东坡之作，《草堂》已选。“雪”词《昭君怨》云：“昨日樵村渔浦，今日琼川银渚[3]。山色卷帘看。老峰峦。　　锦帐美人贪睡。不觉天花剪水。惊问是杨花。是芦花？”

［注释］

①韩驹（1080—1135）：字子苍，号牟阳，世称陵阳先生，陵阳仙井（今四川井研）人，两宋之际词人。早年为苏辙赏识，曾任中书舍人兼修国史。写诗讲究韵律，锤字炼句，追求典故来历，今存《陵阳集》四卷。

②《念奴娇》：全词为：“海天向晚，渐霞收余绮，波澄微绿。木落山高真个是，一雨秋容新沐。唤起嫦娥，撩云拨雾，驾此一轮玉。桂华疏淡，广寒谁伴幽独。　　不见弄玉吹箫，尊前空对此，清光堪掬。雾鬓风鬟何处问，云雨巫山六六。珠斗斓斒，银河清浅，影转西楼曲。此情谁会，倚风三弄横竹。”

③琼川银渚：形容雪后河中的景象。渚，水中小块陆地。

俞秀老弄水亭词

俞紫芝秀老[1]，弟澹清老[2]，名字见王介甫、黄鲁直集中。诗词传世虽少，亦间见《文鉴》等篇。《叶石林诗话》[3]误以为扬州人。鲁直答清老寒夜三诗，其一引牧羊金华山黄初平[4]事言之，盖黄上世亦出金华也。近览《清溪图》，

有秀老手题《临江仙》词一阕，后书俞紫芝。此词世少知之，录于后：“弄水亭前千万景，登临不忍空回。水轻墨淡写蓬莱。莫教世眼，容易洗尘埃。
收去雨昏都不见，展时还似云开。先生高趣更多才。人人尽道，小杜[5]却重来。”

黄庭坚

黄庭坚，字鲁直，自号山谷道人。北宋著名的诗人、词人、书法家，为盛极一时的江西诗派开山之祖。

［注释］

①俞紫芝秀老：俞紫芝（？—1086），字秀老。金华（今浙江金华）人，北宋词人，笃信佛教，一生未娶不仕。王安石晚年居江宁（今江苏南京），俞紫芝与其弟俞子中从学。

②弟澹清老：俞子中（生卒年不详），字清老，俞紫芝弟，通音律善诗词，著有《敝帚集》，已佚。

③《叶石林诗话》：即叶梦得《石林诗话》。

④黄初平（约328—约386）：即黄大仙，晋朝道士，别号赤松子，后世称“黄大仙”，相传原一名牧童，在金华山中修道升仙，宋代敕封为“养素净正真人”。

⑤小杜：即杜牧。

孙巨源

孙洙[1]字巨源，尝注《杜诗》。注中“洙曰”是也。元丰[2]间，为翰林学士，与李端愿[3]太尉往来尤数。会一日锁院，宣召者至其家，则出。十余辈踪迹得之于李氏。时李新纳妾，能琵琶，公饮不肯去，而迫于宣命。入院几二鼓矣，草三制罢，作此词。迟明[4]，遣示李。其词云：“楼头

尚有三通鼓，何须抵死催人去。上马苦匆匆，琵琶曲未终。回头凝望处，那更廉纤雨。漫道玉为堂，玉堂今夜长。”或传以为孙觌[5]，非也。

［注释］

①孙洙：字巨源（生卒年不详），广陵（今江苏扬州）人，北宋词人。进士出身，常进良策，时称“今之贾谊”，曾任翰林学士，文辞古雅，著有《孙贤良集》，已佚。

②元丰：北宋神宗年号，1078 年至 1085 年使用。

③李端愿：字公谨（生卒年不详），北宋官员。宋仁宗时历任邢州观察使、镇东军留后、武康军节度使，宋神宗时，以太子少保致仕。

④迟明：天刚刚亮，还没到早晨的时候。

⑤孙觌（1081—1169）：字仲益，号鸿庆居士，常州晋陵（今江苏武进）人，两宋之际诗人，早年曾被苏轼所赏识。为人反复无操守，早年附汪伯彦、黄潜善，诋李纲，后复阿谀万俟卨，谤毁岳飞。著有《鸿庆居士集》《内简尺犊》等。

陈后山

陈后山[1]为人极清苦，诗文皆高古，而词特纤艳。如《一落索》换头云：“一顾教人微俏，那堪亲见。不辞紫袖拂清尘，也要识春风面。”又有“席上赠妓”词[2]云：“不愁歌里断人肠，只怕有肠无处断。”所谓彼亦直寄焉，以为不知己者诟厉也。

［注释］

①陈后山：陈师道（1053—1102），字履常，一字无己，号后山居士，彭城（今江苏徐州）人，南宋诗人、官员，江西诗派代表人物。诗词风格以拗峭惊警见长，但有内容狭窄、词意艰涩之病。

②“席上赠妓”词：词牌为《木兰花》，全词为：“阴阴云日江城晚，小院回廊春已满。谁教言语似鹂黄，深闭玉笼千万怨。　　蓬莱易到人难见，香火无凭空有愿。不愁歌里断人肠，只怕有肠无处断。”

双鱼洗

张仲宗①《夜游宫》词云：“半吐寒梅未拆。双鱼洗②、冰澌③初结。户外明帘风任揭。拥红垆，洒窗间，惟稷雪④。

此日去年时节。这心事、有人诉说。斗帐重熏鸳被迭。酒微醺，管灯花，今夜别。”双鱼洗，盥手之器，见《博古图》⑤。稷雪，霰也，形如米粒，能穿瓦透窗，见《毛诗疏》。

［注释］

①张仲宗：张元幹（1091—1170？），字仲宗，号芦川居士、隐山人，永福（今福建永泰）人，两宋之际词人。北宋末曾为太学上舍生，为李纲幕府，支持抗金。当时胡铨因上书请斩秦桧而遭贬，张元幹因作词送胡被削官，后漫游江浙，客死他乡。词风悲壮豪放，著有《芦川集》。

②双鱼洗：一种洗的式样，洗心有凸出的双鱼图样。

③冰澌：解冻时流动的冰凌。

④稷雪：又名霰，指下雪前或下雪时所下的小冰晶。

⑤《博古图》：《宣和博古图》的简称，宋代金石学著作，著录了北宋皇室在宣和殿收藏的自商代至唐代的青铜器八百三十九件，大观初年（1107）宋徽宗命人编纂。

双鱼洗

洗，是古代一种形似浅盆的盥洗用器皿。双鱼洗，是洗心有凸出双鱼图案的洗。

石州慢

张仲宗《石州慢》①：“寒水依痕，春意渐回，沙际烟阔。”为一句。今刻本于“沙际”之下截为一句，非也。下文“烟阔溪柳”，成何语乎？

[注释]

①《石州慢》：全词为：“寒水依痕，春意渐回，沙际烟阔。溪柳晴照生香，冷蕊数枝争发。天涯旧恨，试看几许消魂？长亭门外山重叠。不尽眼中青，是愁来时节。　情切。画楼深闭，想见东风，暗消肌雪。孤负枕前云雨，尊前花月。心期切处，更有多少凄凉，殷勤留与归时说。到得再相逢，恰经年离别。”

张仲宗词用唐诗语

张仲宗，号芦川，填词最工。其《踏莎行》云：“芳草平沙，斜阳远树。无情桃叶江头渡。醉来扶上木兰舟，将愁不去将人去。　薄劣东风，夭斜落絮。明朝重觅吹笙路。碧云香雨小楼空，春光已到销魂处。”唐李端[①]诗：“江上晴楼翠霭间。满阑春水满窗山。青枫绿草将愁去，远入吴云暝不还。”此词“将愁不去将人去”一句反用之。夭斜音歪斜，白乐天诗：“钱塘苏小小，人道最夭斜[②]。”自注：“夭”音“歪”。若不知其出处，不见其工。词虽一小技，然非胸中有万卷，下笔无一尘，亦不能臻(zhēn)其妙也。

白居易

白居易，字乐天，号香山居士，是我国唐代诗人，号称“诗魔”。

[注释]

①李端（约743—782？）：字正已，晚年自号衡岳幽人，赵州（今河北赵县）人。唐代诗人，“大历十才子”之一，诗才卓越。

②“钱塘苏小小”二句：语出白居易

《和春深》之二十："何处春深好，春深妓女家。眉欺杨柳叶，裙妒石榴花。兰麝熏行被，金铜钉坐车。杭州苏小小，人道最夭斜。"

张仲宗送胡澹庵词

张仲宗"送胡淡庵[①]赴贬所"《贺新郎》一阕云："梦绕神州路。恨西风，连营画角，故宫禾黍[②]。底事昆仑倾砥柱，九地黄流乱注。聚万落千村狐兔。天意从来高难问，况人情易老悲难诉。更南浦，送君去。　凉生岸柳催残暑。耿斜河、疏星淡月，淡云微度。万里江山知何处。回首对床夜雨。雁不到、书成谁与？目尽青天怀今古，肯儿曹恩怨相尔汝[③]？举太白，听《金缕》[④]。"秦桧知之，亦与作诗王庭珪[⑤]同贬责。此词虽不工，亦当传，况工致悲愤如此，宜表出之。

［注释］

①胡淡庵：胡铨（1102—1180），字邦衡，号淡庵，吉州庐陵（今江西吉安县）人。南宋文学家、政论家。因上书请斩秦桧等三人，被秦桧迫害，贬吉阳军（今海南三亚）。秦桧死后，得以内迁。孝宗时，为工部员外郎、端明殿学士。擅长诗词。诗词多笔墨酣畅，意气雄迈。

②禾黍：禾与黍，泛指粮食作物。《诗经·王风·黍离序》："《黍离》，闵宗周也。周大夫行役至于宗周，过故宗庙宫室，尽为禾黍。闵周室之颠覆，彷徨不忍去而作是诗也。"后世以"禾黍"为悲怜故国破败或胜地废弃的典故。

胡铨

胡铨，南宋文学家、政论家。因上书请斩秦桧等三人，被秦桧迫害，贬吉阳军。

③肯儿曹恩怨相尔汝：怎能像小孩子之间的恩怨一样，意思是张元幹和胡铨友情深厚。儿曹恩怨相尔汝，语出韩愈《听颖师弹琴》诗：“昵昵儿女语，恩怨相尔汝。”儿曹恩怨，指小孩子之间一会儿要好，一会儿埋怨。儿曹，儿童。相尔汝，形容两人互相指着对方的样子。

④“举太白”二句：举起酒杯，听一曲《金缕曲》。太白，李白字，因李白爱酒，后代指酒杯。《金缕》，词牌名《金缕曲》的简称，又名《货新郎》。

⑤王庭珪（1079—1171）：字民瞻，号泸溪老人，吉州安福（今属江西）人。两宋之际词人，进士出身，也曾因作词送胡铨，得罪秦桧而遭流放夜郎。今存有《泸溪集》。

张仲宗

张仲宗，三山人，以送胡淡庵及寄李纲词得罪，忠义流也。其词最工，《草堂诗余》选其“春水连天①”及“卷珠箔②”二首，脍炙人口。他如“帘旌翠波飒，窗影残红一线”及“溪边雪霭藏云树，小艇风斜沙嘴路”，皆秀句也。词中多以“否”呼为“府”，与“主”“舞”字同押，盖闽音也。如林外以“锁”为“扫”，俞克成③以“我”为“袄”，与“好”同押，皆鴂舌之音，可删不可取也。曹元宠④亦以“否”呼为“府”。

［注释］

①春水连天：词牌为《满江红》：“春水连天，桃花浪、几番风恶。云乍起、远山遮尽，晚风还作。绿遍芳洲生杜若，楚帆带雨烟中落。傍向来沙嘴共停桡，伤飘泊。　寒犹在，衾偏薄。肠欲断，愁难着。倚篷窗无寐，引杯孤酌。寒食清明都过却，最怜轻负年时约。想小楼终日望归舟，人如削。”

②卷珠箔：词牌为《兰陵王》：“卷珠箔，朝雨轻阴乍阁。阑干外、烟柳弄晴，芳草侵阶映红药。东风妒花恶，吹落梢头嫩萼。屏山掩、沉水倦熏，中酒心情怕杯勺。寻思旧京洛。正年少疏狂，歌笑迷着。障泥油壁催梳掠。曾驰道同载，上林携手，灯夜初过早共约。又争信飘泊？　寂寞。念行乐。甚粉淡衣襟，音断弦索。

琼枝璧月春如昨。怅别后华表，那回双鹤。相思除是，向醉里、暂忘却。”

③俞克成：宋代词人，生平不详，今存词两首。

④曹元宠：即曹组，字元宠，北宋后期词人。

林　外

林外[1]，字岂尘，有《洞仙歌》[2]书于垂虹桥[3]。作道装，不告姓名，饮醉而去。人疑为吕洞宾，传入宫中。孝宗[4]笑曰："云屋洞天无锁。""锁"与"老"叶韵，则"锁"音"扫"，乃闽音也。侦问之，果闽人林外也。此词亦不工，不当入选。

［注释］

①林外（1106—1170）：字岂尘，号肇殷，晋江（今福建晋江）人，南宋词人。早年屡试不第，年五十登进士，任兴化县令。

②《洞仙歌》：原词为："飞梁压水，虹影澄清晓。橘里渔村半烟草。今来古往，物是人非，天地里，唯有江山不老。雨巾风帽。四海谁知我。　一剑横空几番过。按玉龙、嘶未断，月冷波寒，归去也、林屋洞天无锁。认云屏烟障是吾庐，任满地苍苔，年年不扫。”

③垂虹桥：建于北宋庆历年间，上临太湖，形如长虹。

④孝宗：即宋孝宗赵昚（1127—1194），南宋第二位皇帝，1162年至1189年在位，被认为是南宋最杰出的皇帝。在位期间，平反岳飞冤狱，起用主战派人士，锐意收复中原。在内政上，孝宗积极整顿吏治，裁汰冗官，社会经济有了显著发展，史称“乾淳之治”。

韩世忠词

韩世忠[1]以元枢[2]就第，绝口不言兵。杜门谢却酬酢[3]，时乘小骡，放浪西湖泉石间。一日至香林园，苏仲虎[4]尚书

韩世忠

韩世忠，两宋之际的名将，民族英雄。英勇善战，胸怀韬略，在抗击西夏和金的战争中为宋朝立下汗马功劳。

方宴客。王⑤径造之，宾主欢甚，尽醉而归。明日王饷以羊羔，且手书二词以遗之。《临江仙》云："冬日青山潇洒静，春来山暖花浓。少年衰老与花同。世间名利客，富贵与穷通。　荣华不是长生药，清闲不是死门风。劝君识取主人翁。单方只一味，尽在不言中。"《南乡子》云："人有几多般？富贵荣华总是闲。自古英雄都是梦，为官。宝玉妻儿宿业缠。　年事已衰残，须鬓苍苍骨髓干。不道山林多好处，贪欢。只恐痴迷误了贤。"王生长兵间，未尝知书。晚岁忽若有悟，能作字及小词，皆有意趣。信乎非常之才也。

［注释］

①韩世忠（1089—1151）：字良臣，两宋之际名将，曾带兵抗击金兵南侵，在黄天荡大破金军，军功卓越，为官正直，不肯依附秦桧，曾为岳飞鸣不平。死后被赠为太师，追封通义郡王；孝宗时又追封蕲王，谥号忠武。

②元枢：宋代对枢密使的别称。

③酬酢：宾主间相互敬酒。

④苏仲虎：苏符（1086—1156），字仲虎，晚号白鹤翁，苏迈之子，苏轼之孙。自幼力学，负大志，随侍苏轼十五年，直至惠州，后累官至礼部尚书。

⑤王：指韩世忠。

卷四

赵元镇

赵鼎①，字元镇，宋中兴名相。小词婉媚，不减《花间》《兰畹》。“惨结秋阴②”一首，世皆传诵之矣。《点绛唇》一首云：“香冷金猊(ní)③，梦回鸳帐余香嫩。更无人问。一枕江南恨。　消瘦休文，顿觉春衫褪。清明近。杏花吹尽。薄暮寒成阵。”

香炉

香炉，是古代的焚香器具，古时人常焚香木熏居室以除臭秽。古诗词常用香炉、金猊，表现居室内陈设。

[注释]

①赵鼎（1085—1147）：字元镇，自号得全居士。解州闻喜（今山西闻喜）人。南宋政治家、词人，官至尚书左仆射、同中书门下平章事兼枢密使，主张抗金，曾力荐岳飞和韩世忠等名将，后被秦桧陷害，被贬广东。文、诗、词俱佳，文风气势畅达，浑然天成。

②惨结秋阴：词牌为《满江红》：“惨结秋阴，西风送、霏霏雨湿。凄望眼、征鸿几字，暮投沙碛。试问乡关何处是，水云浩荡迷南北。但一抹、寒青有无中，遥山色。　天涯路，江上客。肠欲断，头应白。空搔首兴欢，暮年离拆。须信道消忧除是酒，奈酒行有尽情无极。便挽取、长江入尊罍，浇胸臆。”

③金猊：即狻猊，常用以代指香炉。

贺方回

玉人赏梅

月华如霜，佳人赏梅，笑靥胜花，玉手攀折枝上的梅花，转身走回罗帐里，院中只剩明月照着粉红的梅花。

贺方回[①]《浣溪沙》云:“鹜外[②]红销一缕霞。淡黄杨柳带栖鸦。玉人和月折梅花。　笑捻粉香归绣户，半垂罗幕护窗纱。东风寒似夜来些。”此词句句绮丽，字字清新。当时赏之，以为《花间》《兰畹》不及，信然。近见《玉林词选》，首句二字作“楼角”，非也。“楼角”与“鹜外”，相去何啻(chì)天壤?

[注释]

①贺方回：即贺铸，字方回。

②鹜外：本指世上奔走操劳。这里是外界的意思。

孙浩然

“一带江山如画。风物向秋潇洒。水浸碧天何处断，霁色冷光相射。蓼屿荻花洲，掩映竹篱茅舍。　云际客帆高挂。烟外酒旗低亚[①]。多少六朝兴废事，尽入渔樵闲话。怅望倚层楼，寒日无言西下。”此孙浩然[②]《离亭宴》词也，悲壮可传。

[注释]

①低亚：低垂。

②孙浩然：北宋词人，生平不详。今存词《离亭宴》《夜行船》二首。

查荎透碧霄

“舣[1]兰舟。十分端是载离愁。练波送远，屏山遮断，此去难留。相从争奈，心期久要，屡变霜秋。叹人生、杳似萍浮。又翻成轻别，都将深恨、付与东流。　想斜阳影里，寒烟明处，双桨去悠悠。爱渚梅幽香动，须采撷，倩纤柔。艳歌粲[2]发，谁传余韵，来说仙游。念故人，留此遐州。但春风老去，秋月圆时，独倚江楼。”此查荎(chí)[3]《透碧霄》词也，所谓一不为少。

[注释]

①舣：停船靠岸。

②粲：鲜明。

③查荎：北宋词人，生平不详，今存词仅《透碧霄》一首。

陈子高

陈子高[1]，名克，天台人。有《赤城词》一卷，甚工致流丽。《草堂》词“愁脉脉”一篇[2]，子高词也，今刻失其名。

[注释]

①陈子高：陈克（1081—1137），字子高，自号赤城居士。临海（今属浙江）人，北宋末南宋初词人。曾单骑从军抗金，与人共编写《东南防守便利》三卷。诗、词、文俱佳，早期文辞优美，近于温庭筠，后期改为描写现实，风格苍凉，有《赤城词》一卷。

②“愁脉脉”一篇：词牌为《谒金门》：“愁脉脉，目断江南江北。烟树重重芳信隔，小楼山几尺。　　细草孤云斜日，一向弄晴天色。帘外落花飞不得，东风无气力。”

陈去非

陈去非[1]，蜀之青神人，陈季常之孙也，徙居河南。宋南渡后，又居建业[2]。诗为高宗所眷注，而词亦佳。语意超绝，笔力排奡[3]，识者谓其可摩坡仙之垒[4]，非溢美云。《草堂》词惟载“忆昔午桥[5]”一首。其“闽中”《渔家傲》云：“今日山头云欲举。青蛟翠凤移时舞。行到石桥闻细雨。听还住，风吹却过溪西去。　　我欲寻诗宽久旅。桃花落尽春无数。渺渺篮舆[6]穿翠楚。悠然处。高林忽送黄鹂语。”又《虞美人》[7]云：“吟诗日日待春风。及至桃花开后却匆匆。”又《点绛唇》[8]云：“愁无那。短歌谁和？风动梨花朵。”又《南柯子》[9]云：“阑干三面看晴空。背插浮图[10]，千尺冷烟中。”皆绝似坡仙语。

[注释]

①陈去非：即陈与义（1090—1138），字去非，号简斋，两宋之际诗人，江西诗派后期的代表。

②建业：古地名，即今江苏南京。

③排奡：指诗词风格豪迈刚劲。

④摩坡仙之垒：意为可与苏轼媲美。摩垒，靠近敌垒，挑战之意。

⑤忆昔午桥：全词为：“忆昔午桥桥上饮，坐中多是豪英。长沟流月去无声。杏花疏影里，吹笛到天明。　　二十余年如一梦，此身虽在堪惊。闲登小阁看新晴。古今多少事，渔唱起三更。”

⑥篮舆：竹制交通工具，类似轿子。

⑦《虞美人》：全词为：“张帆欲去仍骚首，更醉君家酒。吟诗日日待春风。及

至桃花归后、却匆匆。　　歌声频为行人咽，记着樽前雪。明朝酒醒大江流。满载一船离恨、向衡州。”

⑧《点绛唇》：全词为：“寒食今年，紫阳山下蛮江左。竹篱烟锁。何处求新火。　　不解乡音，只怕人嫌我。愁无那。短歌谁和。风动梨花朵。”

⑨《南柯子》：即《南柯子·塔院僧阁》：“矫矫千年鹤，茫茫万里风。阑千三面看秋空。背插浮屠千尺、冷烟中。　　林坞村村暗，溪流处处通。此间何似玉霄峰。遥望蓬莱依约、晚云东。”

⑩浮图：佛塔。

陈去非桂花词

苕溪渔隐曰：木犀[1]，闽中最多，路旁往往有参天合抱者，土人以其多而不贵之。漕宇[2]门前两径，自有一二百株，至秋花盛开，篮舆行清香中，殊可爱也。古人赋咏，惟东坡倅[3]钱塘，《八月十七日天竺送桂花分赠元素[4]》诗云：“月缺霜浓细蕊干，此花元属桂堂仙。鹫峰[5]子落惊前夜，蟾窟[6]枝空记昔年。破衲山僧怜耿介，练裙溪女斗清妍。愿公采撷纫幽佩，莫遣孤芳老涧边。”陈去非有词云：“黄衫相倚。翠葆层层底。八月江南风日美。弄影山腰水尾。　　楚人未识孤妍。《离骚》遗恨千年。无住庵中新梦，一枝唤起幽禅。”万俟（sì）雅言[7]有词云：“芳菲叶底。谁会秋工意。深绿护轻黄，怕青女[8]霜侵憔悴。开分早晚，都占九秋天，花四出，香七里。独步珠宫里。　　佳名岩桂，却因是遗子。不自月中来，又那得萧萧风味。《霓裳》旧曲，休问广寒人，飞太白，酹仙蕊。香外无香比。”《文昌杂录》[9]云：“京师贵家，多以酴醾（tú mí）[10]渍酒，独有芬香而已。近年方以榠楂[11]花悬酒中，不惟馥郁可爱，又能使酒味辛冽。始于戚里，外人盖所未知也。”

桂 花

桂花，又叫“木犀”，中秋前后开花，因其花清香淡雅而香飘数里，被称为“七里香”。古诗词常以桂花入诗。

[注释]

①木犀：也作木樨，一种常绿乔木，俗称桂花。

②漕宇：漕运河边的庙宇。

③倅：辅助，这里是治理的意思。

④元素：杨绘（1032—1116），字元素，北宋诗人。

⑤鹫峰：即灵鹫峰，古印度佛教灵山，相传释迦牟尼曾在山中修行，后人以灵鹫山代指佛。这里指杭州灵隐寺前飞来峰，也叫灵鹫峰。

⑥蟾窟：即蟾宫，指月亮。

⑦万俟雅言：万俟咏（生卒年不详），字雅言，自号大梁词隐，北宋末南宋初词人。科举不第，常纵情歌酒。通晓音律，曾创新词，与周邦彦等一起为宫廷写词。曾自编词集《盛萱丽藻》，分“雅词”“侧艳”二体。

⑧青女：古代神话中掌管霜雪的女神。

⑨《文昌杂录》：北宋庞元英所著笔记，记述北宋元丰年间的官廷轶事，多可补《宋史》之漏。

⑩酴醿：即荼蘼花。

⑪榠楂：榠楂树的果实，味涩，可入药。

叶少蕴

叶少蕴名梦得，号石林居士。妙龄秀发，有文章盛名。《石林词》一卷传于世。《贺新郎》[1]“睡起流莺语”，《虞美人》[2]“落花已作风前舞”，皆其词之入选者也。“中秋宴客”《念奴娇》[3]末句云：“广寒宫殿，为余聊借琼林。”英英独照者。

［注释］

①《贺新郎》：全词为："睡起流莺语，掩苍苔房栊向晚，乱红无数。吹尽残花无人见，惟有垂杨自舞。渐暖霭、初回轻暑。宝扇重寻明月影，暗尘侵、上有乘鸾女。惊旧恨，遽如许。　　江南梦断横江渚。浪粘天、葡萄涨绿，半空烟雨。无限楼前沧波意，谁采蘋花寄取？但怅望、兰舟容与，万里云帆何时到？送孤鸿、目断千山阻。谁为我，唱金缕。"

②《虞美人》：全词为："落花已作风前舞，又送黄昏雨。晓来庭院半残红，惟有游丝，千丈袅晴空。　　殷勤花下同携手，更尽杯中酒。美人不用敛蛾眉，我亦多情，无奈酒阑时。"

③《念奴娇》：全词为："洞庭波冷，望冰轮初转，沧海沉沉。万顷孤光云阵卷，长笛吹破层阴。汹涌三江，银无际，遥带五湖深。酒阑歌罢，至今鼍怒龙吟。回首江海平生，漂流容易散，佳会难寻。缥缈高城风露爽，独倚危槛重临。醉倒清尊，姮娥应笑，犹有向来心。广寒宫殿，为余聊借琼林。"

曾空青

曾纡[①]，字公衮，号空青先生，子宣[②]之子。《清樾(yuè)轩》二诗名世，词亦佳。其《临江仙》云："后院短墙临绿水，春风急管繁弦。问谁亲按小婵娟。玉堂天上客，琳馆[③]地行仙。　　安得此身长是健，徘徊夜饮朝眠。江南刺史漫垂涎。安排肠已断，何况到樽前[④]。"又《菩萨蛮》[⑤]："山光冷浸清江底，江光只到柴门里。卧对白蘋洲，敧眠数钓舟。"亦佳。惜全篇未称。

江水泠泠

山光冷浸清溪底，江光只到柴门里。卧对白苹洲，敧眠数钓舟。溪山无限好。这大好的美景，在离愁、老病的词人眼中，却变得无味了。

[注释]

①曾纡：字公衮（生卒年不详），晚号空青先生，南丰（今属江西）人，两宋之际词人。有《空青遗文》十卷，已佚。

②子宣：曾布（1036—1107），字子宣，南丰（今属江西）人。北宋大臣。进士出身，官至右仆射，后被蔡京排挤而罢相，后遭贬谪。

③琳馆：仙官，也是宫殿的美称。

④“江南刺史漫垂涎”三句：化用自唐刘禹锡《赠李司空妓》：“高髻云鬟宫样妆，春风一曲杜韦娘。司空见惯浑闲事，断尽苏州刺史肠。”据传刘禹锡被贬为苏州刺史时，被李绅邀请作客，刘禹锡因爱慕作陪歌妓即兴而作。司空，指李绅。

⑤《菩萨蛮》：全词为：“山光冷浸清溪底，江光直到柴门里。卧对白蘋洲，欹眠数钓舟，溪山无限好。恨不相逢早。老病独醒多，如此良夜何？”

曾纯甫

曾觌（dí）①，字纯甫，号海野。东都故老，见汴都之盛，故词多感慨，《金人捧露盘》②是也。《采桑子》③云：“花里游蜂。宿粉栖香锦绣中。”为当时传歌。

[注释]

①曾觌（1109—1180）：字纯甫，南宋词人，词风婉丽柔美。

②《金人捧露盘》：词牌名，又名《铜人捧露盘引》《上西平》《西平曲》。曾词为：“记神京、繁华地，旧游踪。正御沟、春水溶溶。平康巷陌，绣鞍金勒跃青骢。解衣沽酒醉弦管，柳绿花红。　到如今、余霜鬓，嗟前事、梦魂中。但寒烟、满目飞蓬。雕栏玉砌，空锁三十六离宫。塞笳惊起暮天雁，寂寞东风。”

③《采桑子》：全词为：“清明池馆晴还雨，绿涨溶溶。花里游蜂。宿粉栖香锦绣中。　玉箫声断人何处，依旧春风。万点愁红。乱逐烟波总向东。”

曾觌、张抡进词

曾觌进①词赋，遂进《阮郎归》云：“柳阴庭院占风

光。呢喃[2]春昼长。碧波新涨小池塘。双双蹴水忙。萍散漫，絮飞扬。轻盈体态狂。为怜流水落花香。衔将归画梁。”既登舟，知阁张抡[3]进《柳梢青》云：“柳色初浓，余寒似水，纤雨如尘。一阵东风，縠(hú)纹微皱，碧沼粼粼。　仙娥花月精神。奏凤管、鸾弦斗新。万岁声中，九霞杯[4]内，长醉芳春。”曾觌和进云：“桃靥红匀，梨腮粉薄，鸳径无尘。凤阁凌虚，龙池澄碧，芳意鳞鳞。清时酒圣花神。看内苑、风光又新。一部仙韶[5]，九重鸾仗，天上长春。”

[注释]

①进：向皇帝进献。

②呢喃：形容燕子的叫声。

③张抡：生卒年不详，字材甫，自号莲社居士，南宋词人，词多应制而作。

④九霞杯：酒杯名，又名九霞觞。

⑤仙韶：即仙韶曲，唐代法曲又称仙韶曲。因唐文宗时乐伎住处名为仙韶院而得名。

雪　词

“紫皇高宴仙台，双成戏击琼苞碎。何人为把，银河水剪，甲兵都洗。玉样乾坤，八荒[1]同色，了无尘翳[2]。喜冰消太液，暖融鳷(zhī)鹊[3]，端门晓，班初退。　圣主忧民深意。转鸿钧[4]、满天和气。太平有象，三宫二圣，万年千岁。双玉杯深，五云楼迥，不妨频醉。看来不是飞花，片片是、丰年瑞[5]。”太上[6]大喜，赐镀金酒器三百两。

雪罩江天

万里江山，都罩在这一片皑皑的白雪里，真正是“玉样乾坤，八荒同色，了无尘翳”。这碎琼般的好雪，正是来年丰收的预兆。

［注释］

①八荒：又叫八方，指东、西、南、北、东南、东北、西南、西北等八个方向，常指天下。

②翳：遮蔽物。

③鸩鹊：汉代宫观，位于长安甘泉宫外，建于汉武帝建元中。这里代指宫殿。

④鸿钧：本意指天地未开的混沌状态，这里是天地。

⑤“紫皇高宴仙台”词：本词为吴琚所作《水龙吟》。吴琚（生卒年不详），字居父，号云壑，南宋词人、书法家，太宁郡王、卫王吴益之子，宋高宗吴皇后之侄。历任尚书郎，镇安军节度使，知明州、兼沿海制置使等职。世称“吴七郡王”，卒谥忠惠，著有《云壑集》。

⑥太上：指宋孝宗。

月　词

曾觌(dí)《壶中天》[1]词云：“素飙[2]漾碧，看天衢(qú)[3]稳送，一轮明月。翠水瀛壶人不到，比似世间秋别。玉手瑶笙，一时同色，小按霓裳迭。天津桥上，有人偷记新阕。当日谁幻银桥，阿瞒[4]儿戏，一笑成痴绝。肯信群仙高宴处，移下水晶宫阙。云海尘清，山河影满，桂冷吹香雪。何劳玉斧，金瓯(ōu)[5]千古无缺。”上皇大喜，曰：“从来月词，不曾用‘金瓯’事，可谓新奇。”赐金束带、紫番罗[6]、水晶碗。上亦赐宝盏。至一更五点还宫。是夜，西兴[7]亦闻天乐[8]焉。

［注释］

①《壶中天》：词牌名，即《念奴娇》的别称。

②素飙：指秋风。

③衢：道路。

④阿瞒：指曹操，小字阿瞒。

⑤金瓯：指国土。瓯，杯。

⑥番罗：罗纱的一种。

⑦西兴：地名，今杭州西兴镇，南宋时与都城临安隔钱塘江相望。

⑧天乐：指官廷乐曲。

潮　词

江潮[1]亦天下所独。宣谕侍官，各赋《酹江月》一曲，至晚呈上，以吴琚为第一。其词曰："玉虹遥挂，望青山隐隐，恍如一抹。忽觉天风吹海立，好似春霆初发。白马凌空，琼鳌驾水，日夜朝天阙。飞龙舞凤，郁葱环拱吴越。

此景天下应无，东南形胜，伟观真奇绝。好是吴儿飞彩帜，蹴起一江秋雪。黄屋[2]天临，水犀云拥，看击中流楫[3]。晚来波静，海门飞上明月。"两宫赏赐无限，至月上始还。

［注释］

①江潮：即钱塘江大潮。

②黄屋：指古代帝王专用的黄缯车盖。

③击中流楫：即中流击楫，常用以表达报效国家的决心。典出《晋书·祖逖传》："中流击楫而誓曰：'祖逖不能清中原而复济者，有如大江。'"

张材甫

张材甫，名抡，南渡故老。词多应制。《元夕》“双阙中天”一首[1]，繁华感慨，已入选矣。“咏瑞香花”《西江月》：“剪就碧云团叶，刻成紫玉芳心。浅春不怕嫩寒侵。暖彻熏笼瑞锦。　花里清芬独步，樽前胜韵难禁。飞香直到玉杯深。消得厌厌夜饮。”又《柳梢青》[2]前段云：“柳色初匀，轻寒如水，纤雨如尘。一阵东风，縠纹[3]微皱，碧沼粼粼。”亦佳。足称词人。

[注释]

①《元夕》“双阙中天”一首：原词为：“双阙中天，凤楼十二春寒浅。去年元夜奉宸游，曾侍瑶池宴。玉殿珠帘尽卷。拥群仙、蓬壶阆苑。五云深处，万烛光中，揭天丝管。　驰隙流年，恍如一瞬星霜换。今宵谁念泣孤臣，回首长安远。可是尘缘未断。谩惆怅、华胥梦短。满怀幽恨，数点寒灯，几声归雁。”

②《柳梢青》：全词为：“柳色初匀。轻寒似水，纤雨如尘。一阵东风，縠绞微皱，碧沼鳞鳞。　仙娥花月精神。奏凤管、鸾丝斗新。万岁声中，九霞杯里，长醉芳春。”

③縠纹：吴绉纱似的皱纹，常用以喻水的波纹。

朱希真

朱希真[1]，名敦儒，博物洽闻，东都名士也。天资旷远，有神仙风致。其《西江月》二首[2]，词浅意深，可以警世之役役于非望之福者，《草堂》入选矣。其《相见欢》云：“东风吹尽江梅。橘花开。旧日吴王宫殿长青苔。　今古事，英雄泪，老相催。常恨夕阳西下晚潮回。”《鹧鸪天》云：“检尽历头冬又残。爱他风雪耐他寒。拖条竹杖家家酒，

上个篮舆处处山。　　添老大，转痴顽。谢天教我老年闲。道人还了鸳鸯债，纸帐梅花醉梦间。”其《水龙吟》[3]末云：“奇谋报国，可怜无用，尘昏白羽。铁锁横江，锦帆冲浪，孙郎良苦。”亦可知其为人矣。

[注释]

①朱希真：朱敦儒（1081—1159），字希真，洛阳人，南宋词人。历任兵部郎中、临安府通判、秘书郎、都官员外郎、两浙东路提点刑狱等职。词风豪放脱俗，著有《樵歌》三卷。

②《西江月》二首：其一：“日日深杯酒满，朝朝小圃花开。自歌自舞自开怀。且喜无拘无碍。　　青史几番春梦，黄泉多少奇才。不须计较与安排。领取而今现在。”其二：“世事短如春梦，人情薄似秋云。不须计较苦劳心。万事原来有命。幸遇三杯酒好，况逢一朵花新。片时欢笑且相亲。明日阴晴未定。”

③《水龙吟》：全词为：“放船千里凌波去。略为吴山留顾。云屯水府，涛随神女，九江东注。北客翩然，壮心偏感，年华将暮。念伊嵩旧隐，巢由故友，南柯梦、遽如许。　　回首妖氛未扫，问人间、英雄何处。奇谋报国，可怜无用，尘昏白羽。铁锁横江，锦帆冲浪，孙郎良苦。但求敲桂棹，悲吟梁父，泪流如雨。”

李似之

李似之[1]，名弥逊，仙井监[2]人，自号筠翁，宋南渡名士。不附秦桧坐贬。有“别友”《菩萨蛮》一首云：“江城烽火连三月，不堪对酒长亭别。休作断肠声，老来无泪倾。　　风高帆影疾，目送舟痕碧。锦字[3]几时来？熏风无雁回。”

[注释]

①李似之：李弥逊（1085—1153），字似之，号筠溪翁、筠溪居士、普现居士等，吴县（今江苏苏州）人，南宋词人．太观三年（1109）进士，南渡后任中书舍

长亭送别

与好友离别，此一别不知何时才见，还能否再见，看着江风吹动船帆，友人的小舟远去，诗人心中满是断人肠的离愁，吟出了这首《菩萨蛮》。

人、户部侍郎等职，因反对议和触犯秦桧而罢官。词多抒写乱世时的感慨，风格豪放，今存词 80 余首。

②仙井监：古地名，北宋熙宁五年（1072年）置陵井监，因有相传为汉张道陵所开盐井得名。宣和四年（1122 年）改名仙井监。南宋隆兴元年（1163 年）改为隆州。辖境相当于今四川仁寿、井研两县。

③锦字：喻指家书。

张安国

张孝祥[1]，字安国，蜀之简州人，四状元[2]之一也。后卜居[3]历阳。平昔为词，未尝著稿，笔酣兴健，顷刻即成，无一字无来处。如《歌头》《凯歌》诸曲，骏发蹈厉[4]，寓以诗人句法者也。有《于湖紫微雅词》一卷，汤衡[5]为序云云。其咏物之工，如“罗帕分柑霜落齿，冰盘剥芡（qiàn）珠盈掬”；写景之妙，如“秋净明霞乍吐，曙凉宿霭初消”；丽情之句，如“佩解湘腰，钗孤楚鬓”；不可胜载。

[注释]

①张孝祥（1132—1170）：字安国，号于湖居士，简州（今四川简阳）人。卜居历阳乌江（今安徽和县）人，南宋词人、书法家，唐代诗人张籍七世孙。因得罪秦桧，仕途不顺。为人高洁，词风豪迈，著有《于湖居士文集》。

②四状元：简州四状元，指从唐末五代到南宋之间的王归璞、许将、张孝祥、许奕。其中许将是福建人，但曾在简州为官，其余三人都是简州人。

③卜居：择地居住。

④骏发蹈厉：英俊风发并且意气昂扬。骏发，英俊风发。蹈厉，本意是形容战舞动作威武，后比喻奋发有为、意气昂扬。

⑤汤衡：明代人，生平不详。

于湖词

于湖玩鞭亭，晋明帝觇王敦营垒[1]处。自温庭筠赋诗后，张文潜[2]又赋《于湖曲》[3]，以正“湖阴”之误。词皆奇丽警拔，脍炙人口。徐宝之[4]、韩南涧[5]亦发新意，张安国[6]赋《满江红》云：“千古凄凉，兴亡事，但悲陈迹。凝望眼，吴波不动，楚山空碧。巴滇(diān)绿骏追风远，武昌云旆[7]连天赤。笑老奸遗臭到如今，留空壁。　　边书静，烽烟息。通轺传，销锋镝。仰太平天子，圣明无敌。蹙踏扬州开帝里，渡江天马龙为匹。看东南佳气郁葱葱，传千忆。”虽间采温、张语，而词气亦不在其下。尝见安国大书此词，后题云：“干道元年正月十日。”笔势奇伟可爱。《建康实录》[8]，唐许嵩所著者，亦称“湖阴”云云。庭筠之误，有自来矣。

张 耒

张耒，北宋文学家，早年游学于陈，学官苏辙重爱，从学于苏轼，认为其文章类似苏辙，文风汪洋而淡泊。

[注释]

①晋明帝觇王敦营垒：东晋明帝即位后，王敦谋反，欲废帝另立。晋明帝曾经微服乘马密探王敦营垒，并最终成功平定了王敦的叛乱。觇，窥探。

②张文潜：张耒（1054—1114），字文潜，号柯山，楚州淮阴（今江苏淮安）

人，北宋词人，从小聪颖能文，受到苏轼爱重，是苏门四学士之一。著有《柯山集》五十卷，《拾遗》十二卷，《续拾遗》一卷，《张右史文集》六十卷，《宛丘集》七十六卷。

③《于湖曲》：全诗为："武昌云旗蔽天赤，夜筑于湖洗锋镝。巴滇绿骏风作蹄，去如灭没来不嘶。日围万里缠孤壁，虏气如霜已潜释。蛇矛贱士识天颜，玉帐髯奴落妖魄。君不见铜驼陌上尘沙起，胡骑春来饮瀍水。浮江天马是龙儿，蹙踏扬州开帝里。王气高悬五百秋，弄兵老濞空白头。石城战骨卧秋草，更欲君王分上流。"

④徐宝之：字鼎夫（生卒年不详），号西麓，庐陵（今江西吉安）人，北宋诗人。有词《沁园春》一首流传。

⑤韩南涧：韩元吉（1118—1187），字无咎，号南涧。南宋词人。官至吏部尚书，受命出使金国，受封颍川郡公。晚年归老于信州南涧。与陆游、朱熹、辛弃疾等名人交往密切，多有诗词唱和。著有《涧泉集》《涧泉日记》。

⑥张安国：即张孝祥。

⑦云旆：绘有云纹图案的大旗。

⑧《建康实录》：编年体史料集，唐许嵩著。记述了建都建康（今江苏南京）的三国吴、东晋、宋、齐、梁、陈六代逸事，共二十卷。内容广博，资料丰富。

醉落魄

张于湖《醉落魄》词云："轻寒淡绿。可人风韵闲梳束。多情早是眉峰蹙。一点秋波，闲里觑人毒。　桃花庭院光阴速[1]。铜鞮(dī)[2]谁唱大堤曲。归来想是樱桃熟。不道秋千，谁伴那人蹴。"此词"毒""蹴"二字难下。《醉落魄》，元曲讹为《醉罗歌》。

［注释］

①光阴速：原作为闲装束，与上重，据宋本《于湖集》改。

②铜鞮：即《白铜鞮歌》，也称《襄阳蹋铜蹄》，乐府清商曲名。

史邦卿

史邦卿[①]，名达祖，号梅溪。今录其《万年欢》一首，亦鼎之一脔(luán)[②]也。“两袖梅风，谢桥边岸痕，犹带阴雪。过了匆匆灯市，草根青发。燕子春愁未醒，误几处，芳音辽绝。烟谿[③]上，采绿人归，定应愁沁花骨。　　非干厚情易歇。奈燕台[④]句老，难道离别。小径吹衣，曾记故里风物。多少惊心旧事，第一是、侵阶罗袜。如今但柳发晞春，夜来和露梳月。”《春雪》词云：“行天入镜，都做出、轻松纤软。”“寒炉重暖，便放慢春衫针线。恐凤鞋挑菜归来，万一灞桥[⑤]相见。”此句尤为姜尧章[⑥]拈出。“轻松纤软”，元人小令藉以咏美人足云。又《元夕》[⑦]词：“羞醉玉，少年丰度。怀艳雪，旧家伴侣。”“醉玉生春”出《兰畹词》，“艳雪[⑧]”出韦诗，语精字炼，岂易及耶？

折柳寄思

唐代曾在灞桥设驿站，很多亲友都在这里送别。离别之际，他们还会折柳相赠，以取谐音“留”，来表达惜别之情。

[注释]

①史邦卿：史达祖（1163—1220），字邦卿，号梅溪。曾做过韩侂胄幕僚，韩侂胄倒台后，受黥刑，后贫困而死。词以咏物为主，并常寄寓慨叹身世之感，今存词一百一十二首。

②鼎之一脔：意思是说，吃一块肉，就知道一锅肉的味道。脔，小肉块之意。典出《淮南子·说林训》：“尝一脔肉，而知一镬之味。”

③谿：同“溪”。

④燕台：即黄金台。战国时代，燕昭王建台易水畔，于黄金台上广招贤才，后人常用燕台比喻君主礼贤下士。唐李商隐有《燕

台诗》四首，尽述离情别意。因此，后多以燕台来代指咏颂爱情离意的诗歌。

⑤灞桥：位于今陕西西安市东。唐朝时，曾桥上设有驿站，凡送别亲人与好友离去，大多在此桥分手，因此后人常以灞桥来抒发离别之情。

⑥姜尧章：即姜夔，字尧章。

⑦《元夕》："酒馆歌云，灯街舞绣，笑声喧似箫鼓。太平京国多欢，大酺绮罗几处。东风不动，照花影，一天春聚。耀翠光、金缕相交，苒苒细吹香雾。　羞醉玉，少年丰度。怀艳雪，旧家伴侣。闭门明月关心，倚窗小梅索句。吟情欲断，念娇俊知人无据。想袖寒珠络藏香，夜久带愁归去。"

⑧艳雪：指韦庄《答徐秀才》："铅钝谢贞器，时秀猥见称。岂如白玉仙，方与紫霞升。清诗舞艳雪，孤抱莹玄冰。一枝非所贵，怀书思武陵。"

杏花天

史邦卿《杏花天》词云："软波拖碧蒲芽短。画楼外，花晴柳暖。今年自是清明晚。便觉芳情较懒。　春衫瘦，东风剪剪。逼花坞，香吹醉面。归来立马斜阳岸。隔水歌声一片。"姜尧章云："史邦卿之词，奇秀清逸，有李长吉[1]之韵，盖能融情景于一家，会句意于两得。"姜亦当时词手，而服之如此。

［注释］

①李长吉：即李贺，字长吉。

姜尧章

姜夔，字尧章，号白石道人，南渡诗家名流。词极精妙，不减清真[1]乐府。其间高处有周美成不能及者。善吹箫，自制曲，初则率意为长短句，然后协以音律云。其"咏蟋蟀”《齐天乐》一词最胜，其词曰：“庾郎[2]先自吟愁赋。凄凄更闻私语。露湿铜铺，苔侵石井，都是曾听伊处。哀音似诉。正思妇无眠，起寻机杼。曲曲屏山，夜凉独自甚情绪。　西窗又吹暗雨。为谁频断续，相和砧杵？候馆吟秋，离宫吊月，别有伤心无数。邠（bīn）诗[3]漫与。笑篱落呼灯，世间儿女。写入琴丝，一声声更苦。”其《过苕霅（zhá）[4]》云：“拂雪金鞭，欺寒茸帽，不记章台走马。”“雁碛沙平，渔汀人散，老去不堪游冶。”《人日》词云：“池面冰胶，墙头雪老，云意还又沉沉。”“朱户粘鸡[5]，金盘簇燕，空叹时序侵寻。”《湘月》[6]词云：“归禽时度，月上汀洲冷。中流容与，画桡不点清镜。”从柳子厚[7]“绿净不可唾”之语翻出。“戏张平甫纳妾”云：“别母情怀，随郎滋味，桃叶渡江时。”《翠楼吟》云：“槛曲萦红，檐牙飞翠。”酒破清愁，花消英气。”《法曲献仙音》云：“过秋风未成归计。重见冷枫红舞。”《玲珑四犯》云：“轻盈唤马，端正窥户。酒醒明月下，梦逐潮声去。”其腔皆自度者。传至今，不得其调，难入管弦，只爱其句之奇丽耳。

姜夔

姜夔，南宋文学家，他多才多艺，精通音律，能自度曲，其词格律严密。

[注释]

①清真：即周邦彦，字美成，号清真居士。

②庚郎：指庚信（513—581），字子山，南阳新野（今属河南）人，南北朝诗歌集大成者。早年在南梁为官，与徐陵一道开创了香艳浮华的宫体诗风格。侯景叛乱以后，奉命出使西魏，在此期间梁为西魏所灭。因而留在西魏，官至车骑大将军、开府仪同三司。北周代西魏后，迁为骠骑大将军、开府仪同三司。在北朝期间，因思念故国的矛盾心理，诗风转为沉郁深重。

③邠诗：指《诗经 · 豳风 · 七月》，《七月》是《豳风》的一首，描写蟋蟀令人忧伤的叫声。

④苕霅：苕水与霅水的合称，唐代诗人张志和曾在此隐居。

⑤粘鸡：旧时年俗，正月初一画鸡粘门上，表示新的一年的开始。

⑥《湘月》：全词为："五湖旧约，问经年底事，长负清景。暝入西山，渐唤我、一叶夷犹乘兴。倦网都收，归禽时度，月上汀洲冷。中流容与，画桡不点清镜。　　谁解唤起湘灵，烟鬟雾鬓，理哀弦鸿阵。玉麈谈玄，叹坐客、多少风流名胜。暗柳萧萧，飞星冉冉，夜久知秋信。鲈鱼应好，旧家乐事谁省。"

⑦柳子厚：即柳宗元，字子厚。

高宾王

高观国[①]，字宾王，号竹屋。词名《竹屋痴语》，陈造为序。称其与史邦卿皆秦、周之词，所作要是不经人道语，其妙处，少游、美成亦未及也。旧本《草堂诗余》选其《玉蝴蝶》一首，书坊翻刻，欲省费，潜去之。予家藏有旧本，今录于此，以补遗略焉。"唤起一襟凉思，未成晚雨，先做秋阴。楚客悲残，谁解此意登临。古台荒，断霞斜照，新梦黯，微月疏砧。总难禁，尽将幽恨，分付孤斟。　　从今。倦看青镜，既迟勋业，可负烟林。断梗无凭，岁华摇落又惊心。想莼汀[②]，水云愁凝；闲蕙帐，猿鹤悲吟。信沉沉，故园归计，休更侵寻。"又"咏轿"《御街行》云："藤筠巧织花纹细。称稳步，如流水。踏青陌上雨初晴，嫌怕

湿文鸳双履。要人送上，逢花须住。才过处，香风起。

裙儿挂在帘儿底。更不把窗儿闭。红红白白簇花枝，却称得、寻春芳意。归来时晚，纱笼引道，扶下人微醉。”他如“秋怀”《喜迁莺》[3]、“吊青楼”《永遇乐》[4]，佳作也。

[注释]

①高观国：字宾王（生卒年不详），号竹屋，南宋词人。

②莼汀：生长莼菜的池塘，这里用以表达思归之情。典出《晋书·张翰传》：“翰因见秋风起，乃思吴中菰菜、莼羹、鲈鱼脍，曰：‘人生贵得适志，何能羁宦数千里以要名爵乎？’遂命驾而归。”

③《喜迁莺》：全词为：“凉云归去。再约着，晚来西楼风雨。水静帘阴，鸥闲菰影，秋到露汀烟浦。试省唤回幽恨，尽是愁边新句。倦登眺，动悲凉还在，残蝉吟处。　　凄楚。空见说，香锁雾扃，心似秋莲苦。宝瑟弹冰，玉台窥月，浅澹可怜偷聚。几时翠沟题叶，无复绣帘吹絮。鬓华晚，念庾郎情在，风流谁与。”

④《永遇乐》：全词为：“浅晕修娥，脆痕红粉，犹记窥户。香断帘空，尘生砌冷，谁唤青鸾舞。春风花信，秋宵月约，历历此心曾许。衔芳恨、千年怨结，玉骨未应成土。　　木兰艇子，莫愁何在，谩系寒江烟树。事逐云沉，情随佩冷，短梦分今古。一杯遥夜，孤光难晓，多少碎人肠处。空凄黯、西风细雨，尽吹泪去。”

卢申之

卢申之[1]，名祖皋，邛州[2]人。有《蒲江词》一卷，乐章甚工，字字可入律吕[3]。彭传师于吴江作钓雪亭，擅渔人之窟宅，以供诗境也，约赵子野、翁灵舒[4]诸人赋之，惟申之擅场[5]。“江寒雁影梅花瘦。四无尘，雪飞风起，夜窗如昼。”其警句也。《水龙吟》“咏荼蘼（tú mí）”云：“荡红流水无声，暮烟细草粘天远。低回倦蝶，往来忙燕，芳期顿懒。绿雾迷墙，翠虬腾架，雪明香暖。笑依依欲挽，春风教住，还疑是、相逢晚。　　不似梅妆瘦减。占人间、丰神萧散。

攀条弄蕊，天涯犹记，曲阑小院。老去情怀，酒边风味，有时重见。对枕帏空想，东窗旧梦，带将离怨。”《洞仙歌》“咏茉莉”云：“玉肌翠袖，较似酴醾瘦。几度熏醒夜窗酒。问炎州何许清凉，尘不到、一段冰壶剪就。　晚来庭户悄，暗数流光，细拾芳英黯回首。念日暮江东，偏为魂销人易老，幽韵清标似旧。正簟纹[6]如水帐如烟，更奈向，月明露浓时候。”

［注释］

①卢申之：卢祖皋（约1174—1224），字申之，又字次夔，号蒲江，永嘉（今浙江温州）人，南宋词人。进士出身，官至著作郎兼权司封郎官。传世作品有《蒲江词》。

②邛州：古地名，今四川邛崃。

③律吕：中国古代乐律学中，“律”是指有规律的、体系化的标准音高。互相有规律联系，方可称为“律”。此处指符合音律。

④翁灵舒：翁卷（生卒年不详），字续古，一字灵舒，永嘉（今浙江温州）人，南宋江湖派诗人，一生未仕，与徐照、徐玑、赵师秀合称“永嘉四灵”。

⑤擅场：压得住全场，于全场胜出。

⑥簟纹：席纹。簟，竹席。

刘改之词

“新来塞北，传到真消息。赤地[1]居民无一粒。更五单于争立[2]。　维师尚父鹰扬[3]。熊罴(pí)百万堂堂。看取黄金假钺[4]，归来异姓真王[5]。”又云：“堂上谋臣樽俎，边头将士干戈。天时地利与人和。燕可伐与曰可[6]！　今日楼台鼎鼐(nài)[7]，明年带砺山河[8]。大家齐唱大风歌[9]。同日四方来贺。”世传辛幼安[10]寿韩侂(tuō)胄[11]词也。又有小词一首，尤多俚

谈，不录。近读谢迭山[12]文，论李氏《系年录》《朝野杂记》[13]之非。谓干道间，幼安以金有必亡之势，愿召大臣预修边备，为仓卒应变之计，此忧国远猷也。今摘数语，而曰赞开边，借刘过小词，曰，此幼安作也。忠魂得无冤乎？故今特为拈出。

刘过

刘过，字改之（1154—1206），号龙洲道人，吉州太和（今江西泰和）人，南宋文学家。屡试不第，终身布衣，诗词为陆游和辛弃疾所赏识，词风与辛弃疾相近。

［注释］

①赤地：光秃秃的土地。

②五单于争立：西汉时，匈奴东部的呼韩邪单于，西部的屠耆单于，从屠耆部自立的车犁、乌藉两单于，西北部地区呼揭单于，为争夺匈奴最高统治权而展开战争，最终呼韩邪兼并匈奴各部，取得胜利。

③师尚父鹰扬：师尚父，即姜尚。鹰扬，威武的样子，语出《诗经·大雅·大明》："维师尚父，时维鹰扬。"

④黄金假钺：代指表皇帝出征。钺，像斧子一样的东西，是一种皇家信物。

⑤异姓真王：这里指以军功谋求封侯。楚汉争霸时，韩信攻占齐国，向刘邦请求当代理性的"假王"，刘邦为了攻破项羽，直接封韩信为"真王"。

⑥燕可伐与曰可：这里的意思是会心会意。典出《孟子·公孙丑》："沈同以其私问：'燕可伐欤？'孟子曰：'可。'"

⑦鼎鼐：古代重要的器物，是朝廷权力的象征。

⑧带砺山河：泰山被磨得小如磨刀石，黄河细得仿佛衣带。比喻虽然时间久远，但任心智不变。

⑨大风歌：相传为汉高祖刘邦所作："大风起兮云飞扬，威加海内兮归故乡。安得猛士兮守四方？"

⑩辛幼安：即辛弃疾，字幼安。

⑪韩侂胄（1152—1207）：字节夫，相州安阳（今河南安阳）人，南宋权臣，韩琦五世孙。主张抗金，力主北伐，"开禧北伐"失败被杀，首级被送给金人以求和。

⑫谢叠山：谢枋得（1226—1289），字君直，号叠山，南宋末大臣，爱国诗人，与文天祥同科中进士。南宋灭亡后，拒绝元朝高官厚禄利诱，在元朝大都悯忠寺绝食殉国。

⑬李氏《系年录》《朝野杂记》：指李心传撰《建炎以来系年要录》和《建炎以来朝野杂记》，两书互为经纬，是研究南宋前期的重要资料。李氏，即李心传（1166—1243），字微之，隆州井研（今四川乐山）人，南宋史学家，官至工部侍郎。

天仙子

刘改之"赴试别妾"《天仙子》云："别酒醺醺浑易醉。回过头来三十里。马儿不住去如飞，行一憩，牵一憩，断送杀人山共水。　是则是功名终可喜。不道恩情抛得未。梅村雪店酒旗斜，去也是，住也是，烦恼自家烦恼你。"词俗意佳，世多传之。又小说载曹东亩[1]赴试步行，戏作《红窗迥》慰其足云："春闱期近也，望帝[2]乡迢迢，犹在天际。懊恨这一双脚底，一日厮赶上、五六十里。　气争。扶持我去，转得官归、恁时赏你。穿对朝靴，安排你在轿儿里。更选对宫样鞋儿，夜间伴你。"其词虽相似，而不及改之远甚。曹东亩名豳，字西士。

[注释]

①曹东亩：曹豳（1170—1249），字西士，一字潜夫，号东亩，亦号东畎，温州瑞安（今浙江瑞安）人，南宋词人。嘉泰二年（1202）进士，历任安吉州教授、浙东提点刑狱、左司谏、礼部侍郎等职，为官清正。著有《曹东亩集》，已佚。

②望帝：传说战国时蜀王杜宇，号望帝，因水灾让位，退隐山中，死后化作杜鹃，日夜悲鸣。后以杜宇作为杜鹃的别称。

严次山

严仁[①]，字次山，词名《清江欸乃》。其佳处有“粘云江影伤千古，流不去、断魂处”之句。又长于庆寿、赠行，洒然脱俗。如“寿萧禹平”云：“云表金茎珠璀璨。当日投怀惊玉燕。文章议论压西昆，风流姓字翔东观。”“赠欧太守”云：“坐啸清香画戟。听丁丁，滴花晴漏，棠阴昼寂。”“赓宾客竹枝杨柳送别”云：“相逢斜柳绊轻舟，渚香不断蘋花老。”又：“窗儿上，几条残月，斜玉界罗帏。”皆为当时脍炙。

[注释]

①严仁：字次山（生卒年不详），号樵溪，邵武（今福建邵武）人。南宋词人，与严羽、严参合称“三严”，著有《清江欸乃集》，已佚。

吴大年

吴亿[①]，字大年，南渡初人。《元夕》[②]“楼雪初消”一首入选。予爱其《南乡子》一首云：“江上雪初消。暖日晴烟弄柳条。认得裙腰芳草绿，魂销。曾折梅花过断桥。蝉鬓为谁凋。长恨含娇眙处娇。遥想晚妆呵手罢，无聊。更傍朱唇暖玉箫。”

[注释]

①吴亿：字大年（生卒年不详），南宋初词人，有《溪园自怡集》十卷，已佚。

②《元夕》：原词为：“楼雪初消，丽谯吹罢单于晚。使君千炬起班春，歌吹香风暖。十里珠帘尽卷。正人在、蓬壶阆苑。卖薪买酒，立马传觞，升平重见。谁识鳌头，去年曾侍传柑宴。至今衣袖带天香，行处氤氲满。已是春宵苦短。且莫遣、欢游意懒。细听归路，璧月光中，玉箫声远。”

张功甫

雪初晴

江上雪初晴，暖日晴烟弄柳条。佳人抚细柳，折红梅，在断桥上思念远方的人。晚妆后，佳人拿起玉箫，这刻骨的相思，从箫管中飞出，黯然魂已销。

张功甫[1]，名镃，有《玉照堂词》一卷。玉照堂以种梅得名，其词多赏梅之作。其佳处如："光摇动，一川银浪，九霄珂(kē)月。"又："宿雨初干，舞梢烟瘦金丝袅。粉围香阵拥诗仙，战退春寒峭。"皆咏梅之作。虽不惊人，而风味殊可喜。

[注释]

①张功甫：张镃（1153—1221？），字功甫，原字时可，号约斋，南宋词人。宋南渡名将张俊曾孙，刘光世外孙，以祖荫入仕，官至司农少卿。诗文俱佳，与尤袤、杨万里、辛弃疾、姜夔等都有交往。著有《南湖集》十卷，《仕学规范》四十卷。

贺新郎

张功甫，名镃(zī)，善填词。尝即席作《贺新郎·送陈退翁分教衡湘》云："桂隐传杯处。有风流千岩胜韵，太丘[1]遗绪。玉季金昆[2]霄汉侣。平步鸾坡挥尘。莫便驾，飞帆烟渚。云动精神衡岳去。向君山帝野锵韶濩[3]。艺兰畹，吊湘楚。　　南湖老矣无襟度。但樽前踉跄醉饮，帽花颠仆。只恐清时专文教，犹贷阴山狂虏。卧玉帐、貔貅(pí xiū)[4]钲

鼓。忠烈前勋贲万恨，望神都魏阙[5]奔狐兔[6]。呼翠袖，为君舞。”此词首尾变化，送教官而及阴山狂虏，非善转换不及此。末句“呼翠袖，为君舞”六字又能换回结煞，非千钧笔力未易到此。辛稼轩有“凭谁唤取，盈盈翠袖，揾英雄泪[7]”，此末句似之。

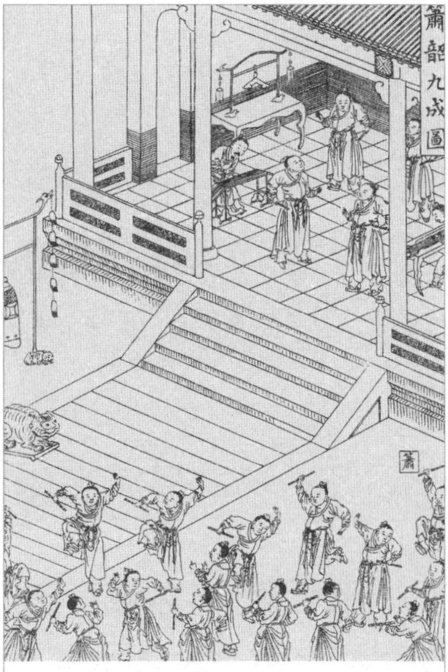

萧韶九成图

韶乐，是上古贤王帝舜时形成的一种兼有诗、乐、舞的综合乐舞艺术。韶乐是帝王专有的雅乐，它高雅庄严，常被作为雅乐的代表写进诗中。

［注释］

①太丘：指东汉陈寔（104—187），字仲弓，因曾为太丘长，故人称“陈太丘”。

②玉季金昆：化用自“玉昆金友”，典出南朝梁人王铨事。王铨风度口才俱佳。他弟弟王锡，也是才德出众的人。两人的孝道品德和才智被时人称赞。人们称他们为“玉昆金友”。

③韶濩：古代乐舞名，代指庙堂音乐。韶，为舜时乐，濩，为殷汤时乐。

④貔貅：古代传说的一种猛兽，这里比喻骁勇的军队。

⑤魏阙：魏国的大门，这里借指朝廷宫苑。

⑥奔狐兔：形容宫阙荒废，走兽奔于其间。

⑦“凭谁唤取”三句：语出辛弃疾《水龙吟·登建康赏心亭》，今本作“倩何人唤取，红巾翠袖，揾英雄泪？”

吴子和

吴子和[1]，名礼之，钱塘人。有“闰元宵”《喜迁莺》[2]一词入选。

[注释]

①吴子和：吴礼之（生卒年不详），字子和，钱塘人（今浙江杭州），南宋词人。

②《喜迁莺》：原词为："银蟾光彩。喜稔岁闰正，元宵还再。乐事难并，佳时罕遇，依旧试灯何碍。花市又移星汉，莲炬重芳人海。尽勾引，遍嬉游宝马，香车喧隘。　晴快。天意教、人月更圆，偿足风流债。媚柳烟浓，夭桃红小，景物迥然堪爱。巷陌笑声不断，襟袖余香仍在。待归也，便相期明日，踏青挑菜。"

郑中卿

郑中卿[1]，名域，三山人，号松窗。使虏回，有《燕谷剽闻》二卷，纪虏事甚详。《昭君怨·咏梅》一词云："道是花来春未。道是雪来香异。水外一枝斜，野人家。冷淡竹篱茅舍。富贵玉堂琼榭。两地不同栽，一般开。"兴比甚佳。《丽情》云："合是一钗双燕，却成两处孤鸾。"乐府多传之。

[注释]

①郑中卿：郑域（生卒年不详），字中卿，号松窗，福州（今福建福州）人，南宋词人。庆元二年（1196）随张贵谟出使金，著有《燕谷剽闻》二卷。

谢勉仲

谢勉仲[1]，名懋（mào），号静寄居士。吴伯明称其"片言只字，戛玉锵金，酝藉风流，为世所贵"云。其"七夕"《鹊桥仙》[2]一词入选，"钩帘借月"是也。若"余酲[3]未解扶头懒，屏里潇湘梦远"，亦的的佳句。

[注释]

①谢勉仲：谢懋（生卒年不详），字勉仲，号静寄居士，洛阳（今属河南）人，南宋词人。著有《静寄居士乐府》二卷，佚失。

②《鹊桥仙》："钩帘借月，染云为幌，花面玉枝交映。凉生河汉一天秋，问此会、今宵孰胜。　铜壶尚滴，烛龙已驾，泪浥西风不尽。明朝乌鹊到人间，试说向、青楼薄幸。"

③酲：醉酒后神智不清的样子。

赵文鼎

赵文鼎[①]，名善扛，号解林居士。其"春游"《重叠金》云："楚宫杨柳依依碧，遥山翠隐横波溢。绝艳照秾春，春光欲醉人。　纤纤芳草嫩。微步轻罗衬。花戴满头归。游蜂花上飞。"其二："玉关芳草粘天碧。春风万里思行客。骄马向风嘶，道归犹未归。　南云新有雁，望眼愁边断。膏沐[②]为谁容。日高花影重。"《重叠金》即《菩萨蛮》也。又《十拍子》[③]一阕亦佳。

[注释]

①赵文鼎：赵善扛（生卒年不详），字文鼎，号解林居士，南宋词人，《全宋词》收词十四首。

②膏沐：古代女子润发的油脂。

③《十拍子》：词牌名，即《破阵子》。赵词为："柳絮飞时绿暗，荼蘼开后春酣。花外青帘迷酒思，陌上晴光收翠岚。佳辰三月三。　解佩人逢游女，踏青草斗宜男。醉倚画阑阑槛北，梦绕清江江水南。飞鸾与共骖。"

赵德庄

赵德庄[①]，名彦端，有《介庵词》一卷。《清平乐》一

首云:“桃根桃叶。一树芳相接。春到江南二三月。迷损东家蝴蝶。　　殷勤踏取春阳。风前花正低昂。与我同心栀子，报君百结丁香。”为集中之冠。

[注释]

①赵德庄：赵彦端（1121—1175），字德庄，号介庵，宋朝宗室，官至左司郎官，工诗词。

易彦祥

易祓[1]，字彦祥，长沙人，宁宗朝解褐[2]状元。《草堂》词《蓦山溪》[3]:“海棠枝上，留取娇莺语。”其所作也。

[注释]

①易祓（1156—1240）：字彦章，后改彦祥，号山斋，南宋官员、学者。宋宁宗时状元及第，官至礼部尚书。博学善文，著有《周礼周易释义》《禹贡疆理记》《易学举隅》等。

②解褐：脱掉粗布衣服，意指担任官职。

②《蓦山溪》：全词为:“海棠枝上，留得娇莺语。双燕几时来，并飞入、东风院宇。梦回芳草，绿遍旧池塘，梨花雪，桃花雨。毕竟春谁主。　　东郊拾翠，襟袖沾飞絮。宝马趁雕轮，乱红中、香尘满路。十千斗酒，相与买春闲，吴姬唱，秦娥舞。拼醉青楼暮。”

李知幾

李石[1]，字知几幾，号方舟，蜀之井研人。文章盛传，有《续博物志》。词亦风致。《草堂》选“烟柳疏疏人悄悄[2]”，其"夏夜"词也。"赠官妓"词有"暖玉倚香愁黛翠。劝人须要人先醉。问道明朝行也未？犹自记。灯前背立偷垂泪"。好事者或改"偷"为"佯"。

[注释]

①李石：字知幾（1108—？），号方舟，资州（今四川资中）人，南宋词人，曾任太学博士，著有《方舟集》。

②烟柳疏疏人悄悄：语出李石《临江仙》："烟柳疏疏人悄悄，画楼风外吹笙。倚阑闻唤小红声。熏香临欲睡，玉漏已三更。坐待不来来又去，一方明月中庭。粉墙东畔小桥横。起来花影下，扇子扑飞萤。"

扇子扑飞萤

烟柳疏疏人悄悄，画楼风外吹笙。倚阑闻唤小红声。熏香临欲睡，玉漏已三更。坐待不来来又去，一方明月中庭。粉墙东畔小桥横。起来花影下，扇子扑飞萤。

危逢吉

危逢吉[1]，名稹，有《巽斋词》一卷。其"咏箜篌"《渔家傲》云："老去诸余情味浅。诗情不上闲钗钏。宝幌有人红两靥。帘间见。紫云元在深深院。　十四条弦音调远。柳丝不隔芙蓉面。秋入西窗风露晚。归去懒。酒酣一任乌巾岸。"按箜篌本二十三弦，十四弦盖后世从省，非古制矣。

[注释]

①危逢吉：危稹（1158—1234），本名科，字逢吉，号巽斋，又号骊塘，抚州临川（今江西抚州临川）人，南宋词人，淳熙十四年（1187）进士，调南康军教授，擢著作郎兼屯田郎官，出知潮州，又知漳州。文为洪迈所赏，诗与杨万里唱和，著有《巽斋集》。

刘泾

刘泾，字巨济，号前溪，熙宁六年（1073）进士，为大学博士。

刘巨济

刘泾[1]，字巨济，简州人。文曰《前溪集》。其《夏初临》[2]词“小桥飞盖入横塘”，今刻本“飞”下落一“盖”字。

［注释］

①刘泾（1043？—1100？）：字巨济，简州阳安（今四川简阳）人，北宋词人，书画家，与米芾、苏轼等均有交往。

②《夏初临》：全词为：“泛水新荷，舞风轻燕，园林夏日初长。庭树阴浓，雏莺学弄新簧。小桥飞如横塘。跨青蘋、绿藻幽香。朱阑斜倚，霜纨未摇，衣袂先凉。歌欢稀遇，怨别多同，路遥水远，烟淡梅黄。轻衫短帽，相携洞府流觞。况有红妆。醉归来、宝蜡成行。拂牙床。纱厨半开，月在回廊。”

刘巨济僧仲殊

张枢言龙图[1]守杭。一日，湖上开宴，刘泾巨济、僧仲殊[2]在焉。枢言命即席作填词，巨济先倡曰：“凭谁好笔，横扫素缣(jiān)[3]三百尺！天下应无。此是钱塘湖上图。”仲殊应声曰：“一般奇绝，云淡天高秋夜月。费尽丹青。只这些儿画不成。”枢言又出梅花，邀二人同赋，仲殊曰：“江南二月。犹有枝头千点雪。邀上芳樽。却占东君一半春。”巨济曰：“樽前眼底。南国风光都在此。移过江来。从此江南不复开。”乃《减字木兰花》调也。

［注释］

①张枢言龙图：指张诜（生卒年不详），字枢言，北宋官员，曾任龙图阁直学士、知杭州，后累官至正议大夫。为人孝顺友善，为官清廉正直。

②僧仲殊：俗名张挥（生卒年不详），字师利，安州（今湖北安陆）人，北宋诗僧，曾举进士。诗词俱佳，诗多怀古、咏物，词风奇丽清婉。

③缣：一种粗厚的织物。

刘叔拟

刘叔拟[1]，名仙伦，庐陵人，号招山。乐章为人所脍炙。其“赏牡丹”《贺新郎》：“谁把天香和晚露，倩东风、特地匀芳脸。”“隔花听取提壶劝。道此花过了春归，蝶愁莺怨。”最佳，而结句意俗。“秋日”《念奴娇》云：“西风何事，为行人、扫荡烦襟如洗。垂涨蒸澜都卷尽，一片潇湘清泚(cǐ)[2]。酒病惊秋，诗愁入鬓，对影人千里。楚宫故事，一时分付流水。　江上买取扁舟，排云涌浪，直过金沙尾。归去江南丘壑处，不用重寻月姊。风露杯深，芙蓉裳冷，笑傲烟霞里。草庐如旧，卧龙知为谁起。”此首绝佳。又有《系裙腰》一词云：“山儿矗矗水儿清，船儿似叶儿轻。风儿更没人情。月儿明。厮合凑送人行。　眼儿蔌蔌泪儿倾。灯儿更冷清清。遭逢雁儿，又没前程。一声声。怎生得梦儿成。”此词秾薄而意优柔，亦柳永之流也。

［注释］

①刘叔拟：刘仙伦（生卒年不详），字叔拟，号招山，庐陵（今江西吉安）人，与刘过合称“庐陵二布衣”。词风豪放。

②泚：清澈。

洪叔玙

洪叔玙[1]，名瑹，自号空同词客。其《瑞鹤仙》云：“听梅花吹动，凉夜何其，明星有烂。相看泪如霰。问而今去也，何时会面。匆匆聚散，恐便作秋鸿社燕。最伤心，夜来枕上，断云零雨何限。　因念。人生万事，回首悲凉，都成梦幻。芳心缱绻。空惆怅，巫阳馆。况船头一转，三千余里，隐隐高城不见。恨无情春水连天，片帆似箭。”“咏新月”《南柯子》云：“柳浪摇晴沼，荷风度晚檐。碧天如浮水印新蟾。一罅清光，斜露玉纤纤。　宝镜微开匣，金钩未押帘。西楼今夜有人欢。应傍妆台，低照画眉尖。”“水宿”《菩萨蛮》云：“断虹远饮横江水。万山紫翠斜阳里。系马短亭西。丹枫明酒旗。　浮生长客路。事逐孤鸿去。又是月黄昏。寒灯人闭门。”其余如：“笑捐琼佩遗交甫[2]。肯把文梭掷幼舆[3]。花上蝶，水中凫。芳心密意两相于。”用事用韵皆妙。又：“合数松儿，分香帕子，总是牵情处。”用唐诗“楼头击鼓转花枝，席上藏阄握松子”事也。全篇如《月华清》《水龙吟》《蓦山溪》《齐天乐》，皆不减周美成。不尽录也。

女仙赠珮

这是《韩诗外传》中讲述的一个神话故事，讲的是郑交甫在外游玩时向两位神女讨要她们的珮，神女在解珮时就消失了。词人常以这个香艳故事入词。

[注释]

①洪叔玙：洪瑹（生卒年不详），字叔玙，号空同词客，南宋词人，有《空同词》一卷。

②琼佩遗交甫：典出《韩诗外传》，说的是郑交甫外出游玩时遇到两名神女，向神女讨要她们的玉佩，神女解下玉佩给他后，神女与佩都不见了。

③文梭掷幼舆：典出《晋书·谢鲲传》："邻家高氏女有美色，鲲尝挑之，女投梭，折其两齿"句。幼舆，谢鲲字。后人用"投梭折齿"，来形容女子高洁。

冯伟寿

冯伟寿[1]，字艾子，号云月，词多自制腔。《草堂》词选其"春风恶劣，把数枝香锦，和莺吹折[2]"一首。又《春风袅娜》，其自度曲也。"被梁间双燕，话尽春愁。朝粉谢，午花柔。倚红阑故与，蝶围蜂绕，柳绵无数，飞上搔头。凤管声圆，蚕房香暖，笑挽罗衫须少留。隔院兰馨趁风远，邻墙桃影伴烟收。　些子风情未减，眉头眼尾，万千事、欲说还休。蔷薇刺，牡丹球。殷勤记省，前度绸缪。梦里飞红，觉来无觅，望中新绿，别后空稠。相思难偶，叹无情明月，今年已见，三度如钩。"殊有前宋[3]秦、晁[4]风艳，比之晚宋酸馅味、教督气不侔（móu）[5]矣。余句如"笑呼银汉入金黥（qíng）"，临邛高耻庵列为《丽句图》云。

[注释]

①冯伟寿：字艾子（生卒年不详），号云月、取洽子，宋朝词人，生平不详。

②"春风恶劣"三句：语出冯伟寿《春云怨》"春风恶劣，把数枝香锦，和莺吹折。雨重柳腰娇困，燕子欲扶扶不得。软日烘烟，干风收雾，芍药酴醾弄颜色。帘幕轻阴，图书清润，日永篆香绝。　盈盈笑靥宫黄额，试红鸾小扇，丁香双结。团凤眉心倩郎贴。教洗樽罍，共看西堂，醉花新月。曲水成空，丽人何处？往事暮云万叶。"

③前宋：即北宋。

④秦、晁：指秦观和晁补之，以词风香艳婉约著称。

⑤侔：相等，相同。

吴梦窗

吴梦窗[1]，名文英，字君特，四明人。尹君焕[2]序其词云："求词于吾宋，前有清真，后有梦窗，此非焕之言，四海之公言也。"有《声声慢》一词云："檀栾金碧，婀娜蓬莱，游云不蘸芳州。露柳霜莲，十分点缀残秋。新弯画眉未稳，似含羞、低度墙头。愁送远，驻西台车马，共惜临流。　知道池亭多宴，掩庭花，长是惊落秦讴[3]。腻粉阑干，犹闻凭袖香留。输他翠滢(yíng)拍甃，瞰新妆、终日凝眸。帘半卷，戴黄花，人在小楼。"盖九日宴侯家园作也。

［注释］

①吴梦窗：吴文英（1200—1260），字君特，号梦窗，晚年又号觉翁，四明（今浙江宁波）人，南宋词人。一生未第，大多数时间都在苏杭一带游幕，词作丰富，风格雅致，有"词中李商隐"之称。

②尹君焕：字惟晓（生卒年均不详），宋宁宗嘉定十年（1217）进士，任右司郎官。词作多酸苦之辞。

③惊落秦讴："秦讴惊落"的倒装，形容歌声美妙。秦讴，典出《列子·汤问》："薛谭学讴于秦青，辞归，秦青抚节悲歌，声振林木，响遏行云；薛谭乃谢，求反，终身不敢言归。"这里比喻歌妓的歌声美妙。

玉楼春

吴梦窗《玉楼春》云："茸茸狸帽遮梅额[1]。金蝉罗剪

胡衫窄。肩舆[2]争看小腰身，倦态强随闲鼓笛。　问称家在城东陌。欲买千金应不惜。归来困顿滞春眠，犹梦婆娑斜趁拍。”深具意态者也。

[注释]

①梅额：用梅花妆装点的额头。

②肩舆：轿子，这里指轿夫。

王实之

王迈[1]，字实之，号臞(qú)庵，莆阳人，丁丑第四人及第。刘后村[2]赠之词云：“天壤王郎，数人物、方今第一。谈笑里，风霆惊坐，云烟生笔。落落元龙湖海气[3]，琅琅董相天人策[4]。”其重之如此。余又见《翰苑新书》刘后村与王实之四六启云：“声名早著，不数黄香之无双[5]；科目小低，犹压杜牧之第五。元化孕此五百年之间气，同辈立于九万里之下风。”又云，“朱云折槛[6]，诸公惭请剑之言；阳子哭庭[7]，千载壮裂麻之语。一叶身轻，何去之勇；六丁[8]力尽，而挽不回。有谪仙人骏马名姬之风，无杜少陵冷炙残杯之态[9]。丽人歌陶秀实邮亭之曲[10]，好事绘韩熙载夜宴之图[11]。拥通德而著书，命

元龙湖海气

三国时陈登，字元龙，受封伏波将军，人称他有“湖海气”。

便了以沽酒”云云。观此，实之盖进则忠鲠[12]，退则豪侠，元龙、太白一流人也。可以补史氏之遗。

［注释］

①王迈：字实之（生卒年不详），号臞庵，南宋诗人，宋宁宗嘉定十年（1217），进士甲科第四名及第，历任南外睦宗院教授、漳州通判等职，为人仗义敢言，死后追封司农少卿。有《臞轩集》。

②刘后村：即刘克庄，字潜夫，号后村居士，南宋词人。

③元龙湖海气：三国曹魏将领陈登，字元龙，为人豪放不羁，时人称其有“湖海气”。后人以“湖海气”称赞有远大志向、性格豪放的人。

④董相天人策：董相，指董仲舒，他曾向汉武帝进《天人三策》，回答了武帝关于天道、人世、治乱等三方面的问题。后人以此来赞扬大臣对答称旨。

⑤黄香之无双：东汉人黄香从小诗文俱佳，性至孝，被时人称赞为“天下无双，江夏黄香”。在此用以称赞王迈的品德高尚，声望很高。

⑥朱云折槛：比喻敢于直言进谏。典出《汉书·朱云传》。汉成帝时槐里令朱云，曾上书切谏，指斥朝臣尸位素餐，请斩佞臣。成帝大怒，情急之下，朱云攀折殿堂上栏杆。后来成帝觉悟，命保留折坏的殿槛，以旌直臣。

⑦阳子哭庭：疑为春秋时申包胥在秦国痛哭，最后搬来援兵收复楚国的典故。典出《左传·定公四年》。

⑧六丁：道教神名，丁卯、丁巳、丁未、丁酉、丁亥、丁丑的合称，为天帝役使，能“行风雷，制鬼神”。

⑨“有谪仙人骏马名姬之风”二句：指王迈的诗词有李白的豪放和意气风发，而没有杜甫的苦痛和沉郁顿挫。谪仙人，指李白。杜少陵，即杜甫。

⑩陶秀实邮亭之曲：指陶谷《风光好》词：“好姻缘，恶姻缘，奈何天。只得邮亭一夜眠，别神仙。　琵琶拨尽相思调，知音少。待得鸾胶续断弦，是何年？”此词相传为陶谷出使南唐时所作，陶谷生性傲慢，对南唐君臣出言不逊，劝酒不受。南唐官员韩熙载以名妓秦弱兰假扮成驿吏之女诱之，陶谷作词相赠。几天后，南唐后主再次宴请陶谷，席间令秦弱兰出来劝酒唱《风光好》，陶谷很惭愧地将酒饮下。陶秀实，即陶谷（生卒年不详），字秀实，五代后周至北宋词人。

⑪韩熙载夜宴之图：画名，原画已佚，今存宋人摹本。韩熙载，五代十国南唐官员，为避后主李煜的猜疑，以声色为韬晦之略，每每夜宴，与宾客纵情嬉游。

⑫忠鲠：也作“忠梗”，忠诚耿直。

马庄父

马庄父①，字子严，号古洲，建安人。有经学，多论著，填词其余事也。《草堂》词选其“春游”《归朝欢》一首。余如《月华清》云：“怅望月中仙桂。问窃药佳人，与谁同岁。”《贺圣朝》云：“游人拾翠不知远，被子规②呼转。”《阮郎归》结句云：“三三两两叫船儿，人归春也归。”“元夕”词云：“玉梅对妆雪柳，闹蛾儿象生娇颤。”可考见杭都节物③。

［注释］

①马庄父：字子严（生卒年不详），自号古洲居士，建安（今福建建瓯）人，南宋词人。

②子规：杜鹃。

③节物：行事作风。

万俟雅言

万俟雅言，精于音律，自号词隐。崇宁①中，充大晟（shèng）府②制撰，按月用律进词，故多新声。《草堂》选载其三词及《梅花引》二首而已。其《大声集》多佳者，山谷称之为一代词人。黄玉林云：“雅言之词，发妙音于律吕之中，运巧思于斧凿之外，盖词之圣也。”今约载其二

春日闲愁

院落清明，东风抚杨柳，佳人衣衫单薄，伴着寡酒，慢慢地饮尽闲愁，待酒醒，春意已消。

篇，《昭君怨》云："春到南楼雪尽，惊动灯期花信。小雨一番寒。倚阑干。　莫把阑干倚。一望几重烟水。何处是京华，暮云遮。"《卓牌儿》云："东风绿杨天，如画出清明院宇。玉艳淡泊，梨花带月，燕支零落，海棠经雨。单衣怯黄昏，人正在、珠帘笑语。相并戏蹴（cù）秋千，共携手，同倚阑干，暗香时度。　翠窗绣户。路缭绕、潜通幽处。断魂凝伫。嗟不似飞絮。闲闷闲愁，难消遣，此日年年意绪。无据。奈酒醒春去。"

［注释］

①崇宁：宋徽宗年号，1102 年至 1106 年使用。

②大晟府：北宋掌管乐律的官署。大司乐为长官，典乐为副。

黄玉林

黄玉林，名昇，字叔旸，有散花庵，人止称花庵云。尝选唐宋词名曰《绝妙词选》，与《草堂诗余》相出入。今《草堂》词刻本多误字及失名字者，赖此可证。此本世亦罕传，予得录于王吏部相山子名嘉宾。玉林之词附录卷尾，凡四十首。《草堂》词选其二，"南山未解松梢雪[1]"及"枕铁棱棱近五更[2]"是也。然非其佳者。其《月照梨花》一首云："昼景。方永。重帘花影。好梦犹酣，莺声唤醒。门外风絮交飞。送春归。　修蛾[3]画了无人问。几多别恨。泪洗残妆粉。不知郎马何处嘶。烟草萋迷鹧鸪啼。"此首有《花间》遗意。又《贺新郎·梅》词云："自扫梅花下。问梢头、冷蕊疏疏，几时开也？间者阔焉今久矣，多少幽怀欲写。有谁是，孤山流亚。香月一联真绝唱，与诗人千载为嘉话。余兴味，付来者。　清癯(qú)[4]不恋雕阑榭。待与君，白发相欢，竹篱茅舍。喜甚今年无酒禁，溜溜小漕压蔗。已准拟，霜天雪夜。自醉自吟人自笑，任解冠落佩从嘲骂。书此意，寄同社。”此词用文句，入音律而不酸，宋词之体也。其余若“九日”词“兰佩秋风冷，茱囊晚露新。”“秋怀”词：“月印金枢晓未收。”，“夜凉”词“冰雪襟怀，琉璃世界，夜气清如许”，“暮春”词：“戏临小草书团扇，自拣残花插净瓶。”又：“夜来能有几多寒，已瘦了梨花一半。”《赠丁南邻》云。“待踞龟食蛤，相期汗漫[5]，与烟霞会。”用卢敖[6]事也，见《淮南子》。

［注释］

①南山未解松梢雪：语出黄升《菩萨蛮》：“南山未解松梢雪。西山已挂梅梢月。说似玉林人。人间无此清。　此身元是客。小住娱今夕。拍手凭阑干。霜风吹鬓寒。”

②枕铁棱棱近五更：语出黄昇《南乡子》：“万籁寂无声。衾铁棱棱近五更。香断灯昏吟未稳，凄清。只有霜华伴月明。　应是夜寒凝。恼得梅花睡不成。我念梅花花念我，关情。起看清冰满玉瓶。”

③修蛾：细长的眉毛。

④清癯：清瘦的意思。

⑤汗漫：渺茫而不可知。

⑥卢敖：秦时方士，被秦始皇征召为博士，以求长生不老的方法。据《淮南子·道应训》记载，卢敖曾在北海遇到一为仙人，便想随同一块成仙，那人听完笑着说：“吾与汗漫期于九垓之外，吾不可以久留。”然后便举臂飞入云中。

评稼轩词

庐陵陈子宏[1]云：蔡光工于词。靖康[2]中，陷虏庭。辛幼安尝以诗词谒之，蔡曰：“子之诗则未也，他日当以词名家。”故稼轩归宋，晚年词笔尤高。尝作《贺新郎》云：“绿树听鹈鴂（tí jué）。更那堪杜鹃声住，鹧鸪声切。啼到春归无寻处，苦恨芳菲都歇。算未抵、人间离别。马上琵琶关塞黑，更长门翠辇辞金阙。看燕燕，送归妾。　　将军百战身名裂。向河梁[3]回头万里，故人长绝。易水萧萧西风冷，满座衣冠似雪。正壮士、悲歌未彻。啼鸟还知如许恨，料不啼清泪，长啼血。谁伴我，醉明月。”此词尽集许多怨事，全与李太白拟《恨赋》手段相似。又“止醉”《沁园春》云：“杯、汝前来。老子今朝，点检形骸。甚长年抱渴，咽如焦釜，于今喜溢，气似奔雷。漫说刘伶[4]，古今达者，醉后何妨死便埋。浑如许，叹汝于知己，真少恩哉！　　更凭歌舞为媒。算合作、人间鸩（zhèn）毒猜。况怨无大小，生于所爱，物无美恶，过则为灾。与汝成言，勿留亟退，吾力犹能肆汝杯。杯再拜，道麾之即去，有召须来。”此又如《宾戏》《解嘲》等作，乃是把做古文手段寓之于词。“赋筑偃湖”云：“迭嶂西驰，万马回旋，众山欲东。正惊湍直下，跳珠倒溅，小桥横截。新月初弓。老合投闲，天教多事，检校长身十万松。吾庐小、在龙蛇影外，风雨声中。　　争先见面重重。看爽气，朝来三四峰。似谢家子弟[5]，衣冠磊落，相如庭户，车骑雍容。我觉其间，雄深雅健，如对文章太史公[6]。新堤路，问偃湖何日，烟水蒙蒙。”且说松而及谢家、相如[7]、太史公，自非脱落故常者，未易闯其堂奥。刘改之所作《沁园春》，虽颇似其豪，而未免于粗。近日作词者，惟说周美成、姜尧章，而以东坡为词诗，稼轩为词论。此说固当，

盖曲者曲也，固当以委曲为体。然徒狃⑧于风情婉娈，则亦易厌。回视稼轩所作，岂非万古一清风哉。或云：周、姜晓音律，自能撰词调，故人尤服之。

［注释］

①陈子宏：陈模（生卒年不详），字子宏，南宋庐陵（今江西吉安）人，南宋末词人。著有《怀古录》三卷，上卷论诗、中卷论词、下卷论文。

②靖康：宋钦宗年号，1126年至1127年使用。靖康二年（1127）四月金军攻破东京（今河南开封），掳走徽宗、钦宗二帝和后妃、皇子、宗室、贵卿等数千人，北宋灭亡，史称“靖康之难”。

③河梁：本意是桥，后引申为送别之地。语出汉李陵《与苏武》诗其三：“携手上河梁，游子暮何之？”

④刘伶：字伯伦，（生卒年不详），西晋沛国（今安徽宿州）人，“竹林七贤”之一。以善饮闻名，作有《酒德颂》，叙述纵酒放诞的情趣。

⑤谢家子弟：东晋士族大家，谢家子弟中有很多名人，如谢安、谢玄等。后世常用“谢家子弟”来代指名门望族。

⑥太史公：指司马迁。

⑦相如：即司马相如，西汉辞赋家。

⑧狃：拘泥。

卷五

虞美人草

《贾氏谈录》[1]云："褒斜谷[2]中，有虞美人草[3]，状如鸡冠，花叶相对。"《益州草木记》云："雅州名山县出虞美人草，唱《虞美人》曲，应拍而舞。"《酉(yǒu)阳杂俎》[4]云："舞草出雅州。"《益州方物圆赞》："虞作娱。"唐人旧曲云："帐中草草军情变。月下旌旗乱。揽衣推枕怆离情。远风吹下楚歌声。正三更。　乌骓欲上重相顾。艳态花无主。手中莲锷[5]凛秋霜。九泉归去是仙乡。恨茫茫。"宋黄载万[6]和云："世间离恨何时了。不为英雄少。楚歌声起霸图休。玉帐佳人血泪满东流。　葛荒葵老芜城暮。玉貌知何处。至今芳草解婆娑。只有当时魂魄未消磨。"

虞姬自刎

楚歌声起霸图休。玉帐佳人，血泪满东流。虞姬在军帐中自刎，是在项羽四面楚歌之时，后人对虞美人的叹息，一半是为美人玉碎，一半是为英雄末路。

[注释]

①《贾氏谈录》：又名《贾黄中谈录》，五代张洎所撰笔记。辑录了宋左补阙贾黄中关于唐代台阁逸闻的言论。张洎（934—997），字思黯，后改字偕仁，滁州全椒（今安徽全椒）人。起初为南唐的知制诰中书舍人，归宋后，为史馆修撰、翰林学士，终官至参知政事。

②褒斜谷：地名，褒河和斜水（今称石头河）之间的谷地，自古便是秦岭南北交通的要道。

③虞美人草：又名丽春花、赛牡丹，罂粟科罂粟属草本植物，花色多样，浓艳华美。

④《酉阳杂俎》：唐代笔记集，段成式撰，共三十卷，内容包罗万象，保存了丰富的史料、神话传说、民间故事等。

⑤莲锷：莲花形的凸纹，常用以代指锋利的宝剑。

⑥黄载万：黄大舆（生卒年不详），字载万，号岷山耦耕。擅长乐府，有词集《乐府广变风》，现已佚。

并蒂芙蓉词

宋政和癸巳[1]大晟乐成。嘉瑞既生，蔡元长[2]以晁端礼次膺[3]荐于徽宗。诏乘驿赴阙。次膺至都下，会禁中嘉莲生，异苞合趺[4]，敻（xiòng）[5]出天造，人意有不能形容者。次膺效乐府体属词以进，名《并蒂芙蓉》。上览之，称善，除大晟乐府协律郎，不克受而卒。其词云："太液[6]波澄，向鉴中照影，芙蓉同蒂。千柄绿荷深，并丹脸争媚。天心眷临圣日，殿宇分明敞嘉瑞。弄香嗅蕊。愿君王，寿与南山齐比。

池边屡回翠辇，拥群仙醉赏，凭阑凝思。萼绿揽飞琼，共波上游戏。西风又看露下，更结双双新莲子。斗妆竞美。问鸳鸯，向谁留意。"不惟造语工致，而曲名亦新，故录于此。然大臣谀，小臣佞，不亡何俟[7]乎！

［注释］

①政和癸巳：即1113年。政和，宋徽宗年号，1111年至1118年使用。

②蔡元长：即指蔡京。

③晁端礼次膺：晁端礼（1046—1113），字次膺，北宋词人，词作大多含蕴婉约。

④异苞合趺：即并蒂莲。趺，本意是脚背，这里指花蒂。

⑤夐：远。

⑥太液：太液池的简称，本为汉代宫廷中的池名，后泛指宫中的池塘。

⑦俟：等待。

宋徽宗词

宋徽宗[1]北随金虏，后见杏花，作《燕山亭》一词云："裁剪冰绡，轻叠数重，冷淡胭脂凝注。新样靓妆，艳溢香融，羞杀蕊珠宫女。易得雕零，更多少无情风雨。愁苦。闲院落凄凉，几番春暮。　　凭寄离恨重重，这双燕何曾，会人言语。天遥地远，万水千山，知他故宫何处？怎不思量，除梦里有时曾去。无据。和梦也，有时不做。"词极凄惋，亦可怜矣。又《在北遇清明日》诗曰："茸母[2]初生认禁烟，无家对景倍凄然。帝城春色谁为主，遥指乡关涕泪连。"又戏作小词云："孟婆孟婆，你做些方便。吹个船儿倒转。""茸母""孟婆"，正是的对。

[注释]

①宋徽宗：名赵佶（1082—1135），北宋第八位皇帝。自号宣和主人、道君太上皇帝等，在位二十五年，重用蔡京、童贯等奸臣，导致政治腐败。宣和七年（1125），金军南下攻宋。他传位钦宗赵桓，自称太上皇。靖康二年（1127），与钦宗一道被金军掳走，最终被折磨而死。擅长书画，工婉约词，自创"瘦金体"书法。

②茸母：植物名，又称鼠曲草。据明李时珍《本草纲目·草五·鼠曲草》："鼠耳，言其叶形如鼠耳，又有白毛蒙茸似之，故北人呼为茸母。"

孟　婆

俗谓风曰"孟婆"，蒋捷词云："春雨如丝，绣出花枝红袅。怎禁他孟婆合早。”宋徽宗词云：“孟婆好做些方便。吹个船儿倒转。”江南七月间有大风，甚于舶趠[1]，野人相传以为孟婆发怒。按北齐李騊駼[2]聘陈[3]，问陆士秀，江南有孟婆，是何神也。士秀曰：“《山海经》，帝之二女，游于江中，出入必以风雨自[4]。以帝女，故曰孟婆[5]。犹《郊祀志》以地神为泰媪[6]。”此言虽鄙俚，亦有自来矣。

[注释]

①舶趠：即舶趠风，是梅雨季节结束夏季开始时的季风。

②李騊駼：南北朝时北齐官员，任尚书郎、鄚县令、散骑常侍等职，入隋后任永安太守。

③聘陈：出访陈朝。

④“《山海经》”四句：典出《山海经·中次十二经》：“洞庭之山，帝之二女居之，是常游于江渊。”

⑤“以帝女”二句：因为“帝女”身份最为高贵，所以才附会有“孟婆”一说。孟，古代称行一为“孟”，引申为高贵。

⑥泰媪：地神。语出《汉书·郊祀志》：“惟泰元尊，媪神蕃厘，经纬天地，作成四时。”

忆君王

徽宗被虏北行，谢克家[1]作《忆君王》词云：“依依宫柳拂宫墙。宫殿无人春昼长。燕子归来依旧忙。忆君王。月照黄昏人断肠。”忠愤之气，寓于声律，宜表出之，其调即《忆王孙》也。

宫中望月

二帝北掳，宋室南渡，北宋的宫殿废弃了，杨柳依旧，燕舞依旧，但是宫中却再无帝王的踪影，词人坐在宫墙下，望着中天的月亮，亡国之恨涌上心头。

[注释]

①谢克家（？—1134）：字任伯，上蔡（今河南上蔡）人，进士出身，官至参知政事，曾亲历靖康之变，词仅存《忆君王》一首。

陈敬叟

陈敬叟[1]，名以庄，号月溪。有《水龙吟》一首，自注："记钱塘之恨。"盖谢太后随北虏去事也。其词曰："晚来江阔潮平，越船吴榜催人去。稽山滴翠，胥涛[2]溅恨，一襟离绪。访柳章台，问桃仙圃，物华如故。向秋娘[3]渡口，泰娘[4]桥畔，依稀是、相逢处。　窈窕青门紫曲，旧罗衣、新番金缕。仙音恍记，轻拢慢捻[5]，哀弦危柱。金屋难成，阿娇已远[6]，不堪春暮。听一声杜宇，红殷丝老，雨花风絮。"是时谢太后年七十余，故有"金屋阿娇，不堪春暮"之句。又以秋娘、泰娘比之，盖惜其不能死也。有愧于苻登之毛氏[7]、窦建德之曹氏多矣。同时孟鲠有《折花怨》云："匆匆杯酒又天涯。晴日墙东叫卖花。可惜同生不同死，却随春色去谁家。"鲍輗[8]亦有诗云："生死双飞亦可怜。若为白发上征船。未应分手江南去，更有春光七十年[9]。"噫！妇人不足责，误国至此者，秦桧、贾似道可胜诛哉。

[注释]

①陈敬叟：陈以庄（生卒年不详），字敬叟，号月溪，建安（今福建建瓯）人，南宋词人。

②胥涛：相传春秋时伍子胥被吴王所杀，死后尸弃江中，化为涛神。人多以胥涛指汹涌的波涛。

③秋娘：唐代杜秋娘，唐宪宗的妃子，原为歌姬，十分貌美。后人以秋娘代指青春美貌的女子。

④泰娘：原为唐代民间的歌女，美貌闻名京城。先后归韦执谊，蕲州刺史张愻，最终流落民间。时人以泰娘代指歌女。

⑤轻拢慢捻：形容轻巧从容弹奏乐器的样子。拢，用手指在弦上按。捻，弹奏。语出唐白居易《琵琶行》："轻拢慢捻抹复挑，初为霓裳后六幺。"

⑥"金屋难成"二句：化用自"金屋藏娇"。典出《汉武故事》："若得阿娇作妇，当作金屋贮之。"

⑦苻登之毛氏：指十六国前秦苻登的皇后毛氏，擅长骑马射箭且相貌美丽，曾助苻登大战姚苌，后为姚苌所掳，守节而死。

⑧鲍轵：生卒年、字号不详，括苍（今浙江丽水）人，元代诗人，以宋遗民自居，以教书为业，为人放诞嗜酒。今存诗七首。

⑨"生死双飞亦可怜"四句：语出鲍轨《重回钱塘》诗。

陈刚中词

天台陈刚中孚①在燕，端阳日②当母诞，作《太常引》二首云："彩丝堂敞簇兰翘。记生母、在今朝。无地捧金蕉③。奈烟水、龙沙路遥。　　碧天迢递，白云何处，急雨潇潇。万里梦魂销。待飞逐、钱塘夜潮。"其二："短衣孤剑客乾坤。奈无策、报亲恩。三载隔晨昏。更疏雨、寒灯断魂。　　赤城霞外，西风鹤发，犹想倚柴门。蒲酳④漫盈樽。倩谁写、青衫泪痕。"时为编修云。

[注释]

①陈刚中：陈孚（1259—1309），字刚中，号勿庵，元代学者，曾在河南上蔡书院讲学，历任国史院编修、礼部郎中等职，后官至天台路总管府治中。诗文不事雕琢，多描摹风土人情，七言古体诗最出色，著有《观光集》《交州集》等。

②端阳日：即端午节。

③金蕉：酒杯名，这里指美酒。

④蒲酳：菖蒲酒，自汉代起被历代作为御酒。

惜分钗

吕圣求《惜发钗》一词云：“春将半，莺声乱。柳丝拂马花迎面。小堂风，暮楼钟。草色连云，暝色连空。重重。

秋千畔，何人见。宝钗斜照春妆浅。酒霞红，与谁同？试问别来，近日情悰(cóng)[1]。忡忡[2]。”此词妙在足韵。

[注释]

①悰：欢乐，乐趣。

②忡忡：忧虑的样子。

邹志完、陈莹中词

薄酒送别

一樽薄酒。满酌劝君君举手。不是朋亲，谁肯相从寂寞滨？　人生似梦。梦里惺惺何处用。盏倒休辞，醉后全胜未醉时。

《复斋漫录》[1]云：邹志完[2]徙昭，陈莹中[3]贬廉，间以长短句相谐乐。“有个胡儿模样别，满颔髭须，生得浑如漆。见说近来头也白，髭须那得长长黑。　镊(niè)子摘来，须有千茎雪。莫向细君容易说。恐他嫌你将伊摘。”此莹中语，谓志完之长髭也。“有个头陀修苦行，头上头发掺掺。身披一副黪(cǎn)[4]裙衫。紧缠双脚，苦苦要游南。　闻说度牒(dié)[5]一朝到，并除颔下髭(zī)髯。钵中无粥住无庵。摩登伽处，只恐却重参。”此志完语，谓莹中之多欲也。广陵马推官往来二公间，亦尝以诗词赠之。“有才何事老青山，十载低回北斗南。肯伴雪髯千日醉，此心真与古人参。”“不见故人今几年，年来风物尚依然。遥知闲望登临处，极目江湖万里天。”志完语也。“一樽薄酒，满酌劝君君举手。不是朋亲，谁肯相从寂寞滨？　　人生似梦，梦里惺惺何处用。盏倒休辞，醉后全胜未醉时。”莹中语也。初，志完自元符[6]间贬新州。徽宗即位，以中书舍人召。未几，谪零陵别驾，龙水安置。未几，徙昭焉。

[注释]

①《复斋漫录》：一般作《能改斋漫录》，南宋笔记集，吴曾撰。吴曾（生卒年不详），字虎臣，因依附秦桧，历任右承奉郎、宗正寺主簿、太常丞、工部郎中等职。

②邹志完：邹浩（1060—1111），字志完，号道乡居士，常州晋陵（今江苏常州）人。进士出身，一度因得罪权臣而被罢官入狱，后得平反，官至兵部侍郎、龙图阁学士。

③陈莹中：陈瓘（1057—1124），字莹中，号了翁，南剑州沙县（今福建沙县）人。进士出身，因触犯权臣而被贬廉州，为人谦和矜直。

④黪：浅黑色。

⑤度牒：古代官方发给僧侣的身份证明。

⑥元符：宋哲宗年号，1098年至1100年使用。

词　谶

《复斋漫录》云：邓肃[1]谓余曰：宣和五年，初复九州，天下共庆，而识者忧之也。都下盛唱小词云：“喜则喜得入手，愁则愁不长久。欢则欢我两个厮守，怕则怕人来破斗。”虽三尺之童皆歌之，不知何谓也。七年，九州复陷，岂非

不长久也。郭药师②，契丹之帅也，我用以守疆。启敌国祸者郭尔，非破斗之验耶？

［注释］

①邓肃（1091—1132）：字志宏，南剑州沙县（今福建沙县）人。宋朝官员，与李纲为忘年之交，少年机敏，擅长诗文，在太学时由于写诗讽喻徽宗横征暴敛以至民不聊生，被除名。后被李纲推荐，赐进士出身。李纲罢相后，上书为李纲辩护，言辞激烈，被罢官。其词高雅秀极，有《栟榈集》三十卷。

②郭药师：铁州（今辽宁盖州）人。本为辽将，辽亡后归宋，后又降金。

无名氏扑蝴蝶词

苕溪渔隐曰：旧词高雅，非近世所及。如《扑蝴蝶》一词，不知谁作，非惟藻丽可喜，其腔调亦自婉美。词云：“烟条雨叶，绿遍江南岸。思归倦客，寻芳来较晚。岫（xiù）①边红日初斜，陌上花飞正满。凄凉数声羌管。　　怨春短。玉人应在，明月楼中画眉懒。蛮笺锦字②，多少鱼雁断。恨随去水东流，事与行云共远。罗衾旧香犹暖。”

［注释］

①岫：山中洞穴。

②蛮笺锦字：指书信。蛮笺，唐宋时多用高丽纸，故称。锦字，华美的文字。

曹元宠词

苕溪渔隐曰：曹元宠本善作词，特以《红窗迥》戏词盛行于世，遂掩其名。如“望月”《婆罗门》一词，亦岂不佳？词云：“涨云暮卷，漏声不到小帘栊。银河淡扫澄空。

皓月当轩高挂，秋入广寒宫。正金波不动，桂影朦胧。佳人未逢，叹此夕与谁同。望远伤怀对影，霜满秋红。南楼何处，想人在长笛一声中。凝泪眼、立尽西风。”此词语病，在“霜满秋红”之句，时太早尔。曾端伯[1]编《雅词》，乃以此为杨如晦[2]作，非也。

[注释]

①曾端伯：曾慥（？—1155），字端伯，号至游居士，晋江（今福建晋江）人，南宋敌人。曾依附秦桧，晚年潜心学道，笃信神仙之说，编有《集神仙传》。

②杨如晦：杨景（生卒年不详），字如晦，颍昌（今河南许昌）人，南宋词人。

王采渔家傲词

《复斋漫录》云：王采辅道[1]，观文韶[2]子也。徽宗朝，妄奏天神降于家，卒以此受祸。人以其父熙河妄杀之报尔。尝为《渔家傲》词云：“日月无根天不老，浮生总被消磨了。陌上红尘常扰扰。昏复晓，一场大梦谁先觉？　洛水东流山四绕，路傍几个新华表[3]。见说在时官职好。争通道，冷烟寒雨埋荒草。”

[注释]

①王采辅道：应为王寀（1078—1118？），字辅道，北宋书画家。历任翰林学士、兵部侍郎等职。善词文，性格豪爽。

②观文韶：王韶（1030—1081），字子纯，北宋名将，以军功拜观文殿学士、礼部侍郎，后官至枢密副使。以奇计、奇捷、奇赏著称。

②华表：古代立在宫殿、陵墓等建筑前做装饰用的高大石柱，柱身上多雕刻祥瑞图案，顶部有横插的雕花石板。

洪觉范浪淘沙

《冷斋夜话》[1]云：予留南昌，久而忘归。独行无侣，意绪萧然。偶登秋屏阁望西山，于是浩然有归志，作长短句寄意。其词曰："城里久偷闲，尘涴云衫。此身已是再眠蚕。隔岸有山归去好，万壑千岩。　　霜晓更凭栏，灭尽晴岚。微云生处是茅庵。试问此生谁作伴，弥勒同龛。"

[注释]

①《冷斋夜话》：北宋德洪著。所载内容广泛，内容介于笔记与诗话之间。德洪，字觉范，北宋诗僧。

洪觉范禅师赠女真词

颜真卿

颜真卿，字清臣，唐代中期杰出的书法家。其与柳公权并称"颜筋柳骨"。

《复斋漫录》云："临川距城南一里，有观曰魏坛，盖魏夫人[1]经游之地，具诸颜鲁公[2]之碑。以故诸女真[3]嗣续不绝，然而守戒者鲜矣。陈虚中崇宁间守临川，为诗曰："夫人在兮若冰雪，夫人去兮仙迹灭。可惜如今学道人，罗裙带上同心结。"洪觉范尝以长短句赠一女真云："十指嫩抽春笋，纤纤玉软红柔。人前欲展强娇羞，微露云衣霓

袖。　　最好洞天春晚，《黄庭》[4]卷罢清幽。凡心无计奈闲愁，试捻花枝频嗅。”

［注释］

①魏夫人：名华存（生卒年不详），字贤安，西晋兖州任城（今山东济宁）人。自小好僧道，慕神仙，笃信玄老之说，据说最终成仙而去。

②颜鲁公：即颜真卿，因曾受封鲁郡公，世称“颜鲁公”。

③女真：这里是女道士的意思。

④《黄庭》：指《黄庭经》，道教上清派的重要经典，同时也是内丹修炼的主要经典。

钱思公词

《侍儿小名录》[1]云：钱思公[2]谪汉东日，撰《玉楼春》词曰：“城上风光莺语乱。城下烟波春拍岸。绿杨芳草几时休，泪眼愁肠先已断。　　情怀渐变成衰晚。鸾镜朱颜惊暗换。往年多病厌芳樽，今日芳樽惟恐浅。”每酒阑歌之，则泣下。后阁有白发姬，乃邓王[3]歌鬟(huán)惊鸿也。遽[4]言：“先王将薨[5]，预戒挽铎[6]中歌《木兰花》引绋(fú)[7]为送。今相公亦将亡乎？果薨于随州。”邓王旧曲亦尝有“帝乡烟雨锁春愁，故国山川空泪眼”之句。

［注释］

①《侍儿小名录》：宋代小说集，内容是都有关侍女的故事。

②钱思公：钱惟演（977—1034），字希圣，钱塘（今浙江杭州）人，北宋大臣，西昆体重要诗人。吴越忠懿王钱俶第十四子，跟随钱俶归宋，历任右神武将军、命直秘阁等职，累迁工部尚书、枢密使。博学能文，著有《家王故事》《金坡遗事》等。卒谥“思”，后改“文僖”。

③邓王：指钱俶，归宋后封邓王。

④遽：遂，就。

⑤薨：诸侯之死。

⑥铎：古代乐器，形似大铃，一般用于军旅或祭祀。

⑦引绋：出殡时拉着系在棺材上的绳子，引申为送葬。

刘后村

刘克庄，字潜夫，号后村。有《后村别调》一卷，大抵直致近俗，效稼轩而不及也。"梦方孚若[1]"《沁园春》云："何处相逢，登宝钗楼[2]，访铜雀台。唤厨人斫就，东溟鲸脍[3]，圉(yǔ)人[4]呈罢，西极龙媒[5]。天下英雄，使君与操，余子谁堪共酒杯[6]！车千乘，载燕南赵北，剑客奇材。　饮酣画鼓如雷，谁信被、晨鸡催唤回。叹年光过尽，功名未立，书生老去，机会方来。使李将军[7]，遇高皇帝[8]，万户侯、何足道哉！推衣起，但凄凉感旧，慷慨生哀。"举一以例，他词类是。其"咏菊"《念奴娇》后段云："尝度铨(quán)次[9]群芳，梅花差可，伯仲之间耳。佛说诸天金色界，未必庄严如此。尚友灵均[10]，定交元亮[11]，结好天随子。篱边坡下，一杯聊泛霜蕊。"亦奇甚。"送陈子华帅真州"云："记得太行

煮酒论英雄

曹操灭吕布后，带着刘、关、张回到许昌，刘备以种菜掩饰胸中的大志。可是曹操却在与他对饮之时点评天下英雄，并说："今天下英雄，唯使君与操耳。"一语未落，惊落了刘备的匙箸。观后来两人的事迹，果然是天下英雄。

兵百万，曾入宗爷驾御。今把做、握蛇骑虎。堪笑书生心胆怯，向车中闭置如新妇。空目送，孤鸿去。”庄语亦可起懦。“旅中”《浪淘沙》云：“纸帐素屏遮，全似僧家。无端霜月闯窗纱。惊起玉关征戍梦，几叠寒笳。岁晚客天涯，鬓发苍华。今年衰似去年些。诗酒近来都减价，辜负梅花。”见《天机余锦》。

［注释］

①方孚若：方信孺（1177—1222），字孚若，号好庵，兴化军莆田县（今属福建）人，与刘克庄同乡，力主抗金。为人豪放不羁，嫉恶如仇，词风豪迈大气。

②宝钗楼：宝钗楼，唐宋时咸阳的酒楼名。

③东溟鲸鲙：用东海的鲸鱼做成的肉条。典出《庄子·外物》：“任公子为大钩巨缁，五十犗以为饵，蹲乎会稽，投竿东海，旦旦而钓，期年不得鱼。已而大鱼食之，牵巨钩，錎没而下，骛扬而奋鬐，白波如山，海水震荡，声侔鬼神，惮赫千里。任公得若鱼，离而腊之，自制河以东，苍梧已北，莫不厌若鱼者。”

④圉人：指养马的人。

⑤龙媒：比喻宝马。

⑥“天下英雄”三句：意思是称赞方孚若是英雄。典出《三国志·蜀书·先主传》：“是时，曹公从容谓先主曰：‘今天下英雄，唯使君与操耳。’”

⑦李将军：即李广，汉代大将，军功卓越但一直未能封侯。

⑧高皇帝：指汉高祖刘邦。

⑨铨次：比较优劣。

⑩灵均：屈原字。

⑪元亮：陶渊明字。

刘伯宠

刘伯宠①，名褒，一字春卿，其词多俊语。“元夕”云：“金猊(ní)戏掣星桥锁。”“绛纱万炬，玉梅千朵。羯鼓喧空，鹍(kūn)弦②沸晓，樱梢微破。”“春日旅况”云：“遗策谁家，荡子唾

花，何处新妆。”“流红有恨，拾翠无心，往事凄凉。”“红泪不胜闺怨，白云应老他乡。”“送别”云：“红枕臂香痕未落，舟横岸、作计匆匆。”“愁如织，断肠啼鴂，饶舌诉东风。”

［注释］

①刘伯宠：刘褒（生卒年不详），字伯宠，武夷崇安（今福建）人，南宋词人，进士出身，官至司门郎中，擅长填词，长于抒情。

②鹍弦：代指用鹍筋做弦的琵琶。鹍，一种形似天鹅的大鸟。

刘叔安

刘叔安，名镇，号随如。“元夕”《庆春泽》[1]一首入《草堂》选。又有《阮郎归》云：“寒阴漠漠夜来霜，阶庭风叶黄。归鸦数点带斜阳，谁家砧杵忙？　灯弄幌，月侵廊。熏笼添宝香。小屏低枕怯更长。和云入醉乡。”亦清丽可诵。其“咏茉莉”云：“月浸阑干天似水，谁伴秋娘窗户。”评者以为不言茉莉，而想象可得，他花不能承当也。又“春宴[2]”云：“庭花弄影，一帘香月娟娟。”有富贵蕴藉之味。“饯元宵”“饯春”二词皆奇，南渡填词巨工也。

［注释］

①《庆春泽》：全词为：“灯火烘春，楼台浸月，良宵一刻千金。锦步承莲，彩云簇仗难寻。蓬壶影动星球转，映两行、宝珥瑶簪。恣嬉游，玉漏声催，未歇芳心。　笙歌十里夸张地，记年时行乐，憔悴而今。客里情怀，伴人闲笑闲吟。小桃未静刘郎老，把相思、细写瑶琴。怕归来，红紫欺风，三径成阴。”

②春宴：词牌为《汉宫春》，全词为：“日软风柔，望暖红连岛，晴绿平川。寻芳拾蕊，胜伴陌上鲜妍。玉骢归路，记青门、曾堕吟鞭。人去后，庭花弄影，一帘香月娟娟。　追念旧游何在，叹佳期虚度，锦瑟华年。博山夜来烬冷，谁换沉烟。屏帏半掩，奈梦云、不到愁边。春易老，相思无据，闲情分付鱼笺。”

施乘之

施乘之[1]，号枫溪。“野外元夕[2]”云：“休言冷落山家，山翁本厌繁华。试问莲灯千炬，何如月上梅花。”高情可想也。

[注释]

①施乘之：号枫溪，宋代词人，生平不可考。

②野外元夕：词牌为《清平乐》，全词为：“风消云缕。一碧无今古。欲坏上元天不许，晴了晚来些雨。　　莫言冷落山家，山翁本厌繁华。试问莲灯千炬，何如月上梅花。”

戴石屏

戴石屏，名复古，字式之，能诗，“江湖四灵[1]”之一也。词一卷，惟“赤壁怀古”《满江红》[2]一首，句有：“万炬临江貔虎噪，千艘烈炬鱼龙舞。”“几度东风吹世换，千年往事随潮去。”而全篇不称。《临江仙》一首差可。见予所选《百琲(bèi)明珠》。余无可取者。方虚谷议其胸中无百字成诵书故也。

[注释]

①江湖四灵：疑为“永嘉四灵”，指徐照、徐玑、翁卷、赵师秀四人，其中并无戴复古，当为杨慎之误。

②《满江红》：全词为：“赤壁矶头，一番过、一番怀古。想当时，周郎年少，气吞区宇。万骑临江貔虎噪，千艘列炬鱼龙怒。卷长波、一鼓困曹瞒，今如许？　　江上渡，江边路。形胜地，兴亡处。览遗踪，胜读史书言语。几度东风吹世换，千年往事随潮去。问道傍、杨柳为谁春，摇金缕。”

张宗瑞

张宗瑞[1]，鄱阳人，号东泽，词一卷，名《东泽绮语》。读其词，皆倚旧腔，而别立新名，亦好奇之过也。《草堂》词选其《疏帘淡月》一篇，即《桂枝香》也。予爱其《垂杨碧》一篇，即《谒金门》。其词云：“花半湿。睡起一窗晴色。千里江南空咫尺，醉中归梦直。　前度兰舟送客。双鲤沉沉消息。楼外垂杨如此碧。问春来几日？”

［注释］

①张宗瑞：张辑（生卒年不详），字宗瑞，号东泽，因在庐山隐居，世称庐山道人，南宋词人。

李公昴

李公昴[1]，名昴英，号文溪，资州盘石人。“送太守”词“有脚艳阳难驻”一词得名。然其佳处不在此。文溪全集，予家有之。其《兰陵王》一首绝妙，可并秦、周。其词云：“燕穿幕。春在深深院落。单衣试，龙沫旋熏[2]，又怕东风晓寒薄。别来情绪恶，瘦得腰围柳弱。清明近，正似海棠，怯雨芳疏任飘泊。　钗留去年约。恨易老娇莺，多误灵鹊。碧云杳杳天涯各。望不断芳草，又迷香絮，回文强写字屡错。泪欲注还阁。　孤酌。信春脚。更彩局谁欢，宝轸（zhěn）[3]慵学。阶除拾取飞花嚼。是多少春恨，等闲吞却。猛拍阑干，叹命薄。悔旧诺。”

［注释］

①李公昴：即李昴英（生卒年不详），字俊明，号文溪，南宋词人。进士出身，官至大宗正卿，兼国史院编修官、实录院检讨官，又兼翰林侍讲学士。曾以《摸鱼儿》一词送与太平州太守王子文而闻名。

②龙沫旋熏：龙涎香的烟香盘旋着上升。龙沫，即龙诞香。

③宝轸：这里代指古琴。轸，古琴的部件。

陆放翁

放翁词纤丽处似淮海[1]，雄慨处似东坡。其“感旧”《鹊桥仙》一首：“华灯纵博，雕鞍驰射，谁记当年豪举。酒徒一半取封侯，独去作、江边渔父。　轻舟八尺，低篷三扇，占断蘋洲烟雨。镜湖元自属闲人，又何必、官家赐与。”英气可掬，流落亦可惜矣。其“坠鞭京洛，解佩潇湘”“欲归时，司空笑问，渐近处，丞相嗔狂[2]”，真不减少游。

陆 游

陆游，宋代诗人，是我国存诗最多的诗人。其诗风的雄健奔放，多抒发强烈的爱国主义激情。

［注释］

①淮海：即秦观。

②“坠鞭京洛”六句：语出陆游《玉蝴蝶》：“倦客平生行处，坠鞭京洛，解佩潇湘。此夕何年，来赋宋玉高唐。绣帘开、香尘乍起，莲步稳、银烛分行。暗端相。燕羞莺妒，蝶绕蜂忙。　难忘。芳樽频劝，峭寒新退，玉漏犹长。几许幽情，只愁歌罢月侵廊。欲归时，司空笑问，微近处，丞相嗔狂。断人肠。假饶相送，上马何妨。”

张东父

张震①，字东父，号无隐居士，蜀之益宁人也。孝宗朝为谏官，有直声。孝宗称其知无不言，言无不当。光宗朝以数直言去位。时称“王十朋去，省为之空。张震去，台为之空”。一代名臣也，而其词婉媚风流，乃知赋梅花者，不独宋广平②也。其《蓦(mò)山溪》③“青梅如豆”一首，《草堂》入选，而失其名字。

［注释］

①张震：字东父（生卒年不详），号无隐居士，南宋词人，孝宗时任中书舍人。

②宋广平：即宋璟（663—737），唐代名相，封广平郡公，故称宋广平。其咏梅诗为：“一片刚方铁石心，梅花冷淡独知音。君王外貌虽加敬，卖直谁知内忌深。”

③《蓦山溪》：原词为：“青梅如豆，断送春归去。小绿间长红，看几处、云歌柳舞。偎花识面，对月共论心，携素手，采香游，踏遍西池路。　水边朱户，曾记销魂处。小立背秋千，空怅望、娉婷韵度。杨花扑面，香糁一帘风，情脉脉，酒厌厌，回首斜阳暮。”

天风海涛

赵汝愚①《题鼓山寺》云：“几年奔走厌尘埃，此日登临亦快哉。江月不随流水去，天风常送海涛来。”朱晦翁②摘诗中“天风”、“海涛”字题匾，人不知其为赵公诗也。严次山有《水龙吟》题于壁云：“飚车飞上蓬莱，不须更跨琴高鲤。砉(huā)然③长啸，天风澒洞④，云涛无际。我欲乘桴，从兹浮海，约任公起。办虹竿千丈，犗钩五十，亲点对、连鳌饵⑤。　谁榜佳名空翠。紫阳仙去骑箕尾。银钩铁画⑥，龙拏凤翥[7]，留人间世。更忆东山，哀筝一曲，洒沾襟泪。到而今，幸有高亭遗爱，寓甘棠意。”此词前段言江山景，后段“紫阳仙去”指朱文公，“东山”“甘棠”指赵公也。赵诗、朱字、严词，可谓三绝。特记于此。

天风海涛

江月不随流水去，天风常送海涛来。天海江月都不曾变过，那常年奔走的人，他的容颜可有变化吗？在太多的奔波后，也许只有登临曾到过的山寺，才能找回当时的快哉吧。

［注释］

①赵汝愚（1140—1196）：字子直，饶州余干（今属江西）人，南宋官员。宋孝宗干道二年（1166）状元及第，官至吏部尚书。诗文俱佳，著有《忠定集》十五卷。

②朱晦翁：即朱熹，字元晦，后人尊称“晦翁”。

③砉然：高呼声，象声词。

④澒洞：水流汹涌的意思。

⑤“办虹竿千丈”四句：典出《庄子 · 外物》：“任公子为大钩巨缁，五十犗以为饵，蹲乎会稽，投竿东海，旦旦而钓，期年不得鱼。已而大鱼食之，牵巨钩，錎没而下，骛扬而奋鬐，白波如山，海水震荡，声侔鬼神，惮赫千里。任公得若鱼，离而腊之，自制河以东，苍梧已北，莫不厌若鱼者。”

⑥银钩铁画：形容书法刚健柔美。语出唐欧阳询《用笔论》：“徘徊俯仰，容与风流。刚则铁画，媚若银钩。”

⑦龙拏凤翥：原本比喻山势雄壮蜿蜒，这里比喻书法笔势飞动。

刘篁嵲

刘圻父[1]，字子寰，号篁嵲。早登朱文公之门，居麻沙[2]，有文集行世。其《玉楼春》云：“今来古往长安道，岁岁荣枯原上草。行人几度到江滨，不觉身随枫树老。　蒲花易晚芦花早，客里光阴如过鸟。一般垂柳短长亭，去路不如归路好。”颇有警悟。“观泉[3]”二句云：“静坐时看松鼠饮，醉眠不碍山禽浴。”亦新。

［注释］

①刘圻父：刘子寰（生卒年不详），字圻父，号篁嵘翁，南宋词人、学者，宋宁宗嘉定十年（1217）进士，曾在朱熹门下游学。文中名、字颠倒，应为杨慎之误。

②麻沙：地名，麻沙镇，在今福建建阳西。

③观泉：词牌为《满江红》，全词为：“云壑飞泉，蒲根下、悬流陆续。堪爱处，石池湛湛，一方寒玉。暑际直当磐石坐，渴来自引悬瓢掬。听泠泠、清响泻琮琤，胜丝竹。　寒照胆，消炎燠。清彻骨，无尘俗。笑幽人忻玩，滞留空谷。静坐时看松鼠饮，醉眠不碍山禽浴。唤仙人，伴我酌琼瑶，餐秋菊。”

刘德修

刘光祖[1]，字德修，号后溪，蜀之简州人。有《鹤林文集》，小词附焉。其《醉落魄》云：“春风开者。一时还共春风谢。柳条送我今槐夏。不饮香醪，辜负人生也。　曲塘泉细幽琴写。胡床[2]滑簟[3]应无价。日迟睡起帘钩挂。何不归与，花竹秀而野。”

［注释］

①刘光祖（1142—1222）：字德修，简州阳安（今四川简阳）人，南宋词人。进士出身，官至显谟阁直学士，著有《后溪集》十卷。

②胡床：古代坐具，类似折椅。

③滑簟：竹席。

潘庭坚

潘牥(fāng)[①]，字庭坚，号紫岩，乙未何梟榜及第第三人，美姿容。时有谚云“状元真何郎，榜眼真郭郎，探花真潘郎”也。庭坚以气节闻于时，词止《南乡子》[②]一首，《草堂》所选是也。首句“生怕倚阑干”，今本“生”误作“我”。

[注释]

①潘牥（1204—1246）：字庭坚，号紫岩，宋州福州闽县（今福建福州）人，进士出身，曾任太学正，著有《紫岩词》，今存词五首。

②《南乡子》：原词为：“生怕倚阑干，阁下溪声阁外山。惟有旧时山共水，依然，暮雨朝云去不还。　　应是蹑飞鸾，月下时时整佩环。月又渐低霜又下，更阑，折得梅花独自看。”

魏了翁

魏了翁[①]，字华父，号鹤山，邛州人。庆元己未第二人及第。与真西山[②]齐名，道学宗派，词不作艳语。长短句一卷，皆寿词也。《菩萨蛮》“寿范靖倅(zú)”云：“东窗五老峰前月，南窗九迭坡前雪。推出侍郎山，著君窗户间。　　《离骚》乡里住，却记庚寅度。挹取芷兰芳，酌君千岁觞。”又《鹧鸪天》“寿范靖州”云：“谁把璇(xuán)玑[③]运化工[④]，参旗又挂玉梅东。三三律琯[⑤]声余亥，九九元经卦起中。”又《水调歌头》[⑥]云：“玉围腰，金系肘，绣笼鞍。”宋代寿词，无有过之者。

[注释]

①魏了翁（1178—1237）：字华父，号鹤山，邛州蒲江（今四川蒲江）人，南

宋学者、词人。庆元五年（1199）进士，官至端明殿学士，卒谥文靖，追秦国公。推崇朱熹理学，但思想与陆九渊接近。工诗文，词风语意高旷，或清丽、或悲壮。著有《鹤山集》《九经要义》《师友雅言》等，词集有《鹤山长短句》。

②真西山：真德秀（1178—1235），字景元，后更为希元，本姓慎，因避孝宗讳改姓真，号西山，后世称其“西山先生”，福建浦城（今福建浦城县晋阳镇）人。南宋后期理学家，继朱熹之后的理学正宗传人。

③璇玑：北斗星，这里指上天。

④化工：自然造化。

⑤三三律琯：指五音中的黄钟。律琯，用竹管或金属管制成的定音器具，黄钟的律琯长九寸，故曰“三三”。

⑥《水调歌头》：全词为：“犹记端门外，鞭袖五更寒。一声天上钟析，金锁掣重关。君向紫宸上阁，我侍玉皇香案，都号舍人班。梦觉帝乡远，相对两苍颜。玉围腰，金系肘，绣笼鞯。乡人衮衮严近，五马度荆山。收拾五湖气度，卷束蟠胸兵甲，春意满人间。天锡公纯嘏，气象自平宽。”

吴毅甫

吴毅甫[1]，名潜，号履斋，嘉定丁丑状元。为贾似道所陷，南迁。有《履斋诗余》行世。有“送李御带祺[2]”一词：“报国无门空自怨，济时有策从谁吐。”亦自道也。李祺[3]号竹湖，亦当时名士。所著有《春秋王霸列国分纪》，予得之于市肆，故书中乃为传之，亦奇事也。并附见。

[注释]

①吴毅甫：吴潜（1195—1262），字毅夫，号履斋，宣州宁国（今属安徽）人。南宋官员、词人，历任授承事郎、参知政事等职。被奸臣排挤，先后两次罢相。与姜夔、吴文英等交往，但词风近于辛弃疾，多抒发济时忧国的抱负与报国无门的悲愤，格调沉郁，感慨特深。

②送李御带祺：词牌为《满江红》，全词为：“红玉阶前，问何事、翩然引去？湖海上，一汀鸥鹭，半帆烟雨。报国无门空自怨，济时有策从谁吐？过垂虹亭下系扁舟，鲈堪煮。　拼一醉，留春住。歌一曲，送君路。遍江南江北，欲归何处？

世事悠悠浑未了，年光冉冉今如许。试举头、一笑问青天，天无语。”

③李祺：字开伯（生卒年不详），吴郡（今江苏苏州）人，南宋学者，曾任国子司业。著有《春秋王霸列国世纪编》三卷。

履斋赠妓词

吴履斋有“赠建宁妓女”《贺新郎》词，集中不载，见于小说，今录于此：“可意人如玉。小帘栊，轻匀淡伫，道家装束。长恨春归无寻处，全在波明黛绿。看冶叶倡条非俗。比似江梅清有韵，更临风对月斜依竹。看不足，咏不足。　　曲屏半掩青山簇。正轻寒，夜永花睡，半欹残烛。缥渺九霞光里梦，香在衣裳剩馥。又只恐、铜壶[1]声促。试问送人归去后，对一奁(lián)[2]、花影垂金粟[3]。肠易断，恨难续。”

[注释]

①铜壶：即铜壶滴漏，古代计时工具。

②奁：古代用来盛放梳妆用具的匣子。

③金粟：即桂花。

向丰之

向丰之[1]，号乐斋，有《如梦令》一词云：“谁伴明窗独坐？我和影儿两个。灯尽欲眠时，影也把人抛躲。无那。无那。好个凄惶的我。”词似俚而意深，亦佳作也。

[注释]

①向丰之：向滈（生卒年不详），字丰之，南宋词人，著有《乐斋词》。

毛幵

望春愁

春花渐落，已是暮春时节，望向天外，只见空山寂寥，杜鹃啼血的哀鸣传进耳朵，憔悴的不只是春心，还有镜中的容颜。

毛幵(jiān)[1]小词一卷，惟予家有之。其《满江红》云：“泼火初收，秋千外，轻烟漠漠。春渐远，绿杨芳草，燕飞池阁。已着单衣寒食后，夜来还是东风恶。对空山寂寂杜鹃啼，梨花落。　伤别恨，闲情作。十载事，惊如昨。向花前月下，共谁行乐。飞盖低迷南苑路，湔(jiān)[2]裙怅望东城约。但老来、憔悴惜春心，年年觉。”此作亦佳，聊记于此。

［注释］

①毛幵：字平仲（生卒年不详），南宋词人，著有《樵隐词》。

②湔：用水洗。

蓦山溪

葛鲁卿[1]有《蓦山溪》一曲，咏天穿节郊射也。宋以前，以正月二十三日为天穿节。相传云：女娲氏以是日补天，俗以煎饼置屋上，名曰补天穿。今其俗废久矣。词云：“春风野外，卵色天如水。鱼戏舞绡纹，似出听、新声北里。追风骏足，千骑卷高门。一箭过，万人呼，雁落寒空里。

天穿过了，此日名穿地。横石俯清波，竞追随、新年乐事。谁怜老子，使得纵遨游，争捧手，共凭肩，夹路游人醉。”词不甚工，而事奇，故拈出之。“卯色天”用唐诗“残霞蹙水鱼鳞浪，薄日烘云卯色天”之句。东坡诗亦云：“笑把鸱夷②一杯酒，相逢卯色五湖天。”今刻苏诗不知出处，改卯色为柳色，非也。《花间》词“一方卯色楚南天③”，注以“卯”为“泖”，亦非。

[注释]

①葛鲁卿：葛胜仲（1072—1144），字鲁卿，丹阳（江苏丹阳）人，北宋词人。绍圣四年（1097）进士，累迁国子司业，官至文华阁待制，卒谥文康。著有《丹阳词》。

②鸱夷：本意是革囊，这里指酒器。

③一方卯色楚南天：语出唐孙光宪《河渎神》：“江上草芊芊，春晚湘妃庙前。一方卯色楚南天，数行征雁联翩。　独倚朱栏情不极，魂断终朝相忆。两桨不知消息，远汀时起鸂鶒。”

张即之书莫仑词

“听春教燕颦莺诉。朝朝花困风雨。六桥忘却清明后，碧尽柳丝千缕。蜂蝶侣。正闲觅，闲花闲草闲歌舞。最怜西子，尚薄薄云情，盈盈波泪，点点旧眉妩。　流红记，空泛秋宫怨句。才色何处娇妒。落红无限随风絮。诗恨有谁曾遇。堪恨处。恨二十四番花信催花去。东君暗苦。更多嘱多情，多愁杜宇，多诉断肠语。”此宋人莫仑①之词，张即之②书，孙生显祖家藏。墨迹如新，而字极怪。录其词如此。即之号樗(chū)寥。莫仑号若山。

[注释]

①莫仑：字子山（生卒年不详），号若山，江都（今江苏扬州）人。宋末进上，

宋亡不仕，长于诗词。

②张即之（1186—1263）：字温夫，号樗寮，滁州历阳（今安徽和县）人，南宋书法家，爱国词人张孝祥侄。

写词述怀

扶风马大夫[1]作词述怀，声寄《满庭芳》云：“雪点疏髯，霜侵衰鬓，去年犹胜今年。一回老矣，堪叹又堪怜。思昔青春美景，无非是、月下花前。谁知道，金章紫绶[2]，多少事忧煎。　侵晨。骑马出，风初暴横，雨又凄然。想山翁野叟，正尔高眠。更有红尘赤日，也不到、松下林边，如何好，吴淞(sōng)江上，闲了钓鱼船。”大夫名晋，字孟昭，尝为仕宦。

［注释］

①扶风马大夫：马晋（生卒年不详），字孟昭，扶风（今陕西扶风）人，元代词人。

②金章紫绶：金印与紫色印绶，古代为丞相用，后代指高官显贵。

岳珂祝英台近词

岳珂[1]“北固亭[2]”《祝英台近》词云：“淡烟横、层雾敛。胜概分雄占。月下鸣榔，风急怒涛飐[3]。关河无限清愁，不堪临槛。正双鬓，秋风尘染。　漫登览。极目万里沙场，事业频看剑。古往今来，南北限天堑。倚楼谁弄新声，重城门正掩。历历数、西州更点。”此词感慨忠愤，与辛幼安“千古江山[4]”一词相伯仲。

［注释］

①岳珂（1183—1243）：字肃之，号亦斋，又号倦翁。岳飞之孙，相州汤阴（今属河南）人，南宋词人。曾为官户部侍郎、淮东总领兼制置使。

②北固亭：又叫凌云亭、摩天亭、天下第一亭。后人附会《三国演义》孙尚香听闻刘备于白帝城殁亡的噩耗后，在亭中拜祭并投江自尽，因此又叫祭江亭。故址位于今江苏镇江北固山上。

③飐：因风吹而颤动。

④千古江山：指辛弃疾《永遇乐 · 京口北固亭怀古》词："千古江山，英雄无觅孙仲谋处。舞榭歌台，风流总被雨打风吹去。斜阳草树，寻常巷陌，人道寄奴曾住。想当年，金戈铁马，气吞万里如虎。　元嘉草草，封狼居胥，赢得仓皇北顾。四十三年，望中犹记，烽火扬州路。可堪回首，佛狸祠下，一片神鸦社鼓。凭谁问：廉颇老矣，尚能饭否？"

苏雪坡赠杨直夫词

苏雪坡[1]赠杨直夫名栋，青神人。词云："允文[2]事业从容了。要岷峨人物，后先相照。见说君王曾有问，似此人才多少。况蜀珍、先已登廊庙。但侧耳，听新诏。"按小说：高宗曾问马骐曰："蜀中人才如虞允文者有几。"骐对曰："未试焉知，允文亦试而后知也。"苏与杨、马皆蜀人。杨在眉山为甲族[3]。直夫之妹通经学，比于曹大家[4]。嫁虞氏，生虞集[5]，为巨儒。其学无师，传于母氏也。此事蜀人亦罕知，故著之。马骐，南郡人，涓之孙。

［注释］

①苏雪坡：南宋词人，生平不详。本词为姚勉所作，此为杨慎之误。姚勉（1216—1262），字述之、成一，号蜚卿、飞卿，因初生时，曾被弃之山野雪地，故其成年后自号"雪坡"。南宋学者、诗人。宋理宗宝祐元年（1253）状元，历任秘书省正字、校书郎、节度判官、沂靖王府教授等职。

②允文：虞允文（1110—1174），字彬甫，隆州仁寿（今四川仁寿）人，南宋

抗金名臣。曾于采石大战中大败金军，在南宋有很高的声望。

③甲族：世家大族。

④曹大家：即汉代班昭（生卒年不详），东汉女文学家、史学家。为班彪之女，班固、班超之妹。曾嫁曹世叔，自号“大家”，著有《女诫》。家，通“姑”。

⑤虞集（1272—1348）：字伯生，号道园，人称邵庵先生。元代学者、诗人。

庆乐园词

庆乐园，韩侂（tuō）胄之南园也。张叔夏[1]著《高阳台》词云：“古木迷鸦，虚堂起燕，欢游转眼惊心。南圃东窗，酸风[2]扫尽芳尘。鬓貂[3]飞入平原草，最可怜、浑是秋阴。夜沉沉，不信归魂，不到花深。　吹箫踏叶幽寻去，任船依断石，岫裹寒云。老桂悬香，珊瑚碎击[4]无音。故园已是愁如许，抚残碑、又却伤今。更关情，秋水人家，斜照西林。”

[注释]

①张叔夏：张炎（1248—1320？），字叔夏，号玉田，又号乐笑翁，南宋词人，张俊六世孙，与蒋捷、王沂孙、周密并称“宋末四大家”。有《山中白云词》，存词约三百首。

②酸风：刺骨的寒风。

③鬓貂：貂皮衣上的绒毛。

④珊瑚碎击：把珊瑚打碎，形容生活奢华。典出《世说新语·汰侈》：“石崇与王恺争豪，并穷绮丽以饰舆服。武帝，恺之甥也，每助恺。尝以一珊瑚树高二尺许赐恺，枝柯扶疏，世罕其比。恺以示崇。崇视讫，以铁如意击之，应手而碎。恺既惋惜，又以为疾己之宝，声色甚厉。崇曰：‘不足恨，今还卿。’乃命左右悉取珊瑚树，有三尺四尺、条干绝世、光彩溢目者六七枚，如恺者甚众。恺惘然自失。”

咏云词讥史弥远

弥远[1]之比周[2]于杨后也，出入宫禁，外议甚哗。有人作“咏云词”讥之云：“往来与月为俦[3]，舒卷和天也蔽。”宋人言其本朝家法最正，母后最贤，至杨后则荡然矣。

[注释]

①弥远：即史弥远（1164—1233），字同叔，明州鄞县（今浙江宁波）人，南宋权臣，主和派。与杨皇后等合谋，于玉津园槌杀韩侂胄。

②比周：结党营私，语出《论语》：“君子周而不比，小人比而不周。”

③俦：同伴，匹敌的意思。

赵从橐寿贾似道陂塘柳

赵从橐(tuó)《陂塘柳》[1]云：“指庭前翠云含雨，霏霏香满仙宇。一清透澈浑无底，秋水也无流处。君试数，此样襟怀，顿得乾坤住。闲情半许。听万物氤氲(yīn yūn)，从来形色，每向静中觑。　琪花路。相接西池寿母，年年弦月时序。荷衣菊佩寻常事，分付两山容与。天证取。此老平生，可向青天语。瑶卮缓举。要见我何心，西湖万顷，来去自鸥鹭。”

[注释]

①《陂塘柳》：词牌名，即《摸鱼儿》，因宋晁补之《摸鱼儿·东皋寓居》中有“买陂塘，旋栽杨柳”句而得名。

贾似道壁词

似道[1]遭贬，时人题壁云：“去年秋。今年秋。湖上人

寇准

寇准，字平仲，北宋政治家、诗人。他力主抗辽，被奸臣丁谓陷害，远徙道州、雷州，最终客死雷州。

家乐复忧。西湖依旧流。吴循州，贾循州，十五年间一转头。人生放下休。”此语视雷州寇司户之句[2]尤警。吴循州谓履斋之贬，乃贾挤之也。

[注释]

①似道：即贾似道（1213—1275），字师宪，南宋奸臣，因其姐为宋理宗妃而入仕。知枢密院事，封临海郡开国公。主张对元割地求和。后被贬，在中途为人所杀。

②雷州寇司户之句：语出欧阳修《归田录》：“若见雷州寇司户，人生何处不相逢。”典出北宋寇准和丁谓事。寇准曾被丁谓陷害，贬为雷州司户参军。后来丁谓被贬崖州，途经雷州，寇准设宴款待。

刘须溪

须溪刘辰翁[1]“元宵雨”词云:“角动寒谯[2]。看雨中灯市，雪意萧萧。星毬[3]明戏马，歌管杂鸣刁。泥没膝，舞停腰。焰蜡任风飘。更何怜，红啼桃脸，绿颒(huì)[4]杨桥。　当年乐事朝朝。曾锦鞍呼妓，金屋藏娇。围香春醉酒，坐月夜吹箫。今老去，倦歌谣。嫌杀杜家乔。漫三杯、拥炉觅句，断送春宵。”以《意难忘》按之，可歌也。

[注释]

①刘辰翁（1233—1297）：字会孟，别号须溪，南宋庐陵（今江西吉安）人。进士及第，因不满贾似道擅权，解职而去。宋亡后，埋首著述。所作集于《须溪先生集》。

②角动寒谯：角声震动了寒风中的城楼。谯，古代城门上的楼。

③星毬：绣球灯。

④颒：洗脸。

詹天游

詹天游[①]以艳词得名，见诸小说。其“送童瓮天兵后归杭”《齐天乐》云：“相逢唤醒京华梦，胡尘暗斑吟发。倚担评花，认旗沽酒，历历行歌奇迹。吹香弄碧，有坡柳风情，逋（bū）梅月色。画鼓江船，满湖春水断桥客。　当时何限俊侣，甚花天月地，人被云隔。却载苍烟，更招白鹭，一醉修江又别。今回记得，再折柳穿鱼，赏梅催雪。如此湖山，忍教人更说。”此伯颜破杭州之后也。观其词全无黍离之感，桑梓之悲，而止以游乐言。宋末之习，上下如此，其亡不亦宜乎？童瓮天失其名氏，有《瓮天脞语》一卷传于今云。天游又有“清平调”云：“醉红宿翠，髻亸乌云坠。管甚夜来不得睡，那更今朝早起。　东风满搦（nuò）[②]腰肢，阶前小立多时。却恨一番新雨，想应湿透鞋儿。”盖咏妓诉状立厅下也。又见《石次仲集》。

[注释]

①詹天游：詹玉（生卒年不详），字可大，号天游，宋末元初词人，入元后曾任翰林学士，为元代权臣桑哥党羽，桑哥事败后被罢官。

②搦：拿、握。

邓千江

金人乐府称邓千江[①]《望海潮》为第一。其词云："云雷天堑，金汤地险，名藩自古皋兰[②]。营屯绣错，山形米聚，喉襟百二秦关。鏖战血犹殷，见阵云冷落，时有雕盘。静塞楼头，晓月依旧玉弓弯。　看看定远西还。有元戎阃(kǔn)令，上将斋坛。区脱昼空，兜零夕举，甘泉[③]又报平安。吹笛虎牙间，且宴陪珠履，歌按云鬟。来招英灵醉魄，长绕贺兰山。"此词全步骤沈公述[④]"上王君贶"一首，今录于此："山光凝翠，川容如画，名都自古并州。箫鼓沸天，弓刀似水，连营百万貔貅。金骑走长楸[⑤]。少年人，一一锦带吴钩[⑥]。路入榆关，雁飞汾水正宜秋。　近思昔日风流。有儒将醉吟，才子狂游。松偃旧亭，城高故国，空留舞榭歌楼。方面倚贤侯。便恐为霖雨，归去难留。好向西溪，恣携弦管宴兰舟。"然千江之词，繁缛雄壮，何啻[⑦]十倍过之，不止出蓝而已。

金戈铁马

箫鼓沸天，弓刀似水，连营百万貔貅。金骑走长楸。少年人，一一锦带吴钩。金戈铁马的古战场，是多少男儿的心之所向。

[注释]

①邓千江：生卒年、字号不详，临洮（今甘肃临洮）人，金初词人，今仅存词《望海潮》一首。

②皋兰：古地名，位于今甘肃中部。

③甘泉：古地名，位于今陕西延安中部。

④沈公述：沈唐（生卒年不详），字公述，北宋词人，词存四首。

⑤长楸：一种高大的楸树，古代种植于道路两旁。

⑥吴钩：传说中的宝剑名，这里代指宝剑。

⑦何啻：哪里只有。

王予可

王予可[1]，金明昌[2]时人。或传其仙去，事不可知。其《生查子》云："夜色明河净，好风来千里。水殿谪仙人，皓齿清歌起。　前声金斝(jiǎ)[3]中，后声银河底。一夜岭头云，绕遍楼前水。"词之飘逸高妙如此，固谪仙之流亚也。

［注释］

①王予可（？—1232）：字南云，河东吉州（今山西吉县）人，金代词人，为人嗜酒落魄，才思敏捷，放浪不羁。后被元兵所俘，不从，数日后即死。

②明昌：金章宗年号，1190 年至 1196 年使用。

③斝：古代一种三足酒器。

滕玉霄

元人工于小令套数，而宋词又微。惟滕玉霄[1]集中，填词不减宋人之工。今略记其《百字令》一首云："柳颦花困，把人间恩怨，樽前倾尽。何处飞来双比翼，直是同声相应。寒玉嘶风，香云卷雪，一串骊珠[2]引。阮郎去后[3]，有谁著意题品。　谁料浊羽清商，繁弦急管，犹自余风韵。莫是紫鸾天上曲，两两玉童相并。白发梨园，青衫老傅，试与留连听。可人何处，满庭霜月清冷。"玉霄又有"赠歌童阿珍"

《瑞鹧鸪》云："分桃断袖④绝嫌猜。翠被红裩(kūn)兴不乖。洛浦乍阳新燕尔，巫山行雨左风怀。　　手携襄野便娟合，背抱齐宫婉娈(luán)怀。玉树庭前千载曲，隔江唱罢月笼阶。"盖郑樱桃、解红儿之流⑤也。用事甚工。予同年吴学士仁甫喜诵之。

[注释]

①滕玉霄：滕斌（生卒年不详），一作滕宾，字玉霄，黄冈（今湖北黄冈）人，元代词人，曾任翰林学士，后出家为道，有《玉霄集》。

②骊珠：传说中的宝珠，这里比喻落花。

③阮郎去后：意思是宋代之后，词衰落了。阮郎，即词牌《阮郎归》，这里代指宋词。

④分桃断袖：分别指春秋时弥子瑕受宠于卫君、西汉时董贤受宠于汉哀帝的典故，后指男性同性恋。

⑤郑樱桃、解红儿之流：指男宠。郑樱桃，东晋十六国时后赵石季龙所爱的优僮，后代指男宠。解红儿，词牌名，即《解红》，据陈旸《乐书》："解红，优童名。"

牧庵词

姚牧庵①《醉高歌词》云："十年燕月歌声。几点吴霜鬓影。西风吹起鲈鱼兴②，已在桑榆暮景。　　荣枯枕上三更③，傀儡④场中四并。人生幻化如泡影，几个临危自省。"牧庵一代文章巨公，此词高古，不减东坡、稼轩也。

[注释]

①姚牧庵：姚燧（1238—1313），字端甫，号牧庵，原籍营州柳城（今辽宁朝阳），后迁居洛阳，元代文学家、号称散文泰斗。被征召入仕，官至翰林学士承旨。著有《牧庵集》五十卷。

②西风吹起鲈鱼兴：即东晋张翰的典故。典出《晋书·张翰传》："翰因见秋风起，乃思吴中菰菜、莼羹、鲈鱼脍。"

③荣枯枕上三更：在梦中经历繁华与衰落，意指人生不过是一场大梦。

④傀儡：木偶戏。

元将填词

元将纥石烈子仁[1]《上平南》词云："虿(chài)[2]锋摇，螳臂振，旧盟寒，恃洞庭，彭蠡狂澜。天兵小试，万蹄一饮楚江干。捷书飞上九重天。春满长安。　舜山川，周礼乐，唐日月，汉衣冠，洗五州妖气关山。已平全蜀，风行何用一泥丸[3]？有人传喜，日边都护先还。"此亦黠(xiá)虏也。天欲戕我中国人，乃生此种，反指中国为妖气也耶。非我皇明[4]一汛扫之，天柱折而地维陷矣。

［注释］

①纥石烈子仁：金代将领（生卒年不详），女真族，姓纥石烈，曾带兵攻克真州（今江苏仪征），《上平南》词写于攻克真州以后。文中"元将"当为杨慎之误。

②虿：蝎类毒虫。

③泥丸：道教用语，人脑中的神灵，传说通过修行可以通过脑神飞行。

④皇明：即明朝，这是尊敬的说法。

江西烈女词

戴石屏薄游江西，有富翁以女妻之。留三年，一日思归。询其所以，告以曾娶。妻以白其父，父怒。妻宛曲解之，尽以嫁奁(ōu)[1]赠之，仍饯之以词，自投江而死。其词云："惜多才，怜薄命，无计可留汝。揉碎花笺，仍写断肠句。道旁杨柳依依，千丝万缕，抵不住、一分愁绪。　捉月盟言，不是梦中语。后回君若重来，不相忘处，把杯酒浇奴坟土。”呜呼！石屏可谓不仁不义之甚矣。既诳良人女为妻，三年兴尽而弃之；又受其奁具，而甘视其死。俗有谑词云：“孙飞虎②好色，柳盗跖③贪财，这贼牛两般都爱。”石屏之谓与？出《桂苑丛谈》，冯翊子伏著。

［注释］

①嫁奁：陪嫁的财物，俗称嫁妆。

②孙飞虎：《西厢记》中人物，是强抢崔莺莺的强盗，这里代指好色之徒。

③柳盗跖：战国时的大盗，名跖，称盗跖，传说其为柳下惠之弟，因称柳盗跖。

卷　六

八咏楼

沈休文[1]《八咏诗》，语丽而思深，后人遂以名楼，照映千古。近时赵子昂[2]、鲜于伯机[3]诗词颇胜。赵诗云："山城秋色静朝晖，极目登临未拟归。羽士[4]曾闻辽鹤语，征人又见塞鸿飞。西流二水玻璃合，南去千峰紫翠围。如此溪山良不恶，休文何事不胜衣。"鲜于《百字令》云："长溪西注，似延平双剑[5]，千年初合。溪上千峰明紫翠，放出群龙头角。潇洒云林，微茫烟草，极目春洲阔。城高楼迥，恍然身在寥廓。　　我来阴雨兼旬，滩声怒起，日日东风恶。须待青天明月夜，一试严维佳作。风景不殊，溪山信美，处处堪行乐。休文何事，年年多病如削。"二作结句略同，稍含微意，不专为咏景发。予故取而著之也。

［注释］

①沈休文：即沈约，字休文。

②赵子昂：赵孟頫（1254—1322），字子昂，号松雪道人，楷书四大家之一，湖州（今浙江吴兴）人。本为宋宗室，入元后为高官，诗文书画俱佳。

③鲜于伯机：鲜于枢（1256—1301），字伯机，自号困学山民，又号寄直老人，大都（今北京）人，元代诗人、书法家。元世祖时以才选为浙东宣慰司经历，后改浙东省都事，晚年任太常典簿。

④羽士：即道士。

⑤延平双剑：典出《晋书 · 张华传》。晋惠帝时，广武侯张华和豫章人雷焕在丰城挖到了两把宝剑，二人各留一把。后来张华被朝廷所杀，其剑下落不明。雷焕

死后，其子带着另一把剑经过延平津时，剑突然落入水中。人们下水寻找，只看到两条龙在水中盘旋。延平，地名，在今福建省境内。

杜伯高三词

杜旟[1]，字伯高，《兰亭诗》为世所传，乐府亦佳。《酹江月·赋石头城》云："江山如此，是天开万古，东南王气。一自髯孙[2]横短策，坐使英雄鹊起。玉树声消，金莲影散[3]，多少伤心事。千年辽鹤，并疑城郭非是[4]。　当日万驷云屯，潮生潮落处，石头孤峙。人笑褚渊[5]今齿冷，只有袁公[6]不死。斜日荒烟，神州何在，欲堕新亭泪[7]。元龙老矣，世间何限余子[8]。"《摸鱼儿·湖上赋》云："放扁舟，万山环处，平铺碧浪千顷。仙人怜我征尘久，借与梦游清枕。风乍静，望两岸群峰，倒浸玻璃影。楼台相映。更日薄烟轻，荷花似醉，飞鸟堕寒镜。　中都内，罗绮千街万井。天教此地幽胜。仇池[9]仙伯今何在，堤柳几眠还醒。君试问，问此意、只今，更有何人领。功名未竟。待学取鸱(chī)夷[10]，仍携西子，来动五湖兴。"《蓦山溪·赋春》云："春风如客，可是繁华主。红紫未全开，早绿遍江南千树。一番新火，多少倦游人。纤腰柳，不知愁，犹作风前舞。　小阑干外，两两幽禽语。问我不归家，有佳人天寒日暮。老来心事，唯只有春知。江头路，带春来，更带春归去。"

［注释］

①杜旟：字伯高（生卒年不详），金华人，南宋词人，吕祖谦门人，著有《桥斋集》。

②髯孙：三国吴大帝孙权的绰号。

③“玉树声消”二句：《玉树后庭花》的乐曲如今已经消失不闻，踩着三寸金莲的美妙身影也消散不见。玉树，即陈后主所作《玉树后庭花》。金莲，南齐东昏侯萧宝卷命工匠用金子凿成莲花贴在地上，供宠妃在上面行走，曰“步步生莲花”。

④“千年辽鹤”二句：仙人所化的白鹤如果在千年以后飞来，便会怀疑城郭是否还是原来的了。辽鹤，传说辽东人丁令威成仙以后化成白鹤飞来，说：“有鸟有鸟丁令威，去家千年今来归。城郭如故人民非，何不学仙冢累累。”

⑤褚渊（435—482）：字彦回，阳翟（今河南禹州）人，南朝宋、齐两朝大臣。在两朝都受重用，位高权重。

⑥袁公：指袁粲，南朝宋的尚书令，齐高帝代宋自立，袁粲不肯侍齐，被杀于石头城。

⑦新亭泪：比喻表示痛心国难而无可奈何的心情。典出《世说新语·言语》：“过江诸人，每至美日，辄相邀新亭，藉卉饮宴。周侯中坐而叹曰：‘风景不殊，正自有山河之异！’皆相视流泪。”新亭，六朝时建康西南的近郊军垒，为建康宫城的南门户。

⑧“元龙老矣”二句：陈登已经年老，但是世间小人还是不计其数。典出《三国志·魏书·陈矫传》：“（陈登说）：夫闺门雍穆，有德有行，吾敬陈元方兄弟；渊清玉洁，有礼有法，吾敬华子鱼；清修疾恶，有识有义，吾敬赵元达；博闻强记，奇逸卓荦，吾敬孔文举；雄姿杰出，有王霸之略，吾敬刘玄德：所敬如此，何骄之有！余子琐琐，亦焉足录哉？”元龙，陈登字，作者这里以陈登自比。

⑨仇池：古地名，位于今甘肃西和县西南西汉水北岸。东汉建安年间在氐人杨腾率部在此定居，其后人在晋朝到南北朝时期于此地建立了氐族政权。

⑩鸱夷：春秋时范蠡助勾践灭吴后，化名鸱夷子皮隐居。

徐一初登高词

徐一初[1]“登高”《摸鱼儿》词：“对茱萸[2]、一年一度。龙山今在何处？参军莫道无勋业，消得从容樽俎。君看取，便破帽、飘零也传名千古[3]。当年幕府，知多少时流，等闲收拾，有个客如许！　追往事，满目山河晋土[4]。征鸿又过边羽，登临莫苦高层望，怕见故宫禾黍。觞绿醑(xǔ)，浇

龙山落帽

相传桓温曾于重阳日在龙山宴请同僚，席间孟嘉的帽子被风吹落，一时传为趣谈。古诗词中常用这个典故表达对朋友的怀念。

万斛牢愁，泪阁新亭雨。黄花无语，毕竟是西风，朝来披拂，犹识旧时主。”亦感慨之词也。

[注释]

①徐一初：南宋词人，生平不详，今仅存词一首。

②茱萸：常绿带香植物，又名艾子。古人有在九月九日重阳节爬山登高佩戴茱萸布袋的习俗，以示对亲朋好友的怀念。

③“便破帽”二句：用龙山落帽的典故，形容人风度闲淡倜傥。语出《世说新语·识鉴》：“晋孟嘉为征西大将军桓温参军。九月九日温游龙山，宾僚咸集，皆戎服。游风吹嘉帽落，初不觉。温令孙盛作文以嘲之，嘉即时以答，四座嗟服。”

④晋土：东晋国土，因为东晋统治范围与南宋相仿，这里暗指南宋。

南涧词

韩南涧《题采石蛾眉亭》词云：“倚天绝壁。直下江千尺。天际两蛾横黛，愁与恨，几时极。　暮潮风正急，酒阑闻塞笛。试问谪仙何处①？青山外，远烟碧。”此《霜天晓角》调也，未有能继之者。

[注释]

①试问谪仙何处：想试着询问一下谪仙人李白如今身在何处。民间传说，李白酒醉后在采石矶蛾眉亭附近跳江捉月而死，故有此句。

高竹屋苏堤芙蓉词

高竹屋[①]“咏苏堤芙蓉”《菩萨蛮》词：“红云半压秋波急，艳妆泣露啼娇色。幽梦入仙城，风流石曼卿。　宫袍呼醉醒。休卷西风锦，明月粉香残。六桥烟水寒。”

[注释]

①高竹屋：即高观国，号竹屋。

念奴娇祝英台近

德佑乙亥[①]，太学生作《念奴娇》云：“半堤花雨，对芳辰消遣，无奈情绪。春色尚堪描画在，万紫千红尘土。鹃促归期，莺收佞舌，燕作留人语。绕栏红药，韶华留此孤主。　真个恨杀东风，几番过了，不似今番苦。乐事赏心磨灭尽，忽见飞书传羽[②]。湖水湖烟，峰南峰北，总是堪伤处。新塘杨柳，小桥犹自歌舞。”又《祝英台近》云：“倚危阑，斜日暮。蓦蓦甚情绪。稚柳娇黄，全未禁风雨。春江万里云涛，扁舟飞渡，那更塞鸿无数。　欢离阻，有恨落天涯，谁念孤旅。满目风尘，冉冉如飞雾。是何人惹愁来，那人何处？怎知道、愁来又去！”

[注释]

①德佑乙亥：即南宋恭帝德祐二年（1276）。

②飞书传羽：古时有大雁传书的说法，这里指来自远方的书信。

文山和王昭仪满江红词

王昭仪[1]之词，传播中原。文天祥读至末句，叹曰："惜也，夫人于此少商量矣。"为之代作一篇云："试问琵琶，胡沙外、怎生风色[2]？最苦是，姚黄[3]一朵，移根仙阙。王母欢阑琼宴罢，仙人泪满金盘侧[4]。听行宫、半夜雨淋铃，声声歇。　彩云散，香尘灭。铜驼恨[5]，那堪说。想男儿慷慨，嚼穿龈血。回首昭阳离落日，伤心铜雀迎新月。算妾身不愿似天家，金瓯(ōu)缺。"又和云："燕子楼中，又捱过、几番秋色。相思处，青年如梦，乘鸾仙阙。肌玉暗消衣带缓，泪珠斜透花细侧。最无端、蕉影上窗纱，青灯[6]歇。　曲池合，高台灭。人间事，何堪说。向南阳阡上，满襟清血。世态便如翻覆雨，妾身元是分明月。叹乐昌一段好风流，菱花缺。"附王昭仪词："太液芙蓉，浑不是、旧时颜色。曾记得，恩承雨露，玉楼金阙。名播兰簪妃后里，晕潮莲脸君王侧。忽一朝鼙鼓揭天来，繁华歇。　龙虎散，风云灭。千古恨，凭谁说。对山河百二，泪沾襟血。驿馆夜惊尘土梦，宫车晚碾关山月。愿嫦娥、相顾肯相容，随圆缺。"

王昭仪题诗

王昭仪，宋度宗昭仪，其诗作皆融个人遭遇与国破家亡、去国怀乡于一炉，为亡国遗民长歌当哭之作，格调低回悲壮。

[注释]

①王昭仪：王清惠（生卒年不详），字

冲华，宋度宗昭仪，能诗词，宋亡时曾北迁，后削发为尼。今存词《满江红》一首。

②“试问琵琶”三句：用王昭君出塞典故，暗指后妃被虏北方。化用自杜甫《咏怀古迹》诗：“千载琵琶作胡语，分明怨恨曲中论。”

③姚黄：牡丹花的一种。

④仙人泪满金盘侧：用三国魏明帝移汉武帝时承露盘仙人铜像典故，用以表达亡国之恨。语出唐李贺《金铜仙人辞汉歌》序：“魏明帝青龙元年八月，诏宫官牵车，西取汉孝武捧露盘仙人，欲立致前殿。宫官既拆盘，仙人临载，乃潸然泪下。”

⑤铜驼恨：指亡国之恨。典出《晋书·索靖传》：“靖有先识远量，知天下将乱，指洛阳宫门铜驼，叹曰：‘会见汝在荆棘中耳？’”

⑥青灯：佛寺里的灯，因布制灯罩呈青色，故名。后用以代指佛门。

徐君宝妻词

岳州徐君宝妻某氏，被虏来杭，居韩蕲王府①。自岳至杭，相从数千里。其主者数欲犯之，而终以巧计脱。盖某氏有令姿，主者弗忍杀之也。一日，主者甚怒，将即强焉。因告曰：俟妾祭谢先夫，然后乃为君妇不迟也，君奚怒焉。主者喜诺。某氏乃焚香再拜默祝，南向饮泣，题《满庭芳》一词于壁上。书已，投大池中以死。词云：“汉上繁华，江南人物，尚遗宣政风流。绿窗朱户，十里烂银钩。一旦刀兵齐举，旌旗拥、百万貔貅。长驱入、歌楼舞榭，风卷落花愁。　　清平，三百载，典章人物，扫地都休。幸此身未北，犹客南州。破鉴徐郎②何在，空惆怅、相见无由。从今后，断魂千里，夜夜岳阳楼。”

[注释]

①韩蕲王府：韩世忠当初的府邸。韩蕲王，即韩世忠，宋孝宗时追封蕲王。

②破鉴徐郎：用南朝陈亡时徐德言与其妻乐昌公主破镜离散的典故，这里借以抒发自己与丈夫徐君宝在岳州城破时生离死别的悲痛。

傅按察鸭头绿

千古同此月

当年宋太祖英明神武，陈桥兵变，黄袍加身，私有天下，建立了泱泱大宋。可最终，宋室被元取代，江山社稷易手，天下的霸主换了他人，那天上的一轮明月，却还是曾经的模样。

元时有傅按察者，尝作《鸭头绿》一词悼宋云："静中看。记昔日淮山隐隐，宛若虎踞龙盘。下樊襄，指挥湘。鞭云骑，围绕江干。势不成三，时当混一，过唐之数不为难。陈桥驿，孤儿寡妇，久假当还[①]。　挂征帆。龙舟催发，紫宸初卷朝班。禁庭空，土花晕碧；辇路悄，诃喝声干。纵余得、西湖风景，花柳亦雕残。去国三千，游仙一梦，依然天淡夕阳间。昨宵也，一轮明月，还照临安。"

[注释]

①"陈桥驿"三句：指宋太祖赵匡胤陈桥兵变、黄袍加身之事。当时后周皇帝年幼，符太后摄政，赵匡胤趁国主幼小，篡位自立。这里暗指南宋末，谢太后听政，宋被元兵灭。孤儿寡妇之语，是双关。

杨复初南山词

杨复初[①]筑室南山，以村居为号。凌彦翀(chōng)[②]以《渔家傲》词寿之云："采芝步入南山道，山深宛似蓬莱岛。闻说村居诗思好，还被恼。苍苔满地无人扫。　载酒亭前松合抱，客来便许同倾倒。玉兔已将灵药捣，秋意早。月华长似人难老。”复初和词云：“当时承望求仙道，那知薄命如郊岛[3]。留得残生犹自好，多懊恼。尘缘俗虑何时扫。　　子已成童无用抱，醉眠任使和衣倒。今岁砧声秋未捣，凉风早。看来只恐中年老。”瞿宗吉[4]和词云：“喜来不涉邯郸道[5]，愁来不窜沙门岛[6]。惟有村居闲最好。无事恼。苔阶竹径频频扫。　　有酒可斟琴可抱，长年拟看三松倒。臼内灵砂亲自捣，归隐早。朝来未放玄真老。”宗吉既和此词，而复序云：“旧谱皆以仄声起，欧公呼范文正为‘穷塞主’，首句所谓‘塞上秋来’者，正此格也。他如王荆公之‘平岸小桥千嶂抱’，周清真之‘几日春阴寒侧侧’，谢无逸[7]之‘秋水无痕清见底’，张仲宗之‘钓笠披云青嶂绕’，亦皆如是。今二公皆以平声易之，特著此，以俟知音尔。”

[注释]

①杨复初：杨明（生卒年不详），字复初，号村居，钱塘人，元代诗人，曾考取乡贡进士。

②凌彦翀：凌云翰（生卒年不详），字彦翀，钱塘（今浙江杭州）人，元末明初词人，有《柘轩集》四卷。

③郊岛：中唐诗人孟郊、贾岛的合称，苦吟诗派代表诗人。二人都一生穷困不遇，官职卑微。

④瞿宗吉：瞿佑（1347—1433），字宗吉，号存斋，钱塘（今浙江杭州）人，明代诗人。著作有《香台集》《咏物诗》《存斋遗稿》《乐府遗音》《归田诗话》《剪灯新话》等二十余种。

⑤邯郸道：比喻仕途。

⑥沙门岛：地名，即今山东烟台沿海的长山列岛，古代是流放犯人的地方。

⑦谢无逸：谢逸（1068—1113），字无逸，号溪堂，抚州临川（今江西临川）人，北宋诗人，进士不第，终身隐居，诗文多自娱之作，属江西诗派。有描写蝴蝶的诗作三百多首，人称“谢蝴蝶”。著有《溪堂集》十卷。

凌彦翀无俗念

凌彦翀作《无俗念》词云："等闲屈指，算今来古往，谁为英杰。耳目聪明天赋予，怎肯虚生虚灭。去燕来鸿，飞乌走兔，世事何时歇。风波境界，大川不用频涉。空踏遍、万户千门，五湖四海，一样中秋月。正面相看君记取，全体本来无缺。空里非空，梦中是梦，莫向痴人说。便须骑鹤，夜深朝礼金阙。"又《蝶恋花》词云："一色杏花三百树，茅屋无多，更在花深处。旋压小槽留客住，举杯忽听黄鹂语。　　醉眼看花花亦舞，风妒残红，飞过邻墙去。却似牧童遥指处，清明时节纷纷雨。"词格清逸，一洗铅华，非骈金俪玉者[1]比也。

[注释]

①骈金俪玉者：此处指风格华丽的词作，因南北朝时期的骈文崇尚文辞华丽，故有此句。

瞿宗吉西湖秋泛

宗吉"西湖秋泛"《满庭芳》词："露苇催黄，烟蒲[1]驻绿，水光山色相连。红衣落尽，辜负采莲船。点检六桥杨柳，但几个、抱叶残蝉。秋容晚，云寒雁背，风冷鹭鸶肩。　　华筵容易散，愁添酒量，病减诗颠。况情怀冲淡，渐入中年。扫退舞裙歌扇，尽付与、一枕高眠。清闲好，脱巾露发，仰面看青天。"又"西湖四时"《望江南》词："西湖景，春日最宜晴。花底管弦公子宴，水边罗绮丽人行。

十里按歌声。”“西湖景，夏日正堪游。金勒马嘶垂柳岸，红妆人泛采莲舟。惊起水中鸥。”“西湖景，秋日更宜观。桂子冈峦金粟富，芙蓉洲渚彩云闲。爽气满山前。”“西湖景，冬日转清奇。赏雪楼台评酒价，观梅园圃定春期。共醉太平时。”

[注释]

①烟蒲：烟雾笼罩的蒲草。

瞿宗吉鞋杯词

杨廉夫尝访瞿士衡[①]，以鞋杯[②]行酒，命其侄孙宗吉咏之。宗吉作《沁园春》以呈，廉夫大喜，即命侍妓歌以侑觞[③]。词云：“一掬娇春，弓样新裁，莲步未移。笑书生量窄，爱渠尽小，主人情重，酌我休迟。酝酿朝云，斟量暮雨，能使曲生风味奇。何须去，向花尘留迹，月地偷期。风流到处便宜，便豪吸雄吞不用辞。任凌波南浦，唯夸罗袜，赏花上苑，只劝金卮[④]。罗帕高擎，银瓶低注，绝胜翠裙深掩时。华筵散，奈此心先醉，此恨谁知？”

汉螭耳卮

卮，是古代的一种圆形酒器。古时常用金卮，代指酒器。

[注释]

①瞿士衡：生卒年、字号不详，元末诗人，瞿佑叔祖，曾任杭州府学训导。

②鞋杯：又名双凫杯、金莲杯，指将酒杯放在缠足女子的弓鞋中，用以行酒。也指弓鞋形状的酒杯。

③侑觞：陪酒，劝酒。

④金卮：金质酒器，是酒器的美称。

马浩澜著花影集

马浩澜①著《花影集》，自序云：“予始学为南词，漫不知其要领。偶阅《吹剑录》②中载：东坡在玉堂日，有幕士善歌。坡问曰：‘吾词何如柳耆卿？’对曰：‘柳郎中词宜十七八女孩儿，按红牙拍，歌“杨柳岸、晓风残月”；学士词须关西大汉，执铁板唱“大江东去”。’缘是求二公词而读之，下笔略知蹊径。然四十余年，仅得百篇，亦不可谓不难矣。法云道人③尝劝山谷勿作小词，山谷云：‘空中语尔。’予欲以‘空中语’名其集，或曰不文，改称《花影集》。‘花影’者，月下灯前，无中生有。以为假则真，谓为实犹涉虚也。”今漫摘数首，以便展玩云。其商调《少年游》云：“弄粉调脂，梳云掠月，次第晓妆成。鹦鹉笼边，秋千墙里，半晌不闻声。　原来却在瑶阶下，独自踏花行。笑摘朱樱，微揎翠袖，枝上打流莺。”《行香子》云：“红遍樱桃，绿暗芭蕉。锁窗深、春思无聊。双飞燕懒，百啭莺娇。正漏声迟，帘影静，篆香飘。　惜月前宵，病酒今朝。有谁知、臂玉微销。封题锦字，寄与兰翘。恨树重重，云渺渺，水迢迢。”春夜《生查子》云：“烧罢夜香时，独立帘儿下。真个可怜宵，一刻千金价。　啼痕不记行，暗湿鲛绡帕。蝶宿牡丹丛，月转秋千架。”“春日”

《海棠春》云："越罗衣薄轻寒透。正画阁、风帘飘绣。无语小莺慵，有恨垂杨瘦。　　桃花人面应依旧，忆那日、擎浆时候。添得暮愁牵，只为秋波溜。"《凤凰台上忆吹箫》云："淡淡秋容，澄澄夜影，娟娟月挂梧桐。爱箫声缥缈，帘影玲珑。彩凤衔书未至，玉宇净、香雾空蒙。凉如水，翠苔凝露，琪树吟风。　　匆匆。年华暗换，嗟旧欢成梦。芳鬓飞蓬，想清江泛鹢[4]，紫陌游骢(cōng)。应念佳期虚负，瞻素彩、感慨相同。凝情久，谁家捣衣，砧杵丁东[5]。"《青玉案》云："平川渺渺花无数，明镜里，孤舟度。华下美人，和笑顾。问郎莫似，乞浆崔护，别久来何暮。　　盈盈罗袜凌波步，眉月连娟鬓如雾，世光阴花上露。劝郎休去，再来恐误，个是桃源路。""中秋"《鹊桥仙》云："不寒不暑，无风无雨，秋色平分佳节。桂花香散夜凉生，小楼上、帘儿高揭。　　多愁多病，闲忧闲闷，绿鬓纷纷成雪。平生不作负恩人，惟负了、今宵明月。""九日"《金菊对芙蓉》云："过雁行低，鸣螀(jiāng)[6]韵急，纷纷叶下亭皋。向霜庭看菊，飏馆题糕[7]。依然宾主东南美[8]，胜龙山，迢递登高。绣屏孔雀，金盘螃蟹，银瓮葡萄。　　痛饮鲸卷波涛，笑百年春梦，万事秋毫。问台前戏马[9]，海上连鳌[10]。当时二子[11]今安在？乾坤大、容我粗豪。四弦裂帛[12]，双鬓舞雪，左手持螯。""梅花"《东风第一枝》云："饵玉餐香，梦云情月，花中无此清莹。俨然姑射仙人，华佩明珰新整。五铢衣薄，应怯瑶台凄冷。自骖鸾来下人间，几度雪深烟暝。　　孤绝处，江波流影。憔悴也，春风销粉。相思千种闲愁，声

声翠禽啼醒。西湖东阁，休说当时风景。但留取、一点芳心，他日调羹金鼎。”“落花”《满庭芳》云：“春老园林，雨余庭院，偏惹蝶骇莺猜。蔫红皱白[13]，狼藉满苍苔。正是愁肠欲断，珠箔外、点点飘来。分明似、身轻飞燕，扶下碧云台。　　当初，珍重意，金钱竞买，玉砌新栽。正翠屏遮护，羯鼓催开。谁道天机绣锦，都化作、紫陌尘埃。纱窗里，有人怜惜，无语托香腮。”

[注释]

①马浩澜：马洪（生卒年不详），字浩澜，号鹤窗，浙江仁和（今杭州）人，明代词人，隐居不仕，诗词俱佳，有词集《花影集》。

②《吹剑录》：南宋笔记集。俞文豹撰。《吹剑录》主要杂记了南宋宫廷朝野的逸闻轶事。

③法云道人：释法云（1088—1158），字天瑞，自称无机子，俗姓戈，两宋之际僧人。

④泛鹢：泛舟的意思。鹢，一种似鹭的水鸟，常画在船头，后代指小船。

⑤丁东：拟声词，即叮咚。

⑥鸣螿：鸣叫的寒蝉。

⑦飏馆题糕：意指秋天到来。飏馆，商飙别馆的简称，南朝离宫的商飙馆，始建于南朝齐武帝，每年九月九日，皇帝都会在此登高宴请群臣。题糕，典出宋邵博《邵氏闻见后录》：“刘梦得作《九日诗》，欲用糕字，以‘五经’中无之，辍不复为。宋子京以为不然。故子京《九日食糕》有咏云：‘飏馆轻霜拂曙袍，糗糍花饮斗分曹。刘郎不敢题糕字，虚负诗中一世豪。’”后用以表示谦虚。

⑧宾主东南美：化用自王勃《滕王阁序》“台隍枕夷夏之交，宾主尽东南之美”句。

⑨台前戏马：指戏马台，项羽灭秦后，自立为西楚霸王，定都彭城（今江苏徐州），于城南里许的南山上，构筑高台，以观戏马，故名戏马台。

⑩海上连鳌：在海上接连钓到大龟，原用于比喻善钓，引申为比喻人富有才干。典出《列子·汤问》，相传海中有五座神山浮于海上，随波而动。为了不使神山飘走，天帝命令巨鳌轮流负山，“而龙伯之国有大人，举足不盈数步而暨五山之所，一钓而连六鳌”。

⑪二子：当指项羽和刘邦。

⑫四弦裂帛：比喻音乐声停止。语出唐白居易《琵琶行》："曲终收拨当心画，四弦一声如裂帛。"

⑬蔫红皱白：指飘落蔫萎的红白花朵。

马浩澜词

马浩澜洪，仁和人，号鹤窗。善诗咏而词调尤工。皓首韦布[1]，而含吐珠玉，锦绣胸肠，褎然[2]若贵介王孙也。尝题许应和松竹双清扇景词云："剪蒿莱，曾将双翠亲栽。旋添成、园林佳胜，依稀嶰谷徂(cú)徕[3]。凤飞过，文章灿烂，蛟腾攫，鳞甲毰毸(péi suī)[4]。铿节题诗，收花酿酒，鬓粘香粉袖黏苔。无人识，栋梁之具，管籥[5]之才。荫亭台，尽多风月，清无半点尘埃。

竿期截，六鳌连举，巢堪托，孤鹤时来。色莹琅玕，脂凝琥珀，笑他们柳与庭槐。萧郎[6]去，毕宏已老[7]，谁富写生才。君看取，岁寒三友，只欠梅开。"盖《多丽》词也。许东溟以为可追迹康伯可，可谓信然。又"题梅花"《江城引》云："雪晴闲览瘦筇[8]扶，过西湖，访林逋。湖上天寒，草树尽雕枯。忽见琼葩光照眼，仙格调，玉肌肤。　　夜空云静月轮孤，巧相摹，海涛图。时听枝头，啁哳翠禽呼。纵有明珠三百琲，知似得，此花无。"清气逸发，莹无尘想。又"题许东溟小景"《昭君怨》云："路远危峰斜照，瘦马尘风衣帽。此去向萧关？向长安？　　便坐紫薇花底，只似黄粱梦里。三径易生苔，早归来。"言有尽而意无穷，方是作者。徐伯龄[9]言："鹤窗与陆清溪偕出刘菊庄[10]之门，而清溪得诗律，鹤窗得词调。"异体齐名，可谓盛矣。

徂徕山

［注释］

①皓首韦布：终身不仕的意思。韦布，布衣。

②褒然：高大广博的样子。

③嶰谷徂徕：此处用这两座山形容人品格高洁。嶰谷，昆仑山北谷名，黄帝曾命人取嶰谷竹子作乐器，此处代指昆仑山。徂徕，即徂徕山，山中多松柏。

④毶毸：鸟羽张开的样子。

⑤管籥古代的一种竹管乐器。

⑥萧郎：萧悦（生卒年不详），兰陵（今山东苍山）人，唐代中期画家，曾任协律郎，工书画，尤其善墨竹。

⑦毕宏已老：语出杜甫《戏为双松图歌》“天下几人画古松，毕宏已老韦偃少。”毕宏，唐代画家，玄宗天宝年间曾任中官御史，左庶子，擅画古松。

⑧瘦筇：手杖。

⑨徐伯龄：字延之（生卒年不详），自号箨冠生，嵊县（今浙江嵊州）人，明代诗人。博学能文，工琴善书，性狂放。

⑩刘菊庄：刘醇（生卒年不详），字文中，号菊庄，祥符（今河南开封）人。元时隐居，明洪武年间出任巩县教谕，累官周府右长史。长于诗文，著有《菊庄集》。

马浩澜念奴娇

马浩澜《念奴娇》词云：“东风轻软，把绿波、吹作縠纹微皱。彩舫亭亭宽似屋，载得玉壶芳酒。胜景天开，佳朋云集，乐继兰亭后。珍禽两两，惊飞犹自回首。　学士港①口桃花，南屏松色，苏小门前柳。冷翠柔金红绮幔，掩映水明山秀。闲试评量，总宜图画，无此丹青手。归时

侵夜，香街华月如昼。”

［注释］

①学士港：杭州西湖边景点，相传宋朝有学士居住在附近，故名。

聂大年词附马浩澜和

聂大年[1]尝赋《卜算子》二首，盖自况也。词云：“杨柳小蛮腰，惯逐东风舞。学得琵琶出教坊，不是商人妇。忙整玉搔头，春笋纤纤露。老却江南杜牧之，懒为秋娘赋。”“粉泪湿鲛绡，只恐郎情薄。梦到巫山第几峰，酒醒灯花落。　数日尚春寒，未把罗衣着。眉黛含颦为阿谁，但悔从前错。”马浩澜和云：“歌得雪儿歌，舞得霓裳舞。料想前身跨凤仙，合作萧郎妇[2]。　颜色雪中梅，泪点花梢露。云雨巫山十二峰，未数《高唐赋》。”“花压鬓云低，风透罗衫薄。残梦瞢腾下翠楼，不觉金钗落。　几许别离愁，独自思量着。欲寄萧郎一纸书，又怕归鸿错。”

弄玉

弄玉，秦穆公的女儿，长得十分漂亮，且喜欢音乐，是一个吹箫高手。

［注释］

①聂大年（1402—1455）：字寿卿，临川（今属江西）人，明代文学家、诗人。学识广博，擅长诗文，著有《东轩集》。

②“料想前身跨凤仙”二句：此句化用自春秋时期秦穆公之女弄玉爱恋少年箫史，

并与他吹箫引凤飞升而去的典故。这句是借弄玉写女子容貌美丽。

一枝春守岁词

守岁之词虽多，极难其选，独杨守斋《一枝春》最为近世所称。词云：“竹爆惊春，竞喧阗夜起，千门箫鼓。流苏帐暖，翠鼎缓腾香雾。停杯未举。奈刚要、送年新句。应自赏、歌清字圆，未夸上林莺语。　从他岁穷日暮。纵闲愁，怎减刘郎风度。屠苏①办了，迤逦②柳忻梅妒。宫壶未晚，早骄马绣车盈路。还又把，月夕花朝，自今细数。”

[注释]

①屠苏：即屠苏酒。古时风俗，除夕时将用屠苏草泡的酒吊在井里，正月初一早上取出，全家一起朝向东方饮用。

②迤逦：逐渐。

斗草词

春日，妇女喜为斗草①之戏。黄子常②《绮罗香》词云：“绡帕藏春，罗裙点露，相约莺花丛里。翠袖拈芳，香沁笋芽纤指。偷摘遍、绿径烟霏，悄攀下，画阑红紫。扫花阶，褥展芙蓉，瑶台十二降仙子。　芳园清昼乍永，亭上吟吟笑语，妒秾夸丽。夺取筹多，赢得玉珰瑜珥。凝素靥，香粉添娇，映黛眉，淡黄生喜。绾胸带，空系宜男，情郎归也未。”

[注释]

①斗草：古代在女子之间流行的游戏。内容一般为对花草名、比较所采花草种

类的多少，或用草梗或叶梗比试韧性。

②黄子常：黄澄（生卒年不详），字子常，元末明初词人。

卖花声

黄子常《卖花声》词云："人过天街，晓色担头红紫。满筠筐、浮花浪蕊。画楼睡醒，正眼横秋水。听新腔，一回催起。　吟红叫白，报得蜂儿知未。隔东西，余音软美。迎门争买，早斜簪云髻。助春娇，粉香帘底。"乔梦符[1]和词云："侵晓园丁，叫道嫩红娇紫。巧工夫、攒枝饾(dòu)[2]蕊。行歌伫立，洒洗妆新水。卷香风、看街帘起。　深深巷陌，有个重门开未。忽惊他、寻春梦美。穿窗透阁，便凭伊唤取。惜花人、在谁根底。"

[注释]

①乔梦符：乔吉（1280？—1345），一称乔吉甫，字梦符，号笙鹤翁，又号惺惺道人。元代杂剧家、散曲作家。风度高雅，擅长词文。现有杂剧《杜牧之诗酒扬州梦》《李太白匹配金钱记》《玉箫女两世姻缘》三种。

②饾：堆砌。

闺怨

闺中女儿春朝起，坐看市井巷陌。庭院中花开得正好，那怜花的人儿，又在何处呢？

梁贡父木兰花慢

梁贡父曾[1]，燕京人。大德[2]初，为杭州路总管。政事文学，皆有可观。尝作"西湖送春"

《木兰花慢》词云："问花花不语，为谁落，为谁开？算春色三分，半随流水，半入尘埃。人生能几欢笑，但相逢、樽酒莫相推。千古幕天席地，一春翠绕珠围。　　彩云回首暗高台，烟树渺吟怀。拼一醉留春，留春不住，醉里春归。西楼半帘斜日，怪衔春、燕子却飞来。一枕青楼好梦，又教风雨惊回。"此词格调俊雅，不让宋人也。

[注释]

①梁贡父曾：梁曾（1242—1322），字贡父，燕京（今北京）人，元代诗人。官至集贤殿侍讲学士，晚年隐居，著述甚多。今仅存《木兰花慢》词一首。

②大德：元成宗年号，1297年至1307年使用。

花纶太史词

杭州花纶[①]，年十八，黄观[②]榜及第三人。初读卷官进卷，以花纶第一，练子宁[③]第二，黄观第三。御笔改定以黄第一，练第二，花第三。南京谚有"花练黄、黄练花"之语。故后人犹以花状元称之。其题《科名记》及《登科录》，皆以黄、练二公死革除之难铲毁，故相传多误。花有词藻，其谪戍云南，有"题杨太真画图"《水仙子》一阕云："海棠风，梧桐月，荔枝尘。霓裳舞，翠盘娇，绣岭春。锦棚嬉，金钗信。香囊恨。痴三郎，泥太真[④]。马嵬坡，血污游魂。杨柳眉、侵鬓黛损。芙蓉面、零脂落粉。牡丹芽、剪草除根。"其风致不减元人小山酸斋[⑤]辈。滇人传唱，多讹其字，余为订之云。

[注释]

①花纶：明代官员，生平不详。

②黄观（1359—1402）：字澜伯，又字尚宾，明代第一位连中三元者，官至礼部右侍郎，曾在“靖难之变”前顶撞朱棣，在听闻建文帝死后投水自杀，死后被朱棣诛九族。

③练子宁：练安（1350—1403），字子宁，明初官员、诗人，历任工部侍郎、吏部侍郎等职。靖难之变后，因反对朱棣篡位，被诛族。

④“痴三郎”二句：指唐玄宗和杨贵妃。

⑤小山酸斋：指元代散曲家张可久和贯云石。小山，即张可久，号小山。酸斋，即贯云石（1286—1324），字浮岑，自号酸斋，又号芦花道人，原名小云石海涯，元代散曲家、诗人。出身高昌畏吾贵族，祖父阿里海涯为元朝开国大将，因父名贯只哥，即以贯为姓。初因父荫袭为两淮万户府达鲁花赤，后让爵于弟，北上求学。元仁宗时拜翰林侍读学士、中奉大夫，知制诰同修国史。后称疾辞官，隐居杭州。

锁懋坚词

锁懋（mào）坚①，西域人，扈②宋南渡，遂为杭人。代有诗名，懋坚尤善吟写。成化间，游苕城，朱文理座间，索赋其家假山，懋坚赋《沉醉东风》一阕云：“风过处，香生院宇。雨收时，翠湿琴书。移来小朵峰，幻出天然趣。倚阑干，尽日披图③。谩说蓬莱本是虚。只此是、神仙洞府。”为一时所称。

［注释］

①锁懋坚：生卒年不详，明初回族诗人，世居杭州，有诗名，今仅存词《沉醉东风》一首。

②扈：随从，护卫。

③披图：观阅图画。

词品拾遗

卓稼翁词

三山卓田①，字稼翁，能赋驰声。尝作词云：“丈夫只手把吴钩。欲断万人头。因何铁石，打成心性，却为花柔。

君看项籍并刘季②，一怒使人愁。只因撞着，虞姬戚氏③，豪杰都休。”其为人溺志可想。

［注释］

①卓田：字稼翁（生卒年不详），号西山，三山（今福建福州）人，南宋词人，今存词三首。

②项籍并刘季：即项羽和刘邦。

③戚氏：戚夫人，汉高祖刘邦宠妃。

王昂催妆词

探花王昂①榜下择婿时，作《催妆词》云：“喜气满门阑，光动绮罗香陌。行到紫薇花下，悟身非凡客。 不须脂粉污天真，嫌怕太红白。留取黛眉浅处，画章台春色。”

［注释］

①王昂（1090—？）：字叔兴，江都（今江苏扬州）人，两宋之际词人。宋徽宗政和八年（1118）状元，任秘书省校书郎。南宋时，历任起居舍人、秘书少监，以徽猷阁待制知台州。

萧轸娶再婚

三山萧轸（zhěn）登第，榜下娶再婚之妇。同舍张任国①以《柳梢青》词戏之曰：“挂起招牌，一声喝采，旧店新开。熟事孩儿，家怀老子，毕竟招财。　　当初合下安排，又不豪门买呆。自古道，正身替代，见任添差。”

［注释］

①张任国：字师圣（生卒年不详），永福（今广西永福）人，南宋词人，宋光宗绍熙元年（1190）进士。

平韵忆秦娥

太学服膺斋上舍郑文，秀州人。其妻寄以《忆秦娥》云：“花深深。一钩罗袜行花阴。行花阴。闲将罗带，试结同心。　　日边消息空沉沉，画眉楼上愁登临。愁登临，海棠开后，望到如今。”此词为同舍者传播，酒楼妓馆皆歌之，以为欧阳永叔①词，非也。

［注释］

①欧阳永叔：即欧阳修，字永叔。

刘鼎臣妻词

婺州刘鼎臣赴省试，临行，妻作词名《鹧鸪天》云：“金屋无人夜剪缯（zèng），宝钗翻过齿痕轻。临行执手殷勤送，衬取萧郎①两鬓青。　　听嘱咐，好看成。千金不抵此时情。

送郎情深

夫君前去参加省试，临别时，殷勤送。只盼着日后，夫君蟾宫折桂、宴罢琼林，能记起当日的深情。

明年宴罢琼林[2]晚，酒面微红相映明。”

[注释]

①萧郎：指所爱恋的男子。

②宴罢琼林：意指考中进士，春风得意。琼林宴，指古代皇帝在琼林苑为殿试后新科进士举行的宴会。

易祓妻词

易祓（fú），字彦章，潭州人。以优校为前廊[1]，久不归。其妻作《一剪梅》词寄云：“染泪修书寄彦章，贪作前廊，忘却回廊。功名成遂不还乡，石做心肠，铁做心肠。红日三竿懒画妆，虚度韶光，瘦损容光。相思何日得成双？羞对鸳鸯，懒对鸳鸯。”

[注释]

①前廊：指在朝中任要职。

柔奴

《东皋杂录》[1]云：王定国岭外归，出歌者劝东坡酒。坡作《定风波》，序云：“王定国歌儿曰柔奴，姓宇文氏。眉目娟丽，善应对。家世住京师。定国南迁归，余问柔：‘广南风土，应是不好。’柔对曰：‘此心安处，便是吾乡。’因为缀此词云。”“常羡人间琢玉郎，天教分付点酥娘。自作清歌传皓齿，风起，雪飞炎海变清凉。万里归来年愈少，微笑，笑时犹带岭梅香。试问岭南应不好，却道，此心安处是吾乡。”

此心安处是吾乡

雪肌冰魄，皓齿明眸的佳人，流落岭南多年，人问岭南好否，佳人却道，此心安处是吾乡。她虽是一介女流，这一份从容的心肠，又有几个男儿可比呢？

[注释]

①《东皋杂录》：宋代笔记集，孙东鉴撰。

美　奴

苕溪渔隐曰：陆敦礼藻①有侍儿名美奴，善缀词。出侑樽俎，每乞韵于坐客，顷刻成章。《卜算子》云：“送我出东门，乍别长安道。两岸垂杨锁暮烟，正是秋光老。　一曲《古阳关》，莫惜金樽倒。君向潇湘我向秦，鱼雁何时到？”《如梦令》云：“日暮马嘶人去，船逐清波东注。后夜最高楼，还肯思量人否？无绪，无绪。生怕黄昏疏雨。”

[注释]

①陆敦礼藻：陆藻（？—1127），字敦礼，北宋词人，官至显谟阁直学士、朝奉大夫。

李师师

李师师，汴京名妓。张子野为制新词，名《师师令》[①]。略云：“蜀彩衣长胜未起。纵乱云垂地。正值残英和月坠，寄此情千里。”秦少游亦赠之词云：“看遍颍川花，不似师师好。”后徽宗微行幸之，见《宣和遗事》[②]。《瓮天脞语》又载：宋江潜至李师师家，题一词于壁云：“天南地北，问乾坤何处，可容狂客？借得山东烟水寨，来买凤城春色。翠袖围香，鲛绡笼玉，一笑千金值。神仙体态，薄幸如何销得！　想芦叶滩头，蓼（liǎo）花汀畔，皓月空凝碧。六六雁行连八九，只待金鸡消息。义胆包天，忠肝盖地，四海无人识。闲愁万种，醉乡一夜头白。”小词盛于宋，而剧贼亦工如此。

［注释］

①《师师令》：全词为：“香钿宝珥，拂菱花如水。学妆皆道称时宜，粉色有、天然春意。蜀彩衣长胜未起，纵乱云垂地。　都城池苑夸桃李，问东风何似。不须回扇障清歌，唇一点、小于珠子。正是残英和月坠，寄此情千里。”

②《宣和遗事》：宋人笔记小说，记载北宋徽宗宣和年间的逸事，最早记载了宋江等三十六人聚义。

于湖南乡子

张于湖送朱元晦行，与张钦夫、邢少连同集，作《南乡子》一词云：“江上送归船，风雨排空浪拍天。赖有清樽浇别恨，凄然。宝烛烧花看吸川。　楚舞对湘弦，暖响围春锦帐毡。坐上定知无俗客，俱贤。便是朱张与少连。”

此词见《兰畹集》。观“楚舞湘弦”之句，及朱文公《云谷寄友》绝句云：“日暮天寒无酒饮，不须空唤莫愁来。”则晦翁于宴席，未尝不用妓。广平[1]之赋梅花，又司马公[2]亦有艳辞，亦何伤于清介乎？

宋璟

宋璟的咏梅诗：“一片刚方铁石心，梅花冷淡独知音。君王外貌虽加敬，卖直谁知内忌深。”

［注释］

①广平：即宋璟，唐代名相，封广平郡开国公。

②司马公：指司马光。

珠帘秀

姓朱氏，行第四，杂剧为当今独步。驾头、花旦、软末泥[1]等，悉造其妙。胡紫山[2]宣慰尝以《沉醉东风》曲赠云：“锦织江边翠竹，绒穿海上明珠。明淡时，风清处，都隔断、落红尘土。一片闲情任卷舒，挂尽朝云暮雨。”冯海粟[3]待制亦赠以《鹧鸪天》云：“凭倚东风远映楼，流莺窥面燕低头。虾须瘦影纤纤织，龟背香纹细细浮。　红雾敛，彩云收。海霞为带月为钩。夜来卷尽西山雨，不着人间半点愁。”盖朱背微偻（lóu），冯故以帘钩寓意。至今后辈以朱娘娘称之者。

［注释］

①驾头、花旦、软末泥：均为元杂剧种类或角色。驾头，本意是皇帝的宝座，

指剧中出现皇帝角色的剧目。花旦，性格活泼的青年女性角色，这里指以花旦为主角的剧目。软末泥，文人秀士的角色，这里指以软末泥为主角的剧目。

②胡紫山：胡祗遹（1227—1295），字绍开，号紫山，磁州武安（今河北武安）人元代官员、诗人。元世祖朝重臣，曾任河东山西道提刑按察副使、荆湖北道宣慰副使等职，擅长诗词，著有诗文集《紫山大全集》，今存二十六卷本。

③冯海粟：冯子振（1253—1348），字海粟，自号瀛洲客，怪怪道人，湘乡（今湖南湘乡）人，元代诗人，擅长散曲小令。官至承事郎、集贤馆待制。

赵真真、杨玉娥

赵真真、杨玉娥善唱诸宫调①。杨立斋见其讴张五牛②、商正叔③所编《双渐小卿怨》，因作《鹧鸪天》、《哨遍》、《耍孩儿》煞④以咏之。后曲多不录。今录前曲云："烟柳风花锦作园，霜芽露叶玉装船。谁知皓齿纤腰会，只在轻衫短帽边。　啼玉靥，咽冰弦，五牛身去更无传。词人老笔佳人口，再唤春风在眼前。"

［注释］

①诸宫调：流行于宋、金、元时期的一种以唱为主的大型说唱表演艺术。唱的部分由多种宫调的不同曲调组成，因此叫"诸宫调"，又叫"诸般宫调"。

②张五牛：南宋唱赚创始人。唱赚，是一种在缠令、缠达的基础上，吸取了慢曲、曲破、大曲、嘌唱等腔调特色而形成的新曲体。

③商正叔：商衟（？—1231），一字政叔，因名古怪，故以字行，曹州济阴（今山东菏泽人），金代诗人。曾任秦蓝总帅府经历，金亡后被元兵所劫，不屈而死。为人滑稽豪爽，与元好问关系密切。

④煞：散曲的曲牌形式，原意是结尾，一般作为同一曲牌的后续，根据需要可以加多个"煞"成为套曲。

刘燕歌

刘燕歌[1]善歌舞，齐参议还山东，刘赋《太常引》以饯云："故人别我出阳关。无计锁雕鞍。古今别离难。况隔断、蛾眉远山。　　一樽别酒，一声杜宇，寂寞又春残。明月小楼闲。第一夜、相思泪弹。"至今脍炙人口。

［注释］

①刘燕歌：元代歌姬。

杜妙隆

杜妙隆，金陵佳丽人也。卢疏斋[1]欲见之，行李匆匆，不果所愿。因题《踏莎行》于壁云："雪暗山明，溪深花藻。行人马上诗成了。归来闻说妙隆歌，金陵却比蓬莱渺。

宝镜慵窥，玉容空好。梁尘不动[2]歌声悄。无人知我此时情，春风一枕松窗晓。"

［注释］

①卢疏斋：卢挚（1242—1314），字处道，一字莘老，号疏斋，又号蒿翁，涿郡（今河北涿州）人，元代诗人，至元五年（1268）进士，曾任廉访使、翰林学士等职。

②梁尘不动：形容已经很久没有唱歌，化用自"绕梁三日"，典出《列子·汤问》："昔韩娥东之齐，匮粮，过雍门，鬻歌假食，既去而余音绕梁，三日不绝，左右以其人弗去。"

宋六嫂

宋六嫂，小字同寿。元遗山[1]有《赠觱栗[2]工张嘴儿》

词，即其父也。宋与其夫合乐，妙入神品。盖宋善讴[3]，其夫能传其父之艺。滕玉霄待制尝赋《念奴娇》以赠云“柳颦花困”云云，词见第五卷。《念奴娇》一名《百字令》。

［注释］

①元遗山：即元好问。

②觱栗：又叫“笳管”。古时的簧管乐器，主体为竹制的管子，在管口有芦制的哨子，前后共有八孔，已失传。

③讴：歌唱。

一分儿

一分儿，姓王氏，京师角妓[1]也。歌舞绝伦，聪慧无比。一日，丁指挥会才人[2]刘士昌、程继善等于江乡园小饮，王氏佐樽。时有小姬歌《菊花会》南吕曲云：“红叶落，火龙褪甲。青松枯，怪蟒张牙。”丁曰：“此《沉醉东风》首句也，王氏可足成之。”王应声曰：“红叶落，火龙褪甲。青松枯，怪蟒张牙。可咏题，堪描画。喜觥(gōng)筹，席上交杂。答剌苏频斟入礼厮麻[3]。不醉呵，休扶上马。”一座叹赏，由是声价愈重焉。

［注释］

①角妓：艺妓的古称。

②才人：元代对杂剧作者的称呼。

③答剌苏频斟入礼厮麻：斟酒入杯的意思。答剌苏、礼厮麻，蒙古语，酒和酒杯的意思。

词品补

转应曲

《转应曲》[1]与《宫中调笑》，平仄相合，予常拟之。

［注释］

①《转应曲》：词牌名，又名《调笑令》《宫中调笑》，源自中唐，原本供君王开玩笑之用，一般认为是可以变换格律的拗体词的起源。

鼓子词

宋欧阳六一作《十二月鼓子词》，即今之《渔家傲》也。元欧阳圭斋[1]亦拟为之，专咏元世燕风物。

［注释］

①欧阳圭斋：欧阳玄（1283—1357），字原功，号圭斋，又号平心老人，祖籍庐陵（今江西吉安），元代学者，与欧阳修同宗。元仁宗延祐元年（1314）探花，为官四十余年，先后六入翰林，两为国子监祭酒。学识渊博，以史学突出，工诗文，人称“一代宗师”。

刘会孟

刘须溪[1]“丁酉元夕”《宝鼎现》词云：“红妆春骑，踏月花影，牙旗[2]穿市。望不尽、歌楼舞榭（xiè），习习香尘莲步底。箫声断，约彩鸾归去，未怕金吾[3]呵醉。甚辇路、喧阗[4]且止？听得念奴歌起。　父老犹记宣和事，抱铜仙，清泪

年年人共梅花

京华繁盛，都是前尘往事，如今住在溪边茅舍，处处闻鸟啼，年年赏梅花，这份闲适，身居高堂者是享受不到的。

如水[5]。还转盼，沙河多丽。滉漾明光连邸第，帘影动、散红光成绮。月浸蒲桃十里，看往来神仙才子，肯把菱花扑碎?

肠断竹马儿童，空见说、三千乐指。等多时、春不归来，到春时欲睡。又说向、灯前拥髻，暗滴鲛珠坠。便当日、亲见霓裳（ní cháng），天上人间梦里。”此词题云“丁酉”，盖元成宗大德元年，亦渊明书甲子[6]之意也。词意凄婉，与《麦秀歌》[7]何殊?尹济翁[8]“寿须溪”《风入松》词云:“曾闻几度说京华，愁压帽檐斜。朝衣熨贴天香在，如今但、弹指兰阇。不是柴桑心远，等闲过了元嘉[9]。长生休说枣如瓜，壶日自无涯。河倾南纪明奎壁[10]，长教见、寿气成霞。但得重携溪上，年年人共梅花。”

［注释］

①刘须溪：即刘辰翁（1231—1297），字会孟，号须溪，南宋遗民诗人。

②牙旗：古代官署的旗帜。

③金吾：这里指宫中的守卫。

④喧阗：喧闹，热闹。

⑤“抱铜仙”二句：化用自唐李贺《金铜仙人辞汉歌》：“空将汉月出宫门，忆君清泪如铅水。”

⑥渊明书甲子：陶渊明在南朝宋代东晋以后，纪年只用干支，而不用刘宋年号，表示不认同。典出《宋书·陶潜传》：“所著文章，皆题其年月，义熙以前，则书晋氏年号；自永初以来，唯云甲子而已。”

⑦《麦秀歌》：为商代箕子所作："麦秀渐渐兮，禾黍油油。彼狡童兮，不与我好兮。"

⑧尹济翁：字硐民，南宋词人，生平不详，今存词五首。

⑨元嘉：南朝宋文帝刘义隆的年号，424 年至 435 年使用。元嘉六年（430），宋文帝率军北伐，结果大败于北魏太武帝拓跋焘。辛弃疾《永遇乐·京口北固亭怀古》有"元嘉草草，封狼居胥，赢得仓皇北顾"句，以讽刺南宋的偏安。

⑩河倾南纪明奎壁：银河向南照耀，使奎宿与壁宿更加明亮。河，指银河。奎壁，二十八宿中奎宿与壁宿的合称。古人认为二宿主文运，常用以比喻文坛。

镜　听

李廓①、王建，皆有《镜听》词。镜听②，今之响卜也。

［注释］

①李廓：生卒年、字号不详，陇西（今甘肃陇西）人，唐代诗人，与贾岛友善。元和十三年（818）举进士第，曾任累官刑部侍郎、武宁节度使等职。

②镜听：一种占卜方法，又称"响卜""耳卜"等，指在除夕夜里抱镜偷听路人的无意之言，以此来占卜吉凶。

图书在版编目(CIP)数据

图解诗品·词品/钟嵘、杨慎著,崇贤书院释译.—合肥:黄山书社,2015.11

(经典传家系列丛书)

ISBN 978-7-5461-5326-1

Ⅰ.①图… Ⅱ.①钟… ②杨… ③崇… Ⅲ.①古典诗歌-诗歌评论-中国 ②词(文学)-诗歌评论-中国-古代 Ⅳ.①I207.2

中国版本图书馆 CIP 数据核字(2015)第 286457 号

总 策 划　李　克
选题策划　汤吟菲　白剑峰
编辑统筹　刘　春
责任编辑　程　景
装帧设计　未　氓
责任印制　戚　帅
出版发行　时代出版传媒股份有限公司(http://www.press-mart.com)
　　　　　黄山书社(http://www.hspress.cn)
地址邮编　合肥市政务文化新区翡翠路 1118 号出版传媒广场 7 层　230071
印　　刷　安徽新华印刷股份有限公司
版　　次　2016 年 3 月第 1 版
印　　次　2018 年 1 月第 3 次印刷
开　　本　700mm×1000mm　1/16
字　　数　350 千
印　　张　22.5
书　　号　ISBN 978-7-5461-5326-1
定　　价　29.80 元

服务热线　0551-63533706

销售热线　0551-63533761

官方直营书店(http://hsssbook.taobao.com)